무례한
남자

무례한
남자 vol.2

초판 1쇄 인쇄일 2017년 12월 20일
초판 1쇄 발행일 2017년 12월 28일

지은이 | 은밀
펴낸이 | 김기선

편집장 | 김은지
편집부 | 임종성, 박지은, 김지현, 김아름
디자인 | 한주희

펴낸곳 | 와이엠북스(YMBOOKS)
출판등록 | 2012년 7월 17일 (제382-2012-000021호)
주소 | 서울시 도봉구 노해로 379, 802호(창동, 대성빌딩)
전화 | 02)906-7768 / **팩스 |** 02)906-7769
E-mail | ymbooks@nate.com

ISBN 979-11-322-4398-4 03810
ISBN 979-11-322-4396-0 03810 (set)

값 9,000원

무례한 남자

YMBOOKS
ROMANCE STORY

vol.2

은밀 장편소설

차 례

제1화

박 소장이 아침부터 부사장실 앞에서 그를 기다리고 있었다. 태혁은 눈길도 주지 않고 안으로 들어갔다.

"부사장님, 잠시만 시간 내주시면 안 되겠습니까."

들어서는 태혁을 붙들고서는 애원하는 표정으로 올려다보았다.

"김 실장, 뭡니까."

태혁은 불쾌한 표정이 역력한 얼굴로 박 소장을 내려다본 뒤 김 실장을 노려보았다.

"안 치웁니까. 당장!"

"아, 네. 죄송합니다."

재빨리 다가온 김 실장은 박 소장을 태혁에게서 떼어 내며 차분하게 말했다.

"박 소장님, 부사장님과 면담하시려면 절차 밟아서 오세요. 이러지 마시고."

"크흑, 이건 너무하는 거 아닙니까."

태혁은 가던 걸음을 멈추고 뒤를 돌아 박 소장을 노려보았다.

한쪽 허리에 손을 올린 채 박 소장을 향해 말했다.

"뭐가 너무합니까. 계급이 깡패라고, 직위로 아랫사람 찍어 누르고 함부로 대하더니 왜, 직접 당해 보니 억울합니까. 그런데 왜 자식과도 같은 디자이너를 함부로 대합니까. 내 직원을 왜 당신이 함부로 하느냐 말입니다."

후우.

말을 할수록 열이 오르고 어떤 험한 말이 나올지 자신도 알 수가 없었다. 가빠지는 호흡을 내리누른 뒤 다시 차분하게 말을 끌어올렸다.

"이 자리에 와서 무슨 생각을 하고 있었습니까. 아침부터 날 기다리면서 이를 갈았습니까. 자식같이 어린놈한테 빌려니 자존심 상했습니까. 부끄러운 줄 아세요. 그리고 분명 말했습니다. 어디 다른 곳에 가서도 그따위 짓은 하지 않는 것이 좋을 겁니다. 가 보세요."

태혁의 말이 끝났지만 그는 움직일 생각을 하지 않았다. 복잡한 얼굴 표정을 보니 만감이 교차하는 듯했다. 태혁은 인내심을 끌어올리며 그의 반응을 기다렸다.

"······흑, 감사합니다."

이윽고 그의 입에서 울음 섞인 소리가 튀어나왔다.

다른 곳에 가서도 살아남아야 하니, 지금 이렇게 와서 빌었겠지. 어제 던진 자료를 업계에 뿌린다고 했으니 잔뜩 겁을 먹고 온 것이다.

애초에 반성할 인간이라고 보지 않았다.

태혁은 매정하게 발걸음을 돌려 집무실로 향했다.

* * *

태혁은 차량기술개발 1센터장과 함께 울산공장을 시찰한 뒤 서울로 가는 중이었다. 그는 수행비서와 먼저 서울로 출발했고 센터장은 일을 마치고 뒤늦게 올라오기로 했다.

이 속도로 가면 퇴근 시간이 한참 지나서 도착할 것 같은데, 이지우를 어떻게 해야 하나 망설이던 찰나 김 실장으로부터 전화가 걸려왔다.

태혁은 블루투스 통화 버튼을 눌렀다.

"무슨 일입니까."

-부사장님, 회장님께서 지금 급히 찾으십니다.

"왜 찾는답니까."

-죄송합니다. 그것까지는…….

태혁은 머리카락을 한 손으로 쓸어 넘기며 통화를 이어 갔다.

"지금 울산공장에서 돌아가는 길 아닙니까. 그러니 나중에 뵙겠다고 하세요."

-부사장님, 지금 회장님께서 본사에 와 계신답니다.

"본사에 있든 집에 있든, 답답한 사람은 내가 아니란 말입니다."

태혁의 미간에 주름이 잡혔다. 기 회장과 저와의 관계를 누구보다 잘 알면서, 기 회장이라고 하면 매번 얼어붙는 김 실장이 못마땅했다.

"내 말도 안 듣고. 이제는 아주 마음대로 하십니다."

-제가 모시러 가겠습니다.

"김 실장님."

상대방이 바짝 얼어붙을 정도로 낮고도 단호한 목소리였다.

그제야 눈치를 챈 모양인지 김 실장이 떨리는 목소리로 대답했다.

……네, 부사장님.

"누구 말을 들어야 할지 아직도 감이 안 오는 모양입니다."

-죄, 죄송합니다.

"내가 연락할 때까지 대기하고 있어요. 지금 서울로 가는 중이니 두 시간은 기다려야 합니다."

-아, 네. 알겠습니다.

전화를 끊은 태혁은 기분이 말할 수 없이 더러워지고 있었다. 조 과장이 조 여사에게 전화를 넣었을 것이다.

그가 최근에 본사를 놔두고 연구소로 출근하고 있다는 사실을 그 늙은 여우가 모를 리 없었다. 기 회장을 부추긴 것은 조 여사가 분명했다. 그렇게 알아듣게 말했거늘 주제를 모르고 설쳐 대는 것을 보면 기가 찼다.

기 회장은 얼씨구나 하고 이 기회에 본사 관리를 소홀히 한다는 명목으로 온갖 핑계를 대서 은찬을 본사에 심을 것이다. 곧장 부사장 자리에 앉힌다더니 그건 나름 시기상조라고 판단한 모양이었다. 그러니 본사 어느 한자리에 집어넣는다고 설치는 것이겠지. 하지만 그런다고 크게 달라질까.

예상한 대로 흘러가는 것을 보니 그저 웃음만 나왔다.

그는 기 회장을 협박해서라도 경영권 승계를 놓지 않을 생각이지만, 그가 믿는 것은 기 회장이 아니라 오로지 저 자신뿐이었다.

어릴 때부터 홀로 내쳐진 그는 철저하게 약육강식의 법칙 속에서 살아왔다. 그에겐 도덕, 양심, 정의, 사회적 규범 따위는 중요하지 않았다. 그가 살기 위해서 상대방의 약점을 틀어쥐어야만 했다. 자신을 지키는 데 그것만 한 것은 없었다.

인간은 이득이 없는 것에는 에너지를 쏟지 않는다. 그렇다면 은찬을 본사에 넣기 위해 애쓰는 자들은 어떤 이득을 얻기 위해 그러는 것일까.

수단과 방법을 가리지 않고 덤벼들 날이 조만간 올 듯했다.

휴.

긴 한숨을 내쉬며 지우에게 전화를 걸었다. 이렇게 되면 차라리 오피스텔에서 보는 편이 나았다.

휴대전화를 걸자 숨죽인 채로 '여보세요'라고 작게 외치더니 한동안 말이 없다. 보나 마나 사무실에서 밖으로 나오는 걸 테지. 그런 행동이 더 의심을 산다는 걸 모르는 걸까.

태혁은 바짝 긴장했던 마음이 스르르 풀어지는 것을 느꼈다.

"네, 부사장님."

-지금 뭐 하는 겁니까.

일부러 퉁명스럽게 물으니 이 여자, 목소리가 더 작아진다.

"그러니까, 사무실에서 부사장님이라고 부를 수가 없잖아요."

그래 놓고는 제 할 말을 또박또박 해 대는 거 좀 봐라.

태혁은 저도 모르게 입꼬리가 올라갔다.

"왜 못 합니까. 누가 입을 막는 것도 아니고. 말하면 안 되는 이유라도 있나 보죠."

-하아, 부사장님.

이젠 아예 저를 혼낼 모양인데 뭐라 말하나 계속 듣고 싶어졌다.

"네. 말하세요."

-아마추어같이 왜 이러세요.

태혁은 순간 혀를 깨물며 웃음을 참아야 했다.

뭐, 이런 여자가 다 있지.

"누구보고 아마추어라고 그러는 겁니까."

-죄송합니다. 말실수했습니다.

"그래서요."

-프로답지 않게 왜 그러시는지. 저 지금 식은땀이 다 흐르는데요.

아, 못 살겠다. 정말. 이젠 프로답지 않단다.

"저녁에 오피스텔에 가 있어요. 갑자기 본사에 가 봐야 할 것 같습니다."

-네, 알겠습니다.

"일찍 갈 테니 전화하면 나와요."

-네.

다소곳이 대답하자 그건 그것대로 신기했다. 턱을 매만지며 옅게 웃던 태혁은 수행비서와 룸 미러로 시선이 마주치자 이내 서늘한 시선으로 말없이 바라보았다.

쓸데없는 관심을 가지지 말라는 경고와도 같은 것이었다. 수행

비서는 얼른 시선을 피하며 운전에 집중했다.

"오피스텔로 갑시다."

"네, 알겠습니다."

일단 오피스텔에 들러 옷부터 갈아입을 생각이었다. 그리고 김 실장도 지금 오피스텔에서 기다리고 있을 것이다.

곧 오피스텔에 도착했다. 그런데 주차장으로 들어가기 전 오피스텔 로비 쪽 현관을 스쳐 가는데 얼핏 무언가를 본 듯했다. 찰나였지만, 커다란 남자의 품에 안겨 드는 여자가 마치 이지우 같았다.

순간적으로 태혁의 눈길이 가라앉았다.

뭐지? 잘못 본 거겠지.

물론 착각이겠지만, 기분이 싸했다.

태혁은 고개를 저으며 쓸데없는 생각은 털어 버렸다.

* * *

저녁 10시.

태혁은 차 안에서 담배를 꺼내 입에 물었다. 김 실장은 운전석에 앉아 룸미러로 그를 보며 눈치를 살폈다.

오피스텔 앞에 도착한 지 30분이 지나고 있었다. 담배는 벌써 몇 개비째인지 모를 만큼 피워 대고 있었다.

기태혁은 걸어 다니는 시한폭탄이나 다름없었다. 누구 때문인지 묻지 않아도 알 수 있었다. 기 회장 때문은 아니라는 것에 열 손가락을 걸 수도 있었다.

태혁은 오피스텔에 도착한 뒤 김 실장과 함께 기 회장을 만나러 가던 도중 이지우에 대한 조사 자료를 보고 가야겠단 생각에 그제야 그것을 확인했던 것이다.

기 회장을 만나 이야기를 나눈 뒤 다시 오피스텔에 도착한 시각이 9시 반이었다.

"한 회장이 이지우 친부란 말이 사실입니까."

"네."

"그러니까 결혼 전에 낳은 사생아란 말이죠."

"네."

"그럼 나한테 접근한 이유가 기밀을 유출하기 위해서란 말입니까."

"그것에 관한 정확한 자료는 없는 상태입니다. 추가로 알아보는 중입니다."

"아직 기 회장 측은 자세한 사항은 모르고 있지만, 언제 흘러들어 갈지 모릅니다. 단속 잘하세요."

"그렇게 하겠습니다."

"가 보세요."

태혁은 차에서 내렸다. 김 실장이 재빨리 운전석에서 내려 달려왔지만, 태혁은 혼자 내린 뒤 오피스텔 입구로 걸어 들어갔다.

태혁은 무표정한 얼굴로 엘리베이터에 올랐다. 그가 평소 타고 다니는 프라이빗 엘리베이터가 아닌 이지우가 이용하는 엘리베이터였다. 16층에서 내린 태혁은 복도를 걸어 그녀가 사는 호수 앞에 섰다.

딩동, 딩동-

초인종을 누른 뒤 벽에 비스듬히 기대어 이지우를 기다렸다. 몇 초 되지 않을 짧은 시간이지만 그에겐 1년 같은 기다림이었다.

복잡한 심경에 마른세수를 하며 얼굴을 비벼 댔다.

거친 한숨을 내쉬며 호흡을 가다듬었다. 이제 이지우가 얼굴을 드러낼 것이다. 어떤 표정일지 궁금했다. 태혁은 단호한 눈빛으로 문을 노려보았다.

회색빛 철문이 한 뼘 정도 열리고 안에서 낯선 남자가 모습을 드러냈다. 잠금장치가 걸려 있는 상태였다.

역시 기대를 저버리지 않는 이지우.

그랬단 말이지.

「누구시죠?」

영어로 남자가 말했다.

"이지우 어디 갔어."

태혁은 손등에 힘줄이 드러날 정도로 힘을 주며 낮게 뇌까렸다.

「지우 샤워 중입니다. 누구시죠?」

「그러는 넌 누구야. 문 부수기 전에 이거 풀어.」

한편, 다니엘은 눈앞에서 위협적으로 노려보는 남자가 바로 기태혁이란 사실을 알아챘다. 감탄사가 저절로 터져 나올 만큼 핸섬한 외모에 놀란 다니엘은 표정을 감추며 좀 더 유심히 살폈다.

보통 얼굴이 저 정도로 잘생겼다면, 다른 어딘가에는 반드시 흠이 있기 마련이다. 보통 다리가 짧다든지, 배가 나왔다든지, 그것도 아니면 팔다리가 젓가락이라든지.

다니엘은 기태혁의 바디를 머리부터 발끝까지 샅샅이 훑어 내렸다. 단점 없는 인간이 어디 있겠는가. 아무리 그라도 다니엘의 예리한 눈을 피해 갈 순 없을 것이다.

그때 기태혁의 짙은 눈썹이 꿈틀댔다. 수려한 얼굴에는 불쾌한 기색이 역력했다. 여차하면 주먹을 날릴 태세였다.

휴우, 손도 남자답고 커다랗다. 힘줄이 불거진 손등은 여자들이 환장하게 좋아하는 것이기도 했다. 그는 믿을 수 없다는 표정으로 다시 한 번 더 기태혁의 몸을 훑었다. 그러다 어느 한 부분에서 멈췄다. 턱을 만지작거리며 바라보던 다니엘은 속으로 신음을 삼키며 재빨리 시선을 옮겼다.

쾅!

아, 깜짝이야.

한 걸음 뒤로 물러선 다니엘은 기태혁의 발길질에 문이 쾅 닫히는 것을 보고 가슴이 철렁 내려앉았다.

「이거 풀라고 했다.」

덜컹.

문은 다시 안전체인 길이만큼 열렸다.

틈새로 노려보는 남자는 완전 짐승이었다. 매섭게 번뜩이는 눈동자에는 살기마저 느껴졌다.

「너, 뭐 하는 새끼야. 눈 제대로 안 떠!」

졌다. 기태혁은 남자 중의 남자였다. 강렬한 마스크뿐만 아니라 균형 잡힌 근육질의 몸매도 최상급이었다.

어디 하나 흠잡을 곳이 없었다.

「이지우 어디 있어. 그리고 넌 누구야.」

낮게 가라앉은 목소리는 그가 얼마나 인내하고 있는지를 여실히 보여 주고 있었다.

이지우, 넌 지금까지 이런 남자를 상대했던 거야?

둘 사이에 짧은 침묵이 흘렀다. 다니엘은 상대적 박탈감을 느끼며 착잡한 심정으로 기태혁을 쳐다보았다. 지우를 오래전부터 마음에 담고 있던 그는 이 짧은 순간 이 남자를 감히 연적으로 몰아도 될지 고민했다.

한편 태혁은 강렬한 눈빛에 조금도 위축되지 않고 제 할 짓을 다 해 대는 남자를 죽일 듯이 노려보았다. 좁은 문틈으로 봐서 정확하지 않지만, 대충 봐도 스물대여섯 정도는 되어 보였다.

이 시간까지 저런 녀석이랑 같이 뭘 했니, 이지우.

그를 기만하고 속이는 것도 모자라 남자를 불러들여 즐기기까지.

더군다나 그 남자가 노골적인 시선으로 자신을 훑어 대며 품평이라도 하듯 바라보는 모습에 태혁은 인내의 한계점에 달했단 사실을 깨달았다.

주먹을 꽉 움켜쥔 태혁은 쓸데없이 튼튼하게 달아 놓은 안전체인을 노려본 뒤, 끓어오르는 분노를 어쩌지 못해 발로 문을 힘껏 걸어차 버렸다.

쾅!

복도를 울릴 만큼 진동이 오래갔다.

망할!

밖으로 열게 되어 있는 현관문은 안에서 걸어차지 않는 한은 닫히기만 할 뿐 열리지 않을 것이다. 다시 문고리를 잡고 열어젖혀보지만, 여전히 안전체인은 걸려 있었다.

한 걸음 뒤로 물러선 녀석을 향해 비릿한 미소를 보냈다.

그런데, 녀석의 생김새를 자세히 보니 어딘가 모르게 낯이 익었다. 짙은 금발에 갈색 눈동자. 청바지와 니트 티셔츠 입고 있었지만, 그 위로 슈트를 잘 차려입은 모습을 그려 보자 그라는 확신이 섰다.

……다니엘 비어만?

몇 년 전 뉴욕의 경제인 모임에서 비록 뒷모습밖에 보질 못했었지만, 제임스 리가 말하길 저기 멀리 떨어져 있는 평범해 보이는 국제금융전문가가 바로 다니엘 비어만이라고 했었다.

일개 기업 정도는 순식간에 쥐고 흔들 수 있는 파워를 가진 남자.

태혁은 제임스가 말한 사실보다도 이지우를 좋아하는 녀석이 지금 이지우와 한집에 있다는 것이 더 신경 쓰였다.

「이지우 어디 있어. 그리고 넌 누구야.」

그의 질문에 대답이 없었다.

짧은 침묵이 흐르는 동안 태혁은 마음을 조금 가라앉혔다.

무슨 일에서든 먼저 화를 내는 쪽이 손해를 본다. 그 불변의 진리와 다를 바 없는 원칙을 거스를 생각은 없었다.

다만, 오늘은 전혀 예상치 못하게 뒤통수를 세게 얻어맞은 탓에 살짝 미쳐 있었다. 그를 이 정도까지 흥분하게 하고 이성을 잃게 하는 이지우란 여자를 제대로 파헤쳐 볼 생각이었다.

태혁의 날카로운 눈에 촉촉이 젖은 남자의 갈색 머리카락이 들어왔다.

둘이 질펀하게 즐긴 뒤 샤워를 한 걸까.

둘이 뒤엉켰다는 상상만으로도 살의가 치솟았다.

태혁은 솟구치는 혈기를 재차 가라앉히며 냉정해지려 노력했다. 눈앞의 남자가 주식의 천재이건 아니건 태혁에겐 중요하지 않았다. 그저 좆 달린 개새끼로 보일 뿐.

「이거 풀어.」

태혁이 낮게 으르렁거렸다.

「그쪽이 먼저 누군지 말해야죠. 내 여자 친구와 어떤 관계인지 알아야 열든 말든 할 거 아닙니까.」

……뭐? 내 여자 친구?

태혁은 헛웃음을 터트리며 머리를 쓸어 넘겼다.

속으로 욕설을 내뱉으며 문 앞 가까이 다가갔다. 한쪽 팔로 벽을 짚고, 다른 손으로 문고리를 단단히 움켜잡았다.

「다시 지껄여 봐. 이지우가 네 여자야?」

「보안요원 부르기 전에 조용히 가세요.」

남자가 어설픈 경고를 했다. 태혁은 가소롭다는 듯 웃으며 매서운 눈길로 그를 노려보았다.

「불러. 당장.」

남자는 태혁의 살벌한 눈빛에도 제법 담담하게 행동했다. 인터폰에 설치된 빨간 버튼에 손을 올리며 다시 경고했다.

「버튼을 누르면 1분 내로 보안요원이 옵니다.」

「그런 것까지 다 알고.」

도대체 이 자식은 여길 몇 번이나 들락거렸던 걸까. 기분이 건

잡을 수 없이 가라앉았다.

술을 전혀 입에 대지 않았는데도 불구하고 잔뜩 취한 사람처럼 이성이 마비되어 갔다. 거친 숨을 내쉬며 남자를 노려보는데, 복도에 다급한 발소리가 울렸다.

태혁은 손목시계를 들여다보며 1분이 넘었는지 확인했다. 정복을 입은 남자 세 명이 바짝 긴장한 모습으로 다가오다 태혁을 발견하고서는 자기들끼리 빠르게 눈짓을 주고받았다.

태혁은 그 모습을 차가운 시선으로 바라보고 있었다.

"안녕하십니까, 부사장님."

보안요원 세 명이 동시에 인사했다. 태혁은 살짝 고개를 숙이며 인사를 대신했다.

그들 중 가장 나이가 많아 보이는 보안요원 한 명이 태혁에게 물었다.

"저, 부사장님께서 호출하셨습니까. 저희는 1609호에 긴급 호출이 떠서 출동했습니다."

"이것부터 열어 봐요. 안에 낯선 외국인이 있는데, 문을 안 여네."

"아, 그런 일이. 알겠습니다."

문이 열린 틈으로 안을 살피던 보안요원이 현관 안에 서 있는 다니엘을 보며 말했다.

「지금 오해를 하신 것 같습니다. 무례를 범하지 말고 문을 열어 주시겠습니까.」

다니엘은 안전체인을 풀며 완전히 모습을 드러냈다. 태혁은 그런 그를 비딱하게 바라보며 한 걸음 다가갔다.

「비켜.」

「보안요원도 당신한테는 있으나 마나네요.」

「너 빼고 다들 보는 눈이 있어서 그런 거야.」

태혁이 차갑게 웃으며 그를 노려보았다. 그리고 어깨를 밀치며 안으로 들어가려다, 뒤에서 멍하니 보고 있는 보안요원들을 향해 말했다.

"수고하셨습니다. 이만 가 보세요."

"아, 네. 그럼 저희는 이만 가 보겠습니다. 혹시 필요하시면 언제든지 연락 주십시오."

그들이 물러감과 동시에 안에서 지우의 목소리가 들려왔다.

「다니엘, 부사장이 오기로 했어. 그래서 말인데……. 거기서 뭐 해? 다니엘…….」

이지우가 말끝을 흐리며 모습을 드러냈다. 태혁은 그런 그녀를 말없이 주시하며 보고만 있었다.

지난번 봤던 짧은 회색 트레이닝 바지에 얇은 티셔츠를 입은 그녀는 발갛게 상기된 얼굴로 막 샤워를 마친 모습 그대로였다.

톡, 톡.

심지어 젖은 머리카락 끝에서는 물방울이 떨어지고 있었다.

태혁은 천천히 지우에게 다가갔다. 흠칫 놀라는 그녀를 보며 그의 얼굴이 딱딱하게 굳었다.

이지우, 왜 그렇게 놀라는 거지?

지우의 손에 들린 수건을 낚아챈 그는 어깨 위로 흘러내린 머리카락을 감싸며 물기를 닦아 냈다. 머리카락을 움켜잡은 손에 점점 더 힘이 들어갔다.

"내가 여자나 패는 개새끼로 보입니까. 머리를 말려야겠네요."

"……괜찮아요."

지우는 태혁의 손에서 머리를 빼내려고 했지만 쉽게 빠지지 않았다. 태혁은 아무렇지도 않은 표정을 지으며 태연하게 굴었다.

하지만 그의 입에서 쏟아지는 말은 가차 없었다.

"그런데 그 잠깐을 못 참고 다른 남자한테 다리 벌렸어요?"

"아니에요. 그런 적 없어요, 부사장님."

"그럼 그걸 어떻게 증명할 건지 잘 생각해 봐요. 이지우 씨."

그는 수건으로 반대쪽 머리카락 끝을 잡고 훔치며 물기를 닦아냈다. 그리고 헝클어진 머리카락을 손으로 다정하게 빗어 넘겨 주었다. 얼어붙은 채 서 있는 지우에게 눈웃음을 지어 보이자, 지우의 눈가가 파르르 떨렸다.

"그런데 저 물건은 계속 여기 둘 겁니까. 무슨 생각인지 궁금하네요."

태혁은 천천히 그녀를 놔주며 한 발 뒤로 물러섰다.

지우는 태혁의 눈치를 살피더니 다니엘 곁으로 다가가서 조용히 말했다.

「다니엘, 내일 만나자. 응? 나 선약이 있어. 이 사람이랑.」

지우가 애절한 눈빛으로 다니엘을 향해 애원하자 다니엘은 고개를 저었다.

「너, 괜찮아? 내가 없어도 돼?」

「괜찮아, 나 나갈 때 같이 나가. 응?」

「그래. 네가 괜찮다면 괜찮은 거겠지.」

저렇게 질질 흘리니 남자들이 환장하고 달려들지. 쯧.

혀를 차며 지우를 바라보던 태혁은 못마땅한 표정을 고스란히 드러냈다.

그가 지금 이 자리에 있는 이유는 딱 하나였다. 조사한 내용에 나온 그것 말고 다른 무언가가 있는지 알아내기 위해서였다. 팔짱을 낀 채 불쾌한 표정을 고스란히 드러내자 지우가 눈치를 보더니 재빨리 움직였다.

"금방 준비할게요. 아, 그리고 저 친구는 제가 미국에서 알고 지냈던 친구예요. 오해하실까 봐요."

"이지우 씨 말은 영 신뢰가 가질 않네요. 뭐, 그건 차차 확인해 보면 될 테고. 나갈 준비 해요."

태혁은 소파에 앉아 다리를 꼬며 느슨하게 기대었다.

"잠시만 기다려 주세요. 금방 나올게요."

지우는 얼른 방으로 들어갔다.

「지우, 나 할 얘기가 있어.」

다니엘이 지우가 들어간 방 쪽으로 가고 있었다. 태혁은 더러운 기분을 삼키며 남자를 불러 세웠다.

「거기 서.」

단호한 목소리에 놀란 듯 다니엘은 발걸음을 멈추고 뒤를 돌아보았다.

「왜 그러죠?」

「어딜 들어가느냐고.」

스스럼없이 방을 드나들려는 걸 보면 둘이 벗고 뒹굴던 사이가 확실한가 본데, 그렇다고 지금 여자 혼자 옷 갈아입는 방에 따라 들어가는 건 아니지.

태혁은 뻐근한 뒷목을 두드리며 다른 손으로 한 곳을 가리켰다.

「저기서 기다려. 설치지 말고.」

태혁의 살벌한 기세를 읽은 다니엘은 선 자리 그대로 벽에 기대서서 지우를 기다렸다.

지우는 들어간 지 5분도 채 되지 않아 모습을 드러냈다.

순간 태혁의 눈에 이채가 흘렀다. 순진한 소녀 같은 모습이 오늘의 콘셉인지 상당히 애쓴 흔적이 역력했다. 자수가 놓인 하얀색의 원피스를 입은 모습은 청순미가 넘쳐흘렀다.

저렇게 작정하고 차려입은 이유가 뭘까. 모처럼 만난 애인에게 아직 건재함을 알리고 싶은 걸까.

비릿한 미소를 지으며 자리에서 일어난 태혁은 지우의 허리에 팔을 둘렀다.

지우는 넋을 놓고 바라보는 다니엘에게 작은 소리로 말했다.

「다니엘, 나 나가 봐야 해. 내일 다시 보자. 숙소에 가 있어.」

「그래, 조심하고.」

태혁은 보란 듯이 지우의 어깨를 잡아당기며 정수리에 입술을 내렸다. 그의 눈은 다니엘을 향해 있었다. 보란 듯이 소유권을 주장하며 경고 아닌 경고를 하고 사라졌다.

다니엘의 눈동자가 거칠게 흔들렸다. 한국까지 와서 기어이 상처받는 자신의 미련스러움에 실소가 나왔다. 인정하기 싫지만 현관 밖으로 사라지는 두 사람의 모습은 아름다웠다.

사랑스러운 여자와 세상에 부러울 것 없는 남자.

기태혁 본인은 지우에 대한 제 마음을 자각하고 있는지 확신할 수 없지만, 두 사람은 자신이 아는 것보다 훨씬 더 친밀해 보였다. 지금까지 밀어내고 거들떠보지도 않는다는 지우의 말과 180도 달랐다.

다니엘은 그동안 파악해 왔던 K 자동차 주가에 대한 기대치를 두 배 이상 상향 조정해야겠다고 생각했다.

저런 눈빛을 가진 남자는 좀처럼 실패하지 않는다. 만약 그가 지우를 제 여자로 품게 된다면, 그녀가 원하는 것뿐만 아니라 그가 가진 전부를 줄 사람으로 보였다. 다니엘은 쓴웃음을 지으며 지우가 사는 공간을 눈으로 둘러보았다.

처음 본 순간 반해 버린, 자그마한 동양인 여자. 그녀와의 낭만적인 사랑을 꿈꿨었다. 욕망이 만족되는 순간 그 낭만적인 사랑은 사라지게 된다고 했던가.

그럼 평생 낭만적인 사랑이나 하지, 뭐.

다니엘은 같은 남자로서 이렇게 포기하는 것이 자존심도 상하고 부끄럽기도 했지만 아무리 생각해도 기태혁을 이길 엄두가 나지 않았다.

* * *

"아윽, 부사장님!"

벽에 밀어붙여진 지우는 떨리는 눈으로 태혁을 올려다보았다. 그의 펜트하우스에 발을 디디는 순간 순식간에 벌어진 일이었다.

이글대는 눈동자는 금방이라도 그녀를 삼켜 버릴 것처럼 난폭

했다. 센서 등이 꺼지고 어둠이 내려앉자 그의 얼굴은 눈빛만 형형하게 빛나고 있었다.

그는 커다란 손으로 그녀의 뒷덜미를 움켜쥐고 힘껏 끌어당기며 덥석 입술을 베어 물었다. 이를 세운 남자는 허리를 휘감고 꼼짝달싹 못 하게 한 뒤 짐승처럼 거친 숨을 내쉬며 입술을 깨물고 물어뜯었다.

"아!"

아픔에 저절로 벌어진 틈새를 놓치지 않고 그의 혀가 파고들었다. 부드럽고 다정한 키스가 아니었다. 마치 벌하는 것처럼 통증을 동반하고 있었다. 숨 쉴 틈 없이 맞댄 입술과 밀착된 하체는 그의 단단한 몸에 기대어 이리저리 휩쓸렸다.

알싸한 통증 가운데 그의 체취와 뒤섞인 스킨로션 향이 코끝을 휘감았다.

"하아, 이지우 씨."

그가 드디어 입술을 떼어 내고 이마를 맞대었다.

맹수의 눈빛과 비슷했다. 거친 숨을 몰아쉬는 그의 눈동자에는 새파란 불꽃이 타고 있었다.

지우는 그가 다니엘과 그녀 사이를 오해하고 있다는 것을 알아챘다.

"부사장님, 여기서 이러지 말고 들어가서 제 말 좀 들어 주세요."

냉소를 머금은 그가 이마를 떼어 낸 뒤 나직하게 웃었다.

"무슨 말을 할지 기대되네요. 이지우 씨."

그는 상당히 기분이 언짢아 보였다. 지금은 그 어떤 말을 해도 제대로 들릴 것 같지가 않았다.

차라리 그냥 내일 만나자고 할까.

지우는 부사장의 눈치를 살피다 조심스럽게 입을 열었다.

"부사장님, 기분이 많이 안 좋아 보이네요. 우리 내일이나 다음에 보는 게 좋을 거 같아요."

그는 대답 대신 거실로 발걸음을 옮겼다.

"안 들어오고 뭐 해요?"

그는 재킷을 벗어 던지고, 넥타이를 거칠게 잡아 뺐다. 그리고 미니 바로 가더니 트레이에 술과 안주를 챙겨 들고 왔다.

지우는 하는 수 없이 안으로 발걸음을 옮겨 그를 도왔다.

"오해라는 걸 어떻게 증명할 건지 생각해 봤습니까."

그는 소파에 느긋하게 기대앉으며 물었다.

손에 들린 황금색 액체가 담긴 잔이 아슬아슬하게 흔들렸다.

"……."

"안 되면 내 방식대로 하면 되겠죠. 자, 그러려면 한잔해요."

지우는 소파에 앉아 그가 건네는 술잔을 들었다.

그가 어떤 식으로 확인하든 그녀가 결백하다는 것은 증명될 것이다. 지우는 조금 여유를 갖기로 했다. 그러자 창밖의 야경이 눈에 조금씩 들어오기 시작했다.

전면이 유리로 된 이곳에서 보는 야경은 그녀의 집에서 보는 것과는 비교할 수 없을 만큼 아름다웠다. 서울 시내가 한눈에 펼쳐져 있었다.

"야경이 멋지네요."

"말 돌리긴."

태혁이 피식 웃었다.

"이지우 씨."

"네."

"오늘 허심탄회하게 술이나 한잔할까요?"

낮게 가라앉은 그의 목소리와 달리, 검은 눈동자는 얼음 결정체처럼 반짝였다. 어딘가 모르게 살짝 변한 것 같은 그의 분위기 때문에 마음이 편치 않았다.

"부사장님, 뭔가 하실 말씀 있으세요?"

"있으면요."

시니컬하게 묻는 그의 표정에 지우는 자꾸만 움츠러들었다.

"……말씀하세요. 오늘은 부사장님이 어떤 말을 하더라도 전 다 들어 줄 수 있을 거 같아요."

지우는 어떻게든 이 얼어붙은 분위기를 바꾸고 싶었다.

"그런 말을 함부로 하다니. 내가 뭘 원할 줄 알고."

태혁은 빈 잔을 내려놓으며 자리에서 일어났다. 술병은 어느새 비어 있었다. 술을 가지러 가려고 일어난 그가 선 채로 말을 이었다.

지우는 앉은 그대로 그를 올려다보았다. 잘생긴 입가에 냉랭한 미소가 스치는 것을 보자, 심장을 누가 움켜쥐고 주무르는 것처럼 조여 왔다.

"내가 원하는 걸 해 준다는 식의 말은 듣기 거북하네요. 이지우 씨가 원해서 하면 몰라도. 안 그렇습니까."

"……!"

"이지우 씨가 보더라도 난 별로 아쉬울 게 없는 사람이잖아요.

원래 부탁은 아쉬운 사람이 하는 겁니다."

그는 뼈 있는 말을 던진 뒤 미니 바로 걸어갔다. 지우는 그 모습을 흔들리는 눈동자로 바라보았다. 조금 가까워졌다고 여겼던 마음이 형체도 없이 사라졌다. 그는 그녀의 처지를 아주 명확하게 알려 주고 있었다.

그리고 그녀가 해야 할 일이 무엇인지도.

그가 자리에서 일어설 때까지만 해도 내심 그녀 곁으로 올 것이라 기대했었다. 이런 자신이 얼마나 부끄럽고 초라하게 느껴지는지 견디기 어려울 만큼 자괴감이 들었다.

K 자동차에 입사한 이유가 이 남자를 만나기 위해서였다.

이런 남자인 줄 모르고 여기까지 온 것도 아니다. 다 알고 있었고, 각오도 했었다. 그러니 본래 목적과 초심을 잃지 말아야 한다.

대단한 남자, 기태혁이 보잘것없는 자신의 유혹에 쉽게 응할 리도 없을뿐더러 쉽게 응한다 하더라도 그 가벼움에 실망했을 것이다.

태혁은 양주와 아이스 버킷을 테이블에 내려놓으며 비어 있는 잔에 다시 술을 채웠다. 긴 다리를 우아하게 포개 앉은 그는 술잔을 들고 천천히 삼켰다.

"앞으로 여기 오피스텔 1901호에서 만나도록 하죠."

태혁의 말에 지우의 눈이 커다래졌다.

"스폰서를 만나는데 집에서 만나는 사람은 없잖습니까. 이지우 씨 사생활도 있을 테고. 예를 들면 오늘 같은 일을 목격하는 건 나로서도 썩 달갑지가 않네요. 그리고 이곳도 지난번처럼 은찬이가 불쑥 찾아올지도 모를 일이고."

"아, 네."

"스폰서 관계를 맺고 나와 정식으로 만나게 되면 그때는 주변 남자들 정리해야 할 겁니다. 산부인과는 김 실장한테 말해 놓을 테니 다녀오도록 해요."

그는 눈을 가늘게 뜨고 그녀의 표정을 살피며 남은 술을 다 들이켰다. 빈 잔을 테이블 위에 내려놓으며 다시 술병을 들어 술을 채웠다.

"하룻밤 같이 보내는 값으로 얼마나 받았는지 모르지만, 이 카드 받아요. 한도는 무제한입니다. 현금 인출도 가능하니까 우선은 이걸로 대신하죠. 그리고 1901호는 우리 둘 관계가 완전히 끝나는 날 이지우 씨 앞으로 명의가 되어 있을 겁니다."

지우는 갑자기 그가 선을 긋듯이 말하자 어안이 벙벙했다. 이렇게 둘 사이가 정리된다면 그녀가 바라던 대로 될 것 같지가 않았다.

어젯밤에 데려다줄 때만 해도 이렇게 분위기가 딱딱하진 않았었다. 그사이 무슨 일이라도 있었던 걸까.

평소와 다른 점이라면 갑자기 미국에서 찾아온 다니엘이 그녀 대신 문을 열어 주었던 것뿐이었다. 그녀가 샤워하는 동안 둘 사이에 작은 승강이가 있었던 모양인데, 일단 그 부분부터 오해를 풀어야 할 것 같았다.

"저, 부사장님."

"네."

"혹시 다니엘 때문에 기분이 안 좋으신 건 아닌가요?"

"내가 그 사람 때문에 기분 나빠해야 할 이유라도 있습니까."

가시 돋친 말에 지우는 더욱 위축되었지만, 그래도 지금이 아니면 다시 이야기를 꺼낼 기회가 없을지도 몰라 다니엘과 아무런 사이가 아니라는 것을 말하기로 했다.

"다니엘은 제가 미국에서 공부할 때 만났어요. 단순히 친구일 뿐이에요. 부사장님께서 오해할 만한 일은 없었어요."

"내가 증명해 보이라고 한 말 기억합니까."

"……네."

"그럼 이리 와요."

지우는 자리에서 일어나 그의 앞으로 다가갔다.

"제대로 해 봐요."

"……."

"설마 처음이라고 말하는 건 아니겠죠."

머뭇거리는 그녀를 향해 조소를 보낸 그가 지우의 팔을 확 잡아당겼다. 그 힘에 이끌려 카펫 위로 쓰러지다시피 앉은 그녀는 아랫입술을 깨물며 자세를 잡았다. 벌어진 허벅지 사이로 무릎을 꿇고 앉은 지우는 그의 갑작스러운 변화에 가슴이 따끔거렸다.

지우는 손을 들어 허리띠와 버클을 풀었다. 여기까지는 어떻게 했지만, 연이어 지퍼를 내리고 그의 페니스를 손으로 만져야 한다는 생각에 자꾸만 움츠러들었다.

"가르쳐 줘야 합니까. 어떻게 좆을 빨아야 하는지."

낮게 으르렁거리듯 내뱉는 목소리엔 열기가 떠돌았다. 흥분한 그의 페니스는 점점 부피를 키워 나가고 있었다. 지우는 떨리는 손으로 지퍼를 내리고 그의 바지를 살짝 아래로 끌어당겼다. 그는 엉덩이를 들고 그녀의 동작을 도왔다.

드로우즈 안에 팽팽하게 부푼 그것이 밴드 위로 모습을 드러내고 있었다. 지우는 팬티를 끌어내리고 무성한 음모 사이에 당당하게 솟아오른 그의 것을 손으로 잡았다.

"으음."

그의 입에서 신음이 새어 나왔다. 저 목구멍 아래에서부터 끓어오르는 앓는 소리는 지우의 용기를 북돋워 주었다. 한 손으로 잡기에 버거울 만큼 두껍고 기다란 그의 것을 두 손으로 붙잡고 고개를 숙여 혀로 핥았다.

그녀를 바라보는 태혁의 눈빛이 낮게 가라앉았다. 머릿결이 허벅지 위를 살짝 건드리듯 스치는 촉감은 짜릿함을 배가시켰다.

막 샤워를 하고 온 뒤라서 그런지 그녀에게선 희미한 꽃내음이 풍겼다. 체향과 뒤섞인 향은 마치 최음제처럼 그를 흥분케 했다. 하얗고 가느다란 손가락이 그의 시커멓고 흉측한 물건을 잡은 모습은 뇌를 녹여 버릴 만큼 자극적이었다. 폭주하고 싶은 욕망을 내리누르며 그녀가 하는 대로 지켜보았다.

새빨간 입안으로 삼켜지고 뱉어지는 모습은 더없이 농밀했다. 단전에 힘이 바짝 들어가며 목구멍이 한껏 조여 왔다.

"흐음."

팔걸이에 올려진 그의 손은 힘줄이 불거질 만큼 꽉 움켜쥔 상태였다. 팔걸이에서 손을 떼면 그녀의 머리를 잡고 내리누를 것만 같아 간신히 참고 있었다.

잔뜩 상기된 얼굴로 그를 올려다보며 호소하는 눈빛에 태혁은 그녀를 일으켜 세웠다. 발갛게 부풀어 오른 입가에 묻은 타액을 손등으로 닦아내는 모습까지 선정적이었다.

"생각보다 실력이 별로네요. 이래선 온종일 해도 못 끝낼 거 같네요."

쿠퍼액을 흘리는 그의 물건을 손으로 잡아 귀두를 문지른 다음 드로우즈를 위로 끌어 올렸다.

곤혹스러운 표정으로 그를 바라보는 지우의 눈동자는 촉촉이 물기로 젖어 있었다. 태혁의 눈에 비친 그녀는 16세의 순수함과 30대의 요염함까지 골고루 가진 얼굴을 하고 있었다. 분위기에 따라 표정이 변하는데, 그것이 사람의 시선을 단단히 끌어당겼다.

작은 계집아이처럼 심장을 간질거리게 하는 무언가가 있었다. 마치 미성년자에게 몹쓸 짓이라도 하는 것처럼 변태가 되어 버린 기분이었다. 조바심과 죄책감을 동시에 불러일으켰다.

이 미칠 것 같은 기분에 자신을 주체할 수가 없었다. 태혁은 노골적인 시선으로 지우를 보았다.

"이리 와요."

태혁은 지우를 그의 허벅지 위에 앉힌 뒤 허리를 휘감으며 뒷목을 끌어당겼다. 지우의 보드라운 입술이 그의 입술 위에 닿았다. 탄력 넘치는 가슴이 눈앞에 가득 들어왔다. 태혁은 혀를 내밀어 입 안으로 파고듦과 동시에 그녀의 가슴을 움켜쥐었다.

"하아, 아아."

가슴을 만지자 키스를 하던 입이 자꾸 벌어지며 안에서 달콤한 신음이 쏟아졌다. 손바닥에 맨살이 닿도록 하고 싶다는 생각이 들었다. 입술이 아니라 솟아오른 유두를 입안에 넣고 빨아 대다 이로 자근자근 씹어 버리고 싶은 욕망에 견딜 수가 없었다.

"으음, 빨아 줄까요?"

입술을 떼어 낸 그가 그녀를 올려다보며 물었다.

나른하게 내리뜬 눈으로 그를 바라보던 그녀는 살짝 고개를 끄덕였다. 그것을 신호로 태혁은 지우를 안아 들었다.

곧장 침실로 가서 지우를 내려놓으며 뜨거운 눈길로 그녀를 보았다.

"옷 벗어. 내가 벗기면 찢어 버릴 것 같으니까."

거친 숨을 내쉬며 몸 위에 걸쳐진 옷가지들을 벗어 던졌다. 태혁은 내부에서 요동치는 흥분을 어떻게든 발산해 버리고 싶었다.

지독할 만큼 강렬한 쾌감이 기다리는 곳에 어서 제 분신을 묻어 버려야 한다는 생각뿐이었다. 그를 기만하고 신분을 속인 채 접근해 온 그녀의 목적이 무엇이든 지금 이 순간에는 다 용서가 될 것 같았다.

속옷 차림으로 침대 한쪽에 몸을 웅크린 채 앉은 그녀에게 다가갔다.

"이제 증명해야죠. 이지우 씨."

태혁은 지우를 침대 위에 눕힌 뒤 한쪽 팔로 상체를 지탱하며 몸을 덮치듯 감쌌다. 그리고 한쪽 손을 내려 팬티 안으로 밀어 넣었다. 곱게 휘감기는 음모가 사랑스럽다는 생각이 들었다.

애액에 젖은 음모의 모습을 떠올리자 손짓이 다급해졌다. 허벅지를 바짝 붙이며 손가락의 진입을 방해하는 동작 때문에 그는 지우의 귓가에 대고 속삭였다. 생각 외로 저항하는 힘이 컸다. 쉽게 다리를 벌려도 기분이 나쁠 것 같긴 했지만, 완강하게 저항하는 그녀도 못마땅했다.

"이지우 씨, 처음도 아니면서 왜 이러는 겁니까. 지금 억지로 하는 거면 여기서 그만합시다."

태혁은 마음에도 없는 소리를 내뱉었다. 사실은 그녀가 정말 그러자고 할까 봐 겁이 났다.

입매를 꾹 다문 채 그를 올려다보던 지우는 다리를 서서히 벌리며 고개를 옆으로 젖혔다.

하, 정말 보는 것만으로도 돌아버릴 것 같았다.

태혁은 다급하게 가슴을 가린 브래지어를 풀어 버렸다.

아, 눈이 부실 만큼 아름다운 가슴이 모습을 드러냈다. 양손으로 가슴을 가린다고 모으는 손짓이 더욱더 자극적이었다.

하얀 무덤처럼 솟은 가운데 핑크빛의 작은 유두가 점을 찍어 놓은 것처럼 달려 있었다. 저 부분이 그렇게 예민했던가. 그녀의 스위치나 다름없는 가슴을 입안 가득 삼켰다. 그리고 팬티는 아래로 끌어내려 거치적거리지 않도록 치워 버렸다.

탄탄한 허벅지로 그녀의 다리를 구속하고 한쪽 다리를 팔에 걸어 넓게 벌리자 몸이 유연하게 휘어졌다. 손안에 착 감기는 피부는 꿀을 발라 놓은 것처럼 달콤했다. 미끈한 종아리와 탄력 넘치는 허벅지를 쓰다듬고 그 사이의 짙은 음모와 붉은 꽃잎을 손으로 만지며 모습을 익혔다.

아직 바짝 힘이 들어간 허벅지는 여전히 그의 손을 밀어내려 버둥거렸지만, 그것마저도 그에겐 사랑스럽게 느껴졌다.

"하아……. 제대로 안 할 겁니까."

목소리에 실린 힘이 느껴진 모양인지 그녀의 허벅지가 조금 더 넓게 벌어졌다. 태혁은 참을 수 없는 욕정에 가슴을 세차게 빨아 대던 입술을 떼어 내고 보드라운 음모에 얼굴을 묻었다.

"아아, 부, 부사장님, 거긴……."

"내 머리칼을 다 뜯어 놓을 만큼, 빨아 주는 거 좋아하잖습니까."

이미 손가락으로 만져지고 헤집어진 곳은 미끈거리는 애액으로 젖어 있었다. 태혁은 어서 그것을 맛보고 싶어 환장할 지경이었다. 누군가의 애액을 이렇게 삼켜 보기는 이지우가 처음이었다. 지난번 맛보았던 이곳은 밤마다 그를 괴롭히는 원천이었다. 혀를 넓게 펴 핥아 올리고 비벼 대자 가녀린 허리가 위로 휘어졌다.

"아, 아흑!"

그의 얼굴을 허벅지로 조이며 버둥거리는 그녀를 단단한 손으로 눌러 허벅지를 벌렸다.

얼굴을 들어 올린 그는 지우를 향해 차갑게 내뱉었다.

"이지우 씨. 하아, 내가 지금 강간하는 겁니까. 당신, 지금 얼마나 어설픈지 알고나 있습니까."

"그냥 빨리 해요. 제발."

태혁은 기가 찼다.

이미 부풀 대로 부푼 그의 페니스를 손에 잡고 자세를 잡았다.

"좋습니다. 원하는 대로 하죠."

그의 페니스로 아래를 문지르며 클리토리스를 툭툭 건드리자 지우의 허리가 휘며 엉덩이를 들썩였다.

파란 핏줄이 돋아난 목선에 혀를 내밀어 핥아 올린 뒤 허리에 힘을 주고 힘껏 안으로 밀어 넣었다.

"아흑!"

태혁은 좁디좁은 곳으로 파고들었다. 그를 밀어낼 것처럼 강한 압력으로 조이며 꿈틀대는 그곳은 불구덩이처럼 뜨겁고 화끈거렸다. 척추를 타고 뇌를 강타할 만큼 강렬한 통증에 신음을 터트렸다.

"윽!"

"아, 제발, 살살 해요."

"힘 빼요. 이러면 다칩니다."

순간 태혁은 본능적으로 그녀가 경험이 없다는 것을 느꼈다. 너무 흥분한 나머지 그 사실을 뒤늦게 깨달은 그는 어금니를 지그시 깨물며 그녀가 고통에 익숙해지기를 기다렸다. 사실 다른 방법이 없었다. 여기서 멈춘다면 그가 돌아 버릴지도 모른다.

"하아, 하아."

"네. 그렇게 힘을 빼요."

식은땀을 흘리며 그가 시키는 대로 힘을 뺀 그녀는 왈칵 눈물을 터트렸다.

"흑, 너무 아파요."

태혁은 복잡한 눈빛으로 그녀를 내려다보았다.

귓가로 흘러내리는 눈물을 입술로 빨아들이며 혀로 핥았다.

"쉬, 금방 좋아질 겁니다."

유난히 느끼는 가슴으로 손을 옮겨 유두를 세심하게 비벼 대고 문지르자 그녀가 반응을 보이기 시작했다. 다른 한 손으로 클리토리스를 문지르고 결합한 부위를 손으로 살살 어루만지듯 건드리자 손끝에 혈액이 묻어났다.

제2화

순간 마음속에 그림자가 짙게 드리워졌다. 이성을 날려 버리고 싶을 만큼 격렬하게 쾌락을 좇아가고 싶지만, 지금 이지우가, 그리고 과거의 모습이 그를 붙들었다. 태혁은 그녀 안에서 몸을 빼낸 뒤 울고 있는 그녀를 품 안 가득 끌어안았다.

가슴 한구석에 시린 바람이 불었다.

이지우.

한 회장의 사생아.

아버지 성을 따르지도 못하고 어머니 성을 받아 이지우로 살아온 이 여자의 마음을 헤아려 보았다. 기분 나쁘게도 그가 살아온 시간과 너무 흡사해서 소름이 돋을 지경이었다.

술집 여자인 엄마와 기 회장 사이에서 태어난 태혁은 형 동혁이 죽기 전까지 엄마와 함께 외국에서 살았었다.

동혁과 14살 차이가 나는 태혁은 10살 때 한국에 들어올 수 있었다. 그때가 되어서야 기 회장은 태혁을 아들로 받아들인 것이다.

그러나 이미 망가질 대로 망가진 태혁은 보통 사람들과 달리 감정이 결여되어 있었다. 지금은 많이 회복되어 정상적인 생활이 가능하지만, 가슴 밑바닥에는 아직도 치유되지 못한 상처들이 있었다.

그에게 꿰뚫린 채 울면서 흔들리는 지우의 모습뿐만 아니라, 그녀의 오피스텔에서 문을 안전체인으로 걸어 둔 채 승강이를 벌이던 그 모습이 끔찍했던 과거와 닿아 있었다.

기저에 깔려 있던 기억들은 아무런 여과도 없이 튀어나왔다.

영원히 열리지 않는 문.

아무리 애원하고 울부짖어도 열어 주지 않던 여자.

사내와 헐떡이며 약에 취한 눈으로, 울부짖는 어린 소년을 보며 잔인하게 웃고 있던 여자, 그 여자! 엄마!

'……엄 ……마, 무서워, 제발! 내가 잘못했어요. 열어 주세요. 흐흑.'

어두컴컴하고 지저분한 복도.

여기저기 약에 취해 그를 위협하는 사람들.

그를 지금까지 붙들고 놓아주지 않는 과거의 기억이 어째서 이 지우와의 관계에서 또렷이 떠오르는 것인지. 악의 소굴 같은 그곳에서 어린 소년이 배운 것은 세상에 대한 냉소와 불신이었다.

지금 품에 안긴 채 고른 숨을 내쉬고 있는 지우의 가냘픈 어깨를 손으로 문지르고 척추를 쓸어내렸다.

"이지우 씨, 자는 겁니까."

태혁이 낮은 목소리로 말했다. 지우의 고개가 살짝 젖혀지며 그를 올려다보았다.

그가 부르는 소리에 수줍은 미소를 지으며 눈을 내리떴다.

태혁은 기가 막혀 피식 웃고 말았다.

"뭘 잘했다고 웃는 겁니까. 울다가 웃으면 어떻게 되는지 모릅니까."

태혁의 말에 지우의 얼굴이 빨개졌다.

"죄송해요. 제가 경험이 없어서. 다음부터는 잘하도록 노력해 볼게요."

"그게 노력한다고 잘되는 겁니까. 앞으로 내 걸로 길을 내듯 할 테니, 잘 따라오기나 해요."

말은 무뚝뚝하게 했지만 태혁의 마음 한편에는 좀 더 조심하고, 부드럽게 대해 주지 못했다는 아쉬움이 자리했다. 종잡을 수 없는 여자의 모습에 태혁의 의구심은 여전히 남은 상태였다. 그것이 기분을 싸하게 긁어내렸지만, 못 견딜 정도는 아니었다.

이지우 자체만 놓고 본다면 더할 나위 없이 흡족했으니까.

"……그런데 그렇게 뭐, 길을 낸다는 식으로 말하니까 기분이 이상해요. 그렇게 되면 저는 다른 사람하고는 전혀 할 수가 없게 되나요?"

"지금 발언이 상당히 위험했다는 거 압니까. 도대체 미국에서 살다가 왔으면서 이쪽으로 이렇게 꽉 막혀 있으면 어쩌자는 겁니까."

태혁은 속으로 웃음을 참으며 아닌 척 말했다. 그러자 어째 지우의 표정이 순식간에 어두워졌다.

"요즘 처녀보다는 오히려 유경험자를 좋아한다는 소릴 듣긴 했지만, 저는 차마 그럴 수가 없었어요."

한 회장이 딸 관리는 확실하게 한 모양이네.

"아버지가 엄격하신 분이었나 봅니다. 아버지는 뭐 하시는 분입니까."

태혁은 모르는 척 시침을 뚝 떼고 물었다. 예리한 눈빛으로 그녀의 표정 하나하나를 놓치지 않겠다는 각오로 살폈다.

"내가 살아갈 이유죠. 살아 있는 이유이기도 하고. ……아버지는 사업을 하고 계세요."

차분하게 가라앉은 목소리로 말하는 그녀를 바라보던 태혁은 역시나 하는 생각에 비릿한 미소를 머금었다.

그렇게 좋은 아버지를 떠나 경쟁사인 이곳에 와서 이러고 있는 이유는 아무리 좋게 생각하려 해도 한 가지로 귀결되었다.

그가 기 회장의 눈 밖에 나지 않기 위해 수단 방법을 가리지 않고 일을 하듯이, 그녀도 한 회장에게 인정받기 위해 나름 애를 쓰는 중일지도 모른다. K 자동차 연구소에 근무하는 그녀가 어떤 식으로 SJ 자동차 한 회장에게 도움이 될지는 두고 볼 일이었다.

태혁은 지우의 몸을 바로 누이며 그 위로 몸을 겹쳤다.

양팔로 침대를 짚은 뒤 그녀를 삼킬 듯 내려다보자 지우는 그의 시선을 대담하게 받아 내며 가냘픈 팔을 뻗어 그의 목을 감싸 끌어당겼다.

"이제는 좀 자신이 생겼나 봅니다."

입술을 겹치기 전 묻자 그녀의 입술이 위로 휘어지며 작은 소리로 웃었다.

"가르쳐 주세요. 잘할 수 있게."

"그러려면 일단 늘리는 것부터 해야겠네요."

조금 뒤, 질척한 소리가 끊임없이 새어 나왔다.

* * *

눈을 뜬 지우는 높다란 천장에 매달린 샹들리에를 보며 이곳이 기태혁의 펜트하우스란 사실을 깨달았다.

옆으로 시선을 돌리자 누군가 누워 있었던 흔적만 남아 있을 뿐 그는 보이질 않았다. 만약 눈을 떴을 때, 부사장의 얼굴이 바로 눈앞에 있다면 조금 많이 당황했을 것이다. 차라리 이렇게 혼자 눈을 뜨는 편이 나았다.

완전히 잠이 깬 지우는 눈을 감은 채로 지난밤 일을 떠올렸다.

밤새 있었던 일들이 파노라마처럼 스쳐 갔다. 좌르르 펼쳐진 영상은 29금으로 도배되어 있었다. 새벽녘쯤에서야 간신히 놓여난 그녀는 기절한 것처럼 깊은 잠에 빠져들었다.

거기까지 생각한 지우는 머리를 흔들며 시트를 뒤집어썼다.

역시 우려한 바대로 몸 여기저기서 비명을 질러 댔다. 그뿐 아니라 밤새 괴롭힘을 당했던 그곳은 열감과 함께 통증이 느껴졌다.

정말 어지간히 했어야지.

더 늦기 전에 씻고 회사에 출근해야 한다는 생각에 간신히 몸을 일으켰다. 무거운 몸을 이끌고 욕실로 향한 지우는 가운을 벗어 세면대 옆에 놓아두고 거울 앞에 섰다.

그 순간 지우의 입에서는 찢어질 듯한 비명이 터져 나왔다.

"까악!"

경악한 눈으로 거울에 비친 제 모습을 보았다. 혹시나 하고 여기저기를 비춰 보지만 겉으로 드러나지 않는 부위는 정말 성한 곳이 없었다. 특히 가슴 부위와 배, 허벅지 사이에 집중적으로 붉은 자국이 나 있었다.

"이, 이게 뭐야!"

황당한 표정으로 거울을 보고 있던 지우는 등 뒤로 커다란 남자가 모습을 드러내자 소스라치게 놀랐다. 거울에 비친 커다란 남자의 정체는 부사장 기태혁이었다. 지우는 얼른 가운으로 몸을 가렸다. 그는 욕실 문틀에 몸을 기댄 채 무심한 눈길로 지우의 몸을 훑어 내렸다.

"잘 잤습니까."

"지, 지금 이 꼴을 보고도 그런 소리가 나와요?"

"비명 소리가 나서 와 봤더니, 그걸 보고 그런 겁니까."

한껏 눈을 치켜뜬 지우는 팔을 뻗어 그를 밀어냈다.

"나가요. 사람 몸을 이 지경으로 해 놓다니."

"좋았잖습니까."

태혁이 느릿하게 내뱉으며 그의 가슴을 밀어내는 지우의 손을 붙들었다. 밀어낸다고 밀릴 그도 아니었지만, 아주 가뿐하게 그녀의 손을 결박한 채 벽으로 밀어붙였다.

머리 위로 들어 올려진 손을 한 손으로 붙들고 다른 한 손으로는 그녀의 뺨을 어루만지며 머리카락을 귀 뒤로 넘겨 주었다. 그리고 부드러운 손길로 귓불을 매만지며 천천히 목덜미로, 빗장뼈로 옮겨갔다. 손의 움직임이 농밀해질수록 지우의 숨은 조금씩 빨라졌다. 그걸 들키지 않기 위해 입술을 지그시 깨물었다.

그는 아랑곳하지 않고 그가 새겨 놓은 자국을 아주 만족스럽게 바라보며 웃고 있었다.

샤워를 한 모양인지 그의 결 좋은 머리카락이 촉촉이 젖어 있었다. 매끈하게 면도가 된 날렵한 턱선과 시크한 입매를 바라보다 문득 낯 뜨거운 장면이 생각나 시선을 내려뜨렸다.

"나 좀 봐요."

입술을 깨물며 고개를 살짝 옆으로 돌렸다. 그러자 가슴을 어루만지던 손이 턱 끝을 잡고 힘주어 그를 바라보도록 했다. 얼굴이 화끈거릴 만큼 달아오른 지우는 간신히 그와 눈을 맞추었다.

태혁의 눈은 어두운 밤처럼 위험해 보였다. 저 칠흑 같은 어둠 속으로 곧장 빨려 들 것 같았다. 이번에는 홀린 듯 시선을 놓지 못하자, 그는 결박한 손을 놓아주는 대신 그녀의 허리를 단단하게 휘감으며 뒷목을 감싸 안았다.

어깨에서 떨어져 버린 가운은 욕실 바닥에 아무렇게나 뒹굴었고, 그녀는 다 벗은 채로 그의 품에 안기었다.

"김 실장이 출근시켜 줄 겁니다. 가는 동안 푹 자도록 해요. 그리고 일 마치면 김 실장이 태워 주는 차를 타고 1901호로 와요. 기다리고 있을 테니까."

"……."

"아침이니까 가볍게 손으로 보내 줄게요. 어깨 붙잡아요."

순간 아연해진 지우는 눈을 깜빡이며 그가 보내 준다는 말의 의미를 되새겼다.

"음, 지금 서 있는 것도 힘들 만큼 불편하니까, 제발 그냥 놔두세요, 부사장님."

지우는 그의 어깨에 양손을 올리며 몸을 떼어 내려 했지만, 꿈쩍도 하지 않았다.

"말해 봐요. 어디가 불편한지."

그는 부끄러운 말을 서슴지 않고 해대며 상대방에게도 그런 곤란한 대답을 강요하는 버릇이 있었다.

나른한 선율처럼 달콤하게 속삭이던 태혁은 지우의 척추를 느릿하게 오르내리며 어루만졌다. 스르르 긴장이 풀리고 온몸이 흐물거리는 느낌에 앓는 소리가 튀어나왔다.

"아흑."

그가 움직임을 멈추고 잠시 그녀를 바라보았다. 열을 품은 눈동자에 이채가 어렸다.

"……내가 직접 보도록 하죠."

설마라고 생각한 순간 그녀의 아랫배에 따뜻한 입김이 느껴졌다.

미쳤어, 정말.

지우는 허리를 뒤틀며 빠져나오려 했지만, 그는 양손으로 허리를 붙들고 조금 뒤로 몸을 밀었다.

그의 어깨 위에 한쪽 다리가 걸쳐지고 다리 사이가 벌어졌다.

"저런, 많이 아프겠네요."

전혀 걱정하는 표정이 아닌 얼굴로 그녀를 올려다보더니 붉은 혀를 내밀어 허벅지 안 깊숙이 갖다 댔다.

살살 달래듯 뜨거운 혀로 비벼 대고 살점을 꾹꾹 누르며 녹진하게 풀어내기 시작했다. 난잡한 소리가 욕실 가득 울렸다. 눈을 질끈 감은 지우는 밀려오는 감각에 낮게 신음하며 그의 머리카락을 움켜잡았다.

"아, 아흑, ……하아."

혀의 움직임이 점점 빨라지기 시작했다. 단단하면서도 부드러운 혀가 내벽을 건드리자 발끝에 힘이 바짝 들어갔다. 서서히 시작된 쾌감은 끝도 없이 이어졌다.

"참지 말고 싸도록 해요. 다 받아 마실 테니까."

흥분한 기색이 역력한 그는 천연덕스럽게 말하며 클리토리스에 입술을 비벼 댔다. 밤새 물고 빨린 그곳은 건드리기만 해도 찌릿 전기가 흐르는 것처럼 예민해져 있었다.

"하아, 그, 그만!"

지우는 울부짖으며 헐떡였다. 감당하기에 너무나도 큰 쾌감이 전신을 휩쓸고 지나갔다. 아무것도 보이지 않는 절정의 상태가 지나가고 조금씩 눈앞에 사물이 보이기 시작했다.

태혁은 그런 그녀와 눈을 맞대며 바지 앞섶을 문질러 댔다. 그러다 안 되겠는지 들릴 듯 말 듯 욕설을 내뱉으며 제 페니스를 꺼내 쥐어짜듯 만져 댔다.

"하아, 으윽."

이글대는 눈동자가 그녀를 꿰뚫을 것처럼 파고들었다.

단단하게 군은 턱선과 살짝 깨문 아랫입술, 점점 빨라지는 손동작은 곧 절정임을 말하고 있었다. 부끄럽고 민망한 상황이지만, 그는 집요하게 그녀를 올려다보며 마지막을 향해 움직였다.

이윽고 절정의 순간, 그는 어깨를 잘게 떨며 그녀의 아랫배에 얼굴을 묻었다.

"윽, 하아, 하아."

천연대리석 욕실 바닥에는 진득한 정액이 뿌려졌다.

그는 무릎을 세운 채 바닥에 대고 있던 몸을 일으키며 페니스와 손에 묻은 정액을 수건에 닦아 낸 뒤 바지를 끌어 올렸다. 태혁의 짙은 눈매가 만족스럽게 휘어졌다.

"……이지우."

정돈되지 않은 호흡 때문에 말소리가 갈라졌다.

그가 부르는 소리에 지우는 숨을 삼켰다. 당혹스러움과 수치심에 마냥 흔들리던 눈동자가 그에게로 향했다.

복잡 미묘한 얼굴로 그녀를 내려다보던 그는 더 말을 잇지 않았다. 그저 한참을 바라보다 욕실을 나섰다.

* * *

지우는 김 실장이 운전하는 차에 타고 있었다. 묵묵히 운전하던 그는 가끔 룸미러로 지우의 얼굴을 힐끗 쳐다보았다.

한 회장의 딸, 이지우.

알고 봐서 그런지 한지철 회장의 얼굴이 얼핏 비쳤다. 그래서 핏줄은 속이지 못한다는 말이 있나 보다 싶었다.

이른 아침부터 이지우가 입을 만한 옷을 찾기 위해 퍼스널 쇼퍼와 연락하고 나름 바쁘게 설쳐야만 했었다. 부사장은 김 실장에게 전화해서 뜬금없이 목까지 올라오는 블라우스와 그것에 어울리는 여성 정장을 한 시간 내로 갖고 오라는 지시를 내렸었다.

왜 그러나 했더니 짐작이 갔다.

피부 톤이 살짝 내비치는 레이스로 된 블라우스는 이지우의 가녀린 목선을 적당하게 가려 주고 있었다. 김 실장이 아는 기태혁 부사장은 여자의 옷을 세심하게 챙겨 주고, 구두까지 신경 쓰는 남자가 아니었다.

그런 부사장의 마음을 아는지 모르는지 여자는 차에 타면서부터 시종일관 차창 밖을 보고 있었다.

불편한 수치심을 감당하기 힘들어 외면하고 시선을 피하는지도 모른다. 떳떳치 못한 관계라서 더 그럴지도 모르지만, 기태혁 부사장은 전혀 개의치 않을 것이다.

시간이 지나면 자연스럽게 알게 되겠지만, 오늘 부사장이 그의 차에 그녀 혼자만 태워 보냈다는 건 누가 알게 되더라도 상관하지 않겠다는 뜻이기도 했다.

이제 그들이 알아내야 할 것은 한 회장의 딸이 기태혁의 여자가 되기 위해 애쓰는 이유였다.

* * *

지우는 A동과 조금 떨어진 곳에서 내리겠다고 했다.

직원들이 부사장의 차를 모를 리 없고, 그 차에서 내리면 무슨 소리를 들을지 모르기 때문에 일단 조심해서 나쁠 건 없었다.

김 실장은 말뜻을 바로 알아듣고 차를 멀찍이 떨어진 곳에 세웠다.

"퇴근은 언제 하십니까."

"서울 시내에서 약속이 있어요. 약속 시각이 오후에 잡혀 있어서 끝나는 대로 바로 들어갈게요. 퇴근은 신경 안 쓰셔도 될 거 같아요."

"네, 알겠습니다."

차에서 내린 지우는 김 실장이 유턴해서 다시 연구단지 밖으로 나가는 것을 본 뒤에야 발걸음을 떼어 놓았다.

휴대전화를 꺼내 다니엘에게 전화를 걸었다. 시차 적응 때문에 자고 있을지도 모르겠단 생각이 들었지만, 어젯밤의 일도 있고 해서 안부 겸 전화를 걸었다.

「다니엘? 일어났어?」

-지우, 출근하는 거야?

「응, 연구소에 다 왔어.」

-어제 집에는 들어왔었어? 밤늦게 전화해 본다는 게 깜빡했네.

「별일 없었어. 잘 들어왔고.」

지우는 거짓말을 하면서 양심의 가책을 느꼈다.

다니엘은 그녀에게 소중한 친구였다. 그런 친구를 기만하거나 속인다는 것은 있을 수 없는 일이었다. 하지만 기태혁의 날 선 반응 때문에 어쩔 수 없이 속여야만 했다.

「오전에는 내가 연구소 회의 때문에 나갈 수가 없지만, 오후에는 시간이 되는데, 간단하게 차나 한잔할까?」

지우가 먼저 묻자 다니엘은 한결 밝은 목소리로 대답했다.

-그러면 나야 좋지. 어디서 볼까?

「너 좋아하는 곳 있잖아. 인사동에서 보자.」

-좋았어. 그럼 나중에 연락해. 기다릴게.

전화를 끊은 지우는 다니엘과 의논해야 할 것들을 머릿속으로 정리하며 빠트린 건 없는지 하나하나 되짚어 가며 생각했다.

SJ 자동차 사가 발표한 대로 자율주행차를 레벨 4 수준까지 개발했는지의 사실 여부도 다니엘은 힘닿는 데까지 알아 올 것이다.

이제 그녀가 생각했던 구상대로 조금씩 맞춰져 가고 있었다. 엄마의 죽음을 슬퍼할 수도, 울 수도 없었던 그녀의 가슴은 새카맣게 타서 재가 된 지 오래였다. 그녀는 엄마의 영정 앞에서 마음 놓고 통곡할 수 있는 그날이 오기만을 기다리고 있었다.

지우가 사무실에 들어서자 미현이 쪼르르 다가와서 뭔가를 내밀었다. 받고 보니 USB였다.

"여기 뭐가 들었기에 주는 거죠?"

"어머, 벌써 그걸 잊어버리셨나? 지우 씨가 스케치했던 재규어 생각 안 나요?"

"아, 바쁘실 텐데."

"그래도 꼭 해 보고 싶은 작품이라 3D 작업 끝냈어요. 사실 기은찬 씨가 스케치한 것도 작업하느라 정신없었지만요. 둘 다 완성했으니 저는 조금 쉬려고요."

"네, 고생 많으셨어요."

지우는 진심이 담긴 표정으로 인사했다.

"그런데 이지우 씨 연애하죠? 오늘 그 옷은 뭐예요? 세상에나, 이렇게 비싼 옷을 입은 사람은 처음 봤어요. 이지우 씨 돈 많은가 봐요. 부럽네요."

지우는 미현의 말에 이렇다 할 대꾸를 하지 않고 그냥 살며시 미소를 지었다. 미현이 홀가분한 표정을 지으며 사라진 뒤, 지우는 차분하게 업무를 시작했다. 복잡한 머릿속과는 달리 그녀의 표정은 편안해 보였다.

* * *

태혁의 마호가니 책상 위에는 서류들이 빼곡하게 들어차 있었다. 지우가 가고 난 뒤 김 실장으로부터 건네받은 서류를 펼치며 검토에 들어갔다.

그가 오전 내내 검토한 것은 태혁과 동업하고 있는 제임스 리로부터 온 서류였다.

세계 대부분의 자동차 회사가 인공지능 개발업체와 협약을 맺거나 인수하는 쪽으로 가닥을 잡아 가고 있지만, 현실적으로 막대한 비용이 들 뿐 아니라, 그 실효성이란 것이 장담할 수 없기 때문에 모든 자동차기업은 신중을 기할 수밖에 없었다. 하지만 K 자동차 사는 태혁이 설립한 IT 회사 덕분에 이런 고민으로부터 자유로웠다.

"제임스, 나야. 보고서는 잘 받았어."

태혁은 잠긴 목소리로 통화를 이어 갔다.

-한국에 들어갈 거 같은데, 친구가 먼저 한국에 가 있거든.

"그래? 언제쯤 들어온다는 거지?"

-3일 안에는 갈 거 같아.

"며칠 늦는다고 해서 문제 될 건 없겠지. 좋아, 그때 보자고."

태혁은 SJ 자동차 사에서 K 자동차 사를 상대로 도전장을 내밀었다고 보고, 이에 대한 대비책을 마련하기 위해 극비리에 추진하던 것을 세상에 오픈할 생각이었다.

지금 당장 한다는 것이 아니라 언제라도 오픈할 수 있도록 만반의 준비를 하기 위함이었다.

제임스와 통화를 끝낸 태혁은 책상 위 서류를 하나씩 검토하기 시작했다. 얼마쯤 시간이 흐른 뒤, 태혁은 서류에서 시선을 떼어 내며 피곤한 눈을 지그시 감았다. 집중하기 위해 몇 배의 에너지를 소모한 탓이었다. 불쑥 튀어나오는 단상이 업무의 흐름을 매번 깨트렸다. 머리를 털며 생각을 떨쳐 내려 해도 그의 의지로는 불가능했다.

마치 커다란 문제에 봉착한 것처럼 모든 사고가 이지우 쪽으로 향하고 있었다.

그가 직접 검토하고 사인을 한 서류들이 오른편에 잔뜩 쌓여 있지만 정작 결재한 내용이 무엇인지는 떠올려 보려 해도 제대로 기억나는 건 하나도 없었다.

그의 사인 하나에 막대한 금액이 왔다 갔다 하는데, 이런 꼴이라니. 이 난감한 상황을 어떻게 타개해야 할지 고민해 봐도 뾰족한 수가 없었다.

차라리 보내지 말 걸 그랬나. 옆에 꽁꽁 묶어 두고 일 마칠 때까지 곁에 둘 걸 그랬나.

그것보다, 꽤 아플 텐데.

……지금이라도 가서 데려와야 할까.

그가 마른 얼굴을 문지르며 서재를 벗어났다. 커피라도 마시면 좀 나아질까.

초조함에 입안이 바싹 말라 왔다.

창가 쪽 책상 위에는 김 실장이 보던 서류가 놓여 있었다. 태혁이 출근하는 대신 집에서 일할 때는 김 실장도 이곳에서 일을 보곤 했다. 그런데 잠깐 자리를 비웠는지 보이질 않았다.

태혁은 그곳을 스쳐 가려다 잠깐 발걸음을 멈추었다. 그러고 보니 김 실장에게 보고받지 못했다. 이지우를 제대로 출근시켜 줬는지, 중간에 무슨 말은 없었는지, 이러저러하다는 보고가 있어야 했다.

매번 닦달해야 정신을 차리려나.

저가 언제 이런 적이 있었던가. 이지우에게 얼마나 신경 쓰고 있는지 뻔히 알면서 시침을 뚝 떼고 보고를 생략하다니. 괘씸했다.

이른 아침부터 부려 먹은 것에 대한 소심한 복수인가.

별일 없이 잘 도착했으니 보고를 않은 것이겠지만, 기회를 봐서 따끔하게 말해야겠다고 생각하며 주방 쪽으로 향했다.

언제 내린 커피인지 모르겠지만, 집 안 가득 은은한 커피 향이 맴돌았다. 태혁은 직접 머그잔에 커피를 가득 담은 뒤 한 모금 삼켰다.

오전에 도우미가 왔다 간 모양인지 집안은 깨끗하게 정돈되어 있었다. 김 실장은 도우미 입을 철저하게 단속하며 어떤 말도 새어 나가지 않게 다짐을 받았을 것이다.

그런 건 시키지 않아도 잘하면서…….

여기저기 널려 있는 여자의 흔적에 꽤 당황했을 텐데도 아무 말이 없는 걸 보면 상황 판단을 끝낸 모양이었다.

사실 그가 이곳에 사람을 데려와서 재운 적은 이번이 처음이었다. 가끔 조카 은찬이 찾아오긴 했지만, 고작 한두 시간 정도 머무는 것이 다였다. 그나마도 이젠 발길이 뚝 끊겼다. 아마 형수가 언질을 줬을 테고, 은찬으로서는 따를 수밖에 없었을 것이다.

24살에 미망인이 된 형수는 지금까지 아들 은찬만을 바라보며 살아왔다. 은찬이 장성하기까지 숨죽인 채 지내 온 그녀는 서서히 발톱을 드러낼 준비를 하고 있었다. 그런 걸 보면 형수도 보통 여자는 아니었다.

인간으로 보면 쥐꼬리만큼의 연민이라도 생기겠지만, 그녀는 엄연히 태혁의 적이었다. 그의 목에 칼날을 들이밀 여자였다. 그러니 사소한 동정이라도 금물이었다.

태혁은 생각을 털어 내듯 베란다 창 쪽으로 향했다. 흩뿌려져 있는 빗방울을 보며 혀를 찼다.

"쯧, 비까지 오고."

무겁게 내려앉은 회색 하늘을 보니 금방 그칠 비가 아니었다. 태혁은 휴대전화를 만지작대며 문자나 연락 온 번호가 없는지 확인했다.

그러고 있길 몇 분. 미동도 없이 생각에 몰두한 태혁은 본래의 싸늘한 시선을 들어 테이블 위를 쳐다보았다. 그곳에 그의 차 키가 놓여 있었다. 태혁은 지금 입고 있는 옷 위에 블레이저를 걸치며 현관을 나섰다.

엘리베이터에 오른 그는 거울에 비친 제 모습을 쓱 훑어 내렸다.

평소보다 느슨해진 헤어와 편안하게 입은 면바지, 반팔 라운드 티셔츠가 조금 걸리긴 했지만, 그 위에 블레이저를 걸치니 그럭저럭 봐줄 만했다.

연구소 직원 대부분은 복장에 대한 규제가 까다롭지 않기 때문에 캐주얼한 차림을 주로 하고 다녔다. 그에 비하면 이 정도는 양호했다.

비가 내리는 도심은 러시아워가 아니더라도 꾸준히 정체되고 있었다. 핸들 위에 올려진 손에 힘을 주며 차를 거칠게 몰았다. 차선을 무리하게 바꿔 가며 끼어들기를 하니 빵빵거리는 클랙슨 소리가 끊이질 않았다.

태혁은 핸들을 잡으면 아우토반 위를 마음껏 달려 보고 싶은 욕망에 시달리곤 했다. 만년 차량정체에 시달리는 서울에서는 불가능했다.

잠시 신호를 받고 멈춰 선 그는 차를 대신해서 마음속으로 누군가를 향해 맹렬하게 달려가고 있었다.

다시 신호가 떨어지고, 차들이 속도를 내기 시작했다. 태혁도 능숙하게 핸들을 잡으며 저들과 마찬가지로 속도를 높였다.

정체구간이 끝나고 한산해진 도로를 달릴 때, 김 실장으로부터 전화가 걸려 왔다. 태혁은 블루투스로 전화를 받았다.

"네."

-부사장님, 김 실장입니다. 지금 어디 계신지.

"알면요."

-지금 연구소로 가십니까. 저도 곧장 그리로 출발하겠습니다.

"그럴 필요 없습니다."

-혹시 이지우 씨 만나러 가십니까.

"내가 그런 것까지 다 말해야 합니까."

-죄송합니다. 저, 그런데…….

"말해요."

머뭇거리는 걸 보니 뭔가 좋지 않은 말을 하려는 거 같아서 기분이 싸하게 가라앉았다. 김 실장이 말할 때의 습관이나 표정은 이미 다 꿰뚫고 있었다. 전화상이라고 해서 그걸 알아채지 못할 리가 없었다.

-이지우 씨 지금 연구소에 없을지도 모릅니다. 오후에 외근이 있다는 소릴 들었습니다.

"그걸 왜 이제 말합니까."

-저는 점심 식사 하신 뒤에 말씀드리려고 했는데, 죄송합니다.

"그 판단은 누가 하는 겁니까."

-…….

잔뜩 움츠러든 김 실장의 모습이 보이는 듯했다.

태혁은 앞머리를 쓸어 넘기며 한숨을 내쉬었다.

"외근을 나가면 어디로 간다는 소린 들었습니까. 그리고 아무리 디자이너가 외근이 잦다지만 이렇게 시도 때도 없이 나갑니까."

-빨리 확인하고 보고드리겠습니다.

"김 실장님."

태혁은 낮게 가라앉은 목소리로 그를 불렀다.

-네, 부사장님.

핸들 위에 올려진 손을 탁, 탁 두드리며 화를 삭인 태혁은 낮게 뇌까렸다.

"다시는 오늘 같은 일 없어야 합니다. 아시겠습니까. 특히 이지우 씨에 관해서는 말입니다."

-네, 명심하겠습니다.

전화를 끊고서는 핸들을 꺾으며 욕설을 내뱉었다. 조금만 더 가면 바로 연구소였다.

태혁은 화를 삭이며 이지우의 번호를 찾아 통화 버튼을 눌렀다. 신호가 떨어지자마자 안내 멘트가 나왔다.

-지금은 전화를 받을 수 없으니 다음에 걸어 주시기 바랍니다.

하, 제기랄.

태혁은 헛웃음을 치며 갓길에 차를 세웠다.

비상등을 켜고 다시 한 번 더 전화를 걸었다. 여전히 그녀의 휴대전화는 안내 멘트만 흘러나왔다.

날카로운 턱선이 단단하게 굳어지고 눈빛 또한 매섭게 변했다. 태혁은 이 상황이 지독히도 마음에 들지 않았다. 차창에 쏟아지듯 내리는 빗줄기를 노려보며 화를 누르려 해도 강퍅한 마음은 좀처럼 진정되질 않았다.

Rrrrr. Rrrrr.

어떻게 해야 할지 고민하던 차에 김 실장으로부터 전화가 걸려 왔다. 휴대전화를 집어 던지고 싶은 것을 꾹 눌러 참으며 통화 버튼을 눌렀다.

-부사장님, 지금 이지우 씨 어디 있는지 알아냈습니다.

"어딥니까."

-종로구 쪽에 있습니다.

"이럴 겁니까. 지금 내가 뭘 궁금해하는지 몰라서 이러는 겁니까."

-계속 이동 중이라서, 이지우 씨가 어딘가 들어가면 바로 연락 드리겠습니다.

태혁은 깊게 숨을 내뱉으며 전화를 끊었다.

비상등이 켜진 채 세워진 차는 같은 자리에서 한 시간을 지나고 있었다. 차 안에는 담배 연기가 자욱했다.

조금 전 이지우가 어디로 갔는지 보고를 받았다. 인사동의 한 전통찻집에서 외국인 다니엘을 만나고 있다고 했다.

태혁은 담배를 볼이 홀쭉해지도록 빨아들이고 연기를 천천히 내뿜었다.

생각을 끝낸 그가 담배를 짓이기듯 재떨이에 비벼 끈 뒤 서서히 차를 출발시켰다.

* * *

다니엘은 오전에 친구 제임스 리의 부탁으로 어딘가에 들러 사람을 만나고 오는 길이었다. 제임스 리의 부탁이 아니었으면 좀 더 일찍 인사동으로 와서 이것저것 구경도 하고 즐겼을 텐데, 여간 아쉬운 게 아니었다.

비가 오는 인사동 거리는 한적하면서도 운치가 있었다.

다니엘은 지우와 만나기로 한 전통찻집으로 들어갔다. 지우보다 먼저 도착한 그는 창가 쪽에 자리를 잡고 앉았다.

다니엘은 작설차 2인분을 주문했고, 곧 그가 주문한 것이 나왔다. 직접 차를 우려내어 마실 수 있게 다기 세트가 준비되어 있었다.

지우가 어디쯤 왔는지 문자라도 보내 볼까 하다가 잠시 창밖을 휘이 둘러보는데, 저만치서 지우가 그를 먼저 발견하고 손을 흔들며 다가오고 있었다. 반가운 나머지 다니엘은 자리에서 벌떡 일어났다.

지우는 어느새 가게 문을 들어섰다. 여성스러운 정장을 입은 그녀의 모습은 우아하고 세련되어 보였다. 젖은 우산을 가게 입구에 있는 우산꽂이에 꽂으며 그가 있는 곳으로 다가왔다.

「일찍 왔어?」

자연스럽게 영어로 이야기하자 주변 사람들이 지우를 힐끔거리며 쳐다보았다. 남자들은 지우의 아름다운 모습에 눈을 떼질 못했고, 여자들은 지우를 향해 질투 어린 시선을 보냈다.

「나도 금방 왔어. 그런데 오늘 왜 이렇게 예쁘게 하고 온 거야?」

「특별할 것도 없는데. 왜, 이상해?」

지우는 자리에 앉으며 여상하게 물었다.

「블라우스가 특히 예뻐. 잘 어울려.」

다니엘은 지우의 모습을 찬찬히 바라보다 새하얀 목덜미 쪽에 뭔가를 발견했다. 바보가 아닌 다음에야 모를 리가 없었다. 키스 마크를 가리기 위해 목까지 올라오는 블라우스를 입은 모양인데, 미처 가려지지 않은 부위가 그의 예리한 눈에 걸려든 것이다.

「……그 사람이 그런 거야?」

다니엘의 시선이 어디를 가리키는지 알아챈 지우는 얼굴을 붉히며 아랫입술을 지그시 깨물었다.

「가린다고 가렸는데, 보였구나.」

다니엘은 미간을 좁히며 고개를 끄덕였다. 어두운 눈빛이 더욱 깊어졌다.

「직장 생활하는 여자를 저런 식으로 물어뜯어 놓으면 어쩌겠다는 건지.」

아무 말 없는 지우를 보자 그건 그것대로 속이 상해 다니엘은 이야기를 돌렸다.

「작설차 시켰어. 괜찮지?」

「응. 좋아.」

다니엘은 차를 주전자에 넣고 물을 부어 우려냈다. 다도를 배운 다니엘은 그녀보다 훨씬 더 차를 마시는 데 익숙해 있었다. 그가 잔에 따라 준 작설차를 한 모금 마시며 향을 음미했다. 다니엘도 차를 마시며 한결 차분해진 표정을 지었다.

오늘 지우가 보자고 한 것은 그에게 부탁했던 내용을 듣고 싶기 때문일 것이다. 그녀가 SJ 자동차 사 한 회장의 딸인 것은 분명했지만, SJ 사가 망하기를 누구보다 간절히 바라는 사람 중 한 명이기도 했다.

지우를 돕기로 한 것은 다니엘의 자발적인 의사였고, 그 누구의 부탁 때문도 아니었다. 간혹 지우가 부담을 느끼는 경우가 있었지만, 그럴 때마다 적절한 거리를 유지하며 강약을 조절했다.

다니엘은 그동안 알아본 것을 지우에게 알아듣기 쉽게 설명했다.

「SJ 자동차 사에서 발표한 자율주행단계 4레벨은 역시나 아닐 가능성이 커. 그쪽에서도 극비리에 추진되는 사항이라서 일반연구원들은 알지 못하고 극소수 연구진들만 참여하고 있는데, 현재 기술로는 완벽하지가 않다나 봐. 그런데 발표가 먼저 되는 바람에 연구진들도 엄청난 부담감을 느끼고 있다고 들었어.」

「그래도 그 소식을 들은 대부분 사람은 믿을 거 아니야. SJ 자동차 사가 그만큼 발전했다고.」

「그렇겠지. 사실 한국에서 독자적으로 개발한 것치고는 대단하다고 봐.」

「주식은 어떻게 되는 거야?」

「상황 봐 가면서 작전 짜고 있으니까 걱정하지 마. 그런데 K 자동차 기태혁 부사장이 SJ 자동차 주식을 과연 얼마나 사들일지 의문이긴 해.」

「내가 설득해 볼 거야. 거기에 달렸겠지.」

「그 사람이 사들일 만큼 내가 사들이면 안 될까?」

「기태혁 부사장이어야 하는 이유는 네가 더 잘 알잖아.」

다니엘은 말없이 찻잔을 들이켜며 희미하게 미소만 지어 보였다. 생각에 잠긴 얼굴로 다니엘을 바라보던 지우는 진심을 담아 말했다.

「다니엘, 너무 고마워. 넌 내 평생 은인이야.」

「우린 친구잖아.」

다니엘은 지우와 친구로 남을 수밖에 없다면 이렇게라도 해서 이 관계를 유지하고 싶었다. 이렇게 마주 보고 웃을 수 있으니 그것만으로도 감사했다.

「고마워. 어, 그런데 전화 오는 거 아니야?」

Rrrrr. Rrrrr.

지우가 벨 소리를 먼저 듣고 다니엘에게 말했다.

「어, 정말이네.」

다니엘은 휴대전화를 꺼내 번호를 확인했다. 그의 표정이 눈에 띄게 굳어졌다.

「네. 무슨 일입니까.」

-지금 한국 기자들이 냄새를 맡았습니다. 어떻게 정보가 흘렀는지 모르지만 피하셔야 할 것 같습니다.

다니엘은 황금색 눈동자를 굴리며 어찌 된 상황인지 재빨리 몇 가지로 추려 보았다.

「지금 지우와 같이 있습니다. 지우는 어떻게 하면 됩니까.」

-먼저 보내십시오. 다음에 만나시는 편이 좋을 것 같습니다. 얼굴이 알려지게 되면 상황이 많이 어려워질 것 같습니다.

「알겠습니다.」

-2, 3분 뒤에 나오시면 차가 대기하고 있을 겁니다.

「네.」

다니엘은 전화를 끊은 뒤, 지우를 보며 말했다.

「지금 먼저 가 봐. 아무래도 내가 여기 있다는 정보가 샜나 봐. 그렇게 되면 네가 곤란해질 거야.」

「아, 알겠어. 그럼 다니엘, 나중에 연락할게.」

「응, 어서 가. 나도 조금 뒤 갈 거야. 넌 큰길까지 쭉 나가서 택시 타고 집으로 가.」

「그래. 전화할게.」

다니엘은 지우가 곧바로 큰길로 향하는 모습을 지켜본 뒤 계산을 마치고 가게를 빠져나갔다.

가게를 나서자마자 검정 세단이 다가왔다. 다니엘은 재빨리 차에 올랐고, 세단은 미끄러지듯 그곳을 떠났다.

그로부터 5분 뒤, 기자들이 가게 안으로 들이닥쳤다.

"뭐야, 없잖아."

"찾아봐. 멀리 못 갔을 거야."

"제보가 잘못됐을 리는 없고, 분명 눈치채고 튄 거야."

"우리한테만 한 거 아니었어? 제기랄, 저기 kbc 방송국 기자도 보이잖아."

"일단 놓쳤지만, 한국에 온 건 사실이니까 그거라도 알리자."

"자, 빨리 가게 사진 보내고, 부장한테 2안으로 기사 내보내라고 해."

갑자기 들이닥친 기자들 때문에 가게 주인뿐만 아니라 손님들도 무슨 유명인이 온 건가 호기심 어린 눈으로 그들을 지켜보았다.

곧 인터넷에는 다니엘 비어만에 대한 기사로 뜨겁게 달아올랐다.

[주식 투자의 귀재, 월가의 전설로 불리는 다니엘 비어만이 한국에 오다. 그가 서울, 인사동 전통찻집에 나타난 이유는?]

제3화

　태혁은 기사 내용을 본 뒤 태블릿 PC를 내려놓았다. 밖에는 여전히 비가 내리고 있었다. 조금 전 이지우가 그녀의 오피스텔에 도착했다는 연락을 받았다.

　태혁은 1901호에서 그녀를 기다리고 있었다. 퇴근 후 곧장 이곳에서 보자고 했으니, 그 시간에 맞춰 나타날지 기다리는 중이었다.

　자신이 이렇게 인내심이 뛰어난 인간인 줄 처음 알았다. 당장 잡아 와도 시원찮을 판에 기다리기까지 하다니. 깊어진 미간의 주름 아래, 그의 눈매는 한층 가늘어졌다. 만약 그가 기사를 풀지 않았다면, 아직도 두 사람은 함께 시간을 보내고 있었을 것이다.

　그들의 관계를 몰랐으면 모를까, 이미 알게 된 이상 이대로 넘어가는 것은 예의가 아니었다. 다니엘은 기자들이 집요하게 따라

붙을 테니, 운신하기가 더욱 어려워질 테고, 어떤 식으로 기자들을 빠져나갈지 궁금했다.

이미 다니엘의 뒤를 봐주는 사람이 있다는 것 정도는 눈치채고 있었지만, 잘 빠져나간 것을 보니 그가 가진 정보력도 상당했다. 그래서 더 흥미진진했다.

다니엘이 SJ 자동차 사와 관련된 인물을 접촉하고 있었고, 공교롭게도 이지우는 SJ 자동차 한 회장의 하나밖에 없는 딸이었다. 그뿐 아니라 그녀는 K 자동차 연구소 직원이기도 했다.

태혁은 자꾸만 뻗어 가는 생각과 의심을 일단 털어 냈다. 그녀 입으로 직접 듣고 판단해도 늦지 않을 것이다.

이건 정말 저답지 않은 짓이기도 했지만 가슴 한편에서는 이지우를 과연 버릴 수 있는지, 그럴 자신이 있는지 계속해서 되묻고 있었다. 차라리 그럴 바에야 믿고 시작할 수밖에.

저녁 일곱 시가 넘어가는 시각, 도어록을 해제하는 소리가 들려왔다. 소파에 앉아서 담배를 피우며 그녀가 오기를 기다리던 태혁은 고개를 돌려 현관을 바라보았다. 이지우가 문을 닫으며 안으로 들어섰다.

태혁은 지우를 향해 입꼬리를 올리며 미소를 보냈다.

"어서 와요."

아무것도 모르는 척 그녀를 반겼다.

"일찍 와 계셨네요."

지우는 수줍은 듯 시선을 내리뜬 채 그에게로 다가왔다.

"저녁은?"

"아직요. 같이하기로 한 거 아니었나요?"

"나갈까요?"

"네. 저는 어떻게든 상관없어요."

"그럼 비 오는데 굳이 나갈 거 없이 여기서 식사할까요. 식탁 위에 김 실장이 준비해 둔 게 있는데."

태혁은 자리에서 일어나 식탁으로 향했다. 지우도 그의 뒤를 따르며 연신 주위를 둘러보았다.

"내가 사는 곳보다 좁아서 마음에 안 듭니까. 이 건물에 더 큰 평수는 매물이 없어서 어쩔 수 없었어요."

태혁이 식탁 위의 음식을 살펴보며 말했다. 1901호는 자유롭게 둘이 만나기 위해 태혁이 사들인 곳이었다.

"아니에요. 넓고 좋아요."

"다행이네요. 음식은 호텔 일식 레스토랑에서 가져왔는데, 입에 맞을지 모르겠네요. 어서 먹죠."

지우는 자리에 앉아 식탁 위를 보며 눈을 동그랗게 떴다.

"맛있겠어요. 비 오는 날엔 사케도 좋고, 어묵탕도 좋잖아요."

"사케를 잘 아는 모양이네요."

"우리나라 정종처럼 데워 먹는 술 아닌가요?"

지금 그녀는 몇천 원 하는 정종과 비교했지만, 앞에 놓인 사케는 워낙 비싸기도 하고 생산 자체를 많이 하지 않기 때문에 국내에서는 살 수도 없는 종류였다.

"보통 사케는 데워 먹는 걸로 알지만, 이렇게 차게 해서 마셔야 특유의 본래 향을 음미할 수 있어요. 마셔 봐요."

잔에 사케를 따라 그녀 앞으로 내밀었다.

"네, 잘 먹겠습니다."

태혁은 다소곳이 잔을 들어 마시는 지우의 모습을 가만히 바라보았다.

"도수가 안 높은가 봐요. 잘 넘어가는데요?"

"네. 그런 편이죠."

태혁은 차분하게 가라앉은 목소리로 대답했다. 이렇게 마주 보고 앉아 있으니, 오후 내내 속을 끓였던 일이 아무것도 아닌 일처럼 느껴졌다.

지금 눈앞에 무사히 왔으니 된 거 아니겠는가.

주황빛 조명 아래 지우의 모습은 선정적이었다. 의도했건 하지 않았건 막 샤워를 하고 머리카락도 채 말리지 않은 모습은 남자를 자극하기에 충분했다. 흥분이 전신을 저릿하게 내달렸다.

"오늘 무슨 생각 하며 보냈습니까."

태혁은 식탁 위에 팔꿈치를 댄 채 잔을 들어 올렸다. 그녀의 대답을 듣고 난 뒤 술을 마실 생각이었다.

"바빴어요."

"서운하네요. 내 생각은 했을 줄 알았더니. 그럼 그 다니엘이란 친구 생각했습니까."

"네? 아, 아니에요."

"난 생각했습니다. 월가의 유명한 주식 투자의 신이라 불리는 다니엘 비어만이 우리나라에 몰래 들어왔다더군요. 그걸 용케 알고 기자들이 달라붙은 모양인데, 전 혹시 그 다니엘이 이지우 씨 친구가 아닌가 생각했습니다."

태혁은 살짝 웃으며 잔에 남은 술을 다 들이켰다.

"이지우 씨, 그렇게 대단한 친구 됐습니까. 능력이 상당한가 봅니다."

"아니에요. 그냥 평범한 친구예요."

눈을 제대로 맞추지도 못하고 시선을 떨구며 젓가락만 만지작 대는 모습에 태혁은 미간을 좁혔다.

"이지우 씨."

"네."

흔들리는 눈동자를 들어 그를 보았다.

"내가 누구라고 생각합니까. 당신이 스폰서로 둔 남자가 그렇게 허접해 보입니까."

"……!"

"난 언제까지 기다려야 합니까. 알고도 모르는 척, 당신이 거짓 말하는 모습을 언제까지 지켜봐야 하는 겁니까."

태혁은 느긋한 동작으로 술잔을 채우고 다시 술을 들이켰다.

그리고 다리를 포개고 앉아 그녀를 응시했다.

그는 그렇게 착한 인간이 아니었다. 이 정도로 운을 띄웠으면 털어놓을 때도 됐을 텐데, 그녀는 여전히 말이 없었다.

태혁은 천천히 눈을 치떴다.

"SJ 자동차 사 한 회장의 딸. 이지우. 사생아, 이지우라고 해야 하는 게 옳겠죠. 더 해요?"

"언, 언제부터 알았던 거예요?"

"내가 언제부터 알았는지가 중요한 게 아니라, 이지우 씨가 왜 여기에 와서 이러고 있는지부터 불어야죠."

"잠시만요. 후우, 자, 잠시만요."

그녀는 두려움이 왈칵 몰려왔다. 기태혁이 다 알고 있다.

심지어 다니엘이 누구라는 것까지.

손마디가 하얗게 질리도록 양손을 움켜잡았지만 덜덜 떨려 와서 주체할 수가 없었다. 다 알면서도 이런 저와 잠을 잔 그는 무슨 마음일까.

새카만 눈동자는 그녀를 뚫어지게 보고 있었다. 그녀 입에서 무슨 말이든 나오길 기다리는 모습에 지우는 입술을 꾹 깨물었다.

"말하기 싫은 모양입니다. 그렇다면 나는 내일 한 회장님을 만나러 가야겠네요."

지우가 고개를 번쩍 들며 그를 쳐다보았다.

"스폰서라면서요. 그러면 그냥 스폰서만 하면 됐지, 누굴 만난다고 그러는 거예요. 누구 맘대로!"

지우는 덜덜 떨리는 목소리를 쥐어짜듯 내뱉었다.

짐승만도 못한 한 회장을 만난다는 소리에 이성은 저만치 날아가고 가슴에 맺힌 분노가 밖으로 터져 나왔다.

"누가 먼저 이 관계를 원했는지 잊었나 본데, 이지우 씨, 어떤 의도가 있어서 날 만나는 거 아닙니까. 감당 못 할 거면 애초에 일을 이렇게 벌이지 말았어야죠."

"네, 부사장님 말이 다 맞는데요. 그런데 난 정말 떠올리는 것조차 싫어서 말을 어떻게 해야 할지도 모르겠어요. 생각하면 너무 끔찍해서 구역질이 나요."

태혁은 뜻밖의 말에 미간을 찌푸렸다.

"이지우 씨, 지금…… 한 회장 말하는 거 맞습니까."

"네. 그 인간이 내가 살아가는 이유고 목표라고 했잖아요."

그녀를 안았던 날 분명 그렇게 말하긴 했었다. 하지만 그 말을 액면 그대로 받아들여선 안 되는 것이었다.

"진작 죽었어야 하는데, 난 그 인간 죽기 전에 죽지도 못해요. ……내가 부사장님한테 접근한 이유, 그 인간 죽여 달라고, 망하게 해 달라고 그 부탁 하려고 접근했어요. K 자동차 사에 입사한 것도 부사장님 만나기 위해서였어요. 그리고 보란 듯이 열심히 일해서 그들을 눌러 주고 싶었어요."

지우를 바라보는 태혁의 눈빛은 점점 침잠되어 갔다.

젖은 눈가를 닦을 생각도 하지 못하고 괴로움에 몸부림치는 지우의 모습은 그에게도 충격이었다.

빨개진 눈을 끔뻑이더니 그를 향해 정중하게 고개를 숙였다.

"죄송해요, 부사장님. ……저는 절박했어요. 지푸라기라도 잡고 싶었어요. 부사장님께 피해를 주거나 곤란한 일을 겪게 하려고 한 것은 아니에요."

일그러진 얼굴을 타고 흐르는 눈물을 닦을 생각조차 하지 못한 그녀는 계속해서 말을 이어 갔다.

태혁은 그런 그녀를 말없이 지켜보았다.

"다만, 이쪽 분야에 대해서는 누구보다 잘 아시니까, SJ 자동차 사를 무너뜨릴 때, 도움 받고 싶었어요. 경쟁사니까, 얼마든지 누를 수 있잖아요. ……알아요. 이러는 제가 얼마나 무모한지. ……나중에 때가 되면 부사장님께 SJ 자동차 사와 합병을 부탁할 생각이었어요. 설령 안 된다고 하셔도 괜찮아요. 저는 무슨 수를 써서라도 그들을 그냥 두지 않을 거예요."

끝없이 눈물을 흘리며 속마음을 털어놓는 그녀의 고통이 낯설게 느껴지지 않는 까닭은 그가 지나온 삶의 일부분과 닮았기 때문이었다.

"이지우 씨."

그가 이름을 불렀다. 낮게 가라앉은 목소리는 그의 심정을 대변하고 있었다.

"……네. 부사장님."

순간 그녀를 데리고 한정식집에 식사하러 갔던 때가 떠올랐다. 잘 먹고 나온 뒤 갑자기 화장실로 달려가서 먹은 것을 다 게워 낸 뒤 하얗게 질린 얼굴로 나왔었다.

'생각하면 너무 끔찍해서 구역질이 나요.'

"혹시 한정식집에서 한 회장 본 적 있습니까."

봤을 테지. 그때 한 회장이 거래처 사람과 있다고 했었다.

"그걸 어떻게 아세요?"

"……그때 봤었군요."

태혁은 주먹을 움켜쥐었다.

"죄송해요. 정말."

"죄송해할 것도 없고, 하던 그대로 하면 됩니다. 자, 내가 이지우 씨를 왜 만나는지 말해 봐요."

"……!"

"그 이후에 일어날 일은 그때 가서 생각하면 되는 겁니다. 이지우 씨가 날 유혹하려고 접근했다면, 날 유혹하면 되는 거고. 혹시 압니까. 내가 이지우 씨한테 흠뻑 빠져서 원하는 대로 다 들어줄지."

지우는 그의 말을 멍하니 듣고만 있었다.

"내게 베갯머리송사가 통할지 압니까. 노력해 봐요."

태혁은 지우의 얼굴을 안타까운 시선으로 더듬었다. 그리고 손을 뻗어 눈가에 흐르는 눈물을 닦아 주었다.

그녀는 뜨거운 눈물이 쉴 새 없이 흘러내렸다.

"이리 와요. 여기 빨아 주면 좋아했잖아요."

"부, 부사장님!"

"왜요. 내가 못 할 거 같습니까. 우는 여자 달래는 법 모릅니다. 그냥 계속 울어요. 난 내 하고 싶은 대로 할 테니까."

"쿡, 정말 못 말리겠어요."

"저런. 울다가 웃으면 어떻게 되는지 알고서 그러는 겁니까."

태혁은 지우의 흘러내린 앞머리를 귀 뒤로 넘겨 주며 반듯한 이마에 입술을 꾹 눌렀다.

"으음, 키스해도 됩니까."

이마에 입술을 누른 채 웅얼거리듯 내뱉은 그는 지우와 눈을 맞추었다. "둘 사이에 짧은 침묵이 흐르고, 누가 먼저랄 것 없이 동시에 얽혀 들었다.

* * *

"조찬간담회 장소가 어디라고 했습니까."

태혁은 와이셔츠 소매에 커프스단추를 달고, 넥타이를 핀으로 고정했다. 마지막으로 재킷을 걸치며 옷매무시를 다듬었다. 짙은 감색의 슈트는 몸의 선을 살린 디자인으로 그의 체형과 딱 맞아떨어졌다.

그 모습을 뒤에서 지켜보고 있던 김 실장이 대답했다.

"인터컨티넨탈 호텔입니다."

"참석 명단에 CL그룹 남경태도 있습니까."

"네, 있습니다. IT 관련 업체뿐만 아니라 자동차 산업 관련 업체도 모이는 자리이니만큼 SJ 자동차 한현우 본부장도 명단에 있습니다."

"그래요? 아무튼, 잘됐네요. 여전히 나쁜 짓 하고 다니겠죠."

태혁은 본사의 브랜드 체험관 오픈식 때 이지우에게 어떤 식으로 성희롱했는지 익히 들어 알고 있었다.

남경태가 등장했단 말에 혹시나 하고 남경태 주위에 감시요원을 붙여 놨었다. 그때 남경태가 이지우에게 어떤 식으로 말을 했는지 보고받은 것이다.

그뿐 아니라 태혁은 2년 전 일을 생생하게 기억하고 있었다. 클럽 제우스에서 이지우를 만난 날, 그 망나니 같은 놈한테 이지우가 맞았었다. 입술이 터질 정도로 맞았었지. 아마.

언제 기회가 오면 손을 봐 줘야겠다고 생각했었는데, 마침 기회가 왔으니 제대로 활용해 볼 작정이었다. 그가 스폰서로 있는 한 그런 녀석들에게 당했던 일쯤은 얼마든지 갚아 줄 용의가 있었다.

인간 같지도 않은 쓰레기는 분리수거를 해야 하는데.

태혁은 저도 모르게 날이 바짝 서서 베일 것 같은 눈초리로 김 실장을 바라보았다. 눈이 마주친 김 실장은 얼른 시선을 내려뜨리며 대답했다.

"……잘은 모르지만, 제 버릇 개 주겠습니까."

태혁이 의외라는 듯 입꼬리를 비딱하게 휘었다.

"그런 말도 할 줄 알고."

툭 내뱉은 뒤 거울을 들여다보았다. 무스로 단정하게 정돈된 머리카락을 매만졌다.

예의 그 서늘한 시선으로 제 모습을 살핀 뒤 현관을 나섰다.

엘리베이터 앞에서 메탈 손목시계를 들여다보던 태혁은 김 실장을 보며 물었다.

"이지우 씨 출근은 어떻게 하기로 했습니까."

"오늘도 연구소까지 모시기로 했습니다."

태혁은 표 나지 않게 고개를 끄덕였다.

"저녁 일정은 어떻게 됩니까."

"본가에 가셔야 합니다. 오늘 식사하는 자리입니다."

"빨리도 돌아오는 것 같습니다."

"기은찬 도련님과 사모님도 함께 오시기로 했습니다."

"그래요? 형수는 아프다고 잘 오지도 않더니, 어지간히 급하신가 봅니다."

"아무래도, 회장님께서 마음이 많이 기우셔서……."

"상관없습니다. 아, 그리고 퇴근 때도 차 태워 주도록 하세요."

"네, 그렇게 하겠습니다. 엘리베이터 타시죠."

김 실장은 문을 열고 그가 탈 수 있도록 비켜섰다. 엘리베이터에 오른 태혁은 정면을 향해 섰다. 고속 엘리베이터는 지하 주차장에 멈춰 섰다. 김 실장은 재빨리 검정 세단의 뒷문을 열고 태혁이 타길 기다렸다. 차에 오른 태혁은 미리 준비된 신문을 집어 들었고 김 실장은 운전석에 올라 직접 운전했다.

도로는 비교적 한산했다. 앞으로 쭉 뻗어 나간 대로를 향해 시선을 둔 태혁은 턱 끝을 매만지며 생각에 잠겼다.

한 회장의 딸, 이지우. 복잡한 가정사지만 그녀 말이 사실이라면 한 회장은 정말 구제불능의 인간이라고 봐도 무방했다.

한 회장은 애처가로 소문이 자자했다. 아무것도 가진 것 없던 한지철은 자동차 회사 사장 딸 송영희를 만나 지금의 위치에 올 수 있었다. 바보온달과 평강공주란 말이 나돌 만큼 둘의 러브스토리는 이 바닥에서 유명했다.

SJ 자동차 사의 최대주주는 송영희 여사였다. 2순위가 한지철 회장으로, 송영희 여사 다음으로 많이 보유하고 있긴 하지만 송영희 여사의 마음이 어떻게 바뀌느냐에 따라 그의 자리는 위태로울 수밖에 없었다.

그걸 누구보다 잘 아는 한 회장이 이지우와 이지우 생모를 그냥 놔뒀다는 것이 아무래도 마음에 걸렸다.

이미 처자식을 버리고 돈 많은 여자를 선택한 남자였다. 자신의 출세를 위해서라면 물불 가리지 않는 그가 자신의 치부인 이들을 과연 이대로 두고 볼까.

"한 회장 아들이 오늘 온다고 했죠?"

"네."

"오늘 간담회, 시끄럽겠는데요."

김 실장이 룸미러로 힐끗 쳐다보았다.

"어떻게, 그냥 차 돌릴까요."

"돌리면요."

태혁이 피식 웃으며 받아쳤다.

어느새 차는 호텔 지하 주차장으로 들어서고 있었다. 조찬간담회를 시작하기 10분 전이었다.

"여기 내리시면 됩니다. 저는 주차하고 바로 따라가겠습니다."

김 실장이 차를 대며 말했다.

"천천히 오세요. 두 시간은 할 텐데 어디 가서 식사라도 하시든지."

"끝나시는 대로 전화 주십시오."

"네."

태혁은 차에서 내려 엘리베이터로 향했다. 입구에는 조찬간담회 안내문이 붙어 있었다.

간담회는 30층 연회실에서 열렸다. 엘리베이터에서 내리자 IT업계 관계자와 자동차 관련 업체 전문가들의 모습이 보였다. 자동차 산업은 IT업체와 상생해가야 하는 만큼 IT 관련 업자와 친분을 쌓아 두는 것도 필요했다. 곧 제임스 리가 한국에 지사를 설립할 예정이고, 그 시기가 되면 태혁은 자신의 존재를 드러낼 생각이었다. 현재 극비리에 추진되는 중이라서 IT 업계에서도 소문만 있을 뿐, 그 실체에 대해서는 아는 바가 없었다.

태혁이 등장하자 지인뿐만 아니라 모르는 사람들도 다가와서 인사를 건넸다.

"안녕하십니까."

태혁도 그들의 인사에 같이 응대하며 접대성 멘트와 미소를 자아냈다. 워낙 출중한 외모와 분위기를 압도하는 카리스마 때문에 그를 중심으로 무리가 지어졌다.

이내 30층 연회장의 간담회가 개최됨을 알리는 방송이 흘러나왔다.

태혁이 자리에 앉기 전 예성이 다가왔다.

"왔어?"

"언제 왔어? 일찍 왔나 보네."

"나도 금방 왔어. 그나저나 오늘 참석자들 쟁쟁하네. 저기 강 의원도 참석하나 본데?"

태혁은 차기 대선 후보 강 의원이 보좌관들과 함께 연회장 안으로 들어서는 것을 보며 속으로 비웃음을 날렸다.

큰 이변이 없는 한 대권을 거머쥘 인물이었다. 그가 얼굴을 내비친 것은 정치 후원금을 마련하기 위한 것도 이유가 있겠지만, 지지기반을 확실히 다지려는 이유도 있어 보였다. 강 의원은 태혁을 보더니 눈인사만 주고받고 곁으로 다가오지 않았다.

주최 측에서 마련한 자리에는 테이블마다 이름이 붙어 있었다. 예성과 태혁은 같은 테이블이었다. 새하얀 리넨이 씌워진 둥근 테이블로 가서 자리를 잡고 앉았다. 테이블 위에 간단히 먹을 수 있는 다과와 커피, 주스 등이 놓여 있었다.

"CL그룹 남경태 저기 보이네."

예성이 턱짓을 하며 가리켰다. 태혁은 날을 세운 시선으로 그를 노려보며 다가오기를 기다렸다.

"여기, 같이 앉아도 돼?"

눈이 벌겋게 충혈된 남경태가 다가와서 물었다. 술 냄새가 진동했다. 밤새 술을 퍼마시고 나타난 모양인데, 태혁이 받아 줄 리가 없었다.

"명단 안 보여? 네 자리 찾아가서 앉아."

"어? 그래? 어차피 네 명 앉는 자리니까 앉아도 되겠지, 뭐."

태혁은 커피 잔을 소리 나게 내려놓으며 미간을 구겼다.

순식간에 분위기가 싸늘하게 얼어붙었다. 남경태는 어깨를 으쓱한 뒤 자리를 차지하고 앉았다.

"공기 흐리지 말고 다른 곳으로 가지그래."

태혁이 나직이 내뱉었다.

"말이 너무 심한 거 아니야?"

남경태가 목소리를 높이며 곧바로 받아쳤다. 이곳이 조찬간담회가 열리는 곳이니만큼 큰소리가 나게 되면 기태혁의 이미지에 좋지 않은 영향을 미칠 거라는 계산이 포함되어 있었다.

"알짱거리지 말고 꺼지라고 했다. 남경태."

"뭐? 알짱거려?"

"주제 파악이 안 되나 본데, 제대로 하게 해 줘?"

"하, 씨팔. 그래, 주제 파악 안 되니까 하게 해 줘 봐. 제발."

목소리가 크게 나자 주최 측에서 다가왔다.

"무슨 불편한 일이라도 있으십니까."

"이 사람 자기 자리로 안내해 주세요. 보시면 알겠지만, 술 냄새가 진동합니다. 좀 불쾌하군요."

태혁이 팔짱을 낀 채 주최 측 직원에게 말하자, 눈치 빠른 40대의 남자 직원은 씩씩거리는 남경태를 향해 말했다.

"일어나시죠. 본부장님 자리는 여기가 아니라 저쪽입니다."

"뭐? 너도 한패야?"

남경태가 직원을 보며 소릴 질렀다. 직원은 곧장 어딘가를 보며 손짓했고 건장한 남자 세 명이 다가왔다.

"아직 술이 덜 깨신 거 같은데, 룸을 잡아 드리겠습니다."

"뭐? 내가 취했다고? 하, 이 새끼들 봐라. 놔, 안 놔?"

이미 주사가 심하기로 악명이 높은 남경태는 아무리 발악을 해도 어느 한 사람 그의 편을 들어주질 않자 고래고래 고함을 지르기 시작했다.

"자식 꼴 좀 봐라."

질질 끌려가다시피 나가는 경태를 보며 예성이 비웃었다. 태혁은 아무런 말 없이 남경태가 사라진 쪽을 쳐다보았다. 여기서 끝낼 생각이었다면 시작도 안 했을 것이다.

태혁은 생각을 갈무리하며 제대로 교육 잘 받은 사람답게 커피 잔을 들며 우아하게 마신 뒤, 소리 나지 않게 잔을 내려놓았다. 동작 하나하나에 기품이 넘쳤다. 손목시계를 털며 시간을 확인한 그는 예성에게 낮은 목소리로 말했다.

"잠시, 화장실 좀 다녀올게."

태혁은 행선지를 밝힌 뒤 자리에서 일어났다.

* * *

문철은 이른 아침 출근하자마자 지우를 찾았다. 어제 팀장 회의 때 나온 내용을 먼저 알려 주기 위해서였다.

"이지우, 오늘 왜 이렇게 일찍 왔어? 잠시 나 좀 볼까. 이번에 실내디자인에 들어갈 것 때문에 의논할 것도 있고 겸사겸사."

"네."

지우는 평소와 달리 기운이 없었다. 목소리에도 확연히 드러나자 문철이 놀란 눈으로 지우를 쳐다보았다.

"어디 아파?"

"아니에요. 그냥 속이 좀 안 좋아서요."

문철이 지우의 얼굴을 유심히 보며 고개를 저었다.

"스트레스 받는 일 있어? 너 그러면 매번 얹히잖아."

"……그런가. 어디로 갈까요? 의논하실 거 있다면서요."

"잠시면 돼. 차나 한잔 마시자. 휴게실에서."

"네."

지우는 문철을 따라 사무실을 나섰다. 두 사람이 복도를 걸어가는데, 막 출근하던 은찬이 둘을 보더니 쪼르르 달려왔다.

"두 분, 어딜 가십니까. 저도 같이 갈까요?"

그러자 문철이 피식 웃으며 은찬을 타박했다.

"기은찬, 가서 일 봐. 둘이 조용히 데이트 좀 하려고 했더니 어딜 끼어들어!"

"어, 이거 반칙인데. 직권남용 아니십니까."

"내가 그렇게 생각 안 하면 된 거지. 어서 가 봐. 미현 씨가 찾던데."

"네. 그럼 이만 먼저 실례하겠습니다."

은찬이 차마 발이 안 떨어진다는 표정을 지으며 사무실로 돌아갔고, 두 사람은 휴게실로 들어갔다.

"요즘 너무 무리하는 거 아니야? 안색도 안 좋고 걱정되네."

"괜찮아요. 미현 씨한테 약 받아서 먹었어요."

"그럼 다행이고."

문철은 팀장 회의 때 있었던 내용을 지우에게 말해 주었다. XC-70Ⅳ가 이번 상하이 모터쇼에서 최초로 공개되며, 그것을 디자인한 지우가 같이 상하이 모터쇼에 참석하게 될 것이라는 내용이었다.

지우는 자신이 디자인한 차가 전 세계를 대표하는 차들과 나란히 한자리에 전시된다는 것만으로도 기쁨을 감출 수가 없었다. 반응은 그때 가서 확인해 봐야겠지만, 세계가 주목하는 모터쇼이니만큼 그녀의 차도 많은 주목을 받을 것이다. 이렇게 한 단계씩 성장해 나갈 때마다 만감이 교차했다.

기뻐하는 지우의 표정을 본 문철이 같이 미소를 지었다.

"디자인 팀에서는 네가 유일할 거야."

"아, 정말 저 혼자 가는 거예요? 조금 부담스럽긴 한데."

"그럼 대신 내가 갈까?"

"그럴 수야 없죠. 헤헤."

지우가 환하게 웃자 문철은 그런 지우를 보며 같이 웃었다.

실력, 끈기, 열정. 이 모든 것이 다른 사람들보다 나았다. 그러니 두드러질 수밖에.

문철은 차가운 음료 대신 따뜻한 율무차를 한 잔 뽑아 지우에게 건넸다.

"잘 마실게요."

지우는 양손으로 컵을 감싸며 차갑게 식은 손끝의 체온을 올렸다. 두 사람은 이런저런 이야기를 주고받으며 차를 다 마실 때까지 휴게실에 앉아 있었다.

막 자리에서 일어나려는데 지우의 휴대전화가 울렸다.

지우는 액정에 찍힌 이름을 보고 숨을 삼켰다. 기태혁에게서 걸려 온 전화였다. 행여나 액정에 찍힌 이름을 문철이 볼까 얼른 손으로 가렸다. 그 모습을 바라보던 문철은 씁쓸한 미소를 지으며 자리에서 일어났다.

"전화 받고 와. 나 먼저 들어갈게."

"네."

사실 문철은 지우의 안중에 없었다. 요란하게 뛰어 대는 심장 소리는 오로지 기태혁을 향한 반응이었다.

지우는 눈을 질끈 감고 통화 버튼을 눌렀다.

"네, 이지우입니다."

-압니다.

"……"

-왜 이렇게 늦게 받았어요? 내 전화 받기 싫어서?

수화기를 타고 흐르는 그의 음성이 조금은 낯설었다.

"아니에요. 잠시 이야기하고 있었어요."

-누구와 말입니까.

"직원요."

-이지우 씨, 남자랑 얘기했어요?

"남자라고 하니까 조금 이상하네요. 염색체로 따지면 맞아요."

-이지우 씨 이제 내 거란 거 잊으면 곤란합니다.

"내 거라뇨."

-그럼 누구 겁니까.

그의 목소리는 어딘가 모르게 즐거워하는 것 같기도 했지만, 전체적으로 착 가라앉은 느낌이었다.

"부사장님, 무슨 일로 전화를 하셨는지……"

-묻는 말에 대답해 봐요. 이지우 씨, 브랜드 체험관 행사 때 남경태 봤습니까. 아, 2년 전 제우스에서 지우 씨 때린 사람 말입니다.

"아, 네, 봤었어요. 그런데 왜 갑자기."

그때 일을 꺼내면 어쩌자는 건지. 지우는 몸에 열이 확 솟구쳤다. 민망하기도 하고, 게다가 얻어맞기까지 한 날이었다. 그 망나니 같은 놈은 여전히, 아니 오히려 그때보다 더 형편없어 보였다.

힘만 있다면 제대로 복수를 해 줄 텐데.

……아팠습니까. 많이 아팠습니까.

"네. 지금도 생각하면 자다가 벌떡 일어나는걸요. 내 손에 걸리기만 하면 아주 제대로 밟아 줄 건데."

-까불지 말고.

"그런데 왜 갑자기 그날 일을 꺼내고 그러시는지."

-못생긴 여자가 자자고 했던 날인데, 그럼 그걸 잊을 거라 생각했습니까.

"네?"

농담도 아니고. 저렇게 진지하게 그런 식으로 말을 하다니.

-이지우 씨, ……농담입니다. 그럼 우리 나중에 봅시다.

전화가 끊기고 난 뒤에도 지우는 멍하니 꺼진 액정을 바라보고 있었다. 기태혁식 농담 같기도 한데, 어째 기분이 묘했다. 뜬금없이 전화해서 한다는 소리가 죄다 놀랄 말뿐이었다.

지우는 헛웃음을 켜며 사무실 쪽으로 걸음을 옮겼다.

'……아팠습니까.'

두근.

'많이 아팠습니까.'

두근, 두근.

"⋯⋯뭐야, 기태혁."

귓가에 내려앉은 나직한 목소리가 자꾸만 생각났다.

가뜩이나 열나고 몸도 안 좋은데.

지우는 양손으로 뺨을 문지르며, 가슴 깊숙한 곳에서부터 피어오르는 열기를 감지했다.

* * *

전화를 끊은 태혁은 남경태가 있을 만한 곳을 찾았다. 휴대전화를 꽉 움켜쥔 그의 손등에 힘줄이 불거졌다.

아팠느냐고 묻는 말에 바로 어제 있었던 일처럼 대답하는 그녀를 보고 짙은 후회가 치밀었다. 그 자리에서 완전히 밟아 줬어야하는 건데.

남경태를 찾는 태혁의 두 눈에는 진득한 분노가 피어올랐다.

한편, 망신을 톡톡히 당한 남경태는 화장실 옆 파우더룸으로 끌려와서 씩씩대고 있었다. 태혁이 모습을 드러내자 자리에서 벌떡일어난 남경태는 저를 잡은 남자를 물리치며 태혁에게 달려들었다.

"나한테 무슨 원한이 있다고 이러는 거야."

직원이 남경태를 제압하려 하자, 태혁이 손을 들어 그들을 말리며, 나가 보라고 했다.

"여긴 제가 알아서 하겠습니다. 가서 일 보세요."

"괜찮으시겠습니까."

"네."

태혁의 단호한 눈빛과 말투에 그들은 자리를 떠났다. 둘만 남게 되자 태혁은 남경태 앞으로 손을 내밀었다. 악수하는 것 같은 모습에 남경태가 의아한 눈빛을 보내더니 태혁의 손을 잡았다.

그 순간 남경태가 으윽, 소리를 내며 인상을 썼다. 손이 으스러질 정도로 강한 악력이 느껴졌다.

"남경태 씨, 이 손이 얼마나 나쁜 손인지 알고 있어?"

"으윽, 놔, 놓으라고!"

태혁은 맨손으로 호두알을 깨어 버릴 만큼 악력이 강했다.

"내가 듣고 싶은 말은 따로 있는데. 그 말 하기 전까지 놓을 생각이 전혀 없어."

"왜 이러는 거야! 왜!"

"이 손으로 여자 몇 명이나 때려 봤어?"

"……뭐?"

태혁이 느슨하게 악력을 풀자, 잔뜩 구겨진 남경태의 표정이 조금 풀어졌다.

"난 손가락 관절 다 분질렀으면 좋겠는데."

"미, 미친놈 아니야! 으악!"

태혁은 손에 힘줄이 불거질 정도로 강하게 힘을 주었다. 절절매며 소릴 지르던 경태는 자리에 주저앉았다.

"엄살은."

"아악! 이거 놔! 으윽."

"내가 듣고 싶은 말은 따로 있다고 했잖아."

태혁이 낮게 읊조리자 경태의 표정이 일그러졌다.

"씨팔, 내가 잘못했어. 됐지?

"교육이 정말 안 돼 있나 보네. 사과할 때는 시. 발. 을 빼야지."

식은땀을 뚝뚝 흘릴 만큼 고통스러워하는 경태에 반해, 태혁의 표정은 시종일관 무뚝뚝했다.

"자, 잘못했어."

적당히 입가에 미소를 머금고 손을 놓아주었다. 마침 이곳을 지나가던 강 의원 보좌관이 그를 보고선 다가왔다.

"부사장님, 괜찮으십니까."

보좌관이 태혁을 향해 정중하게 물어보는 동시에, 남경태를 향해서는 멸시 어린 시선을 보냈다. 여차하면 남경태를 발라 버릴 태세였다. 강 의원의 보좌관은 조폭 출신이라는 항간의 소문이 있을 만큼 싸움 실력이 상당했다.

"차 보좌관님, 강 의원님 혼자 두셔도 됩니까."

"어차피 간담회 시작되면 저는 나와 있어야 합니다."

"저런, 일부러 오신 겁니까. 신세 잊지 않겠습니다. 그럼 여기 술 취한 남 본부장 잘 부탁합니다."

태혁이 돌아서기 전 남경태를 향해 느른하게 입꼬리를 올리며 비웃음을 보냈다.

"손찌검 함부로 하고 다니지 마. 또 걸리면 다음엔 손가락 하나씩 사라질 거야."

"저런, 사람 그렇게 안 봤는데, 아주 몹쓸 양반입니다. 그런 거 손보는 게 제 전문입니다, 부사장님."

"아, 그렇습니까. 언제 기회 되면 한번 부탁드리겠습니다."

"하하. 네, 언제든지요."

남경태가 하얗게 질린 얼굴로 기태혁과 차 보좌관을 쳐다보았다. 그 표정을 보니 도대체 어디서 기태혁과 꼬인 것인지 모르는 듯했다.

태혁은 그길로 나와 연회장으로 들어갔다.

사회자를 맡은 한 IT 업체 대표가 4차 산업 혁명과 관련한 콘퍼런스 기조 발제자들을 소개했다. 그다음 미래부 장관의 인사말이 있은 뒤, 곧 발표가 시작되었다.

중간 브레이크 타임 때, 태혁은 김 실장으로부터 온 연락을 보고 전화를 걸었다.

"접니다."

-아, 부사장님. 지금 제임스 리가 부사장님을 뵙길 원하십니다.

"벌써 한국에 들어왔습니까."

-지금 호텔입니다. 오늘 조찬간담회 참석에 대해서 아시고 꼭 참석하고 싶다고 하셨습니다.

"30층 연회실로 오라고 하세요."

-알겠습니다.

전화를 끊고 난 뒤, 제임스 리가 직접 이 자리에 모습을 드러내길 원한다는 말을 되새기며 희미한 미소를 지었다.

그 말은 천재 제임스 리가 인공지능 개발의 완성 단계에 도달했다는 말과도 같았다. IT 업체 대표가 한자리에 모이는 곳이니만큼 제대로 어필하고 싶은 모양이었다.

태혁은 갑자기 주위가 술렁이는 것을 보며 제임스 리가 등장했다는 사실을 알아챘다. 사람들 사이에서 훤칠한 외모와 큰 키 덕분에 두 사람은 서로 눈을 먼저 맞추고 눈인사부터 주고받았다. 태혁의 입꼬리가 매력적으로 휘어졌다.

제임스 리는 세계적으로 권위 있는 과학 잡지에 인공지능 관련으로 이름을 올린 적이 있었다. 그가 등장하자 당연히 IT 관련 대표들은 그를 알아보고 모여들었다.

"어, 제임스 리 아니야?"

"천재 제임스 리?"

"그래. IT업계 쪽에서는 따라올 자가 없다던데."

제임스 리는 그들의 시선을 집중적으로 받으면서 기태혁 곁으로 곧장 다가왔다. 태혁이 제임스 리를 향해 눈을 빛내며 미소를 짓자 그가 태혁을 힘차게 끌어안았다.

「덕분에 성공했어. 최초야. 우리가.」

「그럴 줄 알았어. 역시 멋진 내 친구야.」

태혁은 그가 추진하던 전략기술 연구소의 핵심이자 중추 역할을 할 인물로 제임스 리를 내정해 놓은 상태였다. 그걸 알지 못하는 타 자동차 사 직원은 제임스 리를 예의 주시했다.

"나도 소개를 해 줘야지, 태혁아."

예성이 다가와서 어깨를 툭 치자, 태혁은 제임스 리와 예성을 번갈아 보더니 둘이 알아서 하란 식으로 한발 물러섰다.

"하, 저 자식 진짜. 소개해 주면 어때서, 저 빠지는 것 좀 봐."

"한국말 잘해. 제임스."

태혁이 웃으며 말하자 예성의 얼굴이 벌게졌다.

"실례했습니다. 저는 K 자동차그룹 계열사에 근무하는 최예성이라고 합니다."

"안녕하세요. 저는 제임스 리입니다. 태혁의 친구죠."

"대단하신 분이라고 들었습니다. 앞으로 잘 부탁합니다."

"하하, 제가 잘 부탁합니다."

제임스 리가 인사를 하고 나자 차 보좌관이 곁으로 다가와서 태혁에게 잠시 보자고 말했다.

태혁은 의아한 표정으로 차 보좌관을 따라갔다.

"무슨 일 있으십니까."

"아, 다름 아니라, 방금 온 제임스 리를 부사장님이 잘 아시는 듯해서 여쭤 봅니다."

"뭐, 남들 아는 만큼 알고 있습니다."

차 보좌관의 얼굴을 살피던 태혁은 다음 말이 이어지기를 기다렸다. 무심한 표정으로 일관했지만, 속으로는 제임스 리와 차 보좌관이 얽힐 일이 뭐가 있을까 열심히 머리를 굴렸다.

"우리나라에는 왜 왔답니까. 가난한 고학생이 말입니다."

"음, 가난한 고학생요?"

"네. 사실 의원님께서 여간 골치 아파하는 게 아닙니다. 부사장님께서 볼 때, 사람이 좀 어떻습니까."

태혁은 순간적으로 제임스 리를 쳐다보았다.

둘의 눈이 잠시 허공에서 마주쳤다.

"전화하겠습니다. 알아보는 대로."

"아, 그래 주시겠습니까. 감사합니다."

차 보좌관은 그제야 표정을 펴며 자리로 돌아갔다.

태혁은 팔짱을 낀 채 제임스 리를 쳐다보았다.

연예인 뺨치게 잘생긴 외모 덕분에 주위 여자들이 많이 따른다는 것은 익히 알고 있지만, 그가 정작 깊이 누군가를 사귀는 것을 본 적은 없었다. 직접 들어 보면 알겠지만, 짚이는 바가 아예 없는 것은 아니었다.

아무튼 제임스 리와 강희선이라.

태혁의 눈빛이 잠시 짓궂게 빛났다. 그와 맞선 본 여자를 여친으로 둔 것이라면 평생 놀려 먹어도 될 일 아니겠는가. 태혁은 제임스 리를 제 옆에 앉혀 놓고 이것저것 물어보자는 생각으로 그에게 다가갔다.

그런데 저 한쪽에 우르르 모여 있는 무리가 보였다.

SJ 자동차 한현우 본부장을 중심으로 사람들이 모여 있었다. 이미 언론에 보도된 바와 같이 SJ 자동차 사의 기술력은 단연코 앞서가는 것으로 알려져 있었다. 그러니 이런 곳에서도 주목을 받는 게 당연했다. 과연 그 기술력이 양산형 차에 적용될지는 아직도 미지수에 가까웠다.

한현우와 눈이 마주쳤다. 태혁은 자연스럽게 그의 시선을 받아 쳤고, 한현우는 서둘러 시선을 피했다.

뜻밖의 반응에 태혁은 눈을 가늘게 뜨고 그를 바라보았다.

「누굴 그렇게 보는 거야?」

제임스 리가 태혁을 보며 물었다. 영어로 대화를 하는 걸 보니 자신을 드러내고 싶지 않은 모양이었다. 태혁은 의미심장한 미소를 지으며 그를 이끌었다.

"아니야. 가서 앉자."

브레이크 타임이 끝나기 5분 전에 자리로 가서 앉았다.

태혁은 제임스가 예정보다 빨리 온 이유가 궁금했다.

"생각보다 일찍 왔네."

「어, 그렇게 됐어. 그런데 여기 강 의원도 참석했어?」

제임스 리의 표정이 순식간에 어두워졌다. 그걸 놓칠 리 없는 태혁은 단도직입적으로 질문을 던졌다.

그의 예상이 맞길 바라며.

"……강희선, 언제부터야?"

「어, 어떻게 알았어?」

"하필이면. 아무튼 저녁 늦게 시간 나니까 그때 봐서 술이나 한잔해."

지금 상황을 보니 아주 우습게 돌아가고 있었다. 제임스 리의 능력을 과소평가하는 강 의원이나, 고학생인 줄 알고 만난 강희선이나 진실을 알게 되면 꽤 배신감이 클 것 같았다.

자식, 나랑 맞선 본 사실을 알면 뭐라고 할지.

태혁은 심각한 표정으로 앉아 있는 제임스의 얼굴을 보며 피식 웃었다.

"그런데 술 마시기 전에 너한테 할 말이 있는데……."

태혁은 의자에 등을 깊숙이 묻으며 제임스를 느긋한 시선으로 바라보았다.

「말해 봐. 그런데 표정이 왜 그래? 기분 나쁘게.」

제임스는 태혁의 표정을 예의 주시했다.

"말해?"

태혁이 의사를 묻자, 제임스가 서늘하게 눈을 빛냈다. 태혁은 상체를 기울이며 제임스의 귓가에 대고 말했다.

"나 강희선이랑 맞선 봤어."

「뭐!」

제임스는 지금 있는 곳이 어디라는 것조차 잊어버린 것처럼 소릴 질러 댔다.

　"큰 소리는."

　「똑바로 말해, 정말이야?」

　제임스는 태혁을 향해 눈을 부라렸다.

　그런 제임스의 모습에 태혁은 혀를 찬 뒤 낮게 내뱉었다.

　"눈 깔아. 같이 안 잤으니깐."

제4화

태혁은 제임스와 함께 연구소로 향했다. 두 사람은 나란히 뒷좌석에 앉아 한국말로 이런저런 이야기를 나누었다. 제임스는 부모님 모두 한국인으로, 우리말을 사용하는 데 전혀 문제가 없었기에 태혁과 있을 때는 한국말로 대화를 나누곤 했다.

제임스는 기태혁 부사장의 손님 자격으로 이곳을 방문하지만, 다음에 올 때는 당당하게 자문위원 자격으로 올 수 있을 것이다. 한국지사를 설립할 동안 미국과 한국을 오가겠지만, 한국에 머무르는 동안에라도 K 자동차 연구소의 시스템을 파악하게 할 생각이었다.

"제임스, 숙소는 정했어?"

태혁이 물었다.

"응. 전에 말 안 했었나? 친구가 한국에 먼저 들어와 있다고. 그 친구와 같이 머물 생각이야."

태혁은 제임스의 말에 그 친구가 누구인지 갑자기 궁금해졌다.

"친구, 누군지 알 수 있을까."

"네 정보력이면 말 안 해도 다 알아낼 텐데."

"내가 그렇게 하길 바라?"

태혁이 눈을 가느스름하게 뜨고 제임스를 쳐다보았다.

"굳이 숨길 이유는 없지만, 그렇다고 굳이 알릴 이유도 없는데. 뉴욕에서 대학 다닐 때 만난 친구야."

"대학 때면, 내가 모를 리가 없잖아."

"무슨 재주로 네가 다 안다고 생각해? 내 인간관계가 그렇게 협소했던가?"

"네 인간관계라고 해 봤자, 나밖에 더 있었어?"

태혁의 오만한 표정에 제임스는 헛웃음을 터트렸다.

그 말이 아예 틀린 건 아니었다. 태혁을 만나기 전까지 제임스는 혼자 고립된 생활을 하다시피 했었다. 그가 만나는 사람은 한정적이었고, 관계 또한 수박 겉핥기식이나 다름없었다.

당시 태혁을 만난 것은 제임스에겐 큰 행운이었다. 태혁의 열정과 에너지는 제임스를 자극했고, 제임스는 자신이 가진 천재성을 유감없이 발휘하며 연구에 몰두할 수 있었다. 태혁은 타고난 사업가답게 회사 운영 전반에 관한 것을 책임지고 도맡아 했으며, 제임스는 연구개발에만 힘을 쏟았다.

이후 그들은 직원을 충원하고 제대로 된 회사의 형태를 갖춰 나갔다. 처음부터 태혁과 제임스가 주력했던 것은 자율주행 차량을 위한 AI 개발이었다. 주요 자동차기업들도 모두 자율주행을 앞다

투어 연구하고 있지만, 가장 중요한 것은 인공지능 기술의 발달이 자율주행의 품질을 결정짓는 핵심요소가 될 거라는 사실이었다.

최근 제임스가 개발한 인공지능은 각 분야로 뻗어 나가기 시작했다. 특히 의료, 법률 분야에서는 아주 활발하게 이용되고 있으며, 타 분야에서도 자리매김을 해 나가고 있었다.

조만간 지사를 한국에 설립하고 본격적으로 K 자동차와 협약을 맺어 움직일 생각이었다.

애정이 듬뿍 담긴 시선으로 태혁을 바라보던 제임스는 생각을 접고 피식 웃음을 지었다.

"기태혁, 도대체 그런 자만은 어디서 나오는 건지."

태혁은 그런 제임스를 물끄러미 바라보았다.

"하긴. 강희선 씨와 그런 줄도 몰랐으니, 할 말이 없긴 하네."

제임스는 가볍게 한숨을 내쉬며 얼굴을 문질렀다.

그런 제임스의 표정을 바라보던 태혁이 지나가듯 말을 던졌다.

"내가 볼 때, 강 의원이 그렇게 쉬운 사람이 아닌데. 괜찮은 거야?"

"희선이도 그렇고, 복잡해."

"내가 중간에서 만나게 해 줄 수도 없고."

태혁의 말에 제임스가 눈을 흘기며 쳐다보았다.

"선까지 본 너를 통하긴 싫어."

제임스의 단호한 말투에 태혁은 다시 한 번 더 제임스를 쳐다보았다.

"……진심인가 보네."

"그렇지, 뭐."

"그런데 잘도 속이고."

"속이다니?"

"널 가난한 고학생으로 알고 있는 건 뭐야. 세계적으로 잘나가는 인공지능 회사 사장님을 말이야. 그뿐 아니라 네 부모님만 해도 마트 체인점을 몇 개나 가지고 계시잖아."

"학생 때 만나서 그래. 너랑 회사를 차린 뒤에도 말할 기회를 놓치고 나니 더 말하기가 그렇더라고. 게다가 회사가 이렇게까지 커질 줄 몰랐으니까."

"그렇게나 오래 만났다고."

"가까워지기 시작한 건 얼마 안 돼."

"잘해 봐."

"그래."

태혁은 제임스의 어깨를 가볍게 툭 어깨를 치며 제임스를 격려했다. 그냥 가볍게 만나는 사이가 아닌 모양인데, 과연 강 의원이 제임스를 받아 줄지 의문이었다. 대권을 쥐게 되면, 더 어려워질지도 모른다.

자신의 출세를 위해 제가 낳은 자식을 이용하는 것쯤은 별 대수롭지 않게 여길 게 분명했다. 그나마 다행이라고 한다면 강희선은 강 의원과 성격도 비슷하고 강단도 있어, 강 의원이 휘두르는 대로 살 여자는 아니라는 점이었다.

차는 어느새 연구소가 있는 도로로 진입하고 있었다.

* * *

"점심은 먹을 수 있겠어요?"

미현이 다가와서 물었다. 지우는 하던 일을 멈추고 잠시 망설였다.

"별생각이 없긴 해요."

"그렇다고 안 먹으면 큰일 나요. 오늘 점심은 한식으로 해요."

"그럴까요."

"그럼, 10분 뒤에 다시 올게요. 우리 천천히 가요. 지금 붐비는 시간이라 줄 서서 기다려야 해요."

"네."

지우는 10분을 기다리는 동안 다니엘과 통화라도 해야겠단 생각에 휴대전화를 꺼내 들었다. 그러곤 번호를 찾아 통화 버튼을 눌렀다. 신호가 가고 곧바로 다니엘의 목소리가 수화기를 타고 흘러 나왔다.

-지우, 안 그래도 전화하려던 참이었어.

「아, 그랬니? 그것보다 그날 이후로 괜찮은 거야? 다행히 매스컴은 조용해지긴 했던데.」

-괜찮아. 얼굴이 알려진 게 아니니까.

「다행이야. 걱정했어.」

-오늘 저녁 시간 어때?

「별일 없을 거 같긴 해. 그런데 지금 몸 상태가 별로 좋지 않아서 어떻게 될지 모르겠어.」

-많이 안 좋아?

다니엘의 목소리에 잔뜩 걱정이 묻어났다.

「아니, 그런 거 아니고. 그냥 몸살 기운이 있는 거 같아서.」

-약은 먹었어? 넌 몸을 너무 혹사하는 경향이 있어. 차라리 나랑

병원 같이 가자.

「다니엘, 정말 괜찮아. 걱정 말고 저녁에 다시 연락해. 응?」

-그래, 아, SJ 자동차 주식은 지금 최고가를 찍고 있어서 매도하기로 했어. 나중에 폭락할 때 사들일 테니까 너무 걱정하지 마. 내전 재산을 털어서라도 SJ 망하게 해 줄 테니까.

「다니엘, 마음은 고마운데 망하면 안 되는 거 알지? 망하는 건 그 사람이어야 해. 그리고 일부러 디자인을 흘렸어. 그쪽으로 디자인이 들어갈 거야.」

-알겠어. 그것도 알아볼게.

「부탁해.」

-몸이나 잘 챙겨.

지우는 전화를 끊은 뒤 표정을 굳혔다. 이번 자율주행 차량에 대한 정보가 거짓이나 다름없다면 굳이 기태혁 부사장이 도와주지 않아도 충분히 경영권을 장악할 수 있을 것 같았다. 하지만 뜻대로 된다고 확신할 수 없으니 지금부터 하나씩 천천히 해 나가야 한다.

미현 씨가 순수한 목적으로 저에게 다가온다고 생각했던 적도 있지만, 우연히 그녀가 한현우와 같이 있는 걸 보고서 둘 사이에 뭔가가 있다는 생각을 했다.

그녀가 오고 얼마 있지 않아 비슷한 디자인의 차량이 SJ 자동차 사에서 먼저 출시되는 바람에 그 디자인은 휴지 조각이 됐다.

이번에 스케치된 디자인을 3D로 작업해 보겠다고 본인이 직접 나선 것만 봐도 분명 그 디자인이 SJ 자동차 사로 넘어갈 공산이 컸다.

앞으로 계속 지켜봐야 하지만, 이 모든 것들을 혼자 감당하려니 가슴이 갑갑하고 버거웠다. 하지만 언제까지 다니엘에게 의존할 수 없는 노릇이었다.

기태혁이 그녀의 의도를 있는 그대로 받아들여 주기만 한다면 더 바랄 것도 없겠지만, 둘 사이에 그런 신뢰가 쌓이기엔 시간이 터무니없이 짧았다. 하지만 다른 대안이 없으니 지금은 기태혁에게 최선을 다해야 한다. 그것이 그녀가 생각하는 가장 빠른 길이기도 했다.

지우는 피곤한 눈가를 꾹꾹 누르며 조바심도 같이 눌러 주었다. 그렇게 앉아 있는데, 미현이 다가왔다.

"지우 씨, 가요."

지우는 자리에서 일어나 미현을 보며 미소를 지었다.

사내식당에는 한식, 분식, 양식 세 가지로 나뉘어 있어 원하는 곳에서 식사할 수 있었다.

한식당에 들어서자 아직도 줄이 늘어서 있었다. 유난히 여직원들이 많아 보였다. 평소와 좀 다른 분위기에 미현을 쳐다보자 미현도 같은 생각인 모양인지 눈을 가늘게 뜨고 주위를 쭉 둘러보았다.

"어머, 어머, 저기 좀 봐요. 기태혁 부사장님이 웬일로 여기서 식사를? 그래서 여직원들이 몰려 있었구나. 어쩐지. 다들 그런 정보는 어떻게 아는지. 아, 식사 다 하셨나 보네요."

지우는 기태혁이란 말에 심장이 쿵쿵 뛰기 시작했다.

이렇게 마주칠 줄 알았다면 신경이라도 쓸 걸. 창백한 낯이 마음에 걸렸다.

"지우 씨, 어딜 보는 거예요. 저기 계신다니까."

미현이 지우를 툭 치며, 한곳을 가리켰다. 지우는 그녀가 가리키는 곳으로 시선을 돌렸다. 순간 지우는 눈이 커다래졌다. 기태혁의 옆에 나란히 서 있는 사람은 다름 아닌 제임스 리였다.

그가 왜 여기에?

다니엘과 몇 번 같이 본 적이 있었다. 과묵하니 말이 별로 없던 그는 지우와 별다른 대화를 나눠 보진 않았지만, 다니엘과 둘도 없는 친구라는 것 때문에 자신의 과거 사정을 자세히는 아니더라도 대충은 알고 있을지도 모른다.

그래서 불안했다.

"와우, 옆에 있는 남자는 누구죠? 혹시 알아요?"

지우는 대답 대신 아랫입술을 잘근거리며 생각에 빠져들었다.

어젯밤 분명, 기태혁은 아무것도 묻지 않고 있는 그대로 그녀를 받아 줬었다. 그 사실만으로도 많은 위로가 되었지만, 착각일 수도 있다는 생각에 머릿속이 하얗게 바래졌다.

제임스 리와 둘 사이가 얼마나 가까울지 알 수 없지만, 다니엘은 왜 그런 말을 하지 않았던 걸까.

다니엘에게 물어보는 것이 제일 빠를 것 같았다.

"아, 오늘 유난히 여직원이 이리로 몰린 이유가 저 사람 때문인가 보네요. 기태혁 부사장님 못지않게 잘생겼네요. 키도 훤칠하고. 어쩜 하나같이 만찢남들이네요."

"저, 미현 씨, 미안해요. 갑자기 급하게 연락할 곳이 있어서요. 먼저 식사하세요."

"뭐, 그러죠."

지우는 휴대전화를 그러쥔 채 식당 밖으로 나왔다. 사람이 드문 로비 한쪽 편으로 가서 다니엘에게 전화를 걸었다. 조바심에 마른 침을 삼키며 신호가 떨어지고 그가 받기를 기다렸다. 그런데 휴대전화를 두고 어딜 간 모양인지 전화를 도통 받지 않았다.

전화를 끊은 뒤 다시 통화 버튼을 눌렀다.

역시나 받질 않았다.

오래도록 휴대전화 액정을 바라보던 지우는 허탈한 시선을 떼어 내며 한식당 쪽을 바라보았다.

마침 로비로 나선 그들은 엘리베이터 앞으로 오고 있었다. 그녀가 있는 곳과 거리가 떨어지긴 했지만, 시력이 몹시 나쁘지 않은 이상 얼굴을 알아볼 정도는 되었다.

기태혁의 시선이 그 순간 그녀를 향해 움직였다. 눈이 허공에서 마주쳤다. 숨을 삼킨 지우는 그에게 붙들린 듯 시선을 뗄 수가 없었다.

태혁은 옆에 있던 제임스에게 뭐라 말을 한 뒤 곧장 그녀에게 다가왔다. 그러자 제임스가 그녀 쪽으로 힐끗 시선을 돌렸다. 무심한 눈동자는 표정을 읽을 수가 없었다.

어느새 가까이 다가온 기태혁은 말없이 그녀를 내려다보았다. 고요한 눈동자는 왜 여기서 이러고 있느냐고 묻고 있었다.

"아, 안녕하세요, 부사장님."

지우는 떨리는 시선을 내리뜨며 작은 소리로 인사를 건넸다.

"이지우 씨."

그의 목소리는 낮고도 감미로웠다. 밤새 귓가에 속살대던 그가 떠올랐다.

"왜 여기서 이러고 있습니까."

잠시 말문이 막혔다.

"대답하기 곤란한 질문입니까."

"그런 게 아니라……."

"아니라."

"통화할 곳이 있어서요."

난처한 웃음을 지으며 그를 보았다. 그리고 시선을 저 멀리 제임스에게로 던졌다. 팔짱을 낀 채 그녀와 기태혁을 지켜보는 제임스의 표정에는 호기심이 가득했다. 그는 분명 그녀를 알아본 듯했다.

"한눈팔기까지."

꿰뚫을 것처럼 바라보던 그가 비딱하게 입꼬리를 올리며 목소리를 낮게 내뱉었다.

"밥은 먹었습니까."

"아, 아뇨."

그가 한쪽 눈썹을 위로 치커떴다.

"몸이 안 좋아서요."

그가 얼굴 전체를 천천히 더듬듯 바라보았다. 그러고는 낮게 혀를 찼다.

"약은 먹었습니까."

"네."

"내 사람이 이렇게 몸이 약해서 되겠습니까. 오늘 일찍 퇴근하고 집에 가서 쉬도록 해요. 김 실장한테 말해 둘 테니."

"괜찮아요."

"내 말대로 해요. 이러면 내가 실컷 안을 수도 없잖습니까."

못마땅하다는 듯 미간을 좁히며 바라보는 그에게 아무런 대꾸도 하지 못했다.

"당장 덮치고 싶지만, 오늘은 참죠."

거친 눈빛이 잠깐 일렁이다 이내 사라졌다.

그는 그녀를 등지고 다시 제임스가 기다리는 곳으로 향했다. 주위 사람들의 시선이 그녀에게로 쏟아졌다. 둘이 무슨 사이라도 되는 것처럼 바라보는 시선에 얼굴이 따가울 정도였다. 하지만 기태혁의 당당한 얼굴은 누구도 힐끔대지 못했다.

그는 엘리베이터에 오르기 전 그녀와 눈을 맞추었다. 이채가 도는 눈빛은 짙고도 강렬했다. 심장이 조여들었다. 사실 통증이라기보다는 두근거림에 가까웠다.

마음속에 요동치는 감정은 한마디로 정의하기 힘들었다. 익숙해질 감정이겠지만, 내성이 생기려면 시간이 더 필요할 것 같았다.

* * *

지우는 김 실장으로부터 연락을 받았다.

퇴근 시간 10분 전에 나오면 현관 입구에서 조금 떨어진 곳에 차를 대기하고 있겠다고 했다.

지우는 제출하기로 한 디자인 스케치를 지난번에 완성해 뒀던 스케치로 대체했다. 그것은 이미 미현 씨가 3D로 만들어 둔 것이었다. 앞으로 어떤 일이 벌어질지 모르지만, 지우는 내심 기대하며 퇴근 준비를 서둘렀다.

팀원들에게 양해를 구하고 10분 먼저 사무실을 나섰다.

현관을 나서고 주차장 한쪽 편에 기다리는 곳으로 걸어가는데, 휴대전화가 울렸다.

지잉.

드디어 다니엘에게서 연락이 온 모양이라 생각하며 재빨리 전화를 받았다.

「여보세요?」

-뭐 하는 거야? 갑자기 영어로 받을 만큼 내 전화가 반가웠어?

순간 지우는 수화기를 타고 흐르는 목소리의 주인공이 현우라는 것을 알아챘다.

"무슨 일로 전화했어."

차갑게 내뱉자 저쪽에서 비웃는 소리가 들렸다.

-미국에서 그냥 논 건 아닌가 보더라고. 그림 실력이 제법이야. 그 부분에 관해서 이야기 좀 나누고 싶은데. 오늘 저녁에 시간 어때?

"난 할 이야기 없어."

-아니면 내가 그쪽으로 찾아갈까? 거기 커피 맛 괜찮던데. 아니면 네가 잘 가는 제우스에서 7시에 봐.

"너랑 할 이야기 없다니까."

-사람이 그렇게 꼬였냐. 어떻게 생긴 게. 기다릴 테니까 나중에 봐.

지우는 한현우가 왜 보자고 하는지 궁금함이 솟구쳤다. 잘하면 제 입으로 디자인 도용에 대한 말을 할지도 모른다. 피하는 게 능사가 아니라 만나 보는 것도 괜찮을 것 같았다.

마음을 가라앉힌 지우는 자신을 기다리는 차량에 올랐다. 차는 그녀를 아주 편안하게 집 앞까지 데려다주었다.

이 모든 것은 기태혁이 그녀에게 베푸는 친절이었다.

기태혁과 같이 있던 제임스 리에 대한 의문이 여전히 가시질 않았지만, 한현우의 전화가 주는 여파는 생각보다 컸다. 집에 도착한 지우는 기계적으로 옷을 갈아입고 화장을 고친 다음 제우스로 향했다.

* * *

7시까지 가기에는 시간이 빠듯했다.

조금 늦어지면 한현우는 분명 혼자서 룸으로 들어가 술을 퍼마시고 있을 것이다. 둘만 있는 룸보다는 홀에서 이야기를 나누는 편이 나을 것 같단 생각에 그녀는 먼저 가서 기다리기로 했다.

택시에서 내리자마자 보인 건 제우스 주차장에 들어서는 한현우의 차였다. 그가 차창을 열고 지우를 보며 손을 흔들었다. 지우는 늦지 않아서 다행이라 생각하며, 한현우와 같이 가게 안으로 들어섰다.

"본부장님 오셨습니까. 어머, 옆에는 누구?"

마담은 저를 알아보고서도 모르는 척 굴었다. 지우는 그런 마담의 처세를 냉담한 표정으로 지켜보았다.

"룸 말고, 홀에 자리 부탁할게요."

지우의 말에 현우가 미간을 확 찌푸렸다.

"너랑 룸에 들어가서 뭐 하게."

"하, 시발. 누군 좋아서 온 줄 알아? 드럽게 튕기긴. 마담, 적당한 자리 골라 봐."

"네, 이리로 오세요."

그녀가 안내하는 곳으로 발걸음을 옮겼다.

그곳에는 새하얀 셔츠 소매를 살짝 걷어 올리고 구릿빛 팔뚝을 드러낸 채 술잔을 기울이는 한 남자가 눈을 가늘게 뜨며 그녀를 보고 있었다. 그것도 잠시, 남자는 지우를 향해 살짝 윙크를 보내더니 서서히 고개를 돌리며 술잔을 기울였다.

누구와 같이 온 걸까.

기다란 바에 놓인 잔을 그녀는 눈으로 확인했다.

분명 혼자였다. 하지만 이곳은 아무나 출입할 수 있는 곳이 아닌 만큼 이렇게 혼자 술을 마시러 왔다기보다는 다른 회원 누군가가 같이 왔다는 말이었다.

기태혁. 그와 만나기로 한 걸까. 제임스가 이곳의 회원일 리는 없을 테니 그럴 가능성이 제일 컸다.

이곳에서 기태혁과 마주치고 싶지 않다. 룸으로 들어가자고 해야 할지 망설이는 찰나, 한현우가 지우의 어깨에 손을 얹으며 말했다.

"뭐 해?"

한현우는 지우가 걸음을 멈추고 한자리에 못이 박힌 듯 서 있자 의아한 표정으로 바라보았다.

"왜, 또 마음에 안 들어? 룸 말고 홀로 가자며!"

"아니야. 가."

지우는 고개를 저으며 마음을 굳혔다. 기태혁과 마주친다 하더라도 한현우와 밀폐된 공간에서 단둘이 있고 싶진 않았다. 지우는 현우를 서늘한 시선으로 바라보았다.

단 한순간도 한 회장과 한현우가 한 짓을 잊어 본 적이 없었다.

한 회장이 엄마를 유린하며 괴롭힐 때, 한현우는 그녀가 다니는 학교까지 찾아와서 주위를 어슬렁대며 협박을 해 댔었다. 행여나 엄마가 알게 되면 상처받을까 봐 혼자 속으로 앓고 말았지만, 덩치 큰 사내 녀석이 성희롱을 일삼으며 여차하면 깔아 버리겠다는 눈빛으로 쳐다보던 모습은 아직도 생생했다.

한현우는 한 회장과 다를 바 없는 짐승이었다. 눈앞의 한현우는 그때의 기억을 다 잊었을지 모르지만, 지우는 하나도 잊지 않았다.

한현우와 한 회장 두 사람은 피가 섞이지 않았지만 사이가 유별나게 좋았고, 그만큼 야비한 짓을 해 대는 것도 비슷했다. 지우는 아버지란 작자가 어떤 행패를 부렸는지도 다 기억했다.

악연도 이런 악연이 또 있을까. 이들 때문에 절망하며 산 세월이 미치도록 억울했다.

일반적으로 자식은 부모에게 사랑받고 보호받으며 가족이란 울타리 안에서 살아가는 것이 당연한데도, 그 당연한 것이 지우에게는 꿈이나 다름없었다.

차라리 태어나지 않은 것만 못한 삶이었다. 하루에도 수백 번, 수천 번 저들에 대한 분노로 괴로워했었다.

지우는 솟구치는 살의를 간신히 누르며 떨리는 손으로 휴대전화의 녹음기능을 실행했다.

그들에게 짓밟히지 않고 떳떳하게 서기 위해 피나는 노력을 해 왔지만 크게 소용은 없었다. 지금 녹음을 하는 것 따위가 얼마나 큰 도움이 될지 알 수 없지만, 큰 방죽도 개미구멍으로 무너진다고 했다. 지우는 마음을 다잡으며 마담이 이끄는 곳으로 가서 앉았다.

다행히 크게 눈에 띄는 자리가 아니어서 신경 쓰고 보지 않는 다음에야 누가 있는지 알아챌 수 없을 것이다.

한현우는 마담에게 술과 안주를 주문했고, 지우는 그가 하는 것을 가만히 지켜보았다. 주문을 끝낸 현우는 다리를 꼬며 비스듬히 기대어 앉은 채 지우의 모습을 샅샅이 훑어보았다. 야비한 눈빛에 소름이 돋았다.

"요새 재미 좋은 모양이던데."

"재미가 없을 건 뭐야. 그냥 그렇게 사는 거지."

무심한 대답에 그녀를 옥죄는 시선이 점점 짙어졌다.

"엄마 잃은 송아지처럼 빌빌거리며 눈물 짜고 다닐 줄 알았는데, 제법이야."

한현우는 약한 모습을 보이면 더 야비하게 굴었다. 지금까지 한현우에게서 저를 지켜 올 수 있었던 것도, 악착같이 지지 않으려는 태도로 독하게 굴었기 때문이었다.

"내가 너처럼 찌질이는 아니잖아."

"뭐? 말이면 단 줄 알아?"

"말뿐 아니라 사실이잖아."

"그래, 내가 참는다, 참아."

한현우는 마담이 오는 것을 보며 입을 다물었다. 야비한 눈초리가 위로 치켜 올라간 것이 금방이라도 무슨 일을 저지를 것처럼 보였다. 지우는 룸으로 가지 않은 건 정말 잘한 선택이라 생각하며 싸늘한 표정을 유지했다.

"좋은 시간 되세요."

마담이 술과 안주를 내왔다. 그녀는 둘 사이를 흥미진진한 시선으로 바라보다 지우와 눈이 마주치자 눈웃음으로 얼버무리며 자리를 떠났다.

한현우는 술병을 집어 들어 잔 가득 부었다. 지우에게 술잔을 건네고, 그의 잔에도 가득 따른 뒤 혼자서 들이켰다. 지우는 술을 입에 대지 않고 팔짱을 낀 채 한현우가 하는 짓을 지켜보았다.

"큭, 마셔. 잘 마시잖아."

한현우는 입가에 흘러내린 술을 손등으로 닦아 내며 말했다.

"말해. 왜 보자고 했는지."

"이거 왜 이래? 우리 사이에 너무 딱딱하게 구는 거 아니야? 그 자식 앞에선 온갖 아양을 다 떨면서, 도도한 척은."

기태혁과의 관계를 이미 알고 있는 걸까. 하긴 모르는 것이 더 이상했다. 그는 앞에 놓인 육포를 들고 질겅질겅 씹어 댔다. 한없이 불량하고 쌍스러운 태도였지만, 지금 이런 모습은 아무것도 아니란 것을 알기에 지우는 입을 다물었다.

뭔가 욕구 불만이 가득한 그의 표정은 금방이라도 폭발할 것처럼 위태로워 보였다.

"그래서, 그 자식이랑 자니까 좋아? 얼굴이 폈네."

"그 말 하려고 보자고 했니?"

지우는 주먹을 꽉 움켜쥐었다. 테이블 아래 허벅지 위에 놓인 손이 부들부들 떨리는 것을 간신히 참아 내며 태연한 표정을 유지했다.

"하긴 걸레가 어디 가겠어. 그 어미에 그 딸이잖아."

"넌 개새끼잖아."

"곧 죽어도 말대꾸는. 내가 마음먹으면 너 같은 건 쥐도 새도 모르게 따먹고 죽일 수 있었어."

비열한 자식.

이제야 본심을 확실히 드러냈다.

"넌 끝까지 개자식이야."

"그거 이제 알았어?"

한현우가 능글맞게 웃으며 담배를 피워 물었다.

그 모습을 바라보던 지우는 원하는 대답을 듣기 위해 먼저 디자인 도용에 대한 것을 언급하기로 했다.

"능력 없으면 하지를 말지. 도둑질이나 하고 다니니?"

"……도둑질?"

그가 미간을 좁히며 지우를 노려보다 무슨 말인지 알아채고서는 피식 웃었다.

"제법이네, 이지우. 아니지, 한지우라고 해야 하나?"

"……."

지우는 말없이 노려보았다. 이제는 그가 입을 열어야 할 차례였다. 무슨 말을 늘어놓을지 기다렸다.

"근데 마치 내가 도둑질하는 거 본 사람처럼 말하네. 증거 있어? 없잖아."

지우는 현우의 눈동자가 흔들리는 것을 보았다.

"훔친 디자인으로 만든 차 판매하니까 반응 좋았지? 아마 SJ 자동차 생긴 이래 제일 잘 팔렸을걸? 미현 씨가 보는 눈이 있잖아."

"……미현? 쓸데없는 소리 하지 말고, SJ 자동차로 올 생각 없어? 그 재능을 남 좋은 일에 쓰지 말고 집안을 돕는 데 쓰지그래."

지우의 얼굴에 희미한 미소가 번졌다. 입꼬리는 위로 올라간 채 웃고 있지만, 눈빛은 그 어느 때보다 차가웠다.

"집안? 그럼 날 가족으로 인정하는 거네. 한 회장이 그렇게 말해?"

지우는 일부러 한 회장의 이야기를 꺼내며 슬쩍 떠보았다. 한 회장은 절대 그럴 리가 없을 것이다.

"흐흠, 그렇게 앞서갈 거 없잖아. 그냥 그 재능, 굳이 K 자동차 사에서 썩히기 아까우니까 하는 소리야. SJ로 와. 내가 잘 봐줄 테니까."

"내가 굳이 가지 않아도 넌 도둑질을 잘하잖아."

지우의 말에 그가 큰 소리로 웃음을 터트렸다.

"하하하, 내가 도둑질을 해? 알아서 내 앞에 갖다 바치는데 그걸 거절하는 바보가 있을까. 그 아까운 걸 그냥 버릴 순 없잖아. 적당히 다듬어서 쓰면 되는데."

"……."

"누가 디자인했나 봤더니, 내 하나밖에 없는 소중한 누나가 했더라고. ……디자인도 누구 닮아서 그런지 아주 쌔끈하고 말이야."

음흉한 눈빛으로 그녀를 훑어 대며 말했다. 구역질이 치밀어 올라왔지만, 태연함으로 가장하고 천천히 눈을 치뜨며 입꼬리를 올렸다.

"내가 SJ로 간다면 고작 디자이너로 만족할 거 같아? 네 자리 정도는 되어야 하지 않을까."

한현우의 두 눈에 이채가 서렸다.

"난 말이야, 아버지가 왜 자꾸 네 엄마를 찾아갈까 생각했거든. 어릴 때는 사실 이해를 못 했었지. 그런데 내가 여자 맛을 알고 나니까 생각이 달라지더라고. 명기쯤 되니까 그 맛을 못 잊고 계속 찾아갔던 거겠지. 그 딸인 너는 어떨까, 늘 궁금했었지."

지우는 온몸에 벌레가 기어 다니는 기분이었다. 소름이 돋고 구역질이 치밀어서 앉아 있기 힘들었다. 하얀 얼굴은 파랗게 질려 갔다.

한현우는 담배를 재떨이에 비벼 끄며 말을 이었다.

"말이 나와서 하는 말인데, 본부장 정도 시켜 주면 나도 얻는 게 있어야 할 거 아니야."

"……미친 새끼!"

지우는 손에 들린 위스킨 잔을 힘껏 움켜잡았다. 부들부들 떨리는 몸을 주체할 수가 없었다. 입안의 속살을 깨물고 비릿한 피 맛을 삼켰다.

아무리 비상식적인 일들이 넘쳐나는 세상이라 해도, 이럴 순 없었다. 직접 입 밖으로 내지 않았지만, 저를 쳐다보는 눈길이 무얼 말하는지 알 수 있었다.

"이제 알았어? 나 미친놈인지."

구역질이 치밀었다. 더는 이 자리에 있을 이유, 없었다. 이미 원하는 내용의 녹음은 끝났다.

지우는 몸을 일으키며 가차 없이 내뱉었다.

"넌 구제불능이야. 쓰레기 같은 놈."

지우는 손에 쥔 위스키 잔을 한현우 얼굴로 힘껏 끼얹었다.

순간 주변의 웅성거림이 멈추었다. 다들 놀란 눈으로 그들을 쳐다보았다.

한현우는 지우의 갑작스러운 행동에 거칠게 욕설을 뱉어 냈다.

"이년이 미쳤나. 죽고 싶어 환장했지!"

그러곤 손수건을 꺼내 얼굴을 닦아 내며 벌겋게 충혈된 눈으로 일어선 지우를 노려보았다. 하지만 지우는 코웃음을 치며 그의 말을 무시했다. 솔직히 말해 기태혁과 부딪치기 전에 떠나고 싶었다.

"한현우, 앞으로 내 앞에 나타나지 마. 두 번 다시 보기 싫으니까."

"이게 지금 사람을 뭐로 보고! 봐주니까 눈에 보이는 게 없나 보네."

거칠게 의자를 밀치고 일어난 한현우는 벌게진 얼굴로 지우를 노려보았다. 씨근덕거리는 것이 뿔난 황소 같았다.

"오늘이 네 제삿날인 줄 알아. 씨팔."

"누구 맘대로. 너나 네 밥줄 잘 챙겨."

지우는 주변에 사람들이 모여들기 시작하는 것을 보며 발걸음을 옮겼다. 어느 순간 제임스가 지우 가까이 다가와 있었다.

그가 눈으로 괜찮으냐고 묻고 있었다. 지우는 괜찮다는 의미로 살짝 입꼬리를 올려 미소를 보냈다. 그리고 이내 출입구 쪽으로 걸음을 옮겼다. 종업원과 사람들이 길을 비켜 주었다. 그렇게 그곳을 빠져나가는데, 갑자기 사람들이 비명을 질러 댔다.

섬뜩한 느낌에 몸을 돌려 뒤를 돌아보았다. 한현우가 재떨이를 들고 그녀를 향해 달려오고 있었다.

눈을 커다랗게 뜨고 그 장면을 망연히 바라보던 지우는 강한 힘에 이끌려 누군가의 가슴팍에 안겨 들었다.

퍽!

그 순간 귀를 찢을 만큼 요란한 파열음이 울렸다. 재떨이는 벽에 부딪쳐 산산조각 났다.

"까악!"

사람들의 비명이 함께 울렸다.

"이리 와, 씨팔. 너 이리 안 와!"

지우를 향해 달려들던 현우는 지우를 감싼 남자의 발길질에 복부를 맞고 저만치 나가떨어졌다.

"제임스, 부탁해."

남자는 지우를 단단히 붙든 채 말했다. 잔뜩 겁에 질린 지우는 제 어깨를 붙든 남자를 올려다보았다.

기태혁, 그였다. 어디 다친 곳은 없는지 빠르게 훑어보던 그는 어깨 너머 누군가를 바라보았다.

"잠시만 뒤로 물러서 있어."

낮게 가라앉은 음성은 지독히도 차갑고 매서웠다.

곁으로 다가온 제임스는 지우를 붙들며 뒤로 물러났다.

"괜찮으세요? 저희가 처리할게요. 너희들 뭐 해, 빨리 막아."

당황한 마담이 기태혁 앞으로 달려 나와 연신 사과를 하며, 종업원들에게 지시를 내렸다. 하지만 태혁은 여기서 멈출 생각이 추호도 없었다.

"다들 물러서세요."

태혁의 기세에 눌린 마담과 종업원들은 주춤거리며 어떻게 해야 할지 몰라 머뭇거렸다.

한현우는 몸을 일으켜 세운 뒤 기태혁을 향해 눈을 부라리며 욕설을 뱉어 냈다.

"찾어? 네가 뭔데 끼어들어! 오늘 두 연놈 내 손에 다 죽었어."

"입이 아주 걸레네."

태혁은 비릿하게 웃으며 한현우에게 다가갔다. 발밑의 유리 조각이 구둣발에 밟혀 으깨지는 소리가 들렸다.

"네가 이지우 기둥서방이야? 뭔데 끼어들어!"

"입 세척을 확실히 해야겠습니다. 한현우 본부장."

태혁은 왼손으로 현우의 멱살을 거머쥔 뒤, 오른손으로 얼굴을 가격했다. 현우의 고개가 돌아가고 입에서 피가 튀었다.

"윽!"

"그 입, 다시 놀려 봐."

태혁은 현우를 향해 낮게 뇌까리며 다시 주먹을 휘둘렀다.

"크윽!"

얻어터진 현우는 겁에 질린 표정으로 기태혁을 쳐다보며 숨만 헐떡였다. 그에 반해 태혁은 한 치의 흐트러짐도 없이 태연한 표정으로 말을 이었다.

"설마 한 대 맞은 거로 눙치려는 건 아니겠죠. 난 보복은 확실하게 하는 편입니다. 특히 내 사람이 다른 사람 손 타는 걸 가만두고 볼 만큼 인내심이 많지가 않거든."

태혁은 아무 테이블에 올려진 재떨이를 집어 들고선 현우의 뺨을 툭툭 건드렸다.

"놔, 놓으라고!"

퍽!

멱살을 놓은 태혁은 발로 현우의 배를 차며 바닥으로 밀쳐 냈다. 그와 동시에 손에 들린 재떨이를 한현우를 향해 집어 던졌다.

"으악!"

재떨이는 바로 한현우 옆에 떨어졌다. 유리로 된 재떨이는 대리석 바닥과 부딪치며 요란한 파열음과 함께 부서졌다.

"일어나. 한현우."

"왜, 왜 이러는 거야! 나한테!"

현우가 발악하며 몸을 뒤로 물렸다. 유리 조각에 손이 베이는 줄도 모르고 물러서느라 정신이 없었다.

"모르면 알 때까지 맞으면 되겠네."

우스꽝스러운 모습의 현우는 간신히 벽을 짚고 자리에서 일어 났다.

"허억, 왜 당신이…… 끼어드는 거야!"

"내가 지금 여기 왜 있다고 생각해?"

"그, 그걸 내가 어떻게 알아. 술 마시러 왔겠지."

"틀렸어. 다시 생각해 봐."

태혁의 표정은 고요했지만 그가 뿜어 내는 분위기는 주위를 얼어붙게 할 만큼 서늘했다. 그 기세에 눌린 한현우는 잔뜩 위축된 표정이었다.

"이제 맞을 각오는 됐습니까, 한현우 본부장."

태혁은 입고 있던 재킷의 단추를 풀고 단숨에 벗어 버렸다. 뒤에 있던 김 실장이 조용히 그의 재킷을 받아 들었다.

"오늘 여러모로 힘쓰게 하네."

태혁이 넥타이를 느슨하게 당기며 셔츠 단추를 한 개 풀었다.

"기, 기태혁 부사장님, 뭔가 오해가 있으신 것 같습니다. 하하."

한현우는 잔뜩 겁에 질려 꼬리를 내린 강아지처럼 굴었다. 그러자 기태혁이 피식 웃었다.

"한국말 못 알아들어? 아니면 귓구멍이 막혔습니까. 내가 여기 왜 왔다고 했지?"

"서, 설마, 이지우 때문에?"

태혁은 심히 짜증스럽다는 표정을 내보이며 불쾌함을 드러냈다.

"버르장머리 하곤. 네 친굽니까."

"씨팔, 뭐가 모자라서 저런 년한테 놀아나ㅡ"

퍽!

태혁의 주먹이 매섭게 현우의 복부를 강타했다.

"윽!"

태혁은 주먹을 단단히 움켜쥐었다.

"다시 말해 봐."

비틀거리며 허리를 숙인 현우는 뒷걸음질 쳤다.

"이 상황에서 네가 어떻게 굴어야 할지, 판단이 안 섭니까."

"허억, 헉."

"그리고 씨팔, 누구한테 욕이야."

태혁은 현우의 어깨를 잡고 몸을 일으켜 세운 뒤 다시 한 번 더 주먹을 내질렀다.

퍽!

한현우는 아예 배를 붙잡고 바닥으로 꼬꾸라졌다. 그 모습을 내리뜬 눈으로 쳐다보던 태혁은 발로 한현우의 어깨를 차며 자신을 쳐다보게 했다.

"앞으로 내 눈에 띄지 마. 한 번만 더 이런 짓 하다 걸리면 죽는다."

태혁은 김 실장으로부터 재킷을 받아 걸쳤다. 그리고 제임스가 있는 곳으로 걸어가서, 파랗게 질린 채 서 있는 지우의 손을 잡았다.

"먼저 간다. 나중에 연락할게."

지우의 팔목을 단단히 붙든 태혁은 사람들의 시선을 받으며 지우를 데리고 가게를 나섰다.

한편, 김 실장은 마담과 종업원이 있는 곳으로 가서 말했다.

"마담, 쓰레기 처리하세요. 그리고 저런 쓰레기, 회원으로 계속 둘 겁니까."

"아, 아닙니다. 저희도 저 정도까진 줄 몰랐네요. 죄송합니다."

"여기 입단속 잘할 거라 믿습니다."

"물론입니다, 실장님."

김 실장은 제임스가 서 있는 곳으로 다가갔다.

"잠시만 기다리시면 제가 숙소로 모셔다 드리겠습니다."

"그럴까요? 아무튼 기태혁 성질 아직도 그대로네요."

"하하, 네. 어디 가겠습니까."

"하긴요."

제임스는 김 실장이 어딘가로 연락하는 것을 보며 고개를 절레절레 저었다.

제5화

가게를 나온 지우는 태혁이 이끄는 대로 따라갔다.

"타요."

그는 승용차 보조석 문을 열어 지우가 타기를 기다렸다. 지우는 얌전히 차에 올랐다.

탕.

차 문 닫히는 소리가 어두운 주차장을 울렸다. 그의 기분이 매우 나쁘다는 것을 알려 주는 것처럼 거칠기 짝이 없었다.

운전석에 오른 태혁은 무섭게 주차장을 빠져나갔다. 속도를 높이며 신호를 무시하고 달리던 그는 한적한 도로에 접어들자 차를 갓길에 세웠다.

커다란 플라타너스 아래 세워진 차는 아예 라이트조차도 꺼졌다. 어두컴컴한 차 내부에 그의 두 눈만이 퍼렇게 번뜩이고 있었다.

"왜 그 자식을 만났는지 내가 납득할 수 있도록 말해야 할 겁니다."

그가 어금니를 무는 것이 보였다. 지우는 최대한 목소리를 낮춰 대답했다.

"만나자고 해서요."

"하, 그래서요?"

"만나야 할 이유가 있었어요."

"그러니까, 그 이유가 뭡니까. 뭐길래 재떨이가 날아다니는 겁니까. 왜 거기서 그런 꼴을 당하고 있었는지, 내가 이해할 수 있도록 말해 보란 말입니다."

지우는 그의 말에 가방 안에 든 휴대전화를 꺼내 들었다. 그리고 녹음이 된 휴대전화를 그에게 들려주었다.

"들어 봐요. 그럼 좀 더 이해가 갈 테니까."

태혁은 흘러나오는 녹음 내용을 말없이 들었다. 그들이 나눈 내용이 하나도 빠짐없이 들어 있었다. 핸들을 움켜쥔 채 끝날 때까지 듣고 있던 그가 다시 시동을 켜고 라이트를 켰다.

차는 소리 없이 오피스텔로 향해 가고 있었다.

지우는 딱딱하게 굳은 얼굴로 앞만 바라보며 운전하고 있는 그를 쳐다보았다. 자신의 치부를 남김없이 보여 주었다. 말할 수 없이 씁쓸하고 비참한 기분이 들었다.

지금 기태혁의 기분은 어떨까.

뭐라도 말을 해 주면 좋으련만 그는 끝내 입을 열지 않았다.

오피스텔 1901호에 도착해서도 그는 말이 없었다. 다만, 재킷을 벗어 던지곤 욕실로 향했다. 지우는 거실 소파에 앉아 다리를 올린 채 무릎에 얼굴을 파묻었다.

조금 뒤 욕실에서 나온 그는 미니 바로 향해 걸어갔다. 글라스에 위스키를 가득 따른 다음 잔 두 개를 들고 그녀가 앉은 곳으로 다가왔다.

"마셔요."

지우는 고개를 들어 그를 올려다보았다. 샤워를 마친 그의 머리카락은 촉촉이 젖어 있었다.

그녀가 잔을 받아 들자, 그는 소파에 앉으며 위스키를 단숨에 들이켰다. 테이블 위에 잔을 내려놓은 뒤 턱을 쓸며 그녀가 마시길 기다렸다. 지우는 꾸역꾸역 술을 들이켰다.

"그만. 잘 마시는 척만 했지, 제대로 마시지도 못하면서."

그가 술잔을 뺏어 내려놓았다. 지우는 손등으로 입가에 흘린 술을 닦아 냈다.

"오늘 나랑 잘 수 있겠어요?"

태혁이 여상한 말투로 물었다.

지우는 고개를 끄덕였다. 그의 말에 달리 할 말이 없었다.

"그럼 이리 와서 먼저 입으로 빨아줘요."

태혁은 다리를 벌리며 편안하게 등받이에 몸을 기대었다. 지우는 그가 앉은 곳으로 가서 다리 사이에 자리를 잡았다. 가운을 벌리고 그의 남성을 손에 쥐었다. 이미 단단하게 발기된 그의 것은 한 손으로 잡기에 버거울 만큼 커져 있었다.

혀를 내밀어 그의 것을 핥고 입안에 머금었다.

"쯧, 제대로 못 합니까. 이를 세우면 긁히잖습니까."

지우는 혀로 이용해 아래에서부터 위로 핥아 올리며 귀두를 혀끝으로 문질렀다.

"하아."

그의 입에서 낮게 끄는 듯한 소리가 흘러나왔다.

지우는 입술에 힘을 주고 그의 것을 머금었다. 눈을 질끈 감고 고개를 위아래로 움직이며 빨아들이자, 그의 손이 머리카락 속으로 파고들었다.

"그만!"

그가 손가락에 힘을 주어 머리채를 끌어당겼다. 뒷머리가 잡힌 채 고개가 들린 지우는 숨을 헐떡이며 그를 올려다보았다.

"내가 누굽니까, 이지우 씨."

"······?"

"왜 그런 개자식 만나는 겁니까. 그따위 녹음파일이 뭐가 중요하다고! 그 자식이 뭘 원하는지 정말 몰라서 만나는 겁니까!"

"······!"

그가 지금 무슨 말을 하고 있는지, 그 마음이 너무나도 잘 느껴져서 가슴이 먹먹해져 왔다. 그 누구에게도 털어놓을 수 없었던 이야기를 기태혁은 단번에 알아채고 그녀를 대신해서 화를 내고 있었다.

지우는 그의 허벅지에 얼굴을 묻었다. 가슴이 아프고, 서럽고, 눈물이 나서 견딜 수가 없었다.

"나 좀 봐요."

그가 지우의 몸을 일으켜 세우며 제 허벅지 위에 앉혔다.

눈가에 흐르는 눈물을 닦아 주며 턱을 붙들었다.

그의 눈에는 안타까움, 분노, 애정 등 온갖 감정이 범람하고 있었다. 그녀와 몸을 섞은 뒤로 한층 너그러워졌던 그의 감정이 아무 소용이 없는 모양이었다.

"미안해요."

지우는 사과를 했다. 그녀가 지금 할 수 있는 건 아무것도 없었다.

태혁은 뒷목을 잡아채듯 끌어당기며 입술을 겹쳤다. 깊숙이 파고든 혀는 입안을 헤집을 듯 누비며, 숨이 막힐 정도로 질척한 키스가 이어졌다. 마지막으로 아랫입술을 치아로 깨물며 잘근거렸다. 스커트 아래로 파고든 그의 손이 북, 소리 나게 스타킹을 잡아 뜯으며 팬티를 옆으로 젖혔다.

"내 걸 삼켜 봐요. 지금 당장. 미칠 것 같으니까."

지우의 골반을 잡고 그녀가 그를 품을 수 있도록 이끌었다.

"아, 아흑!"

이미 흥건히 젖었지만, 그를 삼키기엔 여전히 버거웠다.

새카만 눈동자에 어른거리는 열기가 그녀를 금방이라도 집어삼킬 것처럼 위태로워 보였다. 서서히 찌푸려지는 미간에 입술을 내리며 힘을 빼고 그를 몸 깊숙이 묻었다.

뜨겁게 꿈틀대는 그는 폭주하고 싶은 욕망을 꾹 눌러 참으며 그녀의 목덜미에 뜨거운 숨을 내뿜었다.

"하아, 잘했어요. 아주 잘."

태혁은 잔뜩 억눌린 목소리로 말했다. 자잘하게 떠는 지우의 등을 부드럽게 쓸어내리며 다독였다.

그는 섹스할 때, 아주 직설적이고 노골적이었다. 하지만 그것이 그의 본심을 가리진 못했다. 조금 난잡하게 굴더라도 그건 둘 사이의 친밀함을 나타내는 것일 뿐, 나쁜 의도가 아니란 것을 알 수 있었다.

"그따위 새끼는 잊어버려요. 내가 죽여 버릴 테니까."

"……왜 이렇게 나한테 잘해 줘요?"

지우는 울먹이는 목소리로 물었다. 그러자 그의 몸이 눈에 띄게 굳어졌다. 서로의 시선이 얽혔다. 태혁은 허리를 쳐올리며 지우의 골반을 단단히 붙들었다. 그러자 순식간에 결합이 깊어졌다.

"아흑, ……깊어요."

지우는 그의 목에 팔을 감으며 깊게 삽입된 상태에서 벗어나려 했다. 그는 어림도 없다는 듯 허리를 추어올리며 그녀가 느끼는 곳을 집중적으로 찔러 댔다.

"하아, 아아, ……거기, 거긴!"

"후, 이게 잘해 주는 겁니까."

단단한 눈빛이 그녀의 시선을 붙든 채 놓질 않았다. 깊고 아득한 눈동자 속으로 빠져들 것만 같았다.

"말해 봐요. 이게 잘해주는 겁니까."

그의 미간이 좁혀졌다.

"하아, 네. 조금만 천천히 하면 더 좋겠어요. 이렇게."

지우는 그의 시선을 붙든 채 스스로 움직였다. 태혁의 어깨에 팔을 올린 채 허리를 살짝 비틀었다.

"하, 이제 놀리기까지."

그가 목덜미를 물어뜯으며 혀로 진득하게 핥아 댔다.

지우는 갈비뼈 아래가 욱신거리는 아픔에 숨을 삼켰다. 그와 나누는 이 행위가 오늘따라 왜 이렇게 슬프게 느껴지는지 모를 일이었다. 울면 안 되는데, 눈물이 나려 했다. 자꾸만 눈가가 뿌옇게 흐려졌다.

"후……"

"흐흑, 왜 이러는지 모르겠어요."

태혁은 지우의 등을 쓸어내리며 품 안으로 끌어당겼다. 블라우스 위로 가슴을 베어 물며 짙은 숨을 토해냈다.

"사람 환장하게 하네요. 이지우 씨."

폭주하려는 저를 내리누르는 기색이 역력했다. 지우는 숨 가쁘도록 꽉 껴안은 채로 허리를 움직였다. 저 아래에서부터 파고드는 저릿한 감각에 눈을 질끈 감았다. 가슴이 벅차올랐다.

"눈 뜨고 날 봐요."

촉촉이 젖은 눈을 뜨고 그와 눈을 맞추었다. 격렬한 눈동자는 내면을 샅샅이 파헤칠 것처럼 집요했다.

그는 느긋하던 평소와 달리 여유로운 척할 수 없는지 그녀를 안아 들고 탁자 위에 눕혔다. 차가운 느낌에 몸을 움츠리자 알아들을 수 없게 뭐라 내뱉더니 그가 입고 있던 가운을 벗어 테이블 위에 펼쳤다. 그리고 다시 그 위에 그녀를 눕힌 뒤 다급한 손길로 스커트를 걷어 올리고 스타킹과 팬티를 벗겨 냈다.

"블라우스 벗어요. 내가 벗기면 뜯어 버릴지도 모르니까."

지우는 그의 말에 떨리는 손으로 블라우스 단추를 풀었다. 태혁의 눈동자가 거칠게 흔들리며 목울대가 꿀렁였다. 마침내 마지막 남은 단추를 풀어내자 다급히 상체를 겹치며 브래지어를 밀어 올렸다.

무례한 남자 127

"내가 말했습니까. 여기, 빨고 싶게 생겼다고."

손바닥으로 가슴을 부드럽게 스치듯 어루만지다 엄지로 유두를 꾹 누르며 문질러 댔다.

지우는 그의 손길에 얼굴을 붉힌 채 고개를 옆으로 돌렸다. 그는 은밀한 손길로 그녀가 느끼는 곳을 찾아 움직였다. 집요한 손길에 지우는 아랫입술을 깨물며 신음했다.

"민감하기까지."

그의 손길에 잔뜩 성이 난 유두는 전기자극이 느껴지는 것처럼 간질거렸다. 참을 수 없는 감각에 제 손을 올려 가슴을 움켜쥐자 그의 눈에 이채가 돌았다.

"이제 유혹도 하고."

"아흑!"

"누가 만지라고 했습니까. 내 허락 없이 만지면 안 된다는 거 모릅니까. 혼나야겠네요."

깊고도 검은 눈동자는 욕망을 숨김없이 드러낸 채 금방이라도 달려들 것만 같았다. 하지만 그는 그녀가 원하는 것을 절대로 주지 않을 것처럼 애를 태우기 시작했다. 가슴을 간질이면서도 유두는 내버려 둔 채 절대 손을 대지 않았다. 그가 힘차게 빨아주면 좋을 텐데, 그럴 생각이 전혀 없어 보였다.

"아아, 제발."

"말해 봐요. 바라는 게 뭔지."

입술을 겹치며 혀끝으로 할짝거렸다. 가슴을 그렇게 해주면 좋을 텐데, 놀리듯 입술을 빨아들이며 혀로 핥고 이로 자근자근 깨물었다.

지우는 혀를 내밀어 그의 혀를 짧게 감아 빨아들였다.

츕, 소리가 나자 그가 입술을 떼어 내며 그녀를 빤히 내려다 보았다. 심장이 파열할 것처럼 뛰어 대고, 입안은 바짝 말라 왔다.

"다리 벌려요. 지금 당장."

이글거리는 눈동자는 그녀를 삼킬 것만 같았다.

그는 벌려진 허벅지 사이를 손으로 가르는 것과 동시에 가슴을 입안에 가득 물고서 힘차게 빨아 댔다.

"아, 아흑!"

지우는 허리를 휘며 흐느꼈다. 붉은 혀는 유두를 감싸고 비벼 대다 난잡한 소리가 날 만큼 빨았다. 아래를 지분대는 손은 이미 질 입구 쪽으로 파고들어 깊숙이 안을 헤집으며 손가락 수를 늘려 갔다. 그를 충분히 받아들일 상태가 된 것을 확인한 후 벌려진 다리 사이로 단숨에 파고들었다.

"하아……! 하아……!"

지우는 터져 나오는 신음을 참을 수가 없었다. 입술을 깨물며 신음을 참아 보려 해도 단숨에 파고든 그가 예민한 부위를 뭉근히 비벼 대자 숨이 넘어갈 것만 같았다.

그는 허리를 세운 채 그녀의 표정을 하나도 빠짐없이 보고 있었다. 허리를 쳐올리며 깊숙이 파고들었다가 다시 허리를 뒤로 빼며 입구까지 빠져나오기를 반복하며 절정으로 몰아갔다.

고개를 돌려 그의 시선을 피하자 그가 손을 뻗어 턱을 붙잡고 눈을 맞추었다.

"날 봐요."

촉촉이 젖은 눈망울로 그를 올려다보다 견딜 수 없는 쾌감에 고개를 저으며 신음했다.

"하읏, 하아."

두 사람은 모두 땀에 흠뻑 젖어 있었다. 그는 지우의 머리카락을 얼굴에서 떼어 내며 눈가에 흐른 눈물을 닦아 주고 이마를 쓸어 넘겼다.

"참지 마."

그의 손이 클리토리스를 비벼 대며 살살 어루만지기 시작했다.

"아, 아읏!"

"하아, ……그렇게 조이면, 후우."

그가 상체를 숙여 입술을 겹쳐 왔다. 낮게 터트리는 숨결이 뜨거웠다. 그는 마치 허기진 사람처럼 입술을 빨아들였다.

파도가 밀려오고 밀려가며 온몸이 떠올랐다. 발끝까지 번져 가는 짜릿한 감각에 정신을 잃을 것만 같았다.

"하아, 아……. 아읏! 더, 더는, 아홋!"

그는 무섭게 허리를 움직였다. 녹아내릴 것처럼 뜨거운 열기가 내부 깊숙이 끓어올랐다.

"하아, ……지우야."

그가 이름을 불렀다. 놀란 가슴은 격렬하게 뛰어댔다.

"지우야, ……하아, 지우야."

머릿속은 아무것도 생각나지 않았다. 점멸하는 전등처럼 깜빡이며 지독한 쾌감에 헐떡였다. 귓가에는 그가 부르는 이름이 이명처럼 계속해서 들려왔다. 그리고 어느 순간 한 번, 두 번, 강렬한 쾌감이 파도처럼 밀려왔다. 지우는 눈앞이 하얗게 부서지며 절정에 흐느꼈다.

"아! 아웃!"

그와 동시에 태혁은 길게 허리를 젖히며 그녀 안에 뜨거운 것을 쏟아내기 시작했다. 경련하는 것처럼 길게 사정하며 허리를 잘게 흔들었다. 맞물린 곳에서는 오래도록 절정의 여운이 가시질 않았다.

격렬하게 뛰어 대던 숨이 잦아들 때쯤 그가 낮게 숨을 몰아쉬며 몸을 일으켰다. 겹쳐진 상체를 떼어 내며 그녀에게서 빠져나온 태혁은 욕실로 향했다. 얼마 뒤 뜨거운 물수건을 가져온 그는 지우의 아래를 꼼꼼히 닦아주었다.

"아, 괜찮아요."

태혁의 다정한 행동에 당황한 지우는 몸을 빼내려 했지만, 기진해서 움직일 수가 없었다. 그는 착실하게 닦아 낸 뒤, 그녀를 안아 들고 침실로 걸어갔다.

침대 위에 그녀를 눕힌 뒤 그 옆에 누운 태혁은 팔베개를 해주며 품 안으로 끌어당겼다. 의아한 눈빛으로 그를 올려다보던 지우는 긴장을 풀며 그의 품에 얼굴을 묻었다. 그러자 거짓말처럼 깊은 잠에 빠져들었다.

태혁은 지우의 머리를 쓰다듬고 등을 다독이며 한참을 그렇게 있었다.

* * *

태혁은 지우가 잠이 든 걸 확인하고 침실을 벗어났다. 시계를 확인하니 새벽 세 시였다. 욕실로 향한 태혁은 차가운 물로 샤워한 뒤 대충 옷을 챙겨 입었다.

몰랐으면 모를까, 이제 다 알게 되었는데 이대로 있으면 그건 기태혁이 아니었다.

소파 위에 올려진 지우의 휴대폰을 말없이 바라보던 태혁은 한현우와 어떤 일이 있었는지 자세히 알아봐야겠다는 생각을 하며 어제 들은 녹음 내용을 다시 떠올려보았다.

피가 섞인 남매지간에 그런 감정이 가능할까.

도대체 한 회장과 한현우는 두 모녀를 어떻게 대했던 걸까.

그리고 이런 그들을 상대로 혼자 버텨 온 지우를 생각하자 가슴을 날카로운 칼로 베어 낸 것처럼 아릿한 통증이 밀려왔다.

낯설고 생소한 감정이었다.

'……왜 이렇게 나한테 잘해 줘요?'

잘해 준 게 있었던가.

아무리 생각해 봐도 떠오르는 것은 없었다.

그깟 한현우 몇 대 때려 준 거 가지고 그러는 걸까. 맞을 짓을 했으니 때렸던 건데, 그런 일로 울먹일 만큼 감동을 했단 말인가. 틈만 나면 발정 난 짐승처럼 안으려고 덤벼드는 것밖에 달리 한 것도 없는 그는 어느 포인트에서 그녀 말에 공감해야 할지 난감하기만 했다.

지금부터라도 잘해 주면 될까.

자꾸만 심장에 뻐근한 통증이 느껴졌다.

오로지 저밖에 모르고 앞만 보며 달려왔던 태혁은 처음으로 저 아닌 다른 누군가의 마음을 진심으로 헤아려 보고 있었다.

* * *

평소보다 일찍 출근한 태혁은 김 실장으로부터 앞으로 있을 일정에 관해 보고를 받고 있었다.

그는 몇 가지 일정을 조정하기로 했다. 우선 상하이 모터쇼에 참가하기로 한 것을 취소하고, 대신 기은찬을 보내기로 했다. 그리고 제임스와 설립하기로 한 한국 지사를 최대한 빨리 진행하기로 하고, 오전부터 움직일 생각이었다.

그뿐 아니라 SJ 자동차 사와 관련하여 긴밀히 해야 할 것들도 있고, 만나 봐야 할 사람들도 여럿이었다.

태혁이 지시하는 사항을 기록하던 김 실장은 잠깐 적는 것을 멈추고 물었다.

"상하이 모터쇼에 이지우 씨가 참석하기로 한 것은 그대로 추진할까요."

태혁은 하던 것을 멈추고 김 실장을 말없이 바라보았다.

"크흠, 이지우 씨도 취소하는 거로 하겠습니다."

"내 입으로 다시 말해야겠습니까. 그 정도는 알아서 하실 수 있잖습니까. 누구 좋으라고 거길 보냅니까."

"알겠습니다. 차질 없도록 하겠습니다."

"각 디자인 팀장들 10시까지 모이도록 연락 넣으세요."

"알겠습니다."

"아, 이지우 씨 대신 상하이 모터쇼에는 김미현 씨 보내도록 하세요."

"네, 그렇게 하겠습니다."

"나가서 일 보세요."

"네."

김 실장이 나가고 난 뒤 태혁은 휴대전화를 꺼내 들었다. 이지우에게 문자를 보낼 생각이었다.

[통화 가능합니까.]

문자를 찍고 보니 좀 어딘가 이상했다. 너무 무뚝뚝한 거 같기도 하고, 지금 바로 연락 달라는 말을 보태야 하나 싶기도 하고, 머뭇거려졌다.

열 자도 채 되지 않는 문자를 보내는 데 왜 이리 고민이 되는지. 전송 버튼을 누르지도 못하고 휴대전화를 만지작거리는데, 문자음이 울렸다.

제임스에게서 온 문자였다.

[내가 연구소로 갈까, 아니면 네가 올래. 할 얘기가 있어.]

어제 일 때문인 거 같은데, 지금 그가 문자를 보내야 할 사람은 제임스보다 이지우가 먼저였다.

아주 정성스럽게 문자를 찍어 보냈다.

[통화 바람.]

태혁은 흐뭇한 미소를 지으며 회전의자를 빙그르르 돌렸다.

1분, ……5분, ……10분.

그렇게 시간은 흘러갔다. 다리를 겹친 채 비스듬히 기대앉아 턱을 괴고 있던 태혁은 팔걸이에 올려진 손을 까딱이며 책상 위에 놓인 전자시계를 노려보았다. 손에 꽉 쥐고 있는 휴대전화는 묵묵부답이었다.

지우에게 문자를 보내고 그가 기다린 시간은 10분 남짓이었다. 길다면 길고 짧다면 짧은 시간이지만, 태혁에게는 매한가지였다. 무슨 이유에서건 그를 기다리게 했다는 사실이 중요했다.

지금 나랑 밀당이라도 하자는 건가?

피식 웃던 태혁은 까닥이던 손을 멈추었다.

문득 그녀가 일부러 피하고 있다는 생각이 들었다.

지금까지 그녀가 보여 왔던 행동이나, 그가 해 왔던 행동을 볼 때, 그럴 가능성은 충분했다.

어쩔 수 없이 그를 선택한 여자. 친부를 파멸로 이끌기 위해 접근했고, 그는 그런 걸 알게 되었으면서도 교묘하게 그녀를 지배하려 들었다. 나 아니면 누가 너를 도와주겠느냔 생각을 하며, 베갯머리송사라도 해 보라는 말을 던지기까지 하지 않았던가.

사실이 그랬고 앞으로도 달라지지 않을 관계이건만, 기분은 한없이 저조해졌다.

어딜 가더라도 휴대전화는 꼭 챙겨 들고 다니는 그녀가 문자를 보지 않았을 확률은 제로에 가까웠다. 그렇다는 건 의도적으로 문자를 씹고 있다는 뜻일 수도 있었다.

주먹 쥔 손으로 책상 위를 툭툭 두드리던 태혁은 문득 이런 제 모습이 낯설기도 하고, 비정상적으로 보였다.

하, 웃음이 새어 나왔다.

살다가 이런 경우는 또 처음이었다.

고작 문자 하나 보내 놓고 하는 짓이 가관이었다. 혼자서 소설 쓰고 있는 제 모습이 우습다 못해 기가 막혔다.

이렇게 앉아서 시간을 죽일 게 아니라 직접 가 보는 편이 나을 듯했다. 태혁은 자리에서 일어나 벗어 둔 재킷을 걸치고 옷매무새를 다듬었다.

아침에 집을 나서기 전 거울을 보고 나면 좀처럼 다시 거울을 보는 일은 드물었다. 그런데 지금 그가 거울 앞에서 제 모습을 요리조리 살펴보고 있었다.

이젠 안 하던 짓까지.

거울 속의 제 모습이 낯설었다. 원래 채도가 낮은 검은 눈동자는 빛을 머금은 것처럼 반짝였고, 부드럽게 휘어진 입매는 금방이라도 웃음을 터트릴 것처럼 보였다. 얼음처럼 시린 눈동자도, 굳게 닫힌 입술도 아니었다. 느슨하게 풀어진 그는 나사 하나가 빠진 놈처럼 보였다.

"제대로 돌았군."

혼잣말을 하며 자리를 떴다.

부사장실을 나서자 비서실 직원들이 일제히 자리에서 일어났다.

태혁은 그들에게 디자인 1팀으로 간다는 말을 전하고 사무실을 나섰다. 그러자 성 대리가 후다닥 자리에서 뛰어나와 그의 뒤를 따랐다.

"됐습니다. 혼자 가도 됩니다."

태혁은 성 대리를 내려다보며 손짓했다.

"아닙니다. 제가 모시겠습니다."

그만 들어가라는 의사로 손짓을 해 보였는데도 말을 듣지 않고 고집을 부렸다. 태혁은 이런 것을 봐줄 만큼 너그러운 사람이 아니었다. 멈춰 선 그는 성 대리의 얼굴을 말없이 바라보았다.

어디 더 해 보라는 눈빛으로 바라보자 그제야 성 대리는 제 실수를 느낀 모양인지 얼굴이 벌게졌다. 귀까지 달아오른 모습이었다.

"죄, 죄송합니다."

성 대리가 한 발 뒤로 물러서며 태혁을 향해 허리를 90도로 숙였다. 당황한 모습이 역력했지만, 태혁의 동정심을 자아내기엔 부족했다.

"김 실장 이후로 나한테 버르장머리 없게 구는 사람은 성 대리가 처음이네요."

"죄송합니다, 부사장님. 다시는 이런 일 없도록 하겠습니다."

그가 성 대리를 싸늘한 시선으로 내려다보았다. 이런 사소한 일로 자신의 발걸음을 붙든 것이 못마땅했다.

"많이 컸네요. 내 밑에 있기에는 넘쳐 보이는데, 어디 갈 곳 있나 봐요?"

이번에는 성 대리의 얼굴이 하얗게 질려 갔다.

"갈 곳 있느냐고 물었잖습니까."

"어, 없습니다."

태혁의 짙은 눈썹이 꿈틀댔다.

"쯧, 쓸데없이 두 번 말하게 하고."

혀를 찬 태혁은 다시 엘리베이터 쪽으로 걸음을 떼어 놓았다. 돌아서는 즉시 머릿속에 성 대리는 사라지고 이지우에 대한 생각으로 가득 들어찼다.

태혁의 발걸음이 점점 빨라지고 있었다.

* * *

평소보다 조금 일찍 출근한 지우는 매달 출간되는 카 매거진을 뒤적이며 세계 유명 자동차들의 디자인 및 성능을 살펴보고 있었다.

그녀가 매달 받아 보는 자동차 관련 잡지만 해도 서너 권은 되었다. 물론 연구소 내 도서관에도 수많은 자동차 관련 잡지가 있지만, 개별적으로 활용하기 위해 그것들을 따로 구독했다.

잡지를 자동차 디자인별, 성능별로 스크랩하기도 하며 쏟아지는 신차들의 동향도 파악했다.

그렇게 일찍 출근해서 잡지를 살펴보는데, 휴대전화의 문자 알림음이 떴다. 이른 아침부터 문자가 올 곳은 별로 없기 때문에 대충 건성으로 확인했다.

[통화 바람.]

기태혁 부사장에게서 온 썰렁한 문자였다.

문자에서조차 느껴지는 둘째가라면 서러울 무뚝뚝함에 지우는 고개가 저절로 저어졌다.

사실 오늘 아침에는 함께 출근할 수 있을 거라 내심 기대도 했었는데 전날과 다름없이 혼자 출근해야만 했다. 최근 들어 조금 가까워지긴 했지만, 그의 행동은 여전히 종잡을 수 없었고, 그나마 나아진 게 있다면 잠자리뿐이었다.

지우는 휴대전화를 들고 조심스럽게 자리에서 일어났다. 사무실에서 통화하기에는 여러 가지로 눈치가 보였다. 사무실을 나와 휴게실 쪽으로 걸어가는데 이제 막 출근하는 은찬과 마주쳤다.

"어, 어디 가요? 팀장님."

은찬이 테이크아웃 해 온 커피를 흔들어 보였다. 은찬은 변함없이 출근할 때마다 커피를 사 와서 그녀 책상 위에 올려 두었다. 지우는 그가 내미는 커피를 마지못해 받아 들었다.

"커피, 이제 그만해. 매번 얻어 마실 순 없잖아."

"제가 좋아서 사는 건데 뭐 어때요. 그나저나 어딜 그렇게 가세요?"

"아, 통화할 데가 있어서."

"이른 아침부터 누군지 궁금하네요."

은찬의 표정에 쓸쓸한 미소가 잠깐 어리다 사라졌다.

"그것보다 몸은 괜찮은 거죠?"

"응, 괜찮아. 걱정 안 해도 돼."

"다행이네요."

"그래, 난 이만 가 볼게. 어서 들어가 봐."

지우는 태혁에게 전화를 해야 한다는 생각 때문에 마음이 다급해졌다. 은찬을 남겨 두고 휴게실로 가려는데 은찬이 가는 걸음을 붙잡았다.

"아, 맞다. 선배님!"

"응?"

"저랑 같이 상하이 가게 될 거 같은데요?"

조금 전과 달리 눈을 빛내며 말하는 모습에 차마 발걸음을 떼지 못하고, 무슨 말을 하는지 들어 보기로 했다.

"상하이라니? ……상하이 모터쇼 말하는 거야?"

"네, 이번에 저도 가기로 했어요."

"그래? 디자인 팀에서는 나 혼자 간다는 것 같던데……."

"혼자 가고 싶어요? 저랑 가기 싫어서 그러는 거죠?"

은찬이 눈을 가늘게 뜨고 지우의 표정을 살폈다.

지금 은찬과 별 탈 없이 잘 지내고 있는 이상 더 엮일 이유가 없었다. 다른 마음을 품지 않도록 싹을 잘라 내는 편이 그를 위해서도 나았다.

"아무래도 혼자 조용히 다녀오는 게 더 낫지."

"와, 선배 너무하네요. 저 서운해지려고 합니다."

"둘이서 무슨 이야기를 그렇게 재미나게 하는 거야?"

귀에 익숙한 목소리가 들려왔다. 지우는 얼른 고개를 돌려 누군지 확인했다. 문철은 지금 막 출근한 모양인지 그들에게 바짝 다가왔다.

"안녕하세요."

"안녕하십니까."

지우와 은찬이 동시에 인사했다. 문철은 인사를 받는 둥 마는

둥 하더니 지우 손에 들린 커피를 쳐다보며 눈을 빛냈다. 커피를 뺏어 갈 태세였다.

"이지우, 손에 든 거 내놔 봐."

아니나 다를까, 문철이 뻔뻔한 낯으로 지우 손에 들린 커피를 뺏어 갔다.

"어, 그걸 왜 팀장님이 뺏어 가세요?"

은찬이 펄쩍 뛰어올랐다. 문철은 그러거나 말거나 태연하게 말했다.

"맛이라도 보게. 어차피 혼자 마시기엔 양이 많잖아."

"어떻게 매번 그래요? 한번 사 주기라도 하든지."

지우가 눈을 흘기며 말하자 부끄럽긴 한지 문철의 얼굴이 살짝 붉어졌다.

"어허, 팀장 알기를 이렇게 우습게 알아서야. 커피 한 잔에 우리 사이가 이래야겠어?"

"와, 매번 뺏어 드셨어요? 너무하시네요. 제가 어떤 마음으로 커피를 갖다 바쳤는데."

은찬이 황당한 표정으로 바라보며 소리쳤다.

"뭘 갖다 바쳤는데?"

갑자기 뒤에서 들려온 소리에 놀란 세 명은 일제히 부사장을 바라보았다. 무표정한 얼굴의 태혁은 서슴없이 그들 사이로 끼어들었다.

"아, 안녕하십니까, 부사장님."

제일 먼저 정신을 차린 것은 문철이었다. 그가 인사를 하고 뺏어 든 커피를 재빨리 지우 손에 쥐어 주었다.

"하하, 제가 이지우 씨 커피를 **뺏어 먹으려고** 했더니, 우리 은찬 씨가 그걸 보고 그러는 겁니다. 별일 아닙니다."

태혁의 새카만 눈동자가 지우에게로 향했다. 서서히 아래로 내려간 눈동자는 지우 손에 들린 커피에 꽂혔다.

천천히 시선을 떼어 낸 그는 한쪽 눈썹을 치켜세우며 지우에게 물었다.

"그거 마실 겁니까."

지우는 순간 뭐라고 대답해야 할지 몰라 머뭇거렸다.

"어, 그, 그게……."

묵묵히 그녀의 말을 기다리던 태혁은 지우가 아무 말도 못 하고 입을 다물어 버리자, 시선을 떼어 낸 뒤 문철을 바라보았다.

"그럼 팀장님, 저 커피 들고 가세요."

"하하, 그래도-"

"제 말이 안 들리십니까."

태혁이 문철의 말을 중간에 자르며 냉정하게 내뱉었다. 당혹감을 느낀 것은 그녀뿐만 아니라 문철도 마찬가지인 듯했다. 어색한 미소를 짓고 있던 문철이 얼른 지우의 손에 들린 커피를 받아 들었다.

"네, 잘 마시겠습니다. 그럼 저는 이만 가 봐도 되겠습니까."

"네. 가 보세요."

문철은 재빨리 자리를 벗어났고, 지우는 태혁의 일방적인 태도에 미간을 찌푸렸다. 은찬은 벌게진 얼굴로 아무 말도 못 한 채 보고만 있었다.

"이지우 씨, 왜 내 문자 씹습니까."

"아, 지금 막 전화하려던 중이었어요."

지우의 대답에 태혁이 재밌다는 듯 피식 웃더니 거침없이 내뱉었다.

"그런 사람이 여기서 재밌게 노닥거리고 있었습니까."

말을 해도 어쩜.

지우는 기가 막힌다는 표정으로 그를 올려다보았다.

"거짓말에 뻔뻔한 표정까지. 내가 어디까지 봐줘야 합니까."

"왜 사람 말을 못 믿으세요?"

태혁의 눈매가 사납게 치켜 올라갔다. 그제야 이 남자가 얼마나 화가 났는지 알아챈 지우는 입을 다물었다. 그런 지우를 내리뜬 눈으로 거만하게 바라보던 태혁은 시선을 거두고 은찬에게로 향했다.

"아직도 안 갔어? 언제까지 여기 있을 건데."

은찬의 얼굴에는 어처구니없다는 표정이 스쳐 지나갔다.

그것을 절대 눈치채지 못할 리 없는 태혁이었다. 그가 비스듬히 입매를 올렸다.

"기은찬. 표정이 왜 그래? 이제는 삼촌도 우습게 보이나 보네."

순식간에 분위기가 얼어붙어 버렸다.

숨 막히는 긴장감이 흐르자 지우는 하얗게 질린 얼굴로 눈치를 살폈다. 이러다간 은찬이 한 대 맞을 것 같기도 했다.

"아닙니다."

다행스럽게도 은찬이 숙이고 들어갔다. 고개를 숙이며 시선을 피하자 태혁은 사나운 기세를 누그러뜨렸다.

"그럼 가 봐."

"선배님도 같이 가시죠."

은찬의 고집도 보통은 넘어서는 듯했다. 이런 분위기 속에 제 할 말을 다 하고 있었다. 지우는 태혁의 심기를 거스르고 싶지 않았다. 오해가 있으니 오해도 풀어야 하고, 성난 마음도 달래 주고 싶었다.

"먼저 들어가."

"기은찬, 건방 떠는 건 여기까지야."

동시에 두 사람의 입에서 말이 튀어나왔다.

그러자 은찬의 얼굴이 서서히 일그러졌다.

"말 안 했습니까, 이지우 씨."

"무슨 말씀이신지……."

"기은찬, 설마 내 여자를 넘보는 건 아니겠지."

태혁은 은찬에게 보란 듯이 지우의 팔목을 잡았다. 놀란 것은 은찬뿐만 아니라 지우도 마찬가지였다.

쿵.

갑작스러운 말에 심장이 쿵, 떨어진 것이다.

하지만 정작 말을 내뱉은 당사자는 아주 태연했고 무덤덤했다.

"쯧, 새삼스럽긴."

지우의 황당한 표정에 혀를 차던 그가 반대쪽 손을 뻗어 지우의 이마에 흘러내린 머리카락을 뒤로 쓸어 넘겼다. 연이어 터지는, 생각지도 못한 행동에 한순간 지우는 그냥 얼어붙고 말았다.

그것도 잠시, 먹먹했던 고막이 뚫린 것인지 갑자기 주위에서 웅

성대는 소리가 쏟아졌다.

출근하던 직원들이 호기심 가득한 눈빛으로 그들을 쳐다보며 떠들고 있었다. 속닥이는 소리도 천둥처럼 크게 들렸다.

'어머, 방금 들었니?'

'뭐야, 뭐야, 둘이 사귀는 거였어?'

'부사장님이 이지우 씨랑 왜 저러고 있는 거니?'

'대박!'

'헐.'

한결같이 반응이 그랬다.

부사장님이 왜? 왜?

특히 여직원들의 심상찮은 눈빛에 지레 찔린 지우는 태혁에게 붙잡힌 팔을 빼내려고 했지만, 그는 아랑곳하지 않는다는 듯 손에 힘을 풀지 않았다.

"······부사장님, 일단 다른 곳으로."

지우가 그에게 주변 상황을 알릴 목적으로 작게 말했다. 그러자 태혁이 서늘한 눈빛으로 주변을 둘러보았다.

그제야 몰려 있던 사람들이 흩어지기 시작했다.

태혁은 복도에 남은 사람들이 모두 사라질 때까지 냉정한 시선으로 바라보았다.

"이지우 씨, 내 방에 가 있어요. 그리고 은찬이 너는 잠시 기다려."

"······."

지우는 대답 대신 고개를 끄덕였다. 그러자 태혁이 그녀 귓가에 얼굴을 대고 작게 속삭였다.

"기태혁 여자답게 당당하게 굴어요. 이미 사내뿐만 아니라 우리 나라 전역에 퍼졌을지도 모르니까."

지우는 화끈 달아오른 얼굴로 재빨리 돌아섰다.

등 뒤로 은찬의 시선이 집요하게 따라붙는 것 같은 기분에 발걸음을 빨리 했다.

한편, 태혁은 딱딱하게 굳은 표정의 은찬에게 한 걸음 다가갔다. 한쪽 팔을 뻗어 은찬의 어깨를 짚으며 손아귀에 힘을 주었다.

"은찬아."

"……."

"이지우 씨가 나랑 어떤 사인 줄 알면 깨끗하게 물러나야지."

"……!"

은찬이 이를 사리물고 그를 쳐다보았다.

"이지우, 내 여자야. 그러니까 집적대지 말고. 삼촌 여자한테 그러면 패륜이잖아. 그런 일 없을 거라 믿는다. 응?"

태혁은 은찬의 어깨를 툭툭 두드린 뒤, 손을 떼어 냈다.

"아, 네 눈에는 삼촌이 호구로 보이는 건 아니겠지? 요즘 정신을 못 차리네. 내 조카 은찬이가."

시릴 만큼 차가운 눈빛으로 은찬을 쳐다보던 태혁은 느릿하게 시선을 떼어 낸 뒤 입꼬리를 위로 휘었다.

"다시는 이런 일로 지적할 일이 없었으면 하는데."

"삼촌, 제가 먼저 아니었나요? 제가 먼저 좋아했습니다. 이지우 선배 말입니다."

"버르장머리 없게 구는 것도 이번이 마지막이야."

단 한 번도 보인 적 없던 매서운 눈빛에 은찬은 기가 질린 표정을 지어 보였다.

태혁은 그제야 만족스러운 미소를 지으며 자리를 떠났다.

* * *

부사장실로 향하던 지우는 김 실장과 복도에서 마주쳤다. 그러자 그가 잘 만났다는 표정을 지으며 다가왔다.

"이지우 씨, 안 그래도 연락을 하려고 했었는데, 이번 상하이 모터쇼에 가기로 했죠? 그런데 이걸 어쩌나. 아무래도 다음 기회에 가야 할 거 같네요. 이번에는 참석자 명단에서 빠지게 됐습니다."

"몰랐어요. 잘 알겠습니다."

"그런데 여긴 무슨 일로?"

"부사장님이 부사장실에서 기다리라고 하셨어요. 곧 오시겠다고."

"아, 그래요? 이리로 오세요. 제가 안내해 드리겠습니다."

김 실장은 부사장의 심기가 아주 불편하다는 소릴 성 대리로부터 전해 들었다. 이유를 몰라 당혹스럽기만 한 그는 지우가 어쩌면 알지도 모르겠단 생각을 하며 조심스럽게 입을 뗐다.

"부사장님 기분이 저조하시던데, 무슨 일 때문인지 혹시 아십니까. 저희는 도무지 감을 잡을 수가 없어서 말입니다."

"제가 문자를 받고 연락을 드린다는 게 늦어 버렸어요. 그것 때문인 것 같은데, 사실, 잘 모르겠어요."

"기다리시는 걸 가장 싫어하십니다. 자, 여기 앉으시지요."

김 실장은 안도의 한숨을 내쉬며 지우에게 자리를 권했다.

"커피 한 잔 드릴까요?"

"네, 감사합니다."

"그럼 편히 계세요. 저는 커피 들여보내겠습니다."

김 실장은 한결 편해진 얼굴로 부사장실을 나왔다.

"안에 커피 한 잔 맛있게 내려서 갖다 드리세요."

"네."

성 대리가 자리에서 일어나 차를 준비했다. 김 실장은 부사장실에 지시가 있을 때까지 누구도 들어가지 말라는 말도 남겼다. 두 사람 사이가 위태위태하게 이어지는 것이 신기할 따름이었다.

지우는 향이 감미로운 커피를 들이켜며 기태혁이 나타나기를 기다렸다. 문자를 보냈는데도 한참 연락이 없자 자존심이 상한 모양인데, 어떻게 그의 기분을 풀어 줘야 할지 난감했다.

휴대전화를 만지작대며 기태혁의 번호를 눌렀다 끄기를 반복하다 저도 모르게 통화 버튼을 눌러 버렸다.

신호가 떨어지고 곧바로 그가 전화를 받았다. 놀란 지우는 휴대전화를 멍하니 보고 있었다.

-곧 갈 겁니다.

"……."

-이지우 씨?

"아, 네. 부사장님."

-전화는 내가 한 게 아니라 그쪽이 한 줄 아는데.

"어, 언제 오시나 해서요."

-바쁜 일 있습니까.

"아니요. 그냥 잘못 눌렀어요."

-…….

"여보세요?"

-기다려요. 금방 갈 테니.

전화를 끊은 뒤, 한숨을 내쉬던 지우는 문이 열리는 소리에 화들짝 놀라 자리에서 벌떡 일어났다.

그가 의미심장한 미소를 지으며 다가왔다. 넥타이를 흔들어 빼며, 셔츠 단추를 하나, 둘 풀었다. 그리고 1인용 소파에 앉으며 다리를 겹쳤다. 일련의 동작들이 마치 CF 모델처럼 근사했다.

착석한 그는 지우를 향해 물었다.

"전화한 이유가 정말 잘못 눌렀기 때문입니까."

낮게 가라앉은 목소리가 귓가에 휘감겼다. 지난밤 낮게 울리던 단말마 신음이 환청처럼 들려왔다.

지우는 화끈거리는 뺨을 양손으로 감싸며 고개를 숙였다. 목덜미까지 벌겋게 달아올랐을 게 뻔했다. 부사장의 얼굴을 제대로 볼 수가 없었다.

"질질 흘리고 다니고."

"……?"

"혼나야겠습니다. 지금 당장 확인해 보고."

그가 이해할 수 없는 말을 하더니 그녀 곁으로 다가와서 소파 위로 밀어뜨렸다.

"어, 어!"

지우는 속절없이 뒤로 밀려 소파에 눕혀졌다.

"무슨 생각을 했기에 혼자서 얼굴을 붉힙니까. 아무한테나 이렇게 야한 얼굴 보여 줍니까."

"아니에요. 부사장님. 오해예요."

그가 스커트 안으로 손을 집어넣었다. 허벅지를 벌리고 가랑이 사이를 문지르며 비벼 댔다.

"후우, 흠뻑 젖어 놓고. 이래도 발뺌할 겁니까."

그가 팬티를 젖히고 속살에 손가락을 깊숙이 찔러 넣었다.

"아, 아흣!"

"음란하긴."

"부사장님, 여기 사무실인데, 어떻게 여기서."

경악한 지우는 그를 밀어내려 했지만, 그녀 힘으로는 역부족이었다. 이미 단단하게 부푼 하체를 허벅지에 문질러 대면서 귓가에 뜨거운 숨을 내뿜고 있었다.

"사람 돌아 버리게 해 놓고선 잘도."

"아흑, 아, 아."

"버릇없이 문자도 씹고. 각오 단단히 해야 할 겁니다."

금방이라도 잡아먹을 것처럼 바라보던 태혁은 어디선가 울려 대는 진동 소리에 미간을 찌푸리며 상체를 일으켰다.

지잉. 지잉.

지우는 제 휴대전화의 진동음이 울리는 것을 알아채고 방심한 그를 밀쳐 내며 자리에서 일어났다.

그가 비딱하게 지우를 바라보며 테이블 위에 놓인 휴대전화를 건네주었다. 지우는 그것을 받아 들고 액정을 확인했다.

하필이면 다니엘이었다. 입술을 잘근거리며 어떻게 해야 하나 망설이는데, SJ 자동차 일 때문에 연락했을지도 모른다는 생각이 들었다.

지우는 마음을 단단히 먹고 통화 버튼 쪽으로 손가락을 옮겼다. 바로 그때 지독히도 낮은 목소리가 울렸다.

"받기만 해요. 라이브로 듣게 해 줄 테니까."

정말 한다면 하는 사람이라는 걸 누구보다 잘 아는 지우는 이러지도 저러지도 못하며 망설이다, 그만 첫 번째 전화를 놓쳐 버렸다. 그러자 그가 보기 좋은 입매를 끌어 올리며 지우 곁으로 바짝 다가왔다.

"잘했어요."

지우의 뺨을 쓰다듬으며 뒷덜미를 강하게 끌어당겼다. 나른한 목소리에는 배부른 포식자와 같은 만족감이 넘쳐흘렀다.

"급한 일일 수도 있었어요."

태혁의 얼굴을 빤히 바라보며 말했다.

"나는? 내가 급한 건 안 보입니까."

눈, 코, 입, 귓불, 목덜미, 그리고 다시 입술로 다가온 그의 시선은 지독히도 뜨겁고 진득했다.

지우는 데일 것 같은 눈빛에 시선을 떨구고 말았다.

곧이어 귓가에 간지러운 숨결이 느껴졌다. 귓불을 입술로 살짝 베어 물며 가팔라지는 호흡을 내뿜었다.

"나쁜 사람이네요. 이지우 씨."

눈을 내리깔고 있던 지우는 그의 가슴팍을 밀쳐 내며 눈을 맞추었다. 순순히 상체를 떼어 낸 그가 왜 그러느냐는 표정으로 바라보았다.

이곳이 부사장실이란 것을 잊어버릴 만큼 농밀한 입맞춤을 해 놓고서도 저런 표정을 지을 수 있단 사실이 놀랍기만 했다.

하지만 그는 아랑곳하지 않고 다시 지우를 소파에 눕혔다.

그리고 곧장 지우의 위로 몸을 덮치듯 포개었다.

"……나만큼 급하겠어요?"

태혁은 지우의 허벅지에 단단한 아래를 비벼 대며 낮게 내뱉었다.

"……!"

뭉근히 비비적대는 동작에 호흡이 저절로 거세졌다. 삼켜 버릴 것처럼 뜨거운 시선은 여전히 지우의 얼굴을 향해 있었다.

야하고, 뜨겁고, 감당하기 힘들 만큼 솔직한 이 남자 때문에 심장이 남아나질 않을 것 같았다. 눈앞의 이 남자가 그녀와 함께 밤을 보내고, 그토록 친밀한 행위를 나눈 그가 맞는지 확인하고 싶었다.

손을 대면 사라질까 두려웠지만, 천천히 팔을 들어 그의 짙은 눈썹을 쓰다듬고, 기다란 속눈썹을 어루만졌다.

"유혹하는 겁니까."

"질투, 하셨죠?"

순간 검은 눈동자가 크게 물결쳤다.

전혀 예상치 못한 소릴 들은 것인 양 깊은 눈동자는 쉴 새 없이 흔들렸다. 천천히 상체를 들어 올린 그는 소파에 등을 묻으며 마른 세수를 했다.

그리고 가벼운 한숨을 내쉬며 그녀를 불렀다.

"하아, ……이지우 씨."

"네."

"날 과소평가하네요. 내 아이를 가질지도 모를 여자를 다른 사내놈한테 내돌릴 병신으로 본 겁니까."

"아, ……누, 누가. ……도대체 우, 우리말은 누구한테 배운 거예요?"

지우는 순간 말문이 막혔다. 너무 당황한 나머지 엉뚱한 소릴 내뱉고 말았다. 어디 쥐구멍이라도 있으면 숨고 싶을 만큼 창피했다.

"……존댓말 말입니까. 그건 기본이죠."

태혁이 자랑스럽다는 듯 씨익 웃어 보였다.

그 모습이 너무 어이없어, 지우는 손부채질을 해 대며 헛웃음을 터트렸다.

그러나 이렇게 웃고 넘길 일이 아니었다.

이 남자는 자신이 무슨 말을 했는지 알고나 있는 걸까.

비록 말은 거칠었지만, 그 말이 품고 있는 뜻은 스폰서 관계로 끝내지 않겠다는 것이나 다름없었다.

그렇다면, 이후 둘 관계를 기대해도 되는 걸까.

혼자 착각하는 건지도 모르겠지만, 진지하게 바라보는 눈동자는 진실해 보였다. 그녀 자신을 향한 눈빛에 애정이 가득했다.

지우는 가슴이 두근두근 뛰기 시작했다. 발갛게 상기된 얼굴을 양손으로 감싸며 지우가 시선을 떨궜다. 심장 언저리가 꾹 조여 오고 숨이 가빠 왔다.

그런 모습을 말없이 보던 그가 부드럽게 웃으며 자리에서 일어났다. 인터폰을 누른 뒤 시원한 차를 부탁했다. 곧 비서가 아이스

티를 가져왔다.

"마셔요."

그가 잔을 지우에게 내밀었다.

"네, 잘 마시겠습니다."

"대답도 잘하고."

기분이 좋은 듯 그가 피식 웃으며 턱을 받친 채 물끄러미 그녀를 보았다. 그윽한 눈동자에 어린 감정이 지우의 가슴을 간질이고 있었다.

제6화

차를 다 마신 지우는 한결 차분해진 얼굴로 그를 올려다보았다.

이렇게 감정에 빠져 있을 때가 아니었다. 기태혁의 폭탄 발언 때문에 입장이 곤란해질 게 뻔했다.

"그나저나 이제 회사는 다 다녔네요."

"누가 뭐라고 그럽니까."

그가 테이블 위에 놓인 담배 케이스를 집어 들며 여상한 목소리로 물었다.

"부사장님이 직원들 다 들으라고 큰 소리로 말했잖아요."

"그래서 싫습니까."

달칵.

그가 라이터를 켜며 담배에 불을 붙였다. 살짝 내리뜬 속눈썹에 그림자 진 얼굴은 고혹적이었다. 그는 태연하게 담배를 태우며 연기를 내뿜었다.

지우는 알싸한 담배 향에 살짝 기침을 해 댔다. 그 모습을 빤히 바라보던 태혁은 재떨이에 담배를 비벼 껐다. 지우는 잠깐 말없이 그가 긴 장초를 비벼 끄는 모습을 쳐다보았다.

"이지우 씨."

그가 부르는 소리에 지우는 눈을 맞추며 말했다.

"사실이 아닌데, 그렇게 말하면 제 입장이 조금 곤란해질 것 같아요."

"사실이면 되겠네요. 안 그렇습니까."

딱히 대꾸할 말이 떠오르지 않았다. 그냥 입을 다물었다. 그가 보이는 호의가 나중에는 감당하지 못할 실망감으로 돌아올까 봐 몸을 사리게 된다.

지금 둘 사이에 흐르는 이 감정은 합당한 것일까.

욱신대는 가슴을 내리누르고 숨을 삼켰다.

"부사장님, 이만 일어나겠습니다."

감당 못 할 바에야 도망가는 편이 나았다. 지금은 마음을 추스를 때였다.

"다른 남자한테 가려고요."

"아니에요. 일해야죠."

"정말 일하러 가는 거 맞아요?"

"일해야 한다고 말씀드렸잖아요."

"언제부터 그렇게 열심히 일했다고. 나 유혹하기 바빴잖습니까. 이제 이렇게 눈앞에 떡하니 있는데, 뭐 합니까. 얼른 잡아먹지 않고."

156

"어설픈 도발에 넘어가지 않으시잖아요. 연습 좀 더 하고 올게요. 오늘은 정말 바쁘거든요. 누구누구 때문에 일하기도 더 어려워질 게 뻔하고요."

"내가 누군지 모릅니까, 이지우 씨."

"……."

"이지우 씨, 일 안 한다고 뭐라 할 사람 여기, 나 말고 없잖아요. 이리 와요."

흔들리는 지우의 눈빛을 보며 태혁은 다시 한 번 더 말했다.

"키스만 할 겁니다."

지우의 턱을 잡고 고개를 비스듬히 돌려 입을 맞추었다.

부드럽고 말캉한 입술이 맞닿았다. 전기에 감전된 것처럼 찌릿한 감각에 흠칫하자, 그가 부드럽게 머리를 쓸어내리며 뒷목을 감싸 안았다.

"입 벌려요."

뜨겁고 두툼한 혀는 지우의 입안을 곧장 파고들었다.

숨이 막힐 만큼 길고 긴 키스가 이어졌다.

* * *

태혁이 기다리는 제우스에 도착한 제임스 리는 기태혁의 이름을 대고 곧장 웨이터의 안내를 받아 룸으로 향했다. 그곳에는 태혁이 미리 와 있었다.

"어서 와."

"너 받아 주는 것도 참 신기해. 여기 말이야."

술잔을 기울이던 태혁은 잔을 내려놓으며 팔짱을 낀 채 소파에 등을 기대었다. 그리고 어디 계속해 보란 식으로 제임스를 빤히 바라보았다.

그러자 제임스는 오히려 한술 더 뜨며 말했다.

"나 같으면 부끄러워서 못 올 거 같은데."

"왜. 뭐가 부끄러운데."

"그렇잖아. 너 여기서 재떨이 날아다니고 그랬던 거 기억 안 나? 나 한국에 없을 때도 그랬을 거 아니야."

"너랑 진흙탕 싸움은 안 하고 싶은데. 원한다면 어쩔 수 없고."

넥타이를 흔들어 아래로 끌어당기며 셔츠 단추를 한 개 풀자, 제임스는 어깨를 으쓱하더니 특유의 웃음을 지으며 꼬리를 내렸다.

"조크야. 조크."

태혁이 작정하고 덤비면 이겨 낼 자가 아무도 없다는 것을 제임스는 알고 있었다. 경영학을 전공한 태혁이지만, 자동차공학 쪽으로도 공부를 게을리하지 않았고 심지어 공학에 관한 토론을 벌여도 지지 않을 정도로 집요하게 파고들었다. 그가 태혁과 손을 잡은 이유도 그런 점을 높게 봤기 때문이었다.

제임스가 오늘 아침부터 태혁에게 보자고 요청한 것은, 이지우에 대한 것도 있지만, 새롭게 개발한 드론에 대해 보고하기 위해서였다. 한국에 지사를 설립하게 되면 제일 먼저 할 것은 K 자동차와 팀을 이루어 드론을 차량 위에서 론칭하도록 하는 것이었다.

이미 오래전부터 구상된 계획이었고, 제임스는 천재성을 유감없이 발휘하며 인공지능이 장착된 드론 개발에 성공했다.

전 세계 자동차 회사가 추진하는 무인차량개발도 중요하지만,

그는 거기에 더해 색다른 개발을 시도했고, 곧 결과가 눈앞에 드러날 것이다.

제임스는 그가 들고 온 서류를 태혁에게 내밀었다. 그동안 연구했던 결과물이 일목요연하게 정리되어 있었다.

"앞으로 한국지사를 설립하게 되면 미국과 달리 한국 지역 특성에 맞는 사업을 우선으로 해야겠지. 일단 개발한 차량 장착용 드론을 상용화할 수 있도록 K 자동차 측에서도 힘을 쓸 거야. 네가 많이 바빠질 거고."

"각오하고 있어. 누구 덕분에 미친 듯이 연구해야지."

"아마 한국지사가 설립되면 미국에서처럼 많은 회사들이 접근해 올 거야. 그중에서 SJ 자동차 사가 접근해 올 확률은 백 퍼센트에 가깝지. 연락 오는 즉시 내게 말해."

태혁이 의미심장한 미소를 지으며 말하자, 제임스는 이상하다는 듯 쳐다보았다.

"설마, SJ 자동차 사가 네 경쟁상대라고 생각하는 건 아닐 테고. 뭐야? 왜 그러는 거지? 너도 지금 그쪽 주식 사 모으는 중이야?"

제임스가 던진 말에 태혁은 미간을 모으며 표정을 유심히 살폈다. 아직 SJ 자동차 사에 관한 직접 언급한 적은 없는데, 어떻게 아는지 궁금하였다.

"이지우에 대해 뭐 아는 거 있어? 아니면 무슨 이야기를 들은 거야?"

태혁이 묻자 제임스는 숨길 거 없다는 듯 말을 하기 시작했다.

"내 돈 상당량이 지금 SJ 자동차 사 주식을 사 모으는 데 쓰이고 있거든."

"그러니까 왜, 네 돈이 거기에 쓰이는 거냐고."

"돈 좀 벌어 보려고 그러는 거지. 뭐, 별거 있어? 요즘 헐값에 대량으로 풀리고 있는 모양이던데, 이때가 기회잖아."

"아예 그쪽으로 전향하게? 그렇게 경제관념이 뚜렷하면 회사도 직접 경영하지그래. 날 속이고 지금까지 연구만 냅다 판 거야?"

회사 운영에 관해서는 크게 관심이 없는 제임스는 주로 연구만 했고, 태혁이 회사 운영 전반에 관해 모든 것을 결정하고 지시했다. 그런데 지금 이야기를 듣고 보니 나름 이쪽으로도 천재성을 발휘하는 모양이었다.

"내가 사람 한 명 소개해 줄게. 너한테 도움이 될 거야."

"특허권 보유자인가 보지?"

"아니, 그건 나 하나로도 충분하잖아."

하긴. 제임스를 만나지 않았다면, 지금의 IT 회사는 없었을지도 모른다. 아니면 자리를 잡기까지 상당히 어려웠을 것이다.

"올 때가 됐는데."

제임스가 시계를 흘끗 바라보며 혼잣말을 했다.

아직 IT 회사의 실소유주가 누구인지 모습을 드러낼 수 없는 상황인데, 이렇게 사람을 부른 걸 보면 제임스와 꽤 신뢰가 두둑한 사람인 듯했다.

"태혁아, 그런데 이지우랑 둘이 무슨 사이야? 이제 말할 때도 됐잖아. 그 난리를 겪었는데, 이대로 입 닦을 거야?"

다리를 겹친 채 앉아 위스키 잔을 빙글빙글 돌리며 얼음을 녹이던 태혁은 무표정한 얼굴로 제임스를 보았다.

무슨 사이일까.

막상 입 밖으로 내뱉으려니 적당한 말이 떠오르지 않았다.

"네가 여자 때문에 그렇게 흥분하거나 과격한 모습을 보인 적은 처음이잖아. 보통 사이 아닌 거지?"

제임스가 특유의 예리한 시선을 놓지 않고서 물었다.

"내가 그랬다고?"

"아니야? 정의감에 불타서 그런 거야?"

제임스의 어설픈 도발에 눈썹을 찌푸렸다. 딱히 대답할 말이 떠오르지 않는 것이 제임스의 탓도 아닌데, 이런 고민을 하게 하는 제임스가 원망스러운 건 사실이었다.

묵묵히 술잔을 기울이며 이지우를 떠올려 보았다.

그녀 곁을 맴도는 남자를 보면 걷잡을 수 없는 화가 치밀곤 했다. 특히 다니엘 비어만이 지우의 집에서 나올 때는 돌아 버리는 줄 알았다. 단순히 친구라고 했지만, 둘이 한 공간에 있었단 사실만으로도 태혁은 살의에 가까운 감정을 느꼈었다.

그리고 또 한 가지. 이지우 눈에 눈물을 흘리게 한 자들을 모두 찾아내서 피눈물 흘리도록 하고 싶다는 생각을 했었다.

실제로 그렇게 하려고 움직이는 중이고.

제임스는 태혁의 침묵을 같이 견뎌 내며 시간을 보내고 있었다. 그를 재촉하거나 몰아붙이지 않았다. 분명 그의 잘난 친구는 제 마음조차 모르고 있는 게 분명했다. 여자 때문에 저렇게 진지해진 표정을 짓는다는 것만으로도 이미 답은 나온 거나 다름없었다.

그리고 지우는 어땠던가.

기태혁을 바라보는 애틋한 눈빛을 이미 읽어 버린 제임스는 그의 또 다른 친구 다니엘을 지지하지 못할 것 같았다.

똑. 똑.

노크 소리가 울렸다.

그리고 잠시 뒤 문이 열리고 다니엘이 모습을 드러냈다.

「어서 와, 다니엘.」

제임스가 다니엘을 반갑게 맞이했다. 태혁에게 소개하려는 순간 화살보다 빠르게 튀어 나간 태혁이 다니엘의 멱살을 붙들었다.

놀란 제임스는 태혁을 향해 소릴 질렀고, 태혁은 그러거나 말거나 다니엘의 멱살을 잡고 낮게 내뱉었다.

「꺼져. 왜 아직도 한국 땅을 어슬렁거리는 거야.」

「놓지그래. 나랑 싸우러 온 거 아니니까.」

다니엘의 매서운 눈빛과 태혁의 사나운 눈빛이 허공에서 부딪치자 불꽃이 튀는 것만 같았다.

잠시 후 태혁이 서서히 손을 내려놓으며 자리에 털썩 앉았다. 자신이 지금 지나치게 흥분했다는 사실을 떠올렸다.

휴.

거칠게 머리를 쓸어 넘기며 짙은 한숨을 내쉬었다. 그리고 놀란 눈으로 둘을 바라보는 제임스를 향해 비웃음을 던졌다.

"네 인맥을 믿다니. 믿은 내가 멍청한 거지."

제임스는 이해할 수 없다는 표정으로 두 사람을 바라보며 어떻게 된 일인지 설명하라며 닦달했다.

「다니엘, 네가 말해 봐. 아니면 기태혁 너라도 말해 보든지. 둘이 지금 뭐 하자는 거야.」

팽팽한 긴장감이 감도는 가운데 먼저 말문을 연 것은 다니엘이었다.

「내 친구 이지우를 위해서라면 당신 같은 사람하고도 손을 잡을 수 있기 때문에 이 자리에 나왔습니다. 그런데 그런 성질머리로 지금까지 지우를 대한 겁니까.」

「지우를 위해 나온 거라고? 네가 뭔데 내 여자를 위한다, 만다 소릴 하는 거야. 건방지게.」

「혼자서 SJ 자동차 사를 상대할 수 있겠습니까. 만약 왜 상대해야 하는지조차 모른다면, 그쪽 자격 없는 거 맞습니다.」

「그 자격, 있으면 제대로 붙어 봐. 월가의 투신이라고 너무 자만하지 말고.」

「너무 잘난 친구를 둬도 이런 문제가 있다는 사실을 처음 깨달았네. 둘 다 그만 안 둬?」

제임스가 둘 사이에 끼어들며 팽팽한 대치는 조금 느슨해졌다. 하지만 서로를 바라보는 눈빛은 사납다 못해 살벌했다.

「지난번 기자까지 보내 주시고. 그 은혜를 언젠가는 갚아야 할 텐데 말입니다.」

다니엘이 느슨해진 틈을 타 먼저 시작했다. 태혁은 다니엘의 말에 태연하게 웃더니 휴대전화를 꺼내 사진을 찍었다.

그리고 곧바로 어딘가로 전송했다.

「이젠 대한민국 전 국민이 입국 환영인사를 해 줄 거야. 은혜는 그다음에 갚으라고.」

「기다릴 거 뭐 있습니까. 지금 곧바로 터트리면 될 것을. 기태혁 부사장의 찬란한 과거부터 시작해서 제임스 리를 바지사장으로 내세우고 있는 회사까지 터트리면 되겠네요.」

한 치의 양보도 없이 여자 하나를 두고 유치한 짓을 벌이는 두 사람을 향해 결국 제임스가 나섰다.

그의 손에는 휴대전화가 들려 있었다.

「계속 그렇게 해. 지금 녹음한 거 당장 지우한테 보낼 테니까. 너희들 유치한 대화를 듣고 지우가 어떻게 생각할지 잘 생각해 봐.」

「이 자식이 지금 뭐라는 거야!」

「당장 안 내려놔!」

태혁과 다니엘이 동시에 소리쳤다.

「둘 다 정식으로 인사해. 나한테는 우열을 가릴 수 없을 만큼 둘 다 소중해. 그러니까 잘 판단해.」

두 사람은 눈으로 싸우기라도 하듯 서로 노려볼 뿐이었다.

「그렇게 나온다, 이거지? 지우 불러낼까?」

그 순간 두 사람의 눈동자가 제임스를 향해 쏟아졌다.

「뭐야, 너도 지우 좋아해? 왜 자꾸 지우한테 전화하겠다는 거야.」

「그런가 보네.」

기가 막힌다는 표정으로 둘을 노려보던 제임스가 결국 한마디 뱉어 냈다.

「지우가 불쌍하다. 이 머저리들아.」

* * *

지우는 퇴근 시간에 맞춰 집으로 돌아온 뒤 지친 몸을 이끌고 그대로 침대 위에 몸을 던졌다.

지우를 바라보는 사람들의 시선은 예상대로였다. 그 뾰족한 시선을 견디려니 몸보다도 머리부터 아파져 왔다. 두통약을 먹고 꾸역꾸역 견디긴 했지만, 간간이 들려오는 수군대는 소리 때문에 신경이 엄청 곤두섰었다.

하지만 그녀가 이곳에 입사한 이유는 단 하나였다. 직원들의 따가운 시선에 굴할 만큼 한갓지게 살아온 삶이 아니었다.

기태혁과 만나기 위해 입사했고, 그 기회를 잡았고, 결국에는 그와 이렇게까지 가까워졌다. 이제 그는 기꺼이 그녀를 도와줄 것이다. 만약이라도 안 된다 해도 그렇게 만들어야 한다. 그러기 위해 지금까지 달려온 거나 다름없었다.

이제 한 회장 부자는 그녀가 바라던 대로 될 것이다. 그들의 비참한 말로를 두 눈으로 똑똑히 볼 것이다. 그래야 저 세상에 계신 엄마도 두 눈을 편하게 감을 수 있을 테니까.

다만 이 모든 것이 끝났을 때, 기태혁과 제대로 정리할 수 있을지 막막했다. 이미 마음먹은 대로 깨끗하게 스폰서 관계를 정리하고 다시 미국으로 돌아가야 한다.

기태혁 부사장.

쉽게 잊히지 않을 게 분명했다.

밤마다 아파하고 힘들어할지도 모른다. 어쩌면 그리움에 몸서리치며 통곡할지도.

언제 이토록 마음 깊숙이 파고든 것일까.

지우가 먹먹해져 오는 가슴을 두드리며 침대에서 몸을 일으켰다.

힘을 내서 씻고, 밥도 먹고 몸을 챙겨야 한다. 그래야 내일도 따가운 시선을 견뎌 내며 자리를 지킬 수 있을 것이다.

샤워를 마치고 나온 지우는 집에서 입는 소매 없는 짧은 면 원피스를 걸친 뒤 젖은 머리카락을 수건으로 두드리며 닦아 냈다.

대충 말린 뒤 손가락으로 머리카락을 빗어 내리다 문득 태혁이 생각나 동작을 멈추었다.

그는 그녀의 머리카락을 가지고 노는 것을 좋아했다. 정사가 끝난 뒤 침대에 흐트러진 그녀의 머리카락을 손가락에 말아 가며 코끝에 대고 냄새를 맡거나 빗어 내기를 반복했다. 귀찮다고 머리카락을 하나로 묶어 만지지 못하도록 해도, 어느 틈에 머리끈을 빼내서 던져 버렸다.

오늘 저녁에는 누군가 만나러 간다더니 아직 연락이 없었다.

따끈한 얼그레이 티를 담은 잔을 들고 소파에 앉았다. 차를 한 모금 마시고 내려놓는데, 초인종 소리가 울렸다.

딩동, 딩동-

벨 소리가 끝나자 이번에는 문을 두드리는 소리가 울려 퍼졌다.

쾅! 쾅!

"지우야, 이지우!"

순간 지우는 현관문을 향해 달려갔다. 잠금을 풀고 문을 열었다.

두 사람은 처음 얼굴을 마주하는 사람들처럼 서로를 열렬하게 바라보았다.

"……이번처럼 이렇게 내 마음을 들었다 놨다 하는 여자는 또 처음이네요."

평온한 말투와는 달리 태혁은 말이 끝나자마자 그녀를 안으로 밀어붙이며 뒷목을 감싸 안았다. 맞닿은 가슴이 무섭게 뛰어 대고 있었다.

* * *

태혁이 격렬한 정사로 곤하게 잠이 든 지우를 바라보았다. 가슴에 커다란 돌덩이가 들어앉은 기분이었다.

그녀가 다 털어놓지 않은 과거의 일들을 다니엘을 통해 들었다. 가뜩이나 상처투성이인 그녀를 매번 힘들게 하고 시험했던 제 모습이 생각나 술을 미친 듯이 퍼부어야만 했었다.

상처로 얼룩진 지우의 가슴에 또 다른 상처를 주진 않았을까.

그녀를 향한 막막한 죄책감으로 숨을 쉴 수가 없었다.

우습게도 그녀는 저와 너무 비슷했다.

태혁의 가슴속에는 커다란 불덩이가 타고 있었다. 언젠가는 이 불덩이가 커지고 커져 그를 활활 태워 버릴지도 모른다고 생각했었는데, 그런데 저보다 더한 불덩이를 안고 살아온 여자가 있었다.

이지우.

태혁은 곤히 잠든 지우를 보며 후회를 곱씹었다.

* * *

한편 베개에 얼굴을 묻고 기절한 듯 잠에 빠져들었던 지우는 서서히 깨어났다. 은은한 사이드 조명만 켜진 침실은 어두웠고, 간간이 지나다니는 차 소리만이 밤공기를 가르고 있었다.

몇 시나 됐을까.

침대 옆이 허전했다. 싸늘한 냉기가 흐르는 것이, 기태혁은 그녀가 잠든 새에 집으로 돌아간 모양이었다. 격렬한 정사 뒤 찾아오는 근육통에 앓는 소리를 내며 침대에서 몸을 일으켰다.

시간을 확인하기 위해 벽에 걸린 시계로 시선을 돌리는 순간, 어둠 속에 고요히 눈을 빛내며 바라보고 있는 기태혁과 눈이 마주쳤다.

일순 숨이 멈추었다. 캄캄한 밤 산길에서 느닷없이 맹수와 조우한 기분이 이럴까. 심장이 쿵, 소리를 내며 떨어졌다.

그는 소파 팔걸이에 팔꿈치를 세우고 턱을 받친 채 아무 말 없이 보고만 있었다.

"아, 안 주무셨나요?"

"조금 전에 깼어요. 더 자도록 해요. 아직 멀었으니까."

그는 아예 잠을 자지 않은 듯했다. 목소리가 꽉 잠겨 있긴 했지만, 금방 잠에서 깬 얼굴은 아니었다. 짙은 피로감이 내려앉은 얼굴은 창백하면서도 무표정했다.

태혁은 겹친 다리를 풀며 자리에서 일어나 그녀 곁으로 다가왔다. 침대에 앉자 매트리스가 그의 무게 때문에 출렁였다.

"잠 깼어요. 저도."

"이리 와."

태혁은 침대 헤드에 등을 기대며 지우의 몸을 끌어당겨 그의 품에 안기도록 했다. 그의 다리 사이에 앉은 지우는 느긋하게 등을 기댄 자세로 허리에 둘러진 태혁의 팔을 손으로 어루만졌다.

탄탄한 상체는 딱딱했지만, 그 어느 것보다 든든했고, 아늑했다. 이런 남자 품에 안겨 매일 잠이 들면 세상에 부러울 것이 없겠다

168

는 생각이 들었다.

욕심을 내면 안 되는데, 자꾸만 욕심이 났다.

이 품에 영원히 머물고 싶다는 바람.

미련이라는 것도 아는데, 오늘따라 더욱 간절했다.

"무슨 생각 하고 있었어요?"

지우는 태혁의 팔을 쓰다듬으며 물었다.

"궁금합니까."

밤을 닮은 어두운 목소리가 낮게 귓가에 울렸다. 유난히 차갑고 이성적이게 들리는 소리가 심장을 조마조마하게 한다. 이 남자의 아주 사소한 몸짓에도 바짝 긴장한다.

고개를 비스듬히 돌려 그의 얼굴을 바라보았다. 동공에는 짐승의 것처럼 푸른빛이 흘렀다. 불을 켜고 싶어졌다. 낯설어서, 너무 위험해 보여서 두려움이 몰려왔다.

"……왜, 떠는 겁니까."

"아, 아니에요."

너무나도 이성적이게 들리는 그의 목소리에 불현듯 떠올랐다. 우스갯소리로 떠도는 이야기이긴 했지만, 지극히도 현실적인 말 같아 저도 모르게 담아 두었었다.

남자들이 가장 현명해지는 순간이 바로 사정을 하고 난 뒤 10초라고 했었다. 묘하게 설득력이 느껴지는 그 말이 기태혁에게 적용될 줄은 상상도 못 했었는데, 지금 그의 표정이나 말투를 보면 그럴지도 모른다는 생각이 들었다.

사정 후 10초, 성욕을 배출하기 전까지는 맹목적일 만큼 집착하고 이성을 잃은 것처럼 집요하게 굴지만 정작 목적을 달성한 뒤에는 언제 그랬냐는 듯 냉철한 이성을 갖게 되며, 특히나 사랑이 없는 관계에서 성관계를 맺고 사정한 직후에는 자기혐오가 심해진다고 했었다.

그는 소파에 앉아서 무슨 생각을 했던 걸까.

자기혐오에 빠졌던 걸까. 이 관계에 대한 회의를 느꼈을까.

서로 맞닿은 가슴 뜨겁고 격렬했지만 순수하지 못했던 동기는 매번 이런 의심을 낳을 것이다. 그 사실이 괴롭고 무서웠다.

지우는 태혁의 품에 기댄 채 숨만 내쉬고 있었다.

"자요. 나는 준비할 것도 있고, 일찍 출근해야 합니다."

태혁은 지우를 품에서 떼어 내며 침대에서 내려섰다.

지우가 그 모습을 멍하니 올려다보았다. 그는 옷을 걸치고 침실을 나서기 전 그녀를 힐끗 돌아보았다.

"말도 안 듣고. 자라니까요."

심장이 꽉 조여들고 눈시울이 뜨끈해졌다.

"네, 그럼 안 나갈게요."

침대에 몸을 뉘었다. 그리고 눈을 꼭 감고 감정의 동요를 들키지 않기 위해 안간힘을 썼다.

그는 문을 열고 침실을 빠져나갔다.

탁.

침실 문이 닫히고 곧이어 현관문 닫히는 소리가 들려왔다.

지우는 다시 눈을 떴다. 벽에 걸린 시계추를 한참 동안 바라보며 날이 밝기를 기다렸다.

푸른 동이 트며 창문을 물들였다. 뜬눈을 밤을 지새운 지우는 평소와 다름없이 출근 준비를 했다. 그를 떠올릴 때마다 가슴이 찌를 듯 아팠지만 아직은 견딜 만했다.

* * *

이른 시간 연구소로 향하는 도로는 한산했다. 무르익은 여름 날씨답게 아침부터 햇살이 강렬했다.

태혁은 짙은 선팅이 된 차 안에 앉아서도 마치 햇살에 눈이 부신 것처럼 미간을 찌푸렸다.

그리고 이내 피곤한 눈가를 꾹꾹 눌렀다.

"눈 좀 붙이시지요."

김 실장이 룸미러로 태혁을 보며 말했다. 그는 눈가를 누르던 손을 떼어 낸 뒤 오늘 일정을 물었다.

"오전 10시에 팀장단 회의가 있습니다. 그리고 지시하신 대로 언론사에 미리 말해 뒀습니다."

"그게 답니까."

"저녁 식사는 본가에 가서 드셔야 합니다."

태혁은 고개를 끄덕인 뒤 다시 고개를 창밖으로 돌렸다.

이번에는 분명 은찬과 저를 놓고 저울질하던 노인네가 담판을 지으려 할 것이다.

아직은 이르다. 시간이 더 필요했다.

제 입지를 확고히 하기 위해서 서둘러야겠다는 생각을 하고 있었지만, 지금은 그것보다 더 중요한 것이 있었다.

날이 환하게 밝아 오도록 고민하고, 치열하게 생각했던 것을 이젠 결정 내려야 할 때였다.

"쓰레기들은 태워야 하는 게 맞는데. 안 그렇습니까."

태혁은 김 실장을 보며 한마디 툭 던졌다. 김 실장은 대답 대신 시선을 맞추며 다음에 이어질 말을 기다리고 있었다.

분위기가 심상찮다는 것을 알아챈 김 실장은 극도로 몸을 사렸다. 이럴 때일수록 신중하게 일을 처리해야 한다는 것을 누구보다 잘 알고 있었다.

태혁은 룸미러로 그를 보며 다시 물었다.

"소각장에 보내도 안 타는 것들이 있겠죠. 그런 건 어떻게 처리합니까."

"네, 보통은 재활용합니다."

"재활용 말입니까."

"네."

김 실장은 다시 운전에 집중하며 속도를 내기 시작했다. 태혁은 그런 김 실장의 뒤통수를 바라보다 피식 웃었다.

모처럼 흡족한 대답을 한 김 실장이었다.

태혁이 말하는 쓰레기는 한 회장과 한현우였다. 그들을 재활용한다는 건 SJ 자동차 사를 재활용하면 된다는 소리였다.

현재 그가 보유한 주식을 다니엘에게 팔거나 다니엘이 보유한 주식을 그에게 팔면 그것을 가지고 SJ 자동차 사의 주주로 권리를 행사할 생각이었다.

일단 주가를 떨어뜨려 최대한 많은 주식을 사들이게 되면 한 회장을 자리에서 물러나게 하고, 한현우도 마찬가지로 쫓아낼 수 있을 것이다.

지금 SJ 자동차 사의 최대주주는 한 회장의 부인이었다. 지금에 시달리게 되면 자식을 도와주지 않을 수 없을 테고, 한현우는 분명 주식을 시장에 내놓을 것이다. 그럼 태혁은 그것들을 전부 끌어모을 생각이었다.

어젯밤 다니엘, 제임스와 상의했던 부분을 떠올렸다. 아직 확정된 계획은 아니지만, 어쩌면 전면적으로 다시 검토해야 할지도 모른다.

태혁은 IT 업체의 한국지사 설립을 조금 미루고 그 설립 자금을 다른 곳에 운용해도 된다는 데까지 생각이 미쳤다.

그럼 망설일 것 없이 빠져나가지 못하도록 밀어붙여야 한다. 쥐를 몰 때는 퇴로를 마련해 주고 몰아야 한다고 하지만, 그건 어디까지나 사람들 말이고, 원래 고양이는 쥐를 몰 때 피할 길을 열어 주지 않는다.

"강 의원 쪽에 연락하세요. SJ 시작하라고."

"알겠습니다."

감사원에서 감사가 들어가게 될 것이다. 주가는 이때를 기점으로 다시 한 번 더 대폭 떨어질 것이다. 감사 결과에 따른 책임을 지고 한 회장은 자리에서 물러나게 될 것이고, 새로운 경영진이 투입될 가능성이 컸다. 앞으로 벌어질 일들은 예측 가능했다.

이지우가 굳이 저를 찾아 K 자동차 사에 입사하고, 스폰서 관계라도 좋으니 그의 곁에 머물기 원했던 이유를 이제 온전히 알았다. 단순히 한 회장 부자를 망하게 하려고 한 것이 아니었다. 기업은 제대로 된 경영자에게 맡기고, 오로지 두 부자를 응징하려고 했던 것이다.

과연, 그녀가 자신을 찾아왔을 때 처음부터 이런 말을 했다면 믿어 줬을까. 그녀의 뜻대로 해 줬을까.

아마 아닐 것이다. 그래서 지푸라기라도 잡고 싶을 만큼 간절하고 절박한 지우에게 그는 어떻게 했던가.

태혁은 주먹을 으스러지도록 움켜쥐었다.

* * *

잔뜩 굳어진 태혁의 표정에 비서실 직원들의 얼굴은 얼어붙었다. 태혁은 오로지 이지우에 대한 생각으로 가득했고, 얼굴이라도 봐야 하루 일이 풀릴 것만 같았다.

새벽에 그의 집으로 넘어왔으면서도 불과 몇 시간 만에 이토록 보고 싶어지다니. 그로서도 믿기지 않을 만큼 간절한 감정이었다. 죄책감, 자괴감, 미안함, 그 어떤 단어를 갖다 붙이더라도 이 감정을 설명할 수 없었다. 전혀 겪어 보지 못한 낯선 감정 때문에 부산스럽고 어지러웠지만, 지금 당장 지우를 봐야 숨을 쉴 수 있을 것 같았다.

저로 인해 곤경에 빠진 지우는 어떤 심정으로 자리를 지키고 있는 걸까.

태혁은 자리에 앉자마자 일어섰다. 김 실장이 한가득 서류를 들고 들어오다가, 그가 자리에서 일어나는 것을 보며 얼른 그것들을 책상 위에 내려놓았다.

"부사장님, 결재하실 서류입니다."

"나중에요."

"그럼 이것만이라도."

김 실장이 서류를 내미는 것을 말없이 내려다보았다. 태혁은 이미 일어나서 나갈 채비를 다 한 상태였고, 그것을 결재하기 위해 시간을 죽일 수는 없었다.

"두 번 말하게 하지 말라고 했습니다."

"지금 긴급으로 서류를 확인했고 곧바로 고발에 들어간다는……."

태혁의 얼굴이 싸늘하게 굳어졌다.

고발이라니.

"김 실장, 일 이따위로 할 겁니까."

"아, 그럼 나중에 보고드리겠습니다."

"앞뒤 다 잘라먹고 그걸 보고라고 하고 있습니까."

재킷을 펄럭이며 다시 자리에 앉은 태혁은 결재판을 펼쳤다. 서류를 들고 검토하던 태혁은 말없이 그것을 결재판에 넣고 닫아 버렸다.

"원리원칙대로 해요. 이런 일 한두 번 해 봅니까."

"저, 그래도 기은찬 도련님 일인데 그렇게 해도 될지."

태혁은 입매를 비뚜름하게 올리며 김 실장을 쳐다보았다. 의자 등받이에 느긋하게 몸을 기댄 채 팔걸이에 올려진 손을 톡톡 두드렸다.

김 실장이 던진 말의 의중을 알아볼 것도 없지만, 그래도 제 사람이라면 재차 확인시켜 주고 헛소리를 지껄이지 못하도록 매번 밟아 줘야 한다.

"주제도 모르고. 지금 누구 사람입니까, 김 실장."

"저는 부사장님 사람입니다."

"그런데요."

"네?"

태혁이 재차 질문하자 김 실장은 당황해서 어쩔 줄을 몰라 했다.

"그런데 지금 누굴 걱정하는 겁니까. 내가 물러 보이나 봅니다."

"아닙니다. 저는 혹시나 회장님께서 부사장님을 닦달하실까 우려되어서 그런 겁니다."

"고매하신 형수님이 아시면 않아눕겠네요. 구경이나 하고 떡이나 먹읍시다."

"알겠습니다."

"이 여직원, 나중에 나 좀 보자고 해요. 오후에."

"그렇게 하겠습니다."

"카피해서 한 부 주세요. 그걸 가지고 가서 제대로 써먹어야겠습니다. 저녁에."

"곧 드리도록 하겠습니다."

의미심장한 미소를 지은 태혁은 다시 자리에서 일어나 집무실을 나섰다. 김 실장은 태혁의 뒤를 따랐다.

곧장 디자인 1팀 사무실로 가려던 태혁은 지우가 커피를 좋아한다는 것을 떠올렸다. 은찬이 지우에게 매번 사다 줬던 커피 상표는 사내 매점에 있는 것이 아니었다. 그가 기억하기로는 외국계 프랜차이즈 커피였다. 망설일 거 없이 직접 사 오면 되겠다 싶어 돌아서는데, 김 실장이 바로 등 뒤에 있었다.

"S사 커피 사 와요. 종류별로."

"전부 다 말입니까?"

"흔히 마시는 커피 종류로 해서 사 와요. 여기 휴게실에서 기다리고 있겠습니다."

"알겠습니다."

김 실장은 아무 말 없이 그의 지시에 따랐고, 태혁은 그가 올 동안 휴게실에서 잠깐 기다리기로 했다.

휴게실은 'ㄷ'자 형태로 되어 있어서 제일 안쪽으로는 꺾어 들어가지 않으면 누가 있는지 보이질 않았다. 태혁은 그곳으로 가서 편안하게 눈을 감고 소파에 몸을 기대었다. 바쁘게 지나다니는 사람들의 발소리와 제법 크게 웃는 소리 등 자잘한 소음이 들려왔다. 손목시계를 흘끗 들여다본 태혁은 오전 회의가 있는 10시가 되려면 아직 멀었다는 것을 확인했다.

제7화

커피를 사 오자마자 건네주고 가야 할지도 모르겠단 생각에, 일단 지우를 휴게실 쪽으로 불러내기로 했다. 아무래도 문자보다는 직접 전화를 거는 것이 편했다.

사실 낯간지럽기도 하고, 문자 찍는 데 무슨 시간이 그렇게 오래 걸리는 건지 영 취향이 아니었다. 신호음이 울리자마자 지우가 받았다. 그에 입꼬리를 끌어 올렸다.

-네, 이지우입니다.

"알아요. 지금 사무실입니까."

-네.

"무슨 여자가 네네, 밖에 못 합니까."

-하아, 네.

주변에 사람이 있는 모양인지 전화를 받는 것이 영 어설펐다.

계속 놀리고 싶었지만, 일단 얼굴을 보는 것이 더 급했다.

"휴게실로 와요. 지금 1층입니다."

-네.

전화가 끊긴 액정을 보며 피식 웃었다. 이젠 무슨 일로 보자고 하는지 묻지도 않고 그냥 온단다. 그만큼 가까워졌다는 말이나 다름없었다. 그래서인지 마음이 한결 편안해졌다.

태혁은 무릎 위에 올려진 손을 습관적으로 두드리며 지우가 나타나길 기다렸다.

"부사장님 취향도 참 이상해. 안 그러니?"

"내 말이. 이지우 씨가 뭐가 좋다고 그러는지."

태혁은 휴게실 벽 하나를 사이에 두고 여직원들이 수다를 떠는 소리를 고스란히 듣고 있었다. 그들은 지금 그가 여기 있다는 생각은 전혀 하지 못하는 것 같았다.

"너 그 소리 들었니?"

"무슨 소리?"

"이지우 씨, 부사장님 말고 만나는 남자가 여럿이라던데. 외국인도 있고, 같은 디자인 팀에 팀장님도 그렇고. 여간 복잡한 게 아닌가 봐."

"얌전히 일만 하는 거 같더니, 그런 재주가 있었네?"

"부사장님이 여우한테 홀린 거지. 남자들은 참 이상해. 그런 여자 어디가 좋다고 그러는지. 음침하니 싸늘하고. 정말 별로지 않니?"

"너 그 소리 모르니? 재수 좋은 여자도 명기한테는 못 이긴다잖니."

"하하, 웃겨. 그럼 이지우 씨가 그런 모양이네."

"결혼도 안 한 여자가 그렇게 몸을 함부로 굴리다니. 정말 질색이야."

"일 시작해야지. 다 마셨으면 들어가자."

"응."

커피를 다 마신 모양인지 정리하는 소리가 들렸다.

태혁은 비릿한 미소를 머금고 자리에서 일어나 여자들이 있는 곳으로 돌아 나왔다. 그가 모습을 드러내자 여자들은 소스라치게 놀랐다.

"엄마야!"

"부, 부사장님. 안녕하십니까."

"아, 안녕하십니까."

태혁은 말없이 바라보았다. 얼어붙을 것처럼 차가운 눈초리는 여자들을 옭아매듯 구속했다. 하지만 이내 아무렇지도 않은 낯으로 변했다. 그리고 나직한 소리로 여자들에게 인사를 건넸다.

"안녕하세요. 두 분은 어디서 근무합니까."

"아, 저희는 칼라디자인 팀에 있습니다."

태혁은 오랫동안 그녀들을 바라볼 뿐 이렇다 할 말이 없었다.

"칼라디자인 팀이라고요."

"네."

태혁의 목소리가 차분하고 생각보다 온화하자, 그녀들은 긴장이 풀리는 모양인지 태혁과 눈을 맞추며 미소를 지어 보였다.

"그런데 왜 없는 사람 씹습니까."

"네, 네에?"

"저, 그, 그게…… 저희는 그런 적 없습니다."

결코 순한 인상이 아닌 태혁임에도 불구하고 당돌한 여자가 태혁에게 거짓말을 했다.

"잡아떼기까지."

여직원 두 명은 거친 태혁의 말투와 표정에 잔뜩 겁을 집어먹은 듯 벌벌 떨며 올려다보았다. 태혁은 낮게 가라앉은 목소리로 말했다.

문득 저 멀리 지우가 오고 있는 것이 보였다. 애써 표정을 풀며 태연하게 말했다.

"이지우 씨는 니들이 함부로 입에 올릴 여자가 아닙니다. 알겠습니까."

"네, 네에."

"감당할 수 있는 소리만 하면 됩니다. 알겠습니까."

"네, 죄송합니다."

"웃어요. 표 내지 말고. 당장."

"아, 하, 하하. 네."

태혁은 복화술처럼 내뱉은 뒤 지우를 향해 다가갔다. 그녀들이 웃으며 인사하는 모습을 보고 같이 지우를 향해 미소를 보냈다.

"어서 와요, 지우 씨."

태혁은 지우를 품 안으로 끌어당기며 이마에 입술을 맞추었다. 직원들이 있는 곳에서 그러는 모습에 놀란 지우는 가슴팍을 밀쳐냈다.

"보고 싶어서 보자고 했어요. 조금 기다려요. 커피 올 테니까."

태혁은 지우의 새빨개진 뺨을 쓸어내리며 귓볼을 매만졌다. 마치 이곳에 둘만 있는 것처럼 굴었다.

지우가 눈치를 주며 자꾸만 그를 피하자 태혁은 단호한 목소리로 말했다.

"내 여자 내가 만지고 보겠다는데 문제 있습니까."

"하아, 부사장님. 여기 직장이에요."

"벌써 혼내기까지."

태혁은 알겠다는 듯 미소를 보내며 지우의 흘러내린 머리카락을 아쉬움이 가득 담긴 손길로 쓸어 넘겼다.

그런 모습을 두 눈으로 직접 본 여직원들은 인사를 한 뒤 서둘러 휴게실을 빠져나갔다.

"놀랐어요. 직원들 있는 데서 그러시니까."

빤히 바라보던 지우는 나지막한 한숨을 내쉬었다.

"더한 것도 할 수 있습니다."

그가 손을 뻗어 지우의 도톰한 아랫입술을 엄지로 쓸어 댔다. 태혁의 가슴팍이 빠르게 오르내렸다.

"이리 와요."

태혁은 지우를 데리고 그가 조금 전까지 앉아 있던 휴게실 안쪽으로 들어갔다. 그리고 허겁지겁 지우의 입술을 삼켰다.

"으읍!"

지우가 그의 가슴을 밀치며 벗어나려 했다. 하지만 태혁은 오히려 지우의 뒷덜미를 힘주어 끌어당기고 고개를 비스듬히 꺾어 각도를 맞추었다. 입맞춤이 더욱 깊어졌다. 혀뿌리가 뽑힐 만큼 빨아들이고 싶은 마음을 억누르며 살살 달래듯 혀끝으로 입안 속살을 간질이고 혀를 비벼 댔다.

"으응."

지우의 입에서 달뜬 신음이 흘러나왔다. 태혁은 신음마저 집어삼킬 듯 흡입하며 한 치의 빈틈도 없이 몸을 맞대었다. 지금 이 자리에서 당장 지우 안으로 파고들고 싶은 마음이 간절했지만, 그랬다간 귀싸대기 한 대로 끝나지 않을 것 같아 참아야만 했다.

가쁘게 오르내리는 그의 가슴팍에 봉긋한 가슴이 맞닿았고, 납작한 배에는 그의 단단한 분신이 찔러 대고 있었다.

"이렇게 세우게 하고. 어쩌자는 겁니까. 책임도 못 질 거면서."

지우는 억울하다는 눈빛으로 그를 올려다보았다.

태혁은 지우의 허벅지 사이로 탄탄한 근육질의 허벅지를 은근히 비벼 대며 자극했다.

"나중에 검사할 겁니다. 오늘 밤 각오해요."

새빨개진 얼굴로 눈조차 제대로 맞추지 못하던 지우는 헛기침 소리에 화들짝 놀라며 그를 밀쳐 냈다. 얼마나 힘껏 밀었는지 태혁이 비틀거리며 저만치 튕겨 나갔다.

정말 타이밍 하나 기가 막히게 맞추는 김 실장이었다. 뒤에서 헛기침하며 자신이 왔다는 신호를 보내니 지우가 놀라서 밀칠 수밖에. 그런다고 이렇게나 세게 밀어내다니.

모양 안 살게.

"하아."

기가 막힌다는 듯 헛웃음을 터트린 태혁은 머리를 쓸어 넘기며 눈을 빛냈다.

"오늘 밤 나를 깔아 보겠다는 뜻인 것 같은데. 그러면 기대되잖습니까."

지금 무슨 소릴 하는 거지? 그를 깔다니. 지우는 입을 딱 벌리며 그를 보았다. 그러자 그가 빙그레 미소 지었다.

"왜 대화가 그리로 흘러가는지 모르겠지만, 어쨌든 두고 봐요. 부사장님."

"얼마든지."

태혁은 지우의 손을 끌어다 입가에 대며 눈을 치켜뜨고 바라보았다.

천천히 입술을 떼어 낸 그는 김 실장을 불렀다.

"김 실장님, 이제 나오셔도 됩니다."

그러자 김 실장이 커피가 가득 든 박스를 들고 모습을 드러냈다.

"부사장님, S사 커피 사 왔습니다."

"세상에."

지우는 감탄사를 연발했다. 땀을 뻘뻘 흘리는 김 실장이 안타까운 순간이었다.

"좋아하는 거 마음대로 골라 봐요."

태혁이 흐뭇한 미소를 지으며 말했다.

"저는 이거면 됐어요."

지우가 아이스 아메리카노를 집어 들자 태혁은 그녀가 고른 것을 뺏어 한 모금 삼켰다.

"아, 부사장님 커피는 여기 있습니다."

김 실장이 빠르고도 공손하게 커피를 내밀었다. 그것을 내리뜬 눈으로 바라보던 태혁은 낮게 내뱉었다.

"남은 거 김 실장 혼자 다 드세요. 꼭."

* * *

퇴근하자마자 식사 시간에 맞춰 성북동으로 향한 태혁은 대문을 들어섰다. 조경된 정원의 나무와 푸른 잔디는 한여름의 뜨거운 햇살 속에서도 싱그럽게 잘 자라고 있었다. 넓은 잔디에는 곳곳에 설치된 스프링클러가 물을 뿌리며 조용히 작동되고 있었다.

젖어 든 잔디에서는 흙냄새와 풀잎 냄새가 올라왔다. 열기를 식히며 증발하는 수증기 속에도 푸른 향기가 묻어났다.

태혁은 잠시 걸음을 멈추고 깊숙이 숨을 들이켠 뒤 다시 발걸음을 이었다. 현관문을 열고 들어가자 인공 화학조미료처럼 몸에 해로울 것만 같은 향수 냄새가 진동했다.

조 여사가 그에게 가까워질수록 향수 냄새는 짙어졌다. 구역질이 치미는 것을 참아 내며 무표정한 얼굴로 조 여사를 바라보았다.

"우리 부사장, 어서 와."

조 여사는 태혁의 서늘한 시선에도 아랑곳하지 않고 제 역할을 충실히 하겠다는 듯 안주인 행세를 하며 다가왔다. 여전히 어울리지 않는 옷을 입고 기품 있는 척을 하며 미소를 짓고 있었다.

태혁은 가볍게 눈을 맞추며 인사를 한 뒤 곧장 거실로 향했다. 평소 서재에 있던 기 회장이 거실에 나와 있었다. 반 비서실장이 태혁에게 인사를 했다.

"어서 오십시오. 회장님께서 기다리고 계셨습니다."

"왔습니다."

태혁은 기 회장과 눈을 맞추며 인사를 했다. 기 회장의 얼굴에는 못마땅한 기색이 역력했다. 그 이유가 무엇인지 누구보다 잘 아는 태혁은 무감한 눈빛으로 쳐다볼 뿐 침묵했다.

"아줌마, 식사 준비 다 됐어요?"

조 여사의 콧소리가 멀리서 들려왔다.

이제 올 사람은 다 온 모양인데 형수 최하란과 기은찬이 보이질 않았다.

"형수님은 안 오셨습니까. 또 아프시답니까."

반 비서실장을 보며 묻자, 그는 손가락으로 위층을 가리켰다. 반 비서실장의 주름진 미간이 더욱 깊게 팼다.

"앉거라."

평소 태혁이 형수에 대해서 입이라도 뗄라 치면 기 회장은 언짢은 기색을 보이며 그런 태혁을 나무랐다. 기 회장의 입장에선 젊은 나이에 과부가 되어서도 묵묵히 며느리 역할을 하며 아들을 훌륭하게 키웠으니, 그럴 만도 했다.

이번에도 한소리 들을 줄 알았는데, 기 회장은 별말이 없었다. 도리어 눈치를 살피며 자리를 권했다.

그가 이러는 데는 다 이유가 있었다. 하나밖에 없는 손자가 사고를 쳤는데, 이것을 모양새 있게 마무리할 사람은 현재 태혁뿐이라는 것을 알고 있기 때문이었다.

태혁은 조소를 머금었다.

그를 낳은 어머니는 어떤 대우를 받았던가.

내몰다시피 미국으로 쫓겨난 뒤, 약물에 의존해서 살 수밖에 없었던 그 심정은 그 누구도 짐작할 수 없을 것이다. 비록 태혁에게 애증으로 점철된 친모였지만, 한 여자로서 놓고 보면 그 인생은 참 가여웠다.

태혁은 가슴을 핀으로 찌른 것 같은 통증에 어금니를 지그시 깨물었다. 그렇다고 새삼스럽게 이 자리에 감정을 질질 흘릴 생각은 추호도 없었다. 감정을 갈무리하며 자리에 앉았다.

그런 태혁을 바라보던 기 회장은 헛기침하며 물잔으로 마른 목을 적셨다.

한참 동안 침묵이 흘렀다.

이 자리에 있는 기 회장, 반 비서실장, 그리고 그.

세 사람은 내기라도 하듯 입을 꾹 다물고 있었다. 처세에 닳고 닳은 이들은 이 자리에서 먼저 입을 여는 사람이 지게 되어 있다는 사실을 누구보다 잘 알고 있었다. 원래 아쉬운 사람이 손을 벌리게 되어 있고, 그것은 협상에서 불리한 자리에 있다는 것을 시인하는 거나 다를 바 없었다.

언제까지 이러고 있을 수 없는 일.

결국 기 회장이 입을 열었다. 그가 지금 무슨 말을 할지 이미 짐작하고도 남은 태혁은 건성으로 들었다.

"은찬이 앞길을 막으려고 용쓰는 년들은 그 자리에서 밟아 줘야 하는데, 찾을 수가 없어. 네가 숨겼어?"

기 회장이 차가운 시선으로 태혁을 보며 물었다. 이건 부탁하는 자세가 아니었다. 태혁의 표정이 서늘하게 식었다.

그것을 알 리 없는 기 회장은 거친 음성으로 또다시 물었다.

"어디에 숨겼어! 내가 너를 몰라?"

"제가 왜요. 아닙니다."

황당하다는 표정을 지으며 반 비서실장을 올려다보았다.

"반 비서실장님, 제가 그랬다고 회장님 부추겼습니까. 이건 뭐, 대놓고 회장님과 제 사이를 갈라놓으려고 작정한 거네요."

주변 공기가 팽팽하게 당겨졌다. 반 비서실장은 기태혁에게 어서 실토하라는 표정으로 내려다보았고, 태혁은 어림도 없다는 표정을 지어 보였다.

흥분은 금물이었다. 침착하게 마음을 가다듬은 태혁은 지금의 사태를 되짚었다. 그러니까 기 회장 측의 보안 팀이 한발 늦은 것이다. 혹시나 그가 미현을 숨겨 둔 것을 들키면 어쩌나 걱정했는데, 괜한 기우였다.

태혁은 오후에 미현을 불러들여 모종의 합의를 보았고, 그녀는 태혁의 지시에 따라 적당한 곳에 몸을 숨겼다. 그녀와 연락을 하기 위해선 그를 통하지 않고서는 불가능했다.

미현이 SJ 자동차 사의 한현우 본부장에게 디자인을 팔아넘긴 증거는 태혁이 쥐고 있었고, 여차하면 고발할 생각이었다. 이미 생산에 들어간 SJ 자동차 사는 책임을 져야 할 것이다.

사실 김미현의 패는 여기까지였는데, 선발해서 기은찬까지 엮었다. 태혁으로서는 절호의 기회였다.

상하이에 간 은찬과 미현은 행사가 끝난 뒤 저녁에 식사하며 반주로 술을 곁들였다고 했다. 그러다 사고를 친 모양인데, 중요한 것은 김미현이 그날 일을 강간으로 몰고 갔다는 것인데, 그 바람에 은찬은 강간범이 되어 버렸다. 재벌 3세라는 사실을 인지하고 있던 김미현이 영악한 성격답게 일을 치른 뒤, 한몫 챙길 욕심에 이런 일을 벌인 것이다.

물론 태혁이 나서서 일을 해결하자면 못할 것도 없었다. 이런 여자를 처리하는 것은 일도 아니니까. 기 회장도 마찬가지일 테지만, 지금은 태혁이 개입한 탓에 이러지도 저러지도 못하는 것이다.

원래 큰 방죽도 작은 바늘구멍 하나에 무너지게 되어 있다. 대수롭지 않게 여긴 기 회장은 자신을 탓해야지, 그를 몰아붙인다고 될 일이 아니었다. 그 사실을 빨리 깨닫길 바라며 태혁은 묵묵히 자리를 지켰다.

미현과 접촉해서 합의를 보려 한 모양인데, 숨겨 둔 이상 절대 찾지 못할 것이다.

"어릴 때부터 음흉한 구석이 있었어. 분명 네놈 짓이야."

기 회장은 무리수를 두면서까지 태혁을 자극했다.

"은찬이 때문에 회사 이미지가 실추될 마당에 제가 시한폭탄 같은 여자를 숨기다니요. 미치지 않고서야."

"널 만났다고 했다. 그 뒤로 사라졌어."

"저는 은찬의 일과 상관없이 업무 때문에 잠깐 봤습니다. 또 그 일은 제가 끼어들 부분이 아니고요."

노기 가득한 얼굴의 기 회장은 부들부들 떨어 대며 태혁을 노려보았다. 이로써 기 회장의 의중을 확실히 알아챈 태혁은 그나마 남아 있던 정마저도 떨어지는 기분이었다.

"아무래도 오늘은 제가 안 오는 게 나을 뻔했습니다."

"부사장님, 정말 모르시는 거 맞습니까."

반 비서실장이 나직한 소리로 물어왔다. 기 회장의 얼굴이 벌겋게 화가 나서 씩씩대니 그럴 만도 했다.

하지만 태혁은 차가운 미소를 지으며 그를 쳐다보았다.

"반 비서실장님, 저를 족치기 전에 회장님 보안 팀부터 족치시죠."

반 비서실장의 얼굴이 잔뜩 일그러졌다.

마침 그때 계단으로 내려오는 최하란과 기은찬을 보았다. 잔뜩 겁에 질린 얼굴을 한 은찬은 태혁과 눈이 마주치자 얼른 고개를 떨구었다.

반면 최하란은 태혁을 보더니 눈을 사납게 치켜떴다.

빌며 사정해도 시원찮을 판에 눈을 치켜뜨다니.

저만치서 눈치를 살피던 조 여사도 다가왔다.

"자, 식사하시죠. 준비 다 됐어요."

조 여사가 기 회장 곁으로 다가가서 코맹맹이 소릴 했다. 기 회장은 그의 팔을 붙들어 일으켜 세우려는 조 여사를 매몰차게 내쳤다.

"이거 놔. 지금 밥이 문제야! 머리가 없으면 눈치라도 있든가!"

"회, 회장님?"

평소보다 더 야박하게 군 탓에 조 여사의 얼굴이 파리하게 질려 갔다. 딴에는 그래도 한다고 하는데, 자식들 앞에서 무시를 주니 서럽기도 할 것이다. 아니나 다를까 이내 눈물을 흘리더니 거실을 지나 방으로 사라졌다. 아주 드라마틱한 분위기였다.

태혁은 조 여사에게서 시선을 떼어 낸 뒤 은찬을 보며 말했다.

"은찬아, 가서 할머니 모시고 와야지."

태혁의 말에 최하란의 표정이 눈에 띄게 일그러지더니 은찬이 가려는 것을 못 가게 붙들었다. 그런 그녀를 냉랭한 눈빛으로 응시하던 태혁은 나직한 목소리로 말했다.

"형수님, 오랜만입니다."

"그러네요."

아랫사람으로서 먼저 인사를 했지만 형수의 반응은 여전히 싸늘했다. 아들 기은찬의 처지를 볼 때, 어느 정도 저자세로 나올 법도 한데 고매하신 형수는 어린 시동생을 발가락의 때만큼도 여기지 않는 게 분명했다.

모욕적인 언사를 봐 넘겼던 지난날의 그가 아님을 이번 기회에 확실하게 보여 줄 필요가 있을 것 같았다.

"기은찬, 이리 와."

태혁의 목소리가 차갑게 내려앉았다. 소름이 돋을 만큼 냉혹한 음성에 은찬뿐만 아니라 주변 사람들 모두 긴장하며 태혁을 바라보았다.

"어금니 물어."

은찬이 하얗게 질린 얼굴로 태혁 앞으로 다가왔다.

그 순간 태혁이 무슨 짓을 할지 알아챈 최하란이 소릴 질렀다.

철썩!

"은찬아!"

하지만 태혁이 한발 빨랐다. 그는 은찬의 뺨을 매섭게 후려갈겼다.

"이게 뭐 하는 짓이야!"

기 회장의 음성이 날카롭게 거실을 갈랐다. 그러나 태혁은 단호하게 은찬을 노려보며 다시 손을 올렸다.

은찬은 몸의 균형을 잃고 비틀대며 간신히 허리를 세웠다. 태혁을 바라보는 눈동자는 거칠게 흔들렸고, 물기 어린 눈에는 자책과 함께 태혁을 향한 서운함이 넘실댔다.

"똑바로 서."

태혁이 낮게 뇌까렸다. 그는 냉혹할 만큼 매몰찼다.

철썩! 철썩!

연달아 두 번 더 뺨을 후려갈겼다.

은찬의 입술이 터지고 얼굴은 단번에 부풀어 올랐다. 은찬은 앓는 소리를 삼키며 흐트러진 몸을 바로 하고 태혁 앞에 와서 섰다.

평소 태혁은 은찬을 친동생처럼 보살폈고, 정을 주었다. 하지만 그건 어디까지나 제 아래 있을 때 얘기였고, 그를 밟고 올라서려 하면 남보다 못한 사이가 될 수밖에 없었다.

은찬이 원했건 원하지 않았건, 그건 중요한 게 아니었다. 태혁이 손을 든 것은 형수와 기 회장에 대한 경고나 다름없었다.

"아랫도리 함부로 놀리고, 강간이나 하는 쓰레기 자식."

"네가 뭔데 때려! 네가 뭔데!"

급기야 형수는 기 회장 앞이라는 것도 잊을 만큼 흥분해서 달려들었다.

태혁은 재킷을 털며 그런 형수를 서늘한 시선으로 응시했다.

"그래서 은찬이가 잘했다는 겁니까. 피해 직원이 어디서 무슨 짓을 할지도 모르는 이 판국에. 기업 이미지는 더럽혀지든 말든 상관없다고요."

최하란은 하얗게 질린 얼굴로 태혁을 노려보았다.

"어머, 어머, 이게 무슨 일이야. 세상에."

조 여사는 어느새 거실로 나와서는 호들갑을 떨어 댔다. 원래 불구경과 싸움구경이 제일 재밌다고 하더니 조 여사는 신이 나 평소보다 더 오버를 하며 설쳐 댔다.

그런 조 여사를 태혁이 싸늘하게 노려보자 얼른 시선을 피하며 입을 다물었다.

태혁은 시선을 기 회장에게로 돌렸다.

"안 그렇습니까, 회장님. 귀엽다고 오냐오냐 키우면 결국 이런 꼴이 납니다."

기 회장의 얼굴이 붉으락푸르락했지만, 태혁에게 아무 말도 못 했다. 태혁은 다시 오만한 시선으로 형수를 내려다보며 일침을 가했다.

"형수님, 자식 교육은 매가 최고 아닙니까. 제가 어릴 때, 얼마나 많이 맞았는지는 더 잘 아실 테고……."

태혁에게 가정교육이 얼마나 중요한지 알려 주겠다며 무시하고 깔보던 여자가 최하란이었다. 덕분에 기 회장에게 많이도 맞고 자랐다. 태혁은 기 회장을 잠시 바라보다가, 최하란에게로 시선을 다시 돌렸다.

"그런데 상황 판단이 안 됩니까? 자식 교육을 이따위로 해 놓고 누구한테 큰소립니까."

"뭐, 뭐?"

태혁은 말없이 최하란을 바라보았다. 그가 만든 침묵의 무게는 주변을 압도할 만큼 위압적이었다.

그러길 몇 초.

태혁은 낮게 가라앉은 목소리로 뇌까렸다.

"……왜 반말합니까."

최하란의 얼굴이 파랗게 질려 갔다.

그런 그녀를 향해 비릿한 웃음을 지어 보인 태혁은 천천히 기 회장에게로 돌아섰다.

"그럼 이만 가 보겠습니다."

태혁은 그들을 싸늘하게 쳐다본 뒤 거실을 돌아 현관으로 향했다. 등 뒤로 무거운 침묵이 흘렀지만, 태혁은 아랑곳하지 않았다.

이제 시작일 뿐이었다.

김 실장은 태혁이 나서는 것을 보며 서둘러 차를 대기했다. 태혁은 차에 오르며 시트에 몸을 파묻었다. 이곳에 오면 항상 머리가 아팠다. 그나마 오늘은 더러운 성질 자랑을 했더니 숨이 쉬어졌다.

한편, 태혁이 나가고 난 뒤 기 회장은 소파에 앉으며 물을 찾았다.

"반 비서실장, 냉수 한 잔만."

"제가 갖다 드릴게요."

조 여사가 주방으로 달려갔다.

기 회장은 뒷목을 짚으며 고개를 젖혔다. 그런데 눈앞에 고개를 푹 숙인 채 서 있는 은찬이 눈에 들어왔다.

죽은 큰아들 동혁을 빼다 박은 은찬은 눈에 넣어도 아프지 않을 만큼 귀하디귀한 손자였다. 하지만 나약한 심성과 우유부단한 성격이 늘 마음에 걸렸었다.

기 회장은 짙은 한숨을 내쉬었다. 이미 엎질러진 물을 탓해 봤자 소용없는 일이었다. 은찬 옆에 서 있는 며느리는 금방 넘어갈 것처럼 하얗게 질린 낯빛으로 부들부들 떨고 있었다.

"네가 저 녀석 성격 모르는 것도 아니고, 왜 대들어. 대들길."

마침 조 여사가 쪼르르 뛰어와서 물잔을 내밀었다. 그것을 받아 마신 기 회장은 반 비서실장을 쳐다보며 물었다.

"언론에 퍼지기 전에 막아야 하는데, 어떻게 됐어."

"냄새를 맡기 전에 조치하겠습니다."

"분명 무슨 수가 있는 거야. 내가 은찬이 녀석을 밀어주는 걸 알고 수를 쓴 거라고."

"……."

"못난 녀석. 쯧쯧."

기 회장은 은찬을 보며 혀를 찼다.

"보고 일 커지면 해외에 나가 있어. 몇 년간."

"지금까지 떨어져 있었는데, 또 해외에 나가라니요, 아버님."

"둘 다 꼴 보기 싫어. 어서 내 눈앞에서 꺼져."

이미 답은 나온 거나 다름없었다. 이번 일을 그냥 넘길 태혁이 아니었다. 어떻게든 꼬투리를 잡아 은찬을 끌어내릴 것이다.

낯을 일그러뜨린 기 회장은 곧장 서재로 들어가 버렸다. 살벌한 집안 분위기 속에 조 여사 혼자 신이 난 것처럼 일하는 사람을 들들 볶으며 다녔다.

* * *

"김 실장님, 데이트해 본 적 있습니까."

태혁은 돌아가는 차 안에서 김 실장을 향해 질문을 던졌다. 뜻밖의 질문에 놀란 김 실장은 룸미러로 태혁을 보며 재차 물었다.

"저, 다시 말씀해 주십시오. 잘 못 들었습니다."

"데이트해 본 적 있냐고 물었습니다."

시트에 상체를 깊게 파묻은 태혁은 몸에 힘을 뺀 채 느슨하게 풀어진 상태였다. 김 실장은 잠시 머뭇거리다가 이내 말을 하기 시작했다.

"대학 때는 사법고시 본다고 제대로 놀아 본 적도 없고, 연수원 들어간 뒤에도 마찬가지였습니다."

"그래서 해 본 적 없다고 말하는 겁니까."

"아닙니다. 잠깐 있었습니다."

"있었다고요."

"네. 없게 보입니까."

"그럼 보통 저녁 식사를 같이하자고 문자 보낼 때 뭐라고 보냅니까."

태혁은 별 기대 없이 물었다.

그는 몹시 허기가 졌고, 이지우가 보고 싶었다. 그러니까 이지우와 같이 식사를 하고 싶었다. 전화를 걸어 직접 말을 하자니 무뚝뚝하게 명령조가 될 것 같아 생각해 낸 것이 문자였다.

"크흠, 저는 그렇게 보냈습니다."

"지어내지 말고. 사실대로 말해요. 뭐라 안 할 테니까."

"자기야, 나 배고파요."

순간 차 안에 정적이 흘렀다. 김 실장은 헛기침하며 벌게진 얼굴로 정면을 주시했고, 태혁은 뭐 씹은 표정으로 차창 밖을 바라보다 다시 룸미러로 김 실장을 쳐다봤다.

"귀가 썩는 줄 알았습니다."

"하, 하하. 죄송합니다."

머리를 긁적이며 운전에 집중하던 김 실장은 조심스럽게 태혁을 살폈다.

태혁은 휴대전화를 들고 아주 신중하게 문자를 찍고 있었다.

몇 번이고 지우고 다시 쓰고를 반복하던 그는 마침내 전송 버튼을 눌렀다.

"휴우."

긴 한숨을 내쉬며 이마에 흐른 땀을 닦아 냈다.

"보내셨습니까."

"네."

"뭐라고 쓰셨습니까."

"운전이나 바로 하세요."

태혁은 다시 차가운 상사의 모습으로 돌아와 있었다.

* * *

그로부터 30분 뒤, 오피스텔 앞에 도착한 김 실장은 차 키를 태혁에게 건넸다.

"내일 뵙겠습니다."

"네, 들어가세요."

태혁은 직접 운전해서 지우와 함께 식사하러 갈 생각이었다. 운전석에 오른 태혁은 핸들을 의미 없이 두드리며 지우가 오기를 기다렸다. 차가 세워진 곳은 편의점 부근이었다. 회색 트레이닝복을 입은 지우가 그곳에서 맥주를 고르던 모습이 떠올랐다. 저절로 입꼬리가 위로 올라갔다.

그렇게 잠시 기다리던 태혁은 차창을 두드리는 지우를 보며 짧게 숨을 들이켰다. 몇 달 전 그날로 돌아간 것처럼 지우는 짧은 트레이닝 바지를 입은 채였다.

록을 풀어 그녀가 탈 수 있도록 했다.

지우는 차에 올라타며 그를 향해 미소를 지어 보였다. 막 샤워를 마친 지우의 모습은 청초하고 섹시했다. 향긋한 체향이 코끝을 간질이며 스며들었다.

"이지우 씨, 지금 그 옷차림으로 어딜 가겠다는 겁니까."

"어때서요?"

태혁의 짙은 눈썹이 위로 휙 치켜 올라갔다.

"주차장에 차 파킹하고 올라가요. 저녁 차려 놨어요."

"집에서 먹자는 말입니까."

"모처럼 자기야가 솜씨 발휘했어요. 그러니까 어서 가요."

지우의 말에 태혁은 어금니를 깨물었다. 김 실장 말을 듣는 게 아니었단 생각이 들면서 후회가 되기 시작했다.

아니나 다를까, 자꾸만 지우가 쿡쿡거리며 웃어 댔다.

"놀리기까지."

"부사장님을 놀리다니요. 큰일 날 소릴. 어서 가요. 국 다 식겠어요."

"그 문자, 김 실장이 알려 준 겁니다."

"아, 네."

"진짜라니까요."

"네, 알겠어요."

"그런데 왜 자꾸 웃는 겁니까."

"좋아서요. 믿기지가 않아서요."

태혁은 지우의 말에 할 말을 잃고 말았다. 얼마나 무뚝뚝하게
굴었으면 사소한 문자 하나에 저러나 싶어 가슴이 짠했다.

"솔직히 부사장님이 그런 문자를 보냈다고 하면 아무도 안 믿을
걸요?"

"알고 보면 나 그렇게 무뚝뚝한 사람 아닙니다."

"그래도 '자기야, 나 배고파'는 좀 쇼킹했어요."

연애라고는 1도 해 보지 못한 태혁은 지우와 나누는 사소한 대
화마저도 신기하고 온몸이 간질거려 미칠 것 같았다.

땅 위에서 10cm 정도는 붕 뜬 상태로 걷는 기분이었다.

주차장에 차를 대고 두 사람은 나란히 손을 잡고 엘리베이터로
향했다.

"이지우 씨, 나랑 연애하는 거 맞습니까."

"그런 거 같아요."

"그런 거면 그런 거지, 같아요는 뭡니까."

"자꾸 이러면 우리 자기 배고프겠어요. 어서 가요."

태혁은 모처럼 소리 내 웃었다. 지하 주차장이 울리도록 웃어젖
힌 태혁은 지우의 어깨를 품으로 끌어당겼다. 자그마한 어깨가 쏙
들어왔다. 이 작은 어깨로 버텨 온 시간들이 어떠했을지, 상상하는
것만으로도 가슴이 뻐근해 왔다.

지우야, 웃게 해 줄게. 지금처럼 반쪽짜리 웃음 말고, 환하게 웃
을 수 있도록 해 줄게.

태혁은 온화한 눈빛으로 지우를 바라보며 미소 지었다.

"이지우 씨."

태혁이 이름을 불렀다.

엘리베이터 전광판을 주시하고 있던 지우가 시선을 떼어 내며 그를 돌아보았다. 불러 놓고 아무런 말이 없자 지우의 얼굴엔 의아함이 묻어났다.

태혁은 그제야 입술을 늘려 웃으며 입을 열었다.

"무슨 생각으로 직접 저녁을 차렸어요?"

"저, 안 그래도 지금 후회 중이에요."

"후회한다고요."

태혁은 후회란 말에 한쪽 눈썹을 추켜세웠다. 눈을 가느스름하게 뜨고 더 말해 보란 식으로 쳐다보자, 지우는 매우 난감해했다.

시키지도 않은 짓을 해 놓고서는 후회라니. 종잡을 수 없는 말에 태혁은 미간을 좁혔다.

"설마, 사람이 먹기 힘들 정도입니까."

"음, ……아마도요."

그녀가 직접 저녁을 준비했다는 말에 기분이 좋았던 건 사실이지만, 요리 솜씨를 기대했던 건 아니었다.

단지, 마치 일 나간 남편을 위해 정성스럽게 저녁을 차리고, 남편이 오기를 기다리는 아내 같아서 조금 설레었었다.

"배신감이 드네요."

일부러 장난스럽게 말했다. 그러자 이 여자, 농담인지 진담인지 구분도 못 하고 아예 울상을 지었다.

"이제 엘리베이터에서 내리면 아시게 될 거예요. 후우, 하필이면 왜 그랬을까요."

지우는 양손으로 얼굴을 가린 채 고개를 절레절레 저었다. 태혁은 엄지로 입술을 느리게 쓸며 지우를 물끄러미 내려다보았다.

그러던 사이 막 도착한 엘리베이터 문이 스르륵 열렸다.

지우가 먼저 내리고 그 뒤를 따라 내리는 순간 훅 끼쳐 오는 음식 냄새에 살짝 미간을 찌푸렸다.

도대체 건물 관리를 어떻게 하는 걸까.

관리실에 단단히 주의를 줘야겠다고 여기던 차, 지우가 작은 소리로 말했다.

"이거 때문에요."

"……?"

"한식 좋아하신다고 해서 간단하게 된장찌개도 끓이고 콩나물밥도 했는데, 나와 보니 복도에 이런 냄새가 나더라고요. 환풍기를 돌린다고 돌렸는데도 이런 걸 보면 문밖으로 냄새가 빠져나가는 건 어쩔 수 없나 봐요."

태혁은 지우의 말에 가만히 입을 다물었다. 그리고 몇 초 뒤에 지나가듯 내뱉었다.

"어때서요. 맛만 좋으면 됐지."

태혁은 지우를 향해 어깨를 으쓱하며 언제 미간을 찌푸렸나 싶게 여상하게 말했다. 수줍은 홍조를 띠며 고개를 숙인 모습을 보니 웃음이 절로 흘러나왔다.

귀엽기까지.

태혁은 지우의 어깨를 바짝 끌어당겨 이마에 입술을 찍었다. 저를 위해 음식을 차린 여자가 예뻐 보인다는 것을 오늘에서야 알게 된 그는 좀 더 힘을 주어 입술을 밀어붙였다.

예민한 입술 점막에 보드라운 피부가 닿자 좀 더 세게 비벼 대고 싶은 욕망이 솟구쳤다. 흡입하듯 쪽 소리 나게 키스한 뒤 입술을 떼어 냈다. 뽀얀 이마에 난 흔적이 마치 내 것이라는 인장 같아 괜스레 흐뭇했다.

"어서 들어가요. 가뜩이나 냄새 때문에 신고가 들어올지도 모르는데."

당황한 기색이 역력한 지우가 태혁의 팔을 끌어당겼다.

"이런 거로 신고할 사람 없습니다."

누가 신고를 한단 말인가.

"무슨 그런 걱정까지."

지우의 얼굴이 빨갛게 물들었다. 그 모습을 보자 진한 허기가 밀려왔다. 공복에 오는 시장함 때문만은 아닌 듯했다.

태혁은 천천히 지우의 상기된 뺨과 귀밑머리 아래 보드라운 솜털, 새하얀 목덜미를 차례대로 훑었다. 역시 배가 고픈 게 아니라 이지우가 고픈 거다.

제8화

록을 해제하고 문을 여는 지우의 뒤를 서둘러 따라 들어갔다. 앞서간 지우는 그가 신기 편하도록 실내 슬리퍼를 돌려놓았다.

"들어오세요. 냄새는 저도 어쩔 수가 없네요."

여전히 냄새가 신경 쓰이는 모양이었다. 정작 그가 신경 쓰이는 것은 따로 있는데 말이다.

구두를 벗고 슬리퍼로 갈아 신은 태혁은 주방 쪽으로 걸어가는 지우의 뒷모습에 시선을 고정한 채 재킷을 벗고 넥타이를 느슨하게 잡아당겼다.

하얀색에 알록달록한 자수가 놓인 앞치마를 두른 지우는 싱크대 앞에서 손을 씻은 다음 부지런히 뭔가를 하기 시작했다.

언제부터인지 이지우가 그의 일상에 불쑥불쑥 떠올랐다. 차를 마시다가도, 서류를 뒤적이다가도, 운전하다가도, 샤워하다가도 예고 없이 갑자기 떠올라 당황하곤 했었다. 어쩌면 저 모습도 수시로 나타나 그를 뒤흔들지도 모른다.

한쪽 입꼬리를 올린 채 자조했다. 그래서 싫다는 것인지, 좋다는 것인지 명확하게 판단을 내리지도 못하고 설익은 감정에 허우적대는 제 모습이 우스워서였다. 중요한 건 같이 있으면 단 한순간도 눈을 뗄 수 없을 만큼 휘둘린다는 것이다.

"내가 도울 건 없습니까."

그가 셔츠 소매를 걷어 올리며 다가갔다.

"아니에요. 다 됐어요. 그런데 많이 시장하세요? 제가 손이 빠르지 못해서 조금 느려요. 저기 앉아서 느긋하게 기다리시면 좋겠는데."

"안 됩니까. 여기 있으면."

"그건 아니지만, 아무래도 혼자 하는 게 빠를 것 같아요."

"흠, 역시 도움 안 되는 인간이라, 그 말입니까."

태혁은 싱크대를 등지고 서 있는 지우의 코앞까지 다가갔다. 한 걸음 뒤로 물러나던 지우는 더는 물러설 곳이 없자 팔을 뒤로 뻗어 싱크대를 양손으로 붙들었다.

"사람을 뭐로 보고."

어쩐지 짓궂게 굴고 싶어져 시선을 낮춰 빤히 바라보자 지우의 얼굴이 발갛게 물들었다.

"……좀 상상이 안 가서요. 별로 차린 것도 없는데."

지우는 부끄러운 듯 시선을 피하며 말끝을 흐렸다. 태혁은 수줍어하는 지우의 모습에 부드럽게 미소를 짓다 고개를 숙여 지우의 입술을 덥석 베어 물었다.

"윗!"

놀란 지우는 눈을 동그랗게 뜨고 그를 쳐다보았다. 입술을 맞댄 상태에서 서로의 눈이 마주쳤다.

사르르 웃음을 머금은 태혁은 천천히 입술을 떼어 내며 뒤로 물러났다.

"……갑자기."

"내가 처음입니까. 이렇게 손수 요리해서 차려 주는 거 말입니다."

지우의 눈빛이 살짝 흔들렸다. 그 모습을 보자 슬 기분이 나빠진 태혁은 가느스름하게 뜬 눈으로 지우를 주시했다.

"있나 보네, 다른 놈이."

"아, 그게, 있긴 했어요."

없다 해도 될 것을 기어이 사실대로 털어놓는 지우를 보며 헛웃음을 터트렸다.

이건 뭐. 사람을 아주 제대로 갖고 논다.

"그래서 된장찌개도 끓여 주고, 손수 밥도 하고 그랬습니까. 잘 먹던가요? 뭐라고 하면서 먹던가요."

"별로 말 안 하고 싶은데요."

"왜요."

"부사장님 화내실까 봐요."

지우는 아랫입술을 질끈 깨물며 입을 다물었다.

"이지우 씨, 그렇게 입을 다물면 내가 더러운 상상을 하잖아."

"……."

"그래서, 누구한테 차려 줬다고?"

태혁은 눈웃음을 치며 물었다. 갑자기 긴장감이 팽팽해진 분위기에 얼어붙은 지우가 머뭇거리다 입을 열었다.

"좋아요. 다니엘이 한국 음식을 먹어 보고 싶다고 해서 해 줬던 적이 있어요. 그뿐이에요."

"다니엘? 지가 왜."

하! 가지가지 미운 짓만 골라 하네.

태혁은 긴 팔을 뻗어 지우를 끌어당겼다. 그의 품에 안기다시피 바짝 당겨졌다.

"또 그 자식이 밥 달라면 차려 줄 겁니까."

싱크대와 기태혁 사이에 갇힌 지우는 고개를 살짝 저으며 작은 소리로 대답했다.

"아니요."

지우를 바라보는 태혁의 두 눈은 끓고 있었다.

"부사장님, 이만 놔주세요. 시장하시다면서요. 빨리 차릴게요."

그를 살짝 밀어내며 빠져나가려는 지우를 단단히 붙든 태혁은 집요하게 눈을 맞추며 물었다.

"애피타이저도 줬습니까, 그 녀석한테."

"네? 애피타이저요? 아, 그건 미리 준비를 못 했는데."

"그렇다는 건 안 줬단 말이네요."

"네. 된장찌개에는 뭐가 어울릴지, 잘 모르겠네요."

애피타이저 타령에 지우는 상당히 난감해했다.

둘 사이에 아슬아슬한 침묵이 감돌았다.

바짝 다가선 그는 지우의 허리를 끌어당기며 뜨거운 숨결을 귓가에 뿜어 댔다. 혀를 내밀어 귓불을 핥고 입안으로 빨아들였다.

"아윳!"

"평생 먹어도 질리지 않는, 나만 맛볼 수 있는 것."

귓불을 빨아 대던 입술을 떼어 눈을 맞추었다. 짙게 일렁이는 눈동자가 지우의 동공을 삼켜 버릴 것처럼 파고들었다.

"읏."

아랫입술을 깨물며 입안으로 빨아들였다. 말랑한 입술을 이로 자근자근 깨물고 혀로 쓸어 대다 입술을 더욱 깊게 겹쳤다. 작게 벌어진 틈 사이로 혀를 집어넣어 여린 혀를 휘감았다.

"으응, 하아."

질척하고 끈적끈적한 키스는 한참 동안 이어졌다. 조금 전 부드럽고 달콤한 입맞춤과는 거리가 멀었다. 그의 키스는 점점 더 집요해져만 갔다.

혀를 깨물고 뽑아낼 것처럼 빨아 대던 그는 두툼한 혀를 깊숙이 찔러 넣으며 입안을 온통 휘저어 댔다.

"흐읏, ……하아."

지나치게 노골적인 키스지만, 정신이 몽롱해질 만큼 강렬했다. 간신히 놓여난 지우는 가쁜 숨을 내쉬었다.

태혁은 지우의 트레이닝 바지 안으로 커다란 손을 집어넣으며 아랫배를 쓸었다.

"여기 말입니다."

손끝이 닿은 곳에 열기가 훅 감돌았다. 태혁의 눈빛이 한층 야하게 빛났다.

"다리 벌려요. 배고파 돌겠으니까."

"아훗, 부사장님 ……이제 ……하아, 그만."

잔뜩 흐트러진 목소리는 도저히 제 목소리가 아닌 것 같았다. 지우는 한껏 벌려진 다리를 모으고 싶은데, 자신의 무르팍을 꽉 움켜쥔 채 얼굴을 묻고 있는 태혁 때문에 그럴 수가 없었다. 목소리가 쉴 만큼 소릴 질러도 그는 꿈쩍도 하지 않았다. 다시 질척한 혀가 비벼 대는 느낌에 허리를 비틀었다.

"아웃, 그, 그만요."

끔찍해 죽을 것 같은 쾌감이었다. 지우는 눈을 감고 숨을 헐떡이며 신음을 쏟아 냈다. 태혁의 노골적인 애무에 벌써 몇 번째인지 모를 절정을 맞고 있었다. 한번 열기가 오른 곳은 너무나도 쉽게 오르가슴에 올랐고, 지우는 연달아 몰아치듯 몰려오는 쾌감에 그를 붙들고 흐느꼈다.

제 다리 사이에서 여전히 얼굴을 묻고 있던 그가 입술을 떼어 내며 허기진 짐승 같은 눈빛으로 그녀를 올려다보고 있었다.

왜, 이렇게 사람을 괴롭히는 건지. 눈시울이 뜨거워지고 목이 메어 왔다. 아름다운 남자의 얼굴을 가만히 손으로 어루만지며 새길 듯 바라보았다.

이런 기분, 뭐라고 해야 하나.

지우는 그를 뿌리치고 싶었다. 더 미적대다간 눈물을 들킬 것만 같았다. 심장을 누군가가 쥐어짜는 듯한 통증에 눈을 감아 버렸다.

저도 모르게 어느새 마음이 이토록 흘러갔던 걸까.

"왜 우는 겁니까."

그녀를 응시하던 그가 물었다.

뭐라고 대답해야 하나. 당신이 너무 좋아져서, 감당할 수 없을 만큼 좋아져서 그렇다고 하면 될까. 분명 비웃겠지.

"쯧, 그렇다고 울면 난 뭐가 됩니까."

그는 지우의 다리를 놓아주며 옆에 던져 놓은 팬티와 바지를 주섬주섬 챙겨 들고선 직접 입혀 주었다.

"제가 할게요."

"가만있어요."

새카만 눈동자는 무슨 생각을 품고 있는지 알 수 없을 만큼 무심해 보였다. 하지만 그의 미세하게 찌푸려진 미간과 굳게 다문 입술을 보니 염려가 되었다.

"자, 됐으니 일어나 봐요."

그가 몸을 일으키며 그녀도 일으켜 세웠다. 그는 양팔을 단단하게 붙든 채 무거운 시선으로 바라보았다. 지우는 아랫입술을 깨물며 머뭇거리다 간신히 입을 열었다.

"……식사해야죠."

"……."

"부사장님."

계속 침묵이 흘렀다. 지우는 무참함에 고개를 떨구는데, 그가 어렵게 입을 열었다.

"이지우 씨. 내가 싫습니까."

"……!"

놀란 지우는 숨을 삼켰다. 그녀가 흘린 눈물을 정반대로 해석한 그는 전에 본 적 없던 상처받은 표정으로 힘겹게 서 있었다.

"압니다. 좋을 리 없다는 거."

시발, 적당히 했어야지. 혼잣말하며 머리를 거칠게 쓸어 넘기던 그는 다시 지우를 보며 씩 입꼬리를 올렸다.

"밥 먹읍시다. 배고프네요."

"아, 네. 저 그런데 싫어서 그런 거 아니에요. 오해 안 하셨으면 좋겠어요."

지우는 그 말을 마치고 허겁지겁 주방으로 향했다.

그런 지우의 뒷모습을 물끄러미 바라보던 태혁은 몸을 일으켜 주방 가까이 다가갔다.

뭘 하는지 부산하게 움직이는 지우를 쳐다보며 벽에 기대어 섰다. 저절로 태혁의 입가에 희미한 미소가 걸렸다.

어느새 식탁 위에는 맛깔스러운 상이 차려졌다. 새하얀 사기 볼에 담긴 콩나물밥과 된장찌개는 먹음직스러워 보였다.

"이리 와서 앉으세요."

지우가 그를 보며 말했다. 태혁은 지우 맞은편에 앉아 숟가락을 들었다. 뚝배기에 놓인 된장찌개를 떠서 한 숟갈 먹어 보고, 콩나물밥 위에는 양념장을 얹어 살살 비빈 뒤 맛을 보았다.

"이런 건 어디서 배웠습니까."

맛을 음미하듯 먹어 본 그는 흡족한 표정을 지어 보였다.

"아, 그냥 하다 보니까요."

"이러면 매일 먹고 싶어지잖습니까."

오늘따라 자꾸 심장에 무리가 가는 소릴 해 대는 그였다. 쓸데없는 기대를 품게 하는 그에게 이제 그만하라는 소릴 하고 싶은 심정이었다.

차린 음식은 소박하고 별것 아녔는데도 그는 아주 맛있게 먹었다. 그에 반해 지우는 절반도 넘게 남기고 말았다.

그와 제대로 식사를 하려면 먼저 기태혁에 대한 면역력을 길러야 할 것 같았다. 심장이 몹시 빠르게 뛰고 있었다.

"그렇게 적게 먹고 어떻게 버팁니까."

"아, 늦기도 했고, 배가 안 고파서요."

그는 식탁 위에 놓인 물컵을 들고 냉수를 천천히 들이켰다.

그리고 그녀가 정리하는 것을 도와주었다. 손에 익지 않아 어설프긴 해도 최선을 다해 그녀를 돕고 있다는 것이 느껴질 만큼 정성을 보였다.

서로 몸이 스칠 때마다 지우는 지나치게 의식이 되었지만, 그는 그런 그녀가 오히려 이상하다는 듯 낯 뜨거운 소릴 해 댔다.

"그렇게 예민하게 굴면, 더 흥분되는 거 모릅니까."

"네?"

그의 눈에 이채가 서렸다.

"대충 치웠으니까 그만하고 저리로 가죠."

그는 지우의 앞치마 끈을 잡아당겨 풀었다. 마치 옷이 벗겨지는 것 같은 야릇한 기분에 지우의 얼굴이 화끈 달아올랐다.

그는 아주 태연하게 앞치마를 벗겨 내고 식탁 의자에 걸쳐 둔 뒤 고갯짓을 했다. 거실로 가서 이야기하자는 것 같은데, 워낙 알 수 없는 남자라서 바짝 긴장되었다.

거실 탁자 위에는 언제 준비한 것인지 와인이 놓여 있었다.

"간단하게 한잔하는 것도 좋을 거 같아서요."

그는 와인을 잔에 따른 뒤 그녀에게 내밀었다. 싱크대에서 찾아 낸 모양인데, 그것은 편의점에서 산 저렴한 와인이었다.

"입에 맞을지 모르겠네요. 이런 와인은 안 드시잖아요."

우아하게 다리를 겹쳐 앉은 그는 와인 잔을 입가로 옮기며 슬쩍 미소를 흘렸다.

"왜, 난 이런 술은 안 마실 것처럼 보입니까."

"네."

지우는 느끼는 그대로 뱉어 냈다. 그가 살짝 미간을 찌푸리더니 소파 등받이에 한쪽 팔을 올리며 몸을 기대었다.

"그래서 내가 어떻게 보입니까."

"음, 조금은 인간적이게 보이네요."

"이게 인간적인 건가요? 싸구려 와인을 마시면?"

그가 잔을 눈앞까지 들어 올리더니 입가로 옮겨 단숨에 비워 냈다.

"……로마네콩티보다 맛있는데, 아닙니까."

비뚜름하면서도 엷은 미소가 스쳐 갔다. 지우는 얽힌 시선을 떼어 내며 잔을 들어 한 모금 삼켰다.

"정작, 그보다 맛있는 건 따로 있고."

그는 지우 손에 들린 와인 잔을 뺏어 남은 술을 들이켠 뒤, 잔 두 개를 손가락 사이에 끼워 한 손에 들고 다른 손에는 와인 병을 집어 들었다. 기민한 동작으로 그것들을 주방에 갖다 놓고서는 다시 그녀에게로 돌아왔다.

"아, 부, 부사장님."

"진짜 맛있는 건 지금부터 아닙니까."

지우를 번쩍 안고선 침실로 향했다.

침대 위에 그녀를 눕히고 그 위로 곧장 덮치듯 올라탄 그는, 양 팔로 상체를 지탱하며 그녀를 내려다보았다.

"아까 싫지 않다고 했습니까."

낮게 휘감기는 목소리는 더없이 뜨거웠다. 지우는 저도 모르게 얼굴을 붉히며 시선을 피해 버렸다.

"그래도 참아요. 나도 지금까지 참았으니까."

지우는 그의 뻔뻔한 말에 피식 웃고 말았다.

"웃음이 나옵니까. 사람 이 지경으로 만들어 놓고."

그가 아랫배에 잔뜩 성이 난 그의 것을 슬쩍슬쩍 비벼 댔다. 딱딱하게 부푼 성기는 이미 커질 대로 커져 있었다. 금방이라도 그녀의 다리를 가르고 파고들 것만 같았다.

지우는 저도 모르게 달뜬 숨을 내쉬며 그를 올려다보았다.

"젖었습니까."

"그런 질문은 좀…… 읏!"

그녀의 말이 채 끝나기도 전에 그의 손이 아래를 파고들었다. 커다란 손은 음모를 지나 더욱 깊숙이 아래로 내려갔고, 그의 손가락이 닿자마자 그곳은 더욱 촉촉이 젖어 들었다.

"티셔츠 들어 올리고 가슴 보이도록 해 봐요. 어서."

움찔 몸을 떨며 허벅지를 비벼 대던 그녀는 그의 말에 고개를 저었다.

"빨고 싶으니까, 어서 내 입에 넣어 봐요."

그는 입술로 지우의 이마, 코, 눈두덩을 쪼듯이 키스해 대며 속삭였다. 뜨거운 입김과 녹아내릴 듯한 손길에 지우는 그의 말대로 티셔츠를 끌어 올렸다.

태혁은 이로 브래지어를 끌어 올린 뒤 눈앞에 드러난 가슴을 보며 눈을 번뜩였다. 금방이라도 물어뜯을 것처럼 사나워 보였다.

"혼자서 만집니까."

"······네에? 아, 아흑."

알아들을 수 없는 말뿐만 아니라 아래를 집요하게 비벼 대는 손길에 지우는 제정신이 아니었다. 간질거리는 느낌이 전신을 휘감으려 할 때마다 그는 강약 조절을 하며 슬그머니 물러났다.

닿을 듯 말 듯 감질나게 만져대는 그가 원망스러울 정도였다. 지우는 눈꼬리에 눈물을 매달며 그의 팔을 붙들었다.

"말해 봐요. 다른 놈이 빨아 준 건 아닐 테고, 젖꼭지가 발딱 서서는. 가슴도 커졌네요."

"부사장님 말고는 아웃, 없어요."

그제야 그는 고개를 숙여 가슴을 베어 물었다. 축축한 혀로 핥아 올리고 힘껏 빨아들이는 자극에 지우는 앓는 소리를 내며 흐느꼈다. 이 사이로 젖꼭지를 깨물며 혀끝으로 비벼 대자 저도 모르게 더욱 가슴을 내밀며 그의 머리를 끌어안았다.

질척한 소리가 위아래로 들려오고 이성은 마비되어 갔다. 지우는 몇 차례 올 것 같던 오르가슴이 중간에 멈춰 버리자 이젠 애원하며 그에게 매달렸다.

"아웃, 더, 더 해주세요."

"뭘 말입니까."

잔뜩 쉰 목소리로 물어 왔다. 하지만 그는 작정이라도 한 것처럼 그녀를 괴롭혀 댔다. 이미 그가 주는 절정의 쾌감을 아는 탓에 지우는 흐느끼며 몸부림쳤다.

"하아, 제발요."

"허벅지 힘 빼, 그리고 다리 벌려."

그가 으르렁거리듯 내뱉으며 지우의 바지와 팬티를 완전히 벗겨 냈다. 태혁은 허리를 세워 셔츠를 벗기 시작했다. 이미 반쯤 벗고 있는 그녀와 달리 그는 옷을 입은 모습 그대로였다.

"내가 볼 수 있게 벌리고 있어요."

지우는 부끄러움에 고개를 옆으로 돌리고 떨리는 허벅지를 벌렸다. 잔뜩 예민해진 감각에 온몸의 피가 빠르게 휘돌았다. 그가 내쉬는 숨소리, 눈길에 흠뻑 젖어 들었다.

툭, 툭, 옷가지들이 바닥에 떨어지는 소리가 들려왔다.

"날 봐요."

그는 이미 완전히 발기해 있는 성기를 손으로 쓰윽 문지른 뒤 그녀의 다리 사이로 가서 자리를 잡았다. 지우와 눈이 마주치자 다리 사이로 성기를 갖다 대며 치덕치덕 쳐 댔다. 귀두로 비벼 대고 문질러지자 잔뜩 자극을 받은 그곳은 움찔거리며 잔 경련을 하듯 떨었다.

"넣기도 전에 가 버린 겁니까."

"아흣, ⋯⋯어서, 넣어 주세요."

태혁은 천천히 몸을 맞추고 그녀 안으로 파고들었다. 새카만 눈동자가 꿰뚫을 것처럼 파고들었다.

"으윽, 좁아."

그의 입에서도 신음이 흘러나왔다. 잔뜩 낮아진 목소리가 귓가를 적셨다.

지우는 그가 안으로 들어오는 것을 생생하게 느끼며 압박감에 숨을 멈추었다. 거대한 그의 것은 꾸역꾸역 밀고 들어왔고, 허리를 튕기며 깊숙이 파고들었다. 그의 손이 클리토리스를 엄지로 비비며 지그시 누르고 둥글렸다.

"흐읏!"

"지금도 아픕니까."

지우는 고개를 마구 저으며 신음했다.

"아, 아훗, 천천히."

빠듯하게 맞물린 곳에 뜨거운 열기가 지펴졌다.

"뿌리째 뽑아 버릴 생각입니까."

태혁은 미간을 살짝 찌푸린 채 허리를 세우고 박차를 가하기 시작했다. 지우는 저릿한 자극에 허벅지를 떨며 그를 더욱 옥죄었다.

"하아, 이것 봐. 날 죽일 생각이지, 이지우."

커다란 손으로 지우의 가슴을 움켜잡고 터트릴 것처럼 만져 대다 젖꼭지를 손바닥으로 살살 굴리듯 어루만졌다.

지우는 흐릿한 눈으로 그를 올려다보며 손을 뻗었다. 그러자 그가 손을 마주 잡고 손가락 하나하나를 엮으며 깍지를 꼈다. 침대 바닥에 양손을 내려놓고 깍지 낀 채로 그는 허리를 빨리 쳐올렸다.

"흐읏, 아아!"

지우는 눈앞의 시야가 한순간에 하얗게 변해 버리며 절정에 올랐다. 척추를 따라 머리끝까지 내달리는 자극에 지우는 허리를 튕겨 올리며 부들부들 떨어 댔고, 태혁은 그런 그녀를 꽉 끌어안으며 그녀 안 깊숙이 사정했다.

온몸이 경련을 일으키듯 부들부들 떨고 있는 지우를 그가 꼭 끌어안으며 입술로 얼굴 곳곳에 키스를 뿌렸다. 흉곽이 부풀어 오르고 내리길 반복하던 그는 서서히 진정된 지우를 내려다보다 다시 허릿짓을 시작했다.

"하아, 하아, 부사장님, 아아."

"조금만 더. 후우, 착하지."

태혁은 지우의 입술을 머금으며 혀를 빨아들였다. 숨소리는 더욱 거칠어지고 움직임도 빨라졌다.

"아, 아훗, 부사장님, 죽을 거 같아요."

"하아, 죽을 거 같아요?"

"흐흑, 네. 그, 그만, 아아, 좋아."

속수무책으로 그에게 휘둘리고 흔들리면서도 쾌감의 절정은 파도처럼 덮쳐 왔다.

"하흑, 으웃!"

지우의 입에선 연신 신음이 흘러나왔다. 그런 그녀를 힘껏 끌어안으며 더욱 깊숙이 파고든 태혁은 뭉근히 비벼 대고 찔러 대며 속삭였다.

"하아, 돌 것 같아. 이지우, 후우."

삼켜 버릴 것처럼 그녀를 내려다보며 허벅지를 꽉 움켜잡았다. 이글거리는 눈동자가 절정에 이른 지우의 몽롱한 눈동자를 핥듯이 바라보다 허리를 쳐올렸다.

퍽, 퍽.

힘껏 그의 성기를 조여 대던 지우는 다시 거세게 밀려오는 자극에 고개를 마구마구 저었다.

"가, 갈 것 같아, 아흑!"

지우는 허리를 높게 튕기며 힘껏 그의 성기를 물었다.

"으윽!"

태혁의 입에선 짙고도 긴 신음이 터져 나왔다. 뜨거운 정액이 그녀 안으로 깊숙이 흘러들었다. 안에 든 모든 것을 짜낼 것처럼 긴 사정을 마친 태혁은 지우의 몸 위로 무너져 내렸다.

맞닿은 가슴은 격렬하게 뛰어 댔고, 모든 것을 쏟아낸 뒤 찾아온 탈력감에 두 사람은 나른한 잠 속으로 빠져들었다.

* * *

몸을 뒤척이던 지우는 순간 눈을 번쩍 떴다. 동시에 어젯밤의 일이 전부 떠올랐다.

아!

입에서 저절로 쏟아지는 신음을 손으로 막으며 몸을 돌렸다. 옆에 있어야 할 그가 보이지 않았다. 지우는 시트로 몸을 가리며 침대에서 일어나 앉았다.

언제 가 버린 걸까.

두들겨 맞은 것처럼 무거운 몸을 이끌고 침실을 나섰다. 그가 가 버렸다는 생각에 아무것도 걸치지 않고 거실로 나오던 지우는 그를 발견하고 흠칫 얼어붙어 버렸다. 테라스 통유리에 비스듬히 기댄 채로 팔짱을 끼고 있던 태혁의 시선이 와 닿는 것이 느껴졌다.

"가, 가신 줄 알았어요."

눈을 내리깔고 서둘러 돌아섰다. 그의 시선이 등 뒤로 따갑게 달라붙는 것이 느껴졌지만 꼴사납게 뛰진 않았다. 가빠지는 호흡을 다스리고 차분하게 걸었다.

이윽고 침실에 도착한 지우는 침대 위로 몸을 던졌다.

아, 나 몰라. 정말 미쳤어.

새벽까지 그와 나눈 행위에 비하면 정말 아무것도 아닌데도 창피해 미칠 것만 같았다. 그는 샤워를 마쳤는지 말끔한 모습으로 바지와 셔츠를 입고 있었다.

시트에 몸을 말고 침대 위를 구르던 지우는 문이 열리는 소리에 빼꼼히 머리를 내놓았다.

"새삼스럽긴."

그의 손에는 머그잔이 들려 있었다.

"커피, 마실래요?"

아랫입술을 깨물며 고개를 끄덕였다. 그는 낮게 웃음을 터트리며 다가왔다. 침대에 걸쳐 앉은 태혁은 머그잔을 그녀에게 내밀었다.

"자, 마셔요."

"고마워요. 저는 안 계신 줄 알았어요."

시트를 겨드랑이 사이에 꽉 끼운 지우는 머그잔을 받아 들며 중얼거렸다.

그의 시선이 시트에 둘러싸인 가슴과 벗은 어깨, 그 위에 움푹 파인 쇄골과 가느다란 목덜미를 차례대로 훑고 있었다. 그리고 마지막으로 얼굴을 느리게 쓸며 눈을 맞추었다.

"내가 갔으면 했습니까."

"그, 그건 아니지만."

아침 햇살이 가득한 침실은 미세한 먼지가 부유했고, 들뜬 숨소리만이 가득했다.

태혁은 손을 뻗어 지우의 뒷덜미를 느릿하게 문지르다 척추를 따라 서서히 내려왔다.

"커피 마셔요."

그가 묘한 눈길로 바라보며 웃었다.

"아, 앗, 뜨거!"

지우는 커피를 마시려다 그만 잔이 출렁이는 바람에 커피를 손등에 흘렸다. 그가 얼른 머그잔을 받아 들고 옆 테이블 위에 치워 놓은 뒤, 지우의 손을 붙잡고 자세히 들여다보았다.

"다친 것 같진 않은데."

"아, 네. 괜찮아요."

지우는 그에게 붙들린 손을 빼내며 흘러내린 시트를 슬그머니 끌어 올렸다. 하지만 그의 손길에 막혀 버렸다.

"보기 좋은데, 그냥 둬요."

그녀가 부끄러움에 고개를 떨구며 시트를 고집스럽게 끌어 올리려 하자, 그가 커다란 손으로 턱을 감싸며 마주 보게 했다.

"내가 말했나요. 밤새도록 빨고 싶게 생겼다고."

침대에 걸터앉아 있던 그가 몸을 완전히 침대 위에 올리고 헤드에 등을 기대었다. 그다음 지우의 몸에 반쯤 감긴 시트를 가차 없이 빼버린 뒤 지우의 나신을 그의 품 안으로 끌어당겼다.

태혁의 가슴팍에 머리를 기댄 지우는 벌어진 셔츠 사이로 손으로 집어넣어 그의 가슴을 어루만졌다. 탄탄한 가슴 근육을 쓰다듬고, 만질수록 단단해지는 유두를 비벼 댔다.

포식자와 같은 느른한 눈동자가 일순간 짙게 일렁였다.

목구멍이 잔뜩 조여 오고 숨이 가빠 왔다. 그런 그녀를 진정시키기라도 하듯 어깨를 쓸어내리며 다독였다.

"이지우 씨."

시선을 내리뜬 그가 나직이 이름을 불렀다.

"네."

"나에게 접근했던 이유가 뭘까 고심해 봤는데, 결론은 의외로 쉽게 나더군요. SJ 자동차의 경영권을 쥐고 있는 한 회장과 그 아들 한 본부장을 파멸로 이끄는 것. 그런데 혼자 힘으로 어려우니 나에게 접근한 거겠죠."

지우는 그의 말에 흔들리는 눈동자를 감추지 못한 채 얼어붙어 버렸다. 직접 듣는 것과 짐작하는 것은 하늘과 땅 차이였다. 자신이 속물처럼 느껴지는 것은 물론, 쓰레기같이 느껴져서 그를 똑바로 바라볼 수가 없었다.

"내가 잘못 이해한 겁니까."

"아니요. 정확해요."

지우는 목구멍이 꽉 메어 와 간신히 대답했다.

"다니엘 그자와 함께 SJ 자동차 주식을 사 모으기 시작했지만, 경영권을 좌지우지하기엔 모자라니, 더욱 내 도움이 절실했겠죠."

지우는 대답 대신 고개를 끄덕였다.

"기업이 장난도 아니고, 거대한 회사를 이끄는 수장이 그리 허술하게 넘어가겠습니까."

"알아요. 쉽지 않다는 거. 그래서 죽을 각오로 매달렸던 거예요."

"내가 당신한테 넘어가지 않았다면 기은찬한테 다리 벌릴 생각이었습니까."

"……어쩌면요. 아닐 수도 있고요."

사실 기은찬이 같은 디자인 팀에 입사하고 난 뒤, 어쩌다 우연한 기회에 기태혁의 조카란 사실을 알게 되었을 뿐, 그 전부터 은찬을 이용하려고 접근했던 건 아니었다.

그 사실을 알 리 없는 태혁은 지우의 뒷덜미에 입술을 꾹 누르며 혀로 핥아 댔다.

"내 기분을 바닥으로 끌어 내리면 좋습니까."

한숨을 쉰 그가 말을 이었다.

"내 여자가 된다는 것이, 어떤 의미인지 다시 학습할 필요가 있을 것 같네요."

"……!"

지우는 숨죽인 채 그의 말을 귀담아들었다.

"난 이미 SJ 자동차 사의 주식을 최대한 확보하기 위해 자회사 설립도 미룬 상태입니다. 그리고 수단 방법을 가리지 않고 SJ의 주가를 떨어뜨리기 위해 차근차근 실행 중이고."

"저, 정말요?"

지우의 눈동자는 갈수록 커다래지고 심장은 터질 듯 두근댔다.

그는 지우와 눈을 맞추며 고개를 끄덕였다.

"계속 들어요. 할 얘기 남았으니까."

"네."

"이제 SJ 자동차 사는 어음도 막아야 하고, 감사원 감사도 받아야 할 겁니다. 그렇게 되면 비리, 횡령 혐의가 드러날 테고, 주가는 바닥을 치게 되겠죠. 난 지금부터 경영진들을 만나 주주들을 설득하고, 우리 편으로 회유할 겁니다."

지우는 연신 고개를 끄덕이며 그의 말을 경청했다.

"이지우 당신은 위임장을 가지고 주주총회에 참석하면 됩니다.

지금까지 수천 번 수만 번 상상했던 그 자리에 앉아서 당당하게 말하세요. 당신의 위엄은 나로 인해 더 빛날 테니까."

"부사장님!"

지우는 다음 말을 잇지 못했다. 그저 그를 올려다보며 눈물을 삼켰다. 그녀가 알아듣기 쉽게 할 말을 다 마친 그는 더없이 진중했다.

"대신 평생 내 여자가 되어야 할 겁니다. 그게 내 조건입니다."

그녀의 심장이 격렬하게 요동치며 뛰었다.

제9화

지우는 모든 것이 끝났을 때 미국으로 돌아갈 생각이었다.

한국. 엄마도 없는 이곳에서 혼자 살아갈 자신이 없었다. 기태혁과의 관계도 모든 것이 정리되고 나면, 칼로 자르듯 그렇게 정리해야 한다는 생각에 미리 겁을 먹고 떠날 마음을 먹었더랬다.

"제가 잘못했어요. 미안해요. 정말 미안해요."

그가 의아한 눈빛으로 지우를 내려다보았다.

"이렇게 애쓰는 줄도 모르고, 난 그저 내 상처 감싸기에 급급해서 저만 생각했어요. ……정말 미안해요."

"……."

침묵한 채 두 눈을 맞대고 있는 그의 표정이 서서히 변해 갔다. 아름다운 눈동자가 거칠게 흔들리는 것이 또렷이 보였다.

이렇게 견고하고 완벽한 남자도 저와 마찬가지로 상처받을 수 있는 사람이란 것을 잊고 있었던 것이다.

"설마, 떠날 생각이었습니까."

그가 허탈한 웃음을 터트리며 긴 한숨을 내쉬었다. 그의 깊은 눈동자가 상처받은 듯 일렁였다.

지우는 고개를 저었다.

"내 여자라면서요. 내 남자가 여기 있는데, 어딜 가겠어요."

그는 다른 말 없이 그녀를 꽉 끌어안았다.

절대 놓아줄 수 없다는 듯 힘주어 안고 있던 그가 품에서 그녀를 떼어 놓았다.

"생각하고 또 해 봤지만, 결론은 하납니다. 이지우 넌 내 여자고, 기태혁은 네 남자라는 거."

'내 여자가 된다는 것이, 어떤 의미인지 다시 학습할 필요가 있을 것 같네요.'

눈자위가 벌겋게 변한 그가 지우를 으스러지도록 끌어안았다.

'사랑해요.'

지우는 입 밖으로 내뱉지 못한 말을 속으로 되뇌었다.

* * *

한 달에 한 번 있는 조찬간담회에 태혁이 잠깐 참석키로 했다.

인터컨티넨탈 호텔에 그가 탄 승용차가 도착하자, 벨보이가 달려와서 뒷문을 열려고 했다.

태혁은 잠시 창문을 내려 말했다.

"잠시만."

운전석에 있던 김 실장이 뒤를 돌아보며 무슨 일인지 살폈다. 차창을 올린 태혁은 김 실장을 향해 낮게 깔린 목소리로 지시를 내렸다.

"오늘 이지우 씨 출근 어렵습니다. 디자인 팀에 전달하세요. 그리고 이 시간 이후로 곧장 김미현이 있는 곳에 다녀오세요. 갈 때 이 변호사 동행해서 가야 합니다."

"네."

"기은찬 강간고소 건은 애당초 계획한 대로 진행할 겁니다. 이 변호사가 알아서 하겠지만, 나중에 김미현이 취하하는 모양새로 가더라도 지금은 그렇게 해야 합니다. 언론에 살짝 흘려도 좋고."

"언론에 알려지면 일이 커지지 않겠습니까."

김 실장은 조심스럽게 제 생각을 말했다.

태혁은 김 실장의 말에 그냥 피식 웃고 말았다.

"그렇게 소심해서야."

아마 평소 같았으면 김 실장의 말에 버럭 화를 냈을지도 모른다. 하지만 지금은 제법 기분이 좋은 상태였다. 될 수 있으면 이 느낌을 오래 즐기고 싶었다.

잠시 아무런 말 없이 김 실장을 직시하던 태혁은 이내 혀를 차며 짜증을 드러냈다. 역시나 신경 거슬리는 건 거슬리는 거다.

태혁의 얼굴에 짜증이 잠시 스쳐 갔다.

"김 실장님."

태혁의 저조한 목소리에 김 실장의 얼굴에 실금이 갔다.

룸미러로 마주 보고 있지만, 태혁의 눈에는 그 미세한 변화까지 정확하게 보였다.

"내가 수양대군처럼 보입니까. 어린 조카 왕위를 뺏은 그 극악무도한 왕 말입니다."

"아, 아닙니다."

"그런데요. 왜 그런 좆같은 시선으로 날 보는 겁니까."

"오해이십니다."

"날 그런 덜떨어진 수양대군으로 봤다면 오산입니다. 나는 어린 조카 자리 따위 넘보는 양아치가 아닙니다. 원래 그 자린 내 자리였고, 난 내 자리를 찾아가는 것뿐입니다. 아시겠습니까."

"네, 명심하겠습니다."

김 실장은 이마에 흐르는 땀을 손등으로 닦아 냈다.

"지금 증권가 정보지가 돌고 있지만, K 자동차를 상대로 떠들기 쉽지 않겠죠. 그러니 우리 쪽에서 흘려 주는 편이 빠를 겁니다. 그리고 김미현은 잠잠해질 때까지 계속 거기 머물라고 하세요. 지금 디자인 유출 및 도용에 따른 형사 고소를 진행 중인데, 김미현 씨는 형사 고소 건이 끝나면 별도의 손해배상 청구 소송은 없도록 하겠다고 언질만 주면 알아서 처신할 겁니다."

"그렇게 하겠습니다."

"그리고 한현우가 이지우에게 접근할 수 있으니 실력 좋은 경호원 붙이세요. 우리 쪽 보안 팀 말고 실력 있는 사설 경호원으로 하세요."

"네, 그것도 빨리 처리하도록 하겠습니다."

"그럼 수고하시고, 조찬간담회 끝나는 시간 즈음해서 기사 대기 시키세요. 곧장 연구소로 들어갈 겁니다."

"알겠습니다."

승용차에서 내린 태혁은 차가 멀어져 가는 것을 끝까지 지켜보았다. 눈에 보이지 않을 때까지 서 있던 그가 화려한 호텔 로비로 발걸음을 옮겼다.

30층 연회실로 들어서자, 대부분의 사람들이 태혁에게 다가와 인사를 건넸다. 태혁은 그들의 인사에 가볍게 응수하며 사소한 담소를 나누었다. 먼저 와 있던 예성이 조금 한가해진 틈을 타 태혁에게 다가와 인사를 했다.

"기태혁 부사장, 잘 지냈나 보네. 신수가 훤한 것이 앞으로 잘 보여야겠는데?"

예성이 던진 뼈 있는 말에 태혁은 귀를 기울이며 좀 더 가까이 다가섰다.

"소식통 빠른 건 알았지만, 이건 빨라도 너무 빠르네."

"내가 누구야. 그런데 네 조카 정말이야? 어쩌다가 그런 실수를 했을까."

"실수라고?"

태혁의 목소리 톤이 단번에 낮아졌다.

"그럼 작정하고 했겠어? 그냥 평직원이라며."

"나이 스무 살이 넘어가면 자신이 한 행동은 스스로 책임을 져야 하는 법이지."

"널 삼촌으로 둔 게 잘못인 거 같은데."

"라스베이거스 가서 도박으로 돈 날리고, 빚까지 져서 허우적대는 놈 살려 줬더니, 이젠 머리 꼭대기에 기어오르려고 하네."

태혁의 눈이 예성을 향해 서서히 갸름해졌다.

"내가 미치지 않고서야, 너한테 그러겠어? 앞으로도 잘 부탁해, 친구."

예성의 넉살에 태혁은 혀를 차며 돌아섰다. 그런데 그때였다. 지정석 자리로 걸음을 옮기던 태혁은 묘하게 신경을 자극하는 시선에 주위를 둘러보았다.

"왜, 누구 찾는데?"

뒤를 따르던 예성이 물었다.

"아니야. 먼저 가서 앉아 있어."

"어딜 가는데?"

대꾸하지 않고 홀을 빠져나왔다.

젊은 남자가 로비를 가로지르며 엘리베이터 앞에 가서 걸음을 멈추고 뒤를 돌아보았다. 태혁은 눈썹을 추켜세우며 남자를 노려보았다.

"안녕하십니까."

다름 아닌 SJ 자동차 사 한현우가 그를 향해 비릿한 미소를 지어 보이고 있었다.

"시간 되시면 잠시 이야기 좀 하죠."

이건 뭐하자는 수작인가 싶어 헛웃음이 나왔다.

"조찬간담회 와서 무슨 이야기를 따로 한단 말입니까."

"뭐, 당신 쪽은 손해 날 거 없다, 이거네요."

"……."

태혁은 팔짱을 끼며 한현우의 얼굴을 날카롭게 훑었다. 벌겋게 충혈된 눈동자와 약간씩 풍기는 알코올 냄새를 보니 술이 덜 깬 상태로 보였다.

　맨정신으로 대화를 나눠도 뭐할 판에 술 취한 놈을 상대하려니 웃음만 나왔다.

　"별로 할 이야기 없고, 만약 있다면 법정에서 하도록 하죠."

　"이지우에 대해서 할 이야기가 있는데, 그래도 안 되겠습니까."

　"아, 그래요?"

　태혁이 고민하는 척 턱 끝을 매만지며 침묵하자, 한현우가 조심스럽게 눈치를 살피며 말했다.

　"바, 바로 위층에 있는 레스토랑에 가서 이야기하면 어떻겠습니까."

　태혁은 손목시계를 들여다보며 고개를 끄덕였다.

　"좋습니다. 단, 20분입니다."

　태혁은 막 도착한 엘리베이터에 올랐고, 한현우도 곧장 뒤따라 올라섰다. 초조함이 가득한 한현우의 눈동자는 보는 사람도 덩달아 불안해질 정도로 흔들리고 있었다.

　엘리베이터는 금방 도착했고, 태혁이 앞장서서 레스토랑으로 향했다. 조식을 먹는 사람들 때문에 일찍부터 문을 연 그곳은 지배인이 태혁을 반기며 안내했다.

　"룸으로 부탁합니다."

　"네, 알겠습니다."

　지배인이 안내한 곳은 조용하면서도 환한 룸이었다. 태혁은 자리에 앉으며 지배인에게 커피를 주문했고, 마주 앉은 한현우도 커피를 주문했다.

커다란 테이블을 사이에 두고 침묵이 흘렀다.

태혁은 긴 다리를 우아하게 포개고 앉아 물잔을 들이켰다.

"말해 보세요. 무슨 할 말이 있는지."

"지금 디자인 도용 때문에 회사가 발칵 뒤집혔습니다. 김미현 그년이 지금 잠적한 상태라서 어떻게 해 볼 수도 없는 상황인데, 한 번만 도와주십시오, 부사장님."

"내가 무슨 힘이 있다고."

냉랭한 미소를 머금은 태혁은 한현우를 날카롭게 훑었다.

"막 판매되기 시작한 차량을 전부 리콜하게 되면, 회사는 망합니다."

"그래서요."

"제가 어떻게 하면 되겠습니까."

"난 아무런 힘도 없는 사람인데, 왜 나를 붙잡고 이러는지 모르겠습니다. 차라리 기 회장님을 찾아가서 애원하는 편이 더 나을 것 같은데요."

"실세가 부사장님이시라는 거 다 압니다."

"실세는 무슨."

태혁은 턱을 치켜들고 다소 거만한 표정을 지었다.

"그런데 이지우 씨가 왜요. 무슨 할 말 있다고 하지 않았습니까. 난 그 이야기부터 듣고 싶은데요."

"아, 그, 그건."

한현우는 다소 어색한 미소를 짓고서는 헛기침을 해 댔다.

태혁은 특유의 날카로운 시선으로 그를 주시했다.

둘 사이 침묵이 흐를 때, 지배인이 커피를 직접 트레이에 싣고 와서 테이블 위에 조심스럽게 놓아준 뒤 물러났다.

질 좋은 커피 향기가 코끝을 맴돌았다.

태혁은 잔을 들어 한 모금 삼키며 맛을 음미했다.

"부사장님께서 그 여자 실체를 몰라서 그렇습니다."

"······실체라."

"네. 그, 그러니까 얼마나 천박하고 싸구려처럼 굴었는지, 아는 사람은 다 압니다."

"아하, 그랬단 말입니까."

태혁이 동조하자 한현우의 얼굴이 눈에 띄게 풀어졌다.

그의 거짓말이 먹힌다고 여긴 모양인지 그 뒤부터 한다는 말은 듣기 역겨울 정도였다.

"······그래서 저뿐만 아니라 제 친구 녀석에게도 꼬리를 치며 달라붙어 돈을 요구했어요. 오직 돈밖에 모르는 여자입니다. 미국에서도 순진한 남자들 꾀어서 돈이나 뜯어먹고 그렇게 살았어요. 통장을 확인해 보면 금방 알 겁니다. 사실 그 많은 돈이 어디서 났겠습니까."

"나한테 이런 이야기를 하는 이유는 뭡니까."

"제가 사실을 말씀드려서 더는 그런 여자한테 돈 쓰지 마시라고 알려 드리는 겁니다."

"아, 그런 줄도 모르고. 좋은 정보 감사합니다."

무표정한 얼굴로 한현우를 바라보던 태혁은 팔짱을 끼며 턱 끝을 매만졌다. 한현우는 제 말이 먹혔다고 생각한 모양인지 상기된 표정을 지으며 다시 디자인 표절 소송과 관련된 이야기를 꺼내기 시작했다.

"부사장님, 이번만 어떻게든 봐주시면 제가 꼭 은혜를 갚도록 하겠습니다."

"많이 힘드시겠군요."

"안 그래도 지금 주주들이 들썩인다고 하더군요. 시발, 그래도 아직 우리가 우세하니까 괜찮습니다. 하하."

"그럼 조찬간담회는 참석해야 하지 않겠습니까. 이만 일어나죠."

태혁은 손목시계를 들여다보며 자리를 털고 일어났다.

모든 것은 그가 원하는 대로 순조롭게 돌아가고 있었다. 태혁은 흡족한 미소를 지으며 연회실로 향했다.

* * *

연구소로 출근하는 태혁은 승용차 의전석에 앉아 무심한 눈길로 차창 밖을 내다보고 있었다. 저 멀리 드넓은 부지에 자리 잡은 연구소 건물이 보였다.

아침부터 내리쬐는 햇볕을 받은 건물들은 눈부신 은빛으로 빛나고 있었다. 연구소는 지구별로 띄엄띄엄 떨어져 있지만, 주행시험 도로가 그것들을 하나로 아우르고 있었다. 마치 요새의 성곽을 따라 요요히 흐르는 강물처럼 보였다.

그 규모의 거대함과 웅장함은 태혁의 가슴을 벅차게 했다. 불과 며칠 전까지만 해도 손에 잡힐 듯 말 듯 희미한 형상으로 존재했었는데, 지금은 선명하게 각인될 것처럼 눈에 박히었다.

사람 마음이 이토록 간사할 줄이야.

태혁은 입가에 부드러운 미소를 지으며 애정 어린 시선으로 연구소단지를 바라보았다.

이제 얼마 남지 않았다. 오로지 K 자동차 사의 도구로 살아왔던 그가 이곳의 주인이 될 날이.

태혁이 가진 권위는 기 회장에게서 나온 것이 아니었다. 모두 자신이 만든 것이었다. 자칫 실수하거나 흔들렸다면 지금 이 자리에 있을 수 있었을까. 그가 가진 역량을 다 보여 줄 수도, 그렇다고 아예 안 보여 줄 수도 없는 모호한 상황 속에서 살벌한 균형을 유지한 채 살아야만 했었다.

어린 조카를 위한 밑거름이 되어 줄 만큼 아량이 넓은 그가 아니었다.

차는 어느새 검문소를 지나 연구소단지 내로 들어섰다.

"천천히 둘러볼까요?"

김 실장이 룸미러로 바라보며 물었다.

"그냥 가죠."

늘 하던 대로 차는 연구소 앞에 세워졌다. 김 실장이 운전석에서 내리려 하자 태혁은 손을 들어 그를 만류했다.

"혼자 내릴 수 있습니다."

K사에서 만든 검정 세단에서 내린 태혁은 곧장 연구소 A동 현관으로 향했다. 그가 다가가자 직원들이 정중하게 인사를 해 왔고, 태혁은 가볍게 응수했다. 자칫 거만해 보일지 모르는 행동이지만, 기태혁이기 때문에 자연스럽게 수긍이 가는 모습이기도 했다.

"저것도 재주지."

저 멀리서 태혁의 등장을 지켜보던 제임스는 혼잣말하며 피식거렸다.

잘난 친구인 줄 익히 알고 있었지만, 확실히 그의 존재감은 남달랐다. 게다가 몸매는 어떻고. 잘 차려입은 슈트로도 가려지지 않는 탄탄한 근육의 윤곽을 보자 저도 모르게 욕설이 튀어나왔다.

"재수 없는 녀석."

비딱하게 미소를 지으며 천천히 다가가자 태혁이 그를 알아보고 걸음을 멈추었다. 그러고는 손목시계를 들여다보더니 한소리 내뱉었다.

"이렇게나 일찍."

제임스는 어깨를 으쓱하며 특유의 가느다란 눈매를 휘었다. 그 눈웃음을 유독 싫어하는 것을 알고 있는 제임스는 일부러 더 저렇게 웃고 있었다.

"재수 없게."

"왜 이래? 지우도 내 눈웃음을 얼마나 좋아하는데."

"다니엘 그 자식만으로도 머리가 지끈거리는데, 너까지 왜 그래."

"얼굴이 좋아 보이잖아. 누군 제대로 만나지도 못하고 이렇게 아침부터 방황하는데."

"네 취향이 독특한 건 알았다만, 하필이면 강희선을. 쯧."

"그런 말 할 처지가 아닐 텐데. 내가 지금 전화 한 통이면 K 자동차 사도 감사원 감사를 받을 수 있다고."

"행여나. 무사히 대권 잡으려면 그럴 수 있을까."

"차라리 여당을 밀지그래. 왜 하필이면 야당을 밀어서는. 지금
도 어려운데 대통령씩이나."

"지금 나한테 그 말 하러 온 건 아닐 테고. 빨리 주시지그래."

"일단 들어가서 얘기하자. 이 더운 데서 벌세우는 것도 아니고."

"따라와. 그런데 출입증은 어떡하고."

"어떡하긴, 여기서 사람 구경했지."

제임스와 투덕거리며 집무실로 향했다.

테이블 위에는 위임장이 놓여 있었다. 이지우에게 건네줄 위임
장이었다. 태혁이 포섭한 SJ 자동차 사 경영진 중 한 명이 긴급으
로 임시주주총회를 소집해 놓은 상태였고 임시주주총회가 열리는
날이 바로 오늘이었다.

지금 긴급으로 주총을 열 만큼 위급한 상황으로 만든 것은 다름
아닌 태혁이었다. 그는 지우를 돕기로 한 순간부터 오늘을 기다렸
었다.

"그럼 주식을 모두 모으면 대주주가 보유한 주식을 넘어선다는
거지?"

"그래. 그리고 지금 다른 경영진도 같이 의견을 모으기로 했어."

"그러고 보면 이지우 대단해."

제임스가 지우를 칭찬하자, 태혁이 가소롭다는 듯 웃었다.

"이제 알았어? 보석을 옆에 두고도 모르다니."

"알아본 다니엘도 있는데. 다니엘 불러?"

"부르긴 뭘 불러. 이제 지우 올 거야. 처음으로 주총에 참석하는
데 그냥 갈 순 없잖아."

태혁은 그가 출근할 때 같이 따라나서겠다는 지우를 극구 말려

야만 했었다. 지우는 평소와 다름없는 모습으로 참석하겠다고 했지만, 오늘 그 누구보다 빛나야 할 지우였기에 그냥 넘어갈 수가 없었다.

이제 그녀가 어떤 모습으로 나타날지 기대되는 것도 사실이었다.

SJ 자동차 사는 새로운 경영진으로 교체되고, 한 회장 부자는 물러나게 될 것이다. 이미 그렇게 다 짜여진 판이었고, 그것은 지우가 바라던 바이기도 했다.

태혁은 제임스와 미국에서 하던 식대로 서로 사업에 대한 구상을 허심탄회하게 주고받았다. 최근 G사에서 태혁이 설립한 IT 회사와 인수합병을 제안해 왔는데, 그들이 제시한 가격은 어마어마할 정도였다.

하지만 태혁은 단칼에 거절했다. 그가 미국에서 혼자 힘으로 IT 회사를 설립한 이유는 먼 미래를 위해서였다.

운 좋게 제임스란 천재를 만나 4차 산업에 유용한 기술을 끊임없이 개발하고 있었다. 그럴수록 기업의 가치는 올라갈 것이다.

태혁은 조만간 자율주행 셔틀버스를 발표할 예정이었다. 차량은 외부에 설치된 센서들로 데이터를 수집하고 AI는 그것들을 활용하여 직접 운전을 할 것이다.

똑똑.

한창 이야기를 하고 있을 때 노크 소리가 들렸다.

태혁은 그제야 펼쳐 놓은 서류에서 고개를 들며 문 쪽을 쳐다보았다. 문이 서서히 열리고 지우가 들어왔다. 제임스가 지우를 보고 먼저 감탄사를 터트렸다.

"제임스, 입 닫아. 눈 돌리고."

"하, 뭐?"

"나가도 좋고."

"뭐, 뭐?"

"아니, 나가. 다음에 보자."

나직이 내뱉는 소리는 지우에게까지 들리지 않았다. 여전히 시선은 지우에게 못 박혀 있는 채로 제임스에게 가차 없이 말했다.

아, 판단 미스였다. 저렇게 예쁘게 하고 가면, 딴 놈들 눈 돌아가지 않겠는가 말이다.

"음, 저 왔어요. 부사장님. 제임스 안녕?"

지우가 살짝 손을 흔들며 인사를 했다. 지우는 심상찮은 분위기에 섣불리 다가오지 못하고 문 앞에 서 있었다.

태혁은 지우의 머리부터 발끝까지 훑어 내렸다.

여름에 노출 심한 옷은 자제하라고 했더니, 속살이 비치는 옷을 입고 나타났다. 그것도, 아주 짧은 원피스를 입고.

"음, 이제 가야 할 거 같아요. 늦으면 안 되잖아요."

지우가 어깨를 으쓱하더니 작은 소리로 말했다.

"갑시다. 잠시만 기다려요."

태혁은 제임스에게 아직도 안 가고 있느냐는 표정으로 쳐다보며 눈치를 줬다.

"지우야, 나도 따라갈까? 주총에 참석할 자격 되는데."

"어? 그러면 나도 좋지."

"누구 맘대로. 거긴 나랑 둘이서 갈 겁니다. 제임스, 바쁘다며. 안 가?"

"간다. 간다고."

제임스는 지우 곁으로 다가와서 귓가에 대고 뭐라 속삭인 뒤 부사장실을 나갔다. 그 모습을 쳐다보던 태혁은 지우가 서 있는 곳으로 성큼 다가왔다.

깊게 숨을 내뱉으며 지우의 얼굴을 뚫어질 것처럼 쳐다보았다.

"이게 지금 주총에 참석하는 모습입니까."

"아, 그, 그건 제가 고른 게 아니라."

"압니다. 누가 이렇게 꾸몄는지. 나도 아는데, 완전 나를 엿 먹이려고 작정하지 않은 다음에야."

"엿 먹이다뇨."

지우의 눈동자가 떨리고 있었다. 목소리도 함께.

"갑시다. 이러다간 늦을지도 모르겠네요."

태혁은 그가 걸치고 있던 슈트 재킷을 벗어서 지우의 어깨 위에 걸쳐 주었다.

"이거 벗기만 해요."

지우는 종잡을 수 없는 부사장의 기행에 어이가 없었다. 더운 여름날 남자 양복 재킷을 걸친 채 다녀야 한다니.

기가 막힐 노릇이었다.

태혁은 김 실장을 호출했고, 그들은 곧장 대기하고 있는 차에 올랐다.

SJ 자동차 사 주주총회는 본사 사옥 대강당에서 개최되었다. 그곳에 도착하고 보니, 이미 건물에는 수많은 사람이 속속들이 모여들고 있었다. 다들 회사 경영에 의식이 있는 주주들이었고, 그런 만큼 이들은 SJ 자동차 사의 불투명한 미래에 대한 걱정이 가득해 보였다.

태혁은 김 실장을 앞세워 지우를 데리고 대강당으로 향했다. 흔들림 없는 표정으로 지우와 눈을 맞춘 태혁은 잡은 손을 꽉 움켜쥐었다.

"한 회장 부자의 말로가 어떤지 지켜보는 것도 재미있을 겁니다. 긴장 풀고 즐기세요. 이 상황을."

"네."

지우는 목이 꽉 메어 왔지만, 그의 말대로 긴장을 풀고 이 상황을 즐기며 보기로 했다. 그런데 그런 마음을 먹자마자 눈앞에 나타난 한 인간 때문에 지우의 표정이 싸늘해졌다.

지우는 제 옆에서 힘이 되어 주고 있는 기태혁을 올려다보았다. 그는 아직 한현우를 보지 못한 듯했다.

그녀를 내려다보는 기태혁의 짙은 눈동자에는 무한한 애정과 신뢰가 담겨 있었다. 지우는 그에게서 시선을 떼어 내며 한현우를 향해 한 걸음 다가갔다.

마침 지우를 발견한 그가 건들거리며 다가오더니, 지우 귓가에 대고 작게 목소리를 죽여 말했다.

"이게 누구야? 어떻게 알고 주총에 왔지?"

그녀는 당장 뺨을 후려갈기고 싶은 심정이었지만 꾹 눌러 참았다. 어차피 재밌는 구경은 얼마든지 있을 테니까.

"잘난 한 회장과 너, 어떻게 되나 보려고. 구경하는 것도 참 재미있을 거 같더라고. 요즘 꽤 힘들다고 하지 않았니?"

"누가 그래? 그 잘난 몸뚱이 굴리면서 돈 좀 만지니까 눈에 보이는 게 없지? 천박하긴."

실실 비웃으며 지우의 귀에 대고 마음대로 지껄이고 있었다. 지우는 하얗게 질린 얼굴로 그를 노려보며 말했다.

"천박한 거 이제 알았니? 그러는 넌 고상하고?"

꽉 움켜쥔 주먹 때문에 손톱이 손바닥으로 파고들었다. 아픔도 느끼지 못할 만큼 화가 치밀었다.

"이지우 씨, 이제 들어갈까요?"

그가 뭔가 이상함을 감지하고 다가왔다. 귓가에 휘감기는 목소리는 어느 때보다 다정했고 매혹적이었다. 게다가 그녀의 손을 잡는 동작도 연인 이상으로 보일 만큼 다감했다.

물론 의도된 행동이긴 했지만, 이 남자가 이런 식으로 작정하고 여자를 홀리려 든다면 백이면 백 다 넘어갈 것이다.

한현우의 두 눈이 기태혁과 맞잡은 지우의 손에 가 닿았다. 눈빛이 거칠게 흔들렸다.

"기태혁 부사장님, 저와 나눈 대화는 어떻게 된 겁니까."

"그대롭니다. 특별히 달라질 게 있습니까."

태혁은 여상하게 대답하며 슬쩍 웃어 주기까지 했다. 그와 한현우 사이에 무슨 대화가 오갔는지 알 수 없지만, 한현우가 기태혁이 던진 썩은 동아줄을 잡은 것만은 확실해 보였다.

"가, 감사합니다."

"뭘요."

태혁은 어깨를 으쓱하며 인사를 받았지만 표정은 서늘했다.

"그런데, 원래 한 회장님 집구석은 위아래가 없나 봅니다. 누나를 보고도 인사할 줄 모르고, 쳐다보는 눈빛은 불량하기 짝이 없고, 도대체가 어떻게 된 것이 집집마다 위아래가 없는지, 안 그렇습니까."

태혁의 가차 없는 말에 현우의 표정이 일그러졌다.

"하하, 오해하신 모양입니다. 저는 제대로 인사를 했는데, 안 그래요, 누나?"

동의를 구하듯 지우를 보며 물었다.

지우는 고개를 끄덕였다.

"했지. 그것도 아주 천박하게."

"언제 한번 인사하는 법 제대로 알려 줄 테니까, 배우러 오라고."

태혁은 한현우의 어깨를 지그시 누른 뒤 지우와 함께 대강당으로 향했다.

자리에 앉자마자 임시총회가 시작되었다. 사회자의 인사말에 이어 현재 대주주인 송 여사의 개회 선언이 이어지고, 사회자는 임시주총에 출석한 주주와 주식수를 보고했다. 그리고 송 여사의 간략한 인사가 있었다.

지우는 송 여사의 얼굴을 차가운 시선으로 바라보며 돌아가신 엄마의 얼굴을 떠올렸다.

지금 이 자리에 오기까지 그녀가 겪어야 했던 일들이 주마등처럼 스쳐 지나갔다. 가슴이 시큰하고 목이 메어 왔지만, 그건 어디까지나 일시적인 감상일 뿐, 깊은 속마음은 분노로 가득했다.

사회자는 회의를 신속하게 진행했다.

"오늘 안건은 회장 해임안입니다. 이 자리에 참석하신 분들께서는 다 알고 계시겠지만, 현재 한 회장은 비리와 횡령의 죄목으로 불구속 기소된 상태입니다. 추후 무혐의가 되더라도 경영을 제대로 하지 못한 것에 대한 책임을 물어 해임해야 함이 마땅하다고 보입니다. 이에 지금부터 표결에 부치도록 하겠습니다."

대강당이 술렁이기 시작했다.

지우는 송 여사와 한현우가 있는 곳을 바라보았다. 그들은 꽤 자신감이 넘쳐 보였다. 송 여사가 대주주이니만큼 이길 수 있을 거라 여기는 모양인데, 조금 뒤 일그러질 모습이 기대되었다.

태혁과 지우는 이 자리에 참석하지 않은 다니엘과 제임스의 위임장까지 가지고 있었고, 태혁이 포섭한 경영진들은 한 회장의 해임에 손을 들 것이다.

드디어 표결이 시작됐다. 그리고 얼마 있지 않아 사회자가 마이크를 잡고 결과를 발표했다.

"회장의 해임안에 대한 표결 결과를 발표하겠습니다. 찬성 44% 반대 36%로 회장 해임안이 통과되었음을 선언합니다."

지우는 크게 숨을 들이켜며 태혁의 손을 꼭 잡았다. 그토록 기다리던 순간이 왔고, 지우는 이 기분을 충분히 만끽하기로 했다.

대강당은 다시 한 번 술렁이기 시작했고, 한현우가 고함지르는 소리가 들려왔다. 그 소리가 지우에겐 노랫소리처럼 느껴졌다.

"이지우 씨, 우는 겁니까."

태혁이 지우의 눈가를 따라 흐르는 눈물을 가만히 닦아 주었다. 그제야 지우는 자신이 눈물을 흘리고 있다는 사실을 깨달았다.

"아, 아니에요."

흐릿하게 안구를 가렸던 눈물이 걷히자 태혁의 얼굴이 눈에 들어왔다. 그는 몹시 진중한 눈빛으로 그녀를 살폈다.

"허탈하지 않습니까."

"조금은요."

"그동안 고생 많았어요. 이제는 다 내려놓고 편하게 쉬어요. 내가 뒤에서 든든하게 받쳐 줄 테니까."

"고마워요."

"내가 고마워요. 나한테 와 줘서."

태혁은 지우의 어깨를 끌어당겨 머리에 입술을 갖다 댔다. 가슴이 벅차오르고 호흡이 가빠 오는 것은 지난날의 회한과 앞으로의 희망이 교차하면서 생긴 증상이었다.

넓고 탄탄한 가슴팍에 얼굴을 묻고 천천히 호흡을 가다듬었다. 태혁은 부드러운 손길로 그녀의 머리를 쓸어내리고 등을 토닥여 주었다.

"너, 이리 와! 내가 그냥 둘 줄 알아?"

그때, 한현우가 발악을 하며 달려들었다. 하지만 태혁의 손짓 한 번에 저만치 나가떨어졌다. 태혁이 지우의 곁에 한시도 떨어지지 못하게 붙여 놓은 경호원이 그를 저지한 것이다.

감히 누구 몸에 손을 대.

태혁은 안긴 지우를 조심스럽게 떼어 낸 뒤, 쓰러진 한현우에게 다가가서 엄중한 시선으로 내려다보며 경고했다.

"내 여자 몸에 손대면 그 손모가지 잘리는 수가 있어."

"으악! 기태혁, 날 속였지!"

"함부로 경거망동하지 마. 널 집어 처넣을 구실은 얼마든지 있으니까."

잘 벼려진 칼 같은 시선에 잔뜩 얼어붙은 한현우는 꺽꺽거리며 고개를 저었다.

"짜증 나게."

침을 뱉듯 낮게 뇌까린 태혁은 유유히 돌아섰다.

그를 기다리는 지우를 향해 환한 미소를 지어 보였다. 그리고 보란 듯이 지우의 손을 맞잡고 대강당을 빠져나왔다. 주변에 있던 사람들이 알아서 비켜 주었다.

엘리베이터로 가는 길에 벽을 짚고 서서 지우를 노려보는 송 여사의 모습이 보였다.

지우는 그녀를 향해 살짝 고개를 숙인 뒤 그곳을 벗어났다.

"한 회장을 못 봐서 그게 안타깝네요."

주총에 불참한 그로서는 어쩌면 잘된 일인지 모르지만, 그렇게 느끼도록 놔주지 않을 것이다.

"뉴스에서 보게 될 겁니다."

"같이 봐 주실 거죠?"

앞으로 있을 한 회장과 한현우의 몰락을 끝까지 지켜볼 생각이었다. 그녀가 지금까지 살아오면서 받은 고통, 슬픔, 억울함, 분노, 그 외의 모든 부정적인 감정을 그들도 고스란히 느꼈으면 했다.

"프러포즈하는 겁니까. 설마."

"네에?"

놀란 지우는 그를 보며 눈을 동그랗게 떴다. 그는 반대로 눈을 가늘게 뜨고 그녀를 내려다보았다. 심장이 요란한 소리를 내며 뛰기 시작했다.

"그런데 하면, 받아 주시긴 할 건가요?"

지우는 수줍음을 감추고 태연한 낯빛을 하고 물었다.

태혁은 말없이 지우를 바라보더니 휴대전화를 꺼내 김 실장에게 전화를 걸었다.

"먼저 들어가요. 우린 따로 갈 테니까."

-네, 알겠습니다.

통화를 끝낸 그는 지우를 빤히 바라보더니 팔을 잡고서는 엘리베이터로 향했다.

"여기서 나가면 제일 가까운 호텔로 갈 겁니다. 싫으면 말해요."

지우는 발뒤꿈치를 들어 그의 입술에 쪽 소리 나게 뽀뽀했다.

"이게 내 대답이에요."

"그 입술, 이제 내 겁니다. 영원히."

에필로그 1

결재를 마친 태혁은 손목시계를 들여다본 뒤 김 실장을 쳐다보 았다.

"무슨 하실 말씀 있으십니까."

태혁이 시계를 들여다보며 묻는 경우는 한 가지였다.

"이후 일정이 어떻게 됩니까."

"오찬간담회가 K 호텔에서 있습니다."

책상 위를 두드리던 손을 멈춘 태혁은 결정을 내렸다. 이제 대 외적인 장소에 지우를 데리고 다니며 공식적으로 모습을 드러낼 생각이었다.

이미 둘 사이에 관해 연구소 내 직원들은 알고 있는 듯했지만, 공식적인 발표가 없어서인지 온갖 소문을 양산해 내고 있었다.

"오찬간담회 마칠 때쯤 이지우 씨 K 호텔로 오라고 해요. 거기

백화점도 같이 있으니 쇼핑을 해야겠습니다."

"네, 알겠습니다. 그럼 식사도 K 호텔 스카이라운지로 예약을 해 놓겠습니다."

"그렇게 해요."

SJ 자동차 사 이사회에 참석한 뒤로 전문 경영진에게 회사 운영을 맡긴 지금, 지우와 태혁은 이전과 크게 달라지지 않은 생활을 하고 있었다. 일에 쫓기는 생활은 그뿐만 아니라 지우도 마찬가지였다. 그나마 오늘은 그녀가 쉬는 날이었다.

같이 쉬면 좋겠지만, 짜인 일정대로 움직이는 그에겐 이렇게라도 짬을 내는 수밖에 달리 방도가 없었다.

태혁은 커프스단추를 제대로 채우고 슈트 재킷을 걸치며 매무새를 다듬었다.

"갑시다."

그를 기다리고 있는 김 실장을 향해 말한 뒤 당당한 걸음걸이로 사무실을 벗어났다.

* * *

평일 이른 오후 백화점은 한산하긴 했지만, 태혁의 등장에 보안 요원들은 따로 VIP 노선을 확보하고 VIP 전용 엘리베이터로 그들을 안내했다.

태혁이 보낸 차를 타고 온 지우는 백화점 지하 주차장에서 태혁과 만났고, 그가 이끄는 대로 가고 있었다. 언제부턴가 그와 다닐 때면 이렇게 손을 꼭 잡아 오는 것 때문에 주변 사람의 눈치가 보이긴 했지만, 친밀함과 은밀함의 표현인 것 같아 괜스레 가슴이 설레고 그랬다.

"그런데 식사하자고 해 놓고 왜 백화점은 ……."

"식사는 이곳 호텔에서 할 겁니다. 그전에 들를 곳이 있습니다."

"아, 네."

"그런데 배가 많이 고픈 모양입니다."

"아니에요."

영문을 모르고 따라나선 지우는 그저 어리둥절할 뿐이었다. 그룹 소속 전문 코디네이터가 그의 의상은 전담하는 것으로 알고 있는데, 설마 자신더러 옷을 골라 달라고 하진 않을 테고. 궁금하긴 했다. 태혁은 그런 그녀를 향해 잔잔한 미소만 흘릴 뿐 이렇다 할 말이 없었다.

일반인들은 벌써 정리해서 이동하는 동선에 보이지 않았다. 하지만 곳곳에 배치된 직원들과 뒤를 따르는 보안요원들이 자꾸만 눈에 걸렸다.

그런 지우의 마음을 읽은 모양인지 태혁은 가벼운 손짓 하나로 그들을 저만치 뒤로 물렸다.

앞에서 그들을 안내하던 직원은 VIP 전용 라운지로 이끌었고, 태혁은 그곳에 마련된 쇼룸에 자리를 잡고 앉았다.

그가 별도로 지시한 사항이 있는 모양인지 쇼퍼는 지우를 옷들이 진열된 곳으로 안내했다. 놀란 지우는 태혁을 돌아보았다.

"마음에 드는 거 골라 봐요."

"지금 옷을 고르라고요?"

"이지우 씨가 마음에 드는 게 있으면 몇 벌이고 골라 봐요."

그제야 지우는 그가 옷을 사주기 위해 불러냈다는 것을 알아챘다. 성의를 봐서라도 하나 정도는 괜찮겠지란 생각으로 옷들을 살펴보기 시작했다. 쇼퍼도 지우에게 이것저것을 권하며 옷에 대한 전문 용어를 섞어 가며 열심히 설명했다.

하지만 가격표를 본 순간 그 어떤 소리도 들리지 않았다. 지우는 눈이 휘둥그레질 만큼 비싼 옷들을 보고 살려 달라는 눈빛으로 태혁을 바라보았다.

태혁은 지우의 시선을 외면한 채 소파에 앉아 신상 카탈로그를 보며 쇼퍼에게 이것저것을 주문하고 있었다. 그에겐 일상인 것 같은 이런 행동이 지우에겐 낯설고 이질적으로 느껴졌다.

호화로운 룸에서 쇼퍼가 내미는 상품을 보며 이것저것을 대 보고 입어 보는 짓은 그만하고 싶었다.

"고객님, 이건 어떠신지요?"

지우는 쇼퍼가 내미는 것을 보며 고개를 저었다. 얼핏 보기에도 우리나라 돈으로 4, 5천은 넘어 보였다. 이렇게 비싼 옷은 입고 싶지도 않을뿐더러 선물이라고 넙죽 받고 싶지도 않았다.

"잠시만요."

지우는 쇼퍼를 뒤로 물린 뒤 태혁에게 다가갔다.

"왜, 마음에 드는 게 없습니까."

이미 다 알면서 모르는 척 말하는 태혁을 보자 저절로 한숨이 나왔다.

"내가 사 주는 건 별로 받고 싶지 않은 모양입니다."

누가 이렇게 비싼 옷을 입고 싶다고 했나. 그런 것도 아닌데 일방적으로 데리고 와서는 사람을 위축되게 했다.

사실 돈이라면 지우에게도 넘칠 만큼 많았다. SJ 자동차 사의 주식 차액으로 벌어들인 돈이었다. 물론 그 돈은 주식을 현금으로 환전하기 전까지는 만져 볼 수 없는 돈이었다.

"이 옷들을 걸치고 다닐 자신이 없어요."

태혁은 팔짱을 낀 채 턱을 문지르며 자리에서 일어났다.

"쇼퍼, 옷을 이따위로 가져오니 이러는 거 아닙니까. 지금 이걸 어디 입고 다니라고 들이밉니까."

하아, 저 기태혁!

진짜! 진짜!

"죄송합니다, 부사장님."

쇼퍼는 머리가 땅에 닿도록 허리를 숙이며 태혁의 비위를 맞추었다.

"본사든 어디든 연락해서 신상으로 다시 가져와요."

"네, 알겠습니다."

쇼퍼가 뒤에 대기하고 있는 헬퍼들에게 지시를 하며 바쁘게 움직이려는 찰나, 지우가 나섰다.

"그럴 필요 없어요. 제가 마음에 둔 게 있어요."

"아, 그러십니까."

쇼퍼는 지우의 말에 반색하며 다가왔다. 안도하는 기색이 역력한 쇼퍼를 보며 지우는 낮게 한숨을 내쉬었다.

정말 뭐 하자는 건지.

기태혁의 뻔뻔한 얼굴을 흘겨보던 지우는 오기가 치밀었다.

그래, 원하는 대로 실컷 입어 주지.

"우선 이 옷부터 입어 볼게요. 그리고 어울리는 구두와 클러치도 준비해 주세요."

지우가 물건을 고르기 시작하자 입꼬리를 올리며 고개를 끄덕이던 태혁은 다시 소파에 앉아 차를 마시며 카탈로그를 넘기기 시작했다. 그 모습을 힐긋 쳐다본 지우는 속으로 코웃음을 쳤다.

명색이 그래도 미술을 전공한 사람인데, 제게 어울리는 옷 하나 못 고를까. 지우는 최대한 야한 옷을 한 벌 고르고, 나머지는 연구소에서 입기에 편한 옷들로 골랐다.

지우는 피팅룸에서 최대한 야하게 보이는 옷으로 갈아입었다. 하늘거리는 실크 원피스는 몸매를 적나라하게 드러냈다. 깊게 파인 네크라인은 살짝 움직여도 어깨선이 훤히 드러났다. 그리고 바이어스 방향으로 재단된 스커트는 흐르는 물결처럼 찰랑거렸다.

일부러 풀어놓은 머리카락도 하나로 묶어 목선을 드러냈다. 스틸레토 힐을 신고 클러치를 들으니 완벽했다. 은은한 블랙의 실크 원단이 지우의 새하얀 피부를 더욱 돋보이게 했다.

지우는 표정을 화사하게 한 뒤 피팅룸을 나왔다.

아직도 카탈로그를 보고 있는 태혁 앞으로 다가갔다.

"저 좀 봐 주세요. 어때요?"

순간 태혁의 눈이 커다래졌다. 그녀가 누구인지 잠시 잊은 것처럼 멍해 보이기도 했다.

하지만 이내 새카만 눈을 번뜩이며 천천히 자리에서 몸을 일으켰다.

"이게 마음에 든단 말이죠."

잠긴 목소리 끝이 갈라져 있었다.

"네. 다른 것도 골랐어요."

쇼퍼는 쇼핑백에 차곡차곡 옷가지들을 담아서 기다리고 있었다.

"흐음, 그것들 모두 오피스텔로 보내 줘요."

"네, 알겠습니다."

태혁은 쇼퍼에게 그 말만 남기고 룸을 나섰다. 쇼퍼는 아주 공손하게 인사를 하며 그들을 배웅했다.

지우는 이왕 놀리는 김에 더 놀려 볼까 싶어 태혁이 다니는 전용 동선을 벗어나 일반인들이 쇼핑하는 곳으로 그를 이끌었다. 다행히 태혁은 옷에 꽂힌 모양인지 별다른 말을 하지 않았다. 당황한채 뒤를 따르는 직원을 향해 태혁은 그만 가 보라는 손짓을 했고, 그들은 마지못해 자리를 떠났다.

둘만 남게 되자 그가 가까이 다가와서 귓가에 대고 작은 소리로 말했다.

"이지우 씨, 이제 내 여자라면서요."

"네, 그랬죠."

"그런데 왜 이러는 겁니까."

지우가 무슨 말이냐는 듯 그를 쳐다보자 그는 어금니를 지그시 깨물고선 지우를 내려다보았다.

"발칙하게 날 놀릴 줄도 알고."

"제가요?"

지우는 짐짓 아무것도 모르는 것처럼 되물었다. 그러자 기태혁의 눈이 가늘게 좁혀졌다.

후, 떨려.

천하의 기태혁 앞에서 연기를 하려니 떨리긴 했다. 슬그머니 시선을 피해 눈을 내리떴다.

"이지우 씨. 날 봐요. 시선 피하지 말고."

지우는 마지못해 그를 올려다보았다.

"이깟 옷 몇 벌 사 줬다고 지우 씨, 나 지금 혼내는 겁니까."

"제가 왜 부사장님을 혼낸다고 생각하세요?"

"아니면. 지금 이따위 옷을 입고 내 앞에서 뭐 하자는 겁니까."

"어때서요? 제 맘에 쏙 드는데. 부사장님이 보시기엔 별로인가
요?"

"여자 옷 한 벌 사 주면서 벌벌 떨 정도로 능력 없는 남자 아닙
니다. 사람을 뭐로 보고. 이런다고 내가 안 할 것 같습니까."

지우는 자신의 수가 다 들켰다고 생각하면서도 그가 무슨 말을
할지 계속 들어 보기로 했다.

"난 이지우 씨한테 요일별로 타고 다닐 차뿐 아니라, 전 세계 어
디라도 원하는 곳에 집을 지어 줄 수 있을 만큼 능력 되는 남자니
까 괜히 이런 사소한 거로 힘 빼게 하지 맙시다."

"나도 알아요. 기태혁이란 남자가 얼마나 대단한 남자인지."

팽팽하게 당겨진 턱선이 서서히 부드러워졌다.

"아는 사람이 그랬어요? 이런 옷 입고 나와서 나 자극해요?"

"지금 이 정도는 다 입고 다니는데요."

지우가 주위를 둘러보며 여자들을 가리켰다.

"다른 여자는 몰라도 내 여자는 이러면 곤란합니다."

그의 시선이 지우의 목덜미부터 천천히 더듬듯 내려왔다. 마치
핥아 대는 것 같은 시선에 서서히 온몸에 열이 솟구쳤다.

"나쁜 놈들이 쳐다보는 거 즐기는지 몰랐습니다."

"무슨 말을."

감출 수 없는 욕망을 훤히 드러낸 그는 천천히 숨을 내쉬었다.

"가뜩이나 다른 놈들이 넘봐서 환장하겠는데, 저 남자들 발정 난 시선이 안 보입니까. 따라와요."

"말 그런 식으로 하지 않기로 했잖아요."

"안 그러게 해 봐요."

툭 던지듯 말을 내뱉은 그는 단단히 화가 난 모양인지 정면을 주시한 채 걸었다.

어디에 있어도 뚜렷한 존재감을 드러내는 그였으니, 당연히 사람들의 시선이 그에게로 쏠렸다. 조심스럽게 옆에서 걷고 있는 지우는 행여나 사람들의 시선이 저에게 닿을까 봐 바닥만 보며 걸었다.

본관과 별관을 잇는 투명한 바닥으로 된 다리를 건너고 있었다. 고소공포증이 있는 사람은 이런 길을 어떻게 건널까 싶을 만큼 허공에 떠 있는 기분이었다.

"저, 갑자기 든 생각인데요."

지우가 태혁을 향해 고개를 돌리며 말문을 열었다. 그러자 그가 슬쩍 시선을 내렸다. 이글대는 눈동자는 여전했다. 아니, 어쩌면 조금 전보다 더 짙어진 듯했다.

"말해요."

낮게 깔린 목소리가 새어 나왔다.

"밑에서 위를 올려다보면 스커트 입은 사람은 어떡해요?"

"대로 한가운데서 그걸 보기 위해 올려다보는 사람이 있을까 봐 그러는 겁니까."

물론 밑으로는 차들이 쌩쌩 달리고 있긴 했지만, 그런 생각은 한 번쯤 해 볼 것도 같은데, 전혀 그런 생각이 안 드는 모양이었다.

지우는 스커트를 얌전하게 모으며 총총걸음으로 걸었다. 그 모습을 말없이 지켜보던 태혁의 얼굴이 잔뜩 일그러졌다.

이 정도 높이면 밑에서 올려다본다고 뭐가 보일 것도 아닌데 너무 유난을 떤 것 같아 슬쩍 민망해지려 했다.

그는 지우 곁으로 다가와서 손을 단단히 움켜잡으며 발걸음을 빨리했다.

"왜, 왜 이러세요, 부사장님."

대답도 없이 무작정 빨리 걸었다. 가뜩이나 발아래가 간질거려서 조마조마한데 그는 아랑곳하지 않고 걸음을 재촉했다.

드디어 통로를 통과하고 별관에 도착했지만, 여전히 손은 잡힌 채였다.

별관으로 건너와도 사람들의 시선이 닿는 것은 마찬가지였다.

특히나 직원들의 시선이 얼굴을 따갑게 찔러 댔다.

"소문이 일파만파로 퍼지겠어요."

"이제 알았습니까. 내 여자라고 알리는 중이잖습니까."

"그래서 백화점을 다 돌아다니시려고요?"

"지금 제정신입니까. 그러고 한 바퀴 돌고 싶은 모양입니다. 내 생각은 조금도 안 하고."

"다리 아파서 걷지도 못해요."

"따라와요. 식사나 하러 갑시다. 그래도 밥은 먹여야죠."

그는 아주 익숙한 걸음으로 엘리베이터를 타고 이동했다.

별관 6층부터는 호텔이 들어서 있었다. 같은 K사 호텔로, 이곳

레스토랑은 예전부터 입소문이 자자한 곳이었다.

"이제 손 좀 놓고 가면 안 될까요?"

그가 손을 꿈틀거릴 때마다 단단한 손에 엮인 손가락이 녹아내릴 것 같았다. 그의 손은 지나치게 뜨거웠다.

"먼저 들어가 있어요. 자리는 안내해 줄 겁니다."

태혁은 그제야 손을 놔주며 앞에 대기하고 있던 지배인을 불러 손짓했다.

"이쪽으로 모시겠습니다."

지우는 얌전히 지배인을 따라 안으로 들어갔다.

한편 태혁은 지우가 들어가는 것까지 확인한 뒤에 어딘가로 전화를 걸었다.

"정 사장님, 기태혁입니다."

-아, 네. 부사장님 오랜만입니다. 모처럼 백화점에 오셨다는 보고를 받았습니다.

"보고받고서도 여태 안 보이시는 걸 보면 외부에 계신가 봅니다."

-아, 아닙니다. 무슨 하실 말씀이라도 있으신지. 제가 당장 그리로 가겠습니다.

"됐습니다. 그것보다 유리 통로 관리를 어떻게 하는 겁니까."

-무슨 말씀이신지.

"본관과 별관을 연결하는 통로가 아래에서 위를 올려다보면 다 비치는 거 모릅니까. 스커트 입은 사람은 어떻게 건너다니라고 그따위로 해 놓은 겁니까."

-그게 처음부터 허공을 디디는 기분을 내기 위해 만든 거라서 그렇습니다.

"방법을 대세요. 원사이드 미러처럼 해도 충분히 그런 기분 낼 수 있지 않습니까."

-물론 그렇기는 합니다만.

"교체해요. 당장."

……네, 알겠습니다.

"앞으로 지켜보겠습니다."

태혁은 할 말을 하고 난 뒤 전화를 끊었다. 지금까지 무의식적으로 건너 다녔는데, 그런 맹점이 있을 줄 어찌 알았겠는가.

지우의 살랑거리는 스커트 아래를 누군가가 본다는 생각만으로도 머리털이 쭈뼛 섰다.

그런 거 보면 이지우, 보통이 아니었다. 반항도 아주 귀엽게 하긴 하는데, 문제는 지우의 도발에 그가 넘어간다는 것이었다. 자칫 방심하면 홀라당 넘어가 있을 것만 같았다.

어디서 이런 발칙한 여우가 났을까.

내내 불편하게 아랫배를 누르는 압박감에 태혁은 인상을 구겼다. 쉽게 사그라들 열기가 아닌 건 분명했다.

태혁은 지우가 기다리는 룸으로 발걸음을 옮겼다. 둘만의 시간을 누구에게도 방해받지 않을 심산으로 코스를 단축해서 미리 주문해 둔 상태였다.

안으로 들어가자 지우는 얌전히 앉아서 그를 기다리고 있었다.

"늦으셨네요. 음식은 미리 주문해 두셨더라고요."

"특별히 먹고 싶은 거라도 있어요?"

"없어요. 아무거나 잘 먹어요."

태혁은 재킷을 벗어 옷걸이에 걸고 편안하게 자리를 잡고 앉았다. 지우는 그와 눈을 맞추다가도 이따금 창가로 시선을 돌렸다.

"여기 야경은 참 예쁠 거 같아요."

태혁은 어깨를 으쓱한 뒤, 지우의 말을 되새기며 표정을 굳혔다.

"이지우 씨, 그거 압니까."

"네?"

"말 상당히 위험하게 한다는 거."

태혁은 나지막이 한숨을 흘렸다.

"아무거나 잘 먹는다는 말, 다른 남자들 앞에서 한 적 있습니까."

"그 말이 이상한가요?"

"내 걸 먹이고 싶어지잖습니까."

그가 던진 말의 성적인 뉘앙스를 알아챈 지우의 얼굴은 발갛게 물들었다.

"그런 말을 어떻게."

"그러니까 아무 남자한테나 그런 말 하면 큰일 납니다. 나 정도 되니까 신사적으로 이러고 있는 줄 알아요."

입을 딱 벌린 지우는 황당하다는 표정을 지어 보였다.

"말 나온 김에 하나 더. 지난번에 어딜 가면 좋겠냐고 물어보니, 아무 데나 가도 좋다고 했잖습니까."

"……!"

이번에 지우는 경악에 가까운 표정을 지어 보였다. 그의 입에서 무슨 소리가 튀어나올지 겁이 날 지경이었다.

"아무 데나 가도 된다면, 호텔이든 남자 집이든 괜찮단 말입니까. 상상의 여지를 주는 그런 말은 나쁜 겁니다."

"정말, 할 말이 없네요."

"나한테는 해도 됩니다. 대신 다른 놈들한테 그따위로 말했다간 나한테 혼날 각오, 해야 할 겁니다."

그가 말을 마치자마자 웨이터가 음식을 날랐다.

"송아지 스테이크는 부드럽고 연해서 입에 잘 맞을 겁니다."

그는 먹기 좋은 크기로 자른 뒤 지우 앞에 접시를 내밀었다.

"어서 먹어요."

"네, 잘 먹겠습니다."

태혁은 희미하게 미소를 지으며 지우를 바라보았다. 여전히 씩씩하게 대답하며 먹는 모습을 보니 저절로 입꼬리가 올라갔다.

"이지우 씨, 예뻐요. 그것도 아주 많이."

지우는 고기를 삼키다 사레가 들러 캑캑거렸다.

"저런, 애기도 아니고. 천천히 먹어요."

태혁은 와인 잔을 기울이며 지우가 먹는 것을 흐뭇하게 바라보았다. 부드럽게 휘어진 눈매에 반짝이는 눈동자는 오로지 이지우를 향해 있었다.

"얼굴 구멍 나겠어요. 부사장님도 좀 드세요."

"하하하, 그래요."

태혁의 웃음소리에 지우도 피식 웃으며 와인 잔을 들었다.

"건배해요. 우리."

"이러니 반할 수밖에 없잖습니까."

"어서요."

태혁은 와인 잔을 들고 지우와 함께 건배했다.

와인을 한 모금 삼킨 지우는 그의 얼굴이 가까이 다가오는 것을 보고 와인 잔을 꽉 움켜잡았다.

커다란 손이 지우의 흰히 드러난 목덜미에 닿았다. 그리고 순식간에 그의 입술이 지우의 입술 위에 닿았다.

남자다운 입술의 단단한 느낌과 점막을 간질이는 찌릿한 느낌에 손끝이 저릿했다.

다시 천천히 멀어져 가는 그의 입술이 위로 당겨졌다.

점점 짙어지는 웃음은 지나치게 매혹적이었다. 지우는 아름답게 빛나는 남자의 눈동자에 흠뻑 빠져들었다.

"이지우 씨, 깨물리고 싶어 하는 표정으로 바라보면 어쩌자는 겁니까."

머리가 어질했다.

"이것 봐. 또 저런다."

그는 아랫입술을 엄지로 쓱 문지르며 입맛을 다셨다.

"내가 지금 뭘 하고 싶은지 알아요?"

지우는 고개를 저었다. 발갛게 달아오른 뺨이 이제는 타는 것처럼 뜨거웠다.

"그 원피스를 찢어 버리고 이 식탁 위에 눕히고 싶어요. 그리고 아주 맛있게, 먹고 싶은데. 그래 줄래요?"

"농담하지 마세요."

"농담 같아요? 내가 하릴없이 그런 농담을 왜."

평소보다 더 가라앉은 목소리와 분위기는 아주 진지했다.

"고, 고기가 맛있어요."

지우는 얼른 포크로 스테이크 한 조각을 입에 욱여넣었다.

지금 이 야릇한 분위기를 바꿀 방법은 자신이 망가지는 수밖에 달리 방법이 없을 것 같았다.

그가 그런 지우의 의도를 간파하고 피식 웃었다.

"포기가 빠르면 재미없는데."

"포기는 배추 셀 때 포기 말하나요?"

기가 막힌다는 듯 바라보던 그가 잔을 들어 와인을 단숨에 들이켰다.

새카만 눈동자에 떠도는 초조함, 욕망, 열기는 여전했다.

"어서 먹어요. 나중에 힘 달릴 테니까."

퇴폐적인 분위기를 농후하게 풍기는 태혁은 한발 물러서서 때를 기다렸다. 간간이 눈이 마주치면 눈을 접고 웃어 보였지만, 그 웃음은 위장에 가까웠다.

그의 눈은 점점 더 그녀를 옭아매고 있었다.

* * *

"이지우 씨."

지우는 그가 부르는 소리에 위를 올려다보았다. 대답을 할 수가 없어 그냥 눈만 깜빡였다.

나른하게 풀린 남자의 얼굴 뒤로는 화려한 야경이 넓게 펼쳐져 있었고 야릇한 분위기는 점점 고조되어 갔다.

잔뜩 흐트러진 남자의 두 눈에는 뜨거운 열망이 가득했다. 머리를 쓰다듬는 손길 하나하나에도 그 열망이 파고들어 닿을 때마다 뜨거웠다.

"……하아, 이런 건 누가 가르쳐 줬어요?"

지우는 고개를 저었다. 그러자 그가 도저히 참을 수 없다는 듯 미간을 찌푸린 채 아랫배에 힘을 바짝 주었다.

지우가 짚고 있던 허벅지 대퇴근이 더욱 단단해지는 것이 느껴졌다. 물에 젖은 구릿빛 근육은 아름다웠다.

"으읍."

지우는 다시 시선을 내리고 하던 일에 열중했다. 그녀의 작은 몸짓에도 그는 쉽게 반응했고, 빨리 달아올랐다.

그 사실이 너무 좋아 도저히 멈출 수가 없었다.

그는 지우의 귓불을 쓰다듬고 뺨을 어루만지다 다시 젖은 머리카락을 움켜잡고 신음했다. 그의 입에서 흘러나오는 나직한 소리가 온몸을 휘감았다.

도저히 빠져나올 수 없는 늪처럼 진득하고 아늑했다. 자꾸지 욕조 안으로 빨려드는 것 같았다.

"맛있게 먹었어요? 이젠 내 차례입니다. 일어나요."

지우를 일으켜 세운 뒤 그가 앉아 있던 자리에 지우를 앉혔다. 욕실 바닥에는 그가 찢어 버린 검은 실크 드레스가 나뒹굴었다. 그는 식탁 위에서가 아니라 욕실에서 그녀를 아주 맛있게 포식했다. 그래 놓고 또?

지우는 고개를 저으며 그를 밀쳐 냈다.

"하아, 하아, 이제 그만요."

열기에 잔뜩 상기된 지우는 가쁜 숨을 내쉬며 말했다. 그는 어림도 없다는 듯 단호하게 그녀를 붙들었다.

"뭘 했다고 그만하라는 겁니까."

하긴 절대로 여기서 멈출 그가 아니었다. 그의 노골적인 시선에 지우의 몸은 부끄러움으로 발갛게 물들었다. 한껏 달아오른 젖은 몸을 바라보던 그가 천천히 입꼬리를 휘었다.

두 눈은 먹잇감을 앞에 둔 맹수처럼 호시탐탐 덤벼들 기회를 엿보고 있었다. 어떻게 먹어야 가장 맛있을지 고민하는 것처럼 보였다.

순간 그가 혀를 내밀어 젖은 아래를 쓱 가르더니 클리토리스를 덥석 베어 물었다.

"흐읏!"

지우는 입을 딱 벌릴 만큼 놀람과 동시에 곧이어 찾아오는 황홀한 쾌감에 흐느끼는 신음을 쏟아 냈다.

사랑에는 이토록 원색적이고 노골적인 것도 있음을 그가 알려 주었다. 사랑은 마냥 고상하지만도, 마냥 천박하지만도 않다고 했다. 아낌없이 저를 내어 주다가도 한없는 이기심에 질투하고 괴롭히는 것도 사랑이라고 했다.

"아……. 태혁 씨!"

지우는 먹먹한 눈길로 그를 내려다보며 저를 마주 보게 했다.

새카만 눈동자에 넘실거리는 것은 욕정이 다가 아님을 알 수 있었다. 그는 더없이 부드럽고도 따뜻하게 그녀를 올려다보며 입가를 휘었다.

지우의 입에선 서절로 사랑한다는 말이 새어 나왔다.

"사랑해요."

사랑한다는 말이 이토록 가슴 먹먹하고 목이 아리도록 아픈 말이었던가. 눈물이 주르륵 흘러내렸다. 무릎을 세운 태혁이 그녀를 가만히 끌어안으며 귓가에 대고 속삭였다.

"그걸 이제 알았습니까. 난 진작 알았습니다."

잠깐 말을 멈춘 그는 숨을 돌리며 다시 말을 이어 갔다.

"우리가 이렇게 사랑하게 될 줄 말입니다."

그는 다정하게 입을 맞춘 뒤 이마를 맞대고 머리카락을 귀 뒤로 쓸어 넘겼다.

자쿠지 안의 물은 어느새 식어 있었다. 그는 하얀 타월로 지우를 감싸며 안아 들었다.

"감기 걸리겠어요. 나갑시다."

그의 목에 팔을 휘감자 낮게 웃었다.

"내가 떨어뜨릴까 봐 무서운 모양이네."

"아니에요."

그의 목덜미에 얼굴을 비벼 대며 웅얼거렸다.

"이지우 씨, 자꾸 이러면……. 나 감당할 수 있겠어요?"

"얼마든지요."

물론 거짓말이긴 했지만, 그래도 그와 이런 식의 대화를 이젠 어느 정도 즐길 수 있었다.

"이젠 도발씩이나."

"사실이에요. 그 전에도 감당할 수 있었어요."

"허, 남자 후리는 건 어디서 배웠어요? 누가 이런 못된 걸 가르쳤을까?"

그녀를 침대 위에 눕힌 태혁은 단전 아래가 들끓는 것처럼 화끈거리는 걸 억지로 참으며 지우의 대답을 추궁했다.

"말해 봐요. 누가 이런 야한 놀이를 가르쳐 줬는지."

"부사장님, 이런 건 꼭 배워야 아는 게 아니에요. 타고나는 거지."

안다.

이지우는 그가 처음이었다.

태혁은 그걸 너무나도 잘 아는데, 행여나 스쳐 가듯 한 놈이라도 있었을까, 노심초사하게 된다.

설령 그녀에게 다른 누군가가 있었다 하더라도 그가 따질 문제는 아니었다. 그리고 그걸 문제 삼고 싶은 생각은 추호도 없었다. 다만, 그가 모르는 시간을 누군가와 보냈을 지우를 떠올리면 질투가 나서 미칠 것 같았다.

이 들끓는 소유욕이 단순한 집착이 아님을 안다. 그는 지금 지우를 앓는 중이었다.

"무슨 생각을 그렇게 해요?"

그의 젖은 머리카락을 쓸어 넘기며 달콤하게 속삭이는 지우를 뜨겁게 바라보았다.

"……하아, 넌, 정말."

깊은 한숨을 내쉰 태혁은 더듬더듬 손에 새기듯 지우의 얼굴을 어루만졌다. 그 애틋한 손짓은 한참이나 이어졌다.

제 눈에 이렇게 사랑스러운데, 다른 놈들 눈에는 어떻게 보일지 뻔했다. 게다가 이렇게 대책 없이 사람을 홀리기까지 하니 여간 큰일이 아니었다.

이러다간 한평생 이지우 감시만 하게 생겼다. 뒤꽁무니 따라다니며 좌우를 살피는 제 모습이 상상이 가고도 남았다.

"약속해요. 앞으로 내 앞에서만 끼 부리겠다고."

대답을 재촉하자 슬그머니 침대에서 상체를 일으키더니 그의 목에 팔을 휘감으며 입술을 겹쳐 왔다. 어설프게 이로 아랫입술을 깨물며 자극하는 통에 그의 인내는 점점 바닥이 나고 있었다.

한참을 그러다 입술을 떼어 낸 지우는 발그레한 얼굴을 한 채 쌕쌕거렸다.

하아, 돌 것 같다.

으스러지도록 꽉 끌어안고 침대 위를 뒹굴었다. 격렬하게 뛰는 심장, 뜨거운 숨소리, 열렬한 눈빛.

말해 무엇할까.

둘은 같은 박자로 뛰는 심장을 맞댄 채 환하게 미소 지었다.

* * *

이른 아침 태혁은 성북동으로 가고 있었다.

기 회장의 호출 때문이 아니더라도 한번은 짚고 넘어가야 할 일이긴 했다. 이미 이쪽 업계에 암암리에 퍼진 소문이 기 회장의 귀에도 들어갔을 것이다. 먹잇감을 보면 하이에나처럼 달려드는 습성은 기 회장이나 저나 마찬가지였다.

"보나 마나 SJ 자동차 사 주주총회 때 이야기를 들은 모양입니다."

"네, 안 그래도 반 비서실장님이 그러시더라고요."

"그래요?"

태혁이 눈썹을 치켜세우며 비웃음을 던졌다.

"오늘 아예 담판을 지어야겠습니다."

"큰소리 나겠습니다."

"큰소리 무서워서 할 말도 못 할 사람으로 보입니까."

"아닙니다."

김 실장은 얼른 대답했다.

"이참에 결혼발표도 하면 좋겠네요."

"아……!"

김 실장의 감탄사에 태혁은 날카로운 눈매로 그를 쳐다보았다.

"방금 무슨 의미입니까."

"하하, 아무것도 아닙니다."

민망한 기색이 역력한 김 실장을 보며 태혁은 눈을 가늘게 뜨고 주시했다. 룸미러로 힐끔 태혁을 쳐다본 김 실장은 마지못해 입을 열었다.

"다름 아니라 제가 SJ 자동차 사 주식을 좀 샀는데……. 아, 몇 주 안 됩니다. 용돈이나 벌자는 생각으로 샀는데, 결혼발표가 나면 주가가 더 오르지 않겠습니까."

"누가 그러던가요."

"그, 다니엘이라는 분이 그랬습니다."

"내 앞에서 잘도 그 녀석 이야기를 꺼냅니다, 김 실장님."

"그, 그게 아니라 별도로 만난 적이 있는 건 아닙니다. 지난번 주차장에서 대기 중에 잠깐 뵀습니다."

팔짱을 낀 태혁은 김 실장이 계속 말하기를 기다렸다.

"그때, 그분이 그러시더라고요. 일이 다 끝나고 나면 부사장님한테 전하라고."

"뭘요."

"크흠, 그, 그러니까……."

"들은 대로 말해요. 돌려 말하지 말고."

"그래도 되겠습니까."

"날 뭐로 보고."

날카로운 태혁의 말투에 김 실장은 심호흡을 하며 마음을 가다듬었다.

"……개자식이라고 했습니다."

"그게 답니까."

"또 있습니다."

"해 봐요."

"SJ 자동차 사 주식값을 올려놓으라고 했습니다. 결혼하게 되면 자연적으로 오르게 될 거라고……."

태혁은 입꼬리를 끌어 올리며 소리 없이 웃었다.

이제 떨어져 나가겠다는 거지?

앓던 이가 빠진 듯했다.

"주식시장뿐만 아니라 주제 파악도 잘하는 모양입니다."

"그리고 또 있습니다."

태혁이 눈꼬리를 치켜세웠다.

"분하다는 말도 전해 달라고 했습니다."

그 분한 심정이야 누구보다 잘 알았다. 이지우가 양파 껍질처럼 하나하나씩 모습을 드러낼 때마다 태혁의 심정이 그러했었다.

결국, 다 그의 질투심에 눈이 먼 오해였지만, 태혁은 충분히 고통을 맛보았었다.

"미국인은 미국인이랑 결혼하라고 해요."

"조만간 귀화할지도 모른다고 했습니다."

끝까지 마음에 안 드는 놈.

"입국금지 내리는 쪽으로 가야겠습니다."

태혁의 말에 김 실장이 눈을 둥그렇게 뜨고 뒤를 돌아보았다.

"지금 제정신입니까. 운전하는 사람이 어딜 보는 겁니까."

"아, 네."

김 실장은 얼른 앞으로 시선을 돌렸다.

"그런데 진심이십니까."

"뭘요, 뭘 말입니까. 그 망할 놈을 입국 금지한다는 거 말입니까. 그러면 어지간히 지우가 날 좋아하겠습니다. 빨리 결혼식 올리는 수밖에 다른 방법은 없을 것 같네요."

"다행입니다."

등 뒤로 찌릿 찔러 대는 시선이 느껴졌지만, 김 실장은 안도의 한숨을 내쉬었다.

"김 실장님."

낮고도 묵직한 음성이 울렸다.

"크흠, 네."

"전 재산 맡겼습니까. 쯧쯧."

차라리 귀신을 속이지.

김 실장의 관자놀이를 타고 식은땀이 주르륵 흘러내렸다.

태혁이 본가의 현관으로 들어서자 반 비서실장이 그를 맞이했다.

"안녕하셨습니까, 부사장님."

태혁을 바라보는 반 비서실장의 눈빛이나 표정이 어딘가 모르게 부드러웠다. 그렇다는 건 기 회장이 저를 부른 이유가 그다지 나쁘지 않다는 뜻이기도 했다.

"회장님은 어디 계십니까."

"제가 모시고 나오겠습니다. 거실에서 기다리시지요."

태혁은 유난히 집 안이 조용한 것을 보며 속으로 의아해했다.

사용인들을 모두 내보낸 것인지 어째 한 명도 보이질 않았다. 뿐만 아니라 시끄럽게 떠들던 조 여사도 어딜 갔는지 유난히 조용했다.

소파에 앉아 기 회장이 나타나기를 기다리던 태혁은 서재의 문이 열리는 순간 자리에서 몸을 일으켰다. 휠체어를 탄 기 회장의 모습에 표정을 굳혔다.

"어디 다치셨습니까."

기 회장은 태혁의 반응이 싫지 않은 모양인지 실없는 웃음을 터트렸다.

"앉아. 누가 보면 엄청 날 위하는 놈인 줄 알겠어."

태혁은 서늘한 눈빛으로 반 비서실장을 쳐다보았다. 그는 태혁의 강렬한 눈빛에도 전혀 굴하지 않으며 묵묵히 휠체어를 밀었다.

기 회장을 소파 옆으로 데려다 놓고서는 한발 물러섰다.

"반 비서실장은 나가 봐. 내 긴히 태혁이랑 할 말이 있으니."

"알겠습니다."

거실을 둘러 현관을 나서는 그를 말없이 노려보던 태혁은, 다시 기 회장에게로 시선을 돌리며 자리에 앉았다.

휠체어에 앉은 기 회장의 얼굴은 그다지 나빠 보이지 않았다. 어쩌면 쇼를 하는지도 모른다는 의심이 들어 그를 예의 주시했다.

"고얀 놈."

다짜고짜 하는 소리 좀 봐라.

태혁의 미간이 확 좁혀지며 인상이 사납게 구겨졌다.

"조 여사, 그 물건이 바람나서 그런 짓을 했는데도 그냥 입을 닦아?"

그렇게 단속을 하라 했건만 기 회장의 귀에 들어간 모양이었다. 가늘게 뜬 눈으로 기 회장의 표정을 살피며 한참을 바라보았다.

"그렇게 볼 거 없어. 남자구실 못하면 여편네가 바람이 나는 거지. 젊은 여편네 들여 봤자지."

"휠체어는 어떻게 된 겁니까."

"뭘 어떻게 돼. 운동하다가 발목 삐끗했지."

"전 중풍이라도 오신 줄 알았습니다."

"누구 좋으라고."

"그나저나 왜 부르셨습니까. 바쁩니다."

"네놈이 야망이 큰 줄은 알았지만, SJ 자동차를 먹으려는 줄은 꿈에도 생각 못 했었다. 그쪽 한 회장이 얼마나 역정을 내는지. 그런데 나도 자초지종을 알아야 할 거 아니야."

"다 아시면서 뭘 물어보십니까."

이미 반 비서실장을 통해 다 알아보고 결론까지 내렸으니 보자고 했겠지. 기 회장의 성격상 충분히 그러고도 남았다.

"그래서 한 회장 여식이랑 결혼할 생각이냐."

"누가 한 회장 여식입니까."

"한 회장이 젊어서 낳은 아이라 들었다. 지금까지 송 여사 몰래 뒤에서 돌봐 준 모양인데 제 핏줄이니 그랬겠지."

"인간쓰레기입니다."

"그 사람 인간성이야 내가 잘 알지. 그래서 앞으로 어쩔 생각인지 말해 봐."

"법대로 처벌받게 될 겁니다. 아직 SJ 자동차 사 대주주는 송 여사입니다. 경영진의 압박 때문에 지금이야 마지못해 전문 경영인이 운영하도록 물러선 상태지만, 조만간 어떤 움직임이 있겠죠. 저도 그때 봐서 움직일 생각입니다. 지금은 개입할 마음이 없습니다."

"여식이 회사를 잡아먹으려고 그러는 거 아니야? 게다가 너까지 힘을 보태고 있으니 당연히 그렇게 될 거고."

"송 여사 아들이 있습니다. 어떻게 나올지는 두고 봐야 할 겁니다."

"소문이 아주 파다해. 난봉꾼이라던데 무슨 수로 지가 회사를 운영해."

"글쎄요. 좀 더 지켜보죠."

"그래서 둘이 결혼할 생각이야?"

기 회장의 말에 한 치의 망설임도 없이 대답했다.

"네. 그럴 생각입니다."

"네 형 몫으로 떼어 놓은 주식은 은찬이한테 증여할 테지만, 전부 다 줄 생각은 없다. 나도 그 정도 보는 눈은 있어."

태혁은 동요하지 않고 기 회장의 말을 끝까지 들었다.

"SJ 자동차 사도 제대로 삼켜 봐. 네 형 몫의 주식 대부분이 네게로 갈 테니까."

"……."

태혁은 말없이 기 회장을 보고만 있었다.

"은찬이 네가 보듬어. 제아무리 외가 쪽이 잘나간다 해도 은찬이 뒤까지 봐줄 정도는 아니지. 그러니 삼촌인 네가 돌봐 줘야지, 안 그래?"

"조건은 그뿐입니까."

"그거면 됐지. 너한테 뭘 더 바라?"

기 회장의 얼굴에는 짙은 회한이 서려 있었다.

"미국에 버젓이 회사 차려 놓고서도 모른 척 잡아떼고. 네 녀석은 속이 시커메서 찜찜하긴 한데, 회사 이끌 사람이 너 말고 누가 있겠어. 제대로 해봐."

"회장님 말씀 감사합니다만, 하루아침에 어떻게 바뀔지 알고요."

"저, 저, 내가 그럴 줄 알고 변호사한테 미리 말해 뒀어. 주식증여계약서 작성해."

"감사합니다."

"이사회 승인받으면 곧장 사장 취임식 하도록 해. 미뤄서 좋을 게 뭐가 있어."

"그것도 처리하겠습니다."

"그만 가 봐."

어지간히 사람을 갖고 흔들더니, 이제야 인정을 한 모양이었다. 태혁에겐 듣던 중 반가운 소리나 다름없었다. 분명 그럴진대, 왜 이리 입안이 쓴 걸까.

그동안 태혁은 처절한 약육강식 세계에서 간신히 목숨을 연명하며, 늘 굶주린 상태로 먹잇감을 찾아 헤매는 육식동물이나 다름없었다. 최상위 포식자가 되기 위해 한시도 눈을 팔지 않았다.

그런데 기은찬은 어떠한가. 풀이나 이슬 따위를 먹으며 살아온 초식동물 주제에 너무나도 쉽게 모든 것을 소유했고, 그걸 당연하게 여겼다.

그러니 그가 받아야 할 것을 당연히 받은 것이지 고마운 일은 아니었다. 태혁은 새카만 눈을 빛내며 기 회장을 쳐다보았다. 태혁의 눈빛에 움찔하던 기 회장은 짙은 눈썹을 구겼다.

"무슨 할 말이 있는 게냐."

"무능한 손자한테 다 주시지 왜 저한테 주십니까."

착 가라앉은 태혁의 목소리가 거실을 울렸다. 기 회장의 얼굴에 당혹감이 스쳐 갔다. 하지만 이내 엄격한 표정을 지으며 태혁을 나무라기 시작했다.

"너랑 은찬이가 같다고 생각하느냐."

"다를 건 뭡니까."

"그래, 널 낳은 태가 천한 술집 여자가 아니더냐. 그것부터가 다르지. 넌 아무리 아니라고 해도, 주위에선 그렇게 보질 않아. 네가 조금만 실추해도 그 어미에 그 아들이란 소리가 나와. 그러니 내가 너를 더 혹독하게 대할 수밖에. 한 번쯤 눈감고 넘어갈 실수도 너에겐 다시 일어나지 못할 치명적인 흠이 된다는 걸 왜 몰라."

"하, 그걸 제가 이해하리라 생각하십니까. 무책임한 변명일 뿐입니다. 저를 보면 회장님은 자신의 실수가 떠오르니 피하고 싶었겠죠. 어린 아들이 받을 상처 따위보다도 체면이 중요한 분이니 더 그랬을 겁니다."

기 회장은 충혈된 눈으로 그를 바라볼 뿐 더는 말이 없었다.

"주식 고맙게 받겠습니다. 그리고 믿어 주시는 만큼 회사는 탄탄하게 운영하겠습니다."

태혁으로서는 할 말을 다 한 셈이었다. 아버지란 말을 이제 와서 하기도 새삼스러웠다. 기 회장과의 관계는 딱 여기까지였다.

20년 넘게 단 한 번도 아버지였던 적 없던 그에게 아버지라고 부르기엔 그 호칭이 너무 아까웠다.

"이만 가보겠습니다."

단호한 표정으로 인사를 한 태혁은 기 회장을 뒤로한 채 현관을 나섰다. 한결 마음이 홀가분했다.

정원에 나와 있던 반 비서실장이 태혁이 나오자 곁으로 다가왔다.

"이제 가십니까."

"네. 그나저나 언제까지 휠체어 신세를 져야 합니까."

"인대가 늘어나서 2주 동안은 아무래도 휠체어를 타셔야 할 겁니다."

"운동하다가 다치신 겁니까."

"하하, 그렇게 말씀하시던가요? 사실은 조 여사님과 육탄전을 벌이시다가 그렇게 되셨습니다."

"육탄전요."

"네. 조 여사님은 지금 입원 중입니다."

"여전히 조 여사님인가 봅니다."

"회장님께서 그냥 덮기로 하셨습니다. 그것도 조 여사님 능력 아니겠습니까."

"능력씩이나. 제 어머니가 들으시면 무덤을 박차고 나오겠습니다."

날 선 태혁의 대꾸에 반 비서실장의 눈동자가 슬쩍 흔들렸다. 그걸 놓칠 리 없는 태혁은 비뚜름한 엷은 미소를 지었다.

하긴 기 회장의 성격이라면 곁에 두고 평생 괴롭히는 쪽을 택할 것이다. 그게 더 지독한 고문일지도 모른다.

죽어나는 건 조 여사겠군.

"아, 그리고 미리 축하드립니다, 사장님."

깍듯하게 고개를 숙여 인사를 하는 반 비서실장을 가만히 응시하다 마지못해 인사를 받아들였다.

"고맙습니다. 그럼 다음에 뵙죠."

태혁은 뚜벅뚜벅 걸어 정원을 벗어났다. 이제 은찬을 만나 정리하면 대충 이쪽 일은 마무리가 될 듯했다. 전에 없이 모든 일이 순조롭게 풀려 가고 있었다. 태혁의 발걸음이 모처럼 가벼웠다.

태혁이 차에 오르자 김 실장이 시동을 걸며 물었다.

"어디로 모실까요."

"일단 연구소로 가서 급한 일부터 처리하고 곧장 집으로 갈 생각입니다."

"네."

차가 출발한 뒤 얼마 있지 않아 태혁은 문득 떠오르는 생각에 목 안으로 잠긴 신음을 흘렸다.

"왜 그러시는지."

"아, 그러지 말고 곧장 집으로 갑시다. 아픈데 혼자서 뭐 하고 있나 모르겠습니다."

집에서 나온 지 불과 두 시간도 채 되지 않은 시간인데, 그렇게 궁금할까 싶은 김 실장은 하고 싶은 말을 꾹 참고서 그가 시키는 대로 했다.

"나 먼저 내려 준 뒤 호텔에 가서 죽을 좀 사 오세요."

"네, 미리 말해 두겠습니다."

김 실장은 K 호텔에 전화를 걸어 주문했다.

"특별히 신경 쓰라고 했습니까."

"네."

"참 신기합니다. 한 여자를 만났는데, 그 사람 때문에 내 평생 이룬 것보다 더 많은 것을 이룬 기분입니다. 사실이 그렇고."

"잘되신 모양입니다."

"그런 셈입니다. 이 변호사한테 연락해서 주식증여계약서 작성하고 마무리 지으라고 하세요."

"드디어 회장님께서 마음을 정하신 모양입니다. 부사장님, 축하드립니다."

"김 실장님. 앞으로 사장을 수행하고 다녀야 합니다."

"네?"

"눈치 하곤."

"하하, 축하드립니다. 사장님."

진심으로 기뻐하는 김 실장의 얼굴을 보니 그도 웃음이 나왔다. 오피스텔에 도착해서도 태혁의 입가에는 여전히 웃음의 잔해가 남아 있었다.

에필로그 2

　지우는 며칠 회사에 나가지 못할 만큼 호되게 몸살이 났다. 그동안의 긴장이 풀린 탓도 있겠지만, 태혁은 행여나 그와 보낸 밤 때문에 그런 건 아닌가 하는 생각에 노심초사 안절부절못하며 지우 곁을 맴돌았고, 지우는 그런 태혁이 안쓰러워 얼른 자리를 털고 일어나야 했다.

　"부사장님."

　지우가 침대에서 몸을 일으킨 뒤 태혁을 불렀다.

　"일어났어요?"

　태혁은 빠른 걸음으로 다가와 지우 곁에 앉았다. 지우의 얼굴을 찬찬히 훑으며 바라보다 커다란 손으로 지우의 뺨을 쓰다듬었다.

　이제 이 남자와의 관계에서 세워 놓은 벽들은 많이 무너졌다. 그래도 한 가지 적응하기 힘든 건, 이렇게 대책 없이 가슴을 설레게 할 때였다.

날카롭고 이지적인 눈빛으로 훑어 대다 단내가 뚝뚝 묻어날 것 같은 손길로 어루만지며 지그시 바라보면 심장이 터질 것만 같았다.

사실은 저 날카로운 눈빛과 눈매 속을 조금만 더 깊이 들여다보면 한없이 따뜻하고 열정적인 눈빛이 숨어 있다는 것을 알 수 있다. 그는 요즘 그런 눈빛을 가감 없이 드러냈다.

시간이 흐를수록 이 사람에 대한 마음은 더욱 깊어 갔다. 곁에만 다가와도 심장은 알아서 저절로 심박 수를 올리며 격렬히 뛰어 댔다.

"얼굴이 안되어 보입니다."

낮게 가라앉은 목소리에는 안타까움이 묻어났다.

"이제 다 나았어요."

물론 완전히 다 나은 건 아니지만, 그래도 운신할 정도는 되었다.

그는 가늘게 뜬 눈으로 그녀의 상태를 재차 살폈다.

"저, 이제 움직이고 싶은데요."

"아직 멀었습니다. 이 몸으로는 곤란해요."

"부사장님."

지우가 나직이 그의 이름을 불렀다. 보통 이런 식으로 부르면 태혁은 늘 양보를 해 주었다.

"그런 눈으로 봐도 소용없습니다. 지금 나도 간신히 참고 있는데, 날 생각하면 그래서 되겠어요?"

"뭘 참고 있는지 말 안 해 줘도 되니까 일단 여기까지만 할래요."

"알겠어요. 여기까지."

지우를 그의 가슴팍으로 끌어당겨 등 뒤에서 끌어안았다.

그리고 살짝씩 몸을 흔들며 지우의 머리카락에 뺨을 비벼 댔다.

"어디 가고 싶은 곳 있어요?"

"네."

"나 퇴근해서 오면 그때 같이 갈까요?"

"아뇨. 그때는 늦어서 곤란해요. 저 낮에 혼자 좀 다녀올게요."

"이젠 거절도 잘하고."

태혁이 슬 목소리를 깔며 말하자 지우는 고개를 돌려 그를 올려 다보았다.

"낮에 회의 끝나고 나면 시간 내 볼게요. 기다려요."

"정말 오시게요?"

"두 번 말하는 거 싫다고 했는데. 내 말은 어디로 듣는 겁니까."

"믿기지 않아서요. 갑자기 너무 잘해 주시면, 사실 긴가민가하 거든요."

"기태혁을 아직 모르나 봅니다. 이지우 씨."

"쿡, 알죠. 제가 왜 모르겠어요."

"그런데 그래요? 다 알면서?"

태혁은 지우의 허리를 두르고 있던 손으로 간지럼을 태웠다.

"아, 간지러워요. 쿡, 그만해요."

"출근하기 싫은데, 잠시만 이러고 있어요."

간지럼 태우는 것을 멈춘 태혁은 지우의 턱을 살짝 감싸 쥐며 고개를 숙였다.

닿을 듯 말 듯 애태우던 입술이 지우의 아랫입술을 깨물었다.

"아!"

그때 벌어진 입술 사이로 그의 입술이 더욱 깊숙이 파고들었다.

한참을 더듬고 애를 태우던 입술이 떨어져 나갔다. 엄지로 지우 의 입술을 문지르며 타액을 닦아 낸 그는 상기된 지우의 뺨에 다시 입술을 내렸다.

"빨리 나아요. 아프지 말고."

지우는 고개를 끄덕였다.

"나 출근할 테니까 잘 먹고 기다리고 있어요."

"네."

"착하네."

지우의 머리를 쓱쓱 쓰다듬고서는 침대에서 몸을 일으켰다.

그는 출근 준비를 하러 갔고, 지우는 다시 침대에 몸을 뉘었다.

나른한 몸은 다시 잠이 쏟아지려 했다. 혼자서 한 회장과 한현우에게 독을 품고 지내 왔던 시간만큼 그 독을 다 풀어내기가 쉽지 않았다. 생각하면 온몸이 아팠다.

엄마를 만나 이야기를 나누고 나면 좀 나아질까.

이 견딜 수 없는 허탈감과 억울함이 사라질까.

이리도 허무하게 몰락하는 그들이 도리어 지우에겐 충격이었다. 그들은 정말 보잘것없는 벌레만도 못한 인간이었고, 그런 그들 때문에 숨죽이고 고통받아 온 세월이 억울했다.

속으로 앓고 나면 괜찮아질 거라 생각했는데 아니었다. 어딘가 이 심정을 털어놓지 않으면 나아질 것 같지가 않았다.

지우는 눈을 감고 다시 잠을 청했다.

얼마 뒤 그가 곁으로 다가오는 소리가 들렸다. 발소리, 옷이 사각거리는 소리까지 다 들렸다.

"잠들었나 보네."

그는 아주 작은 소리로 속삭이듯 말했다. 그리고 지우의 뺨을 조심스럽게 쓰다듬고 머리카락을 쓸어 올리며 살짝 입술에 입을 맞추었다.

"다녀올게요. 기다려요."

그의 체취와 스킨로션 향이 함께 묻어났다. 청량한 내음에 가슴이 뻥 뚫리는 기분이었다.

그는 여전히 자는 줄 알고 조심스럽게 방을 걸어 나갔다.

한참 뒤, 지우는 눈을 떴다.

누군가에게 사랑받고, 사랑하는 일은 가슴 벅차도록 황홀하고 떨리는 일인 것만은 분명했다.

"잘 다녀와요."

혼잣말하듯 내뱉고는 입가에 잔잔한 미소를 지으며 다시 눈을 감았다.

* * *

태혁과 지우는 나란히 승용차 뒷좌석에 앉아 납골당으로 향하고 있었다. 태혁은 기꺼이 그녀와 같이 움직였고, 지우는 그런 그가 있어서 든든했다.

하지만 그와 함께 들어가기가 조금 꺼려졌다.

그가 어떻게 생각할지 모를뿐더러 괜한 부담을 주고 싶지 않았다. 그래서 혼자 조용히 다녀오려고 했었다.

"엄마한테 잠시 다녀올게요. 부사장님은 먼저 들어가세요. 집에 갈 땐 혼자 갈게요."

아직도 이 사람을 엄마에게 소개할 정도로 확신할 수가 없었다. 서로 내 사람이라는 말을 주고받았지만, 쉽게 믿기지 않았다.

내 사람.

내 여자.

내 남자.

모든 연인은 그렇게 시작했을 것이다. 심지어 짐승 같은 한 회장조차도 엄마와 사귈 때는 그러지 않았겠는가.

정식으로 손잡고 인사하러 가기에는 이른 감이 있었다.

태혁이 그런 저를 물끄러미 내려다보았다. 짙은 눈동자는 무슨 말을 하고 싶은 건지 알 수가 없었다.

깊고도 새카만 눈동자가 말없이 주시하며 오랫동안 침묵했다.

"흐음, 이지우 씨."

이윽고 그가 먼저 입을 열었다.

"네."

"가끔 생각하는데, 사람들은 결혼식이라는 걸 꼭 해야만 상대방의 마음을 진심이라고 믿는 겁니까."

지우는 대답 대신 시선을 피했다.

사생아, 이지우.

그녀에게 따라다니는 꼬리표가 태혁에겐 아무렇지 않은 걸까.

이런 말을 왜 하는지 물어볼까.

일부러 상처받으라고 하는 소린 아닐 테고.

지우는 눈을 똑바로 마주하며 그에게 물었다.

"부사장님, 저는 엄마처럼 살지 않기로 했어요. 무책임한 남자의 말을 믿고 애를 덜컥 낳거나, 그래서 그 아이에게 아버지 성도 물려주지 못하는 그런 일은 하지 않을 거예요."

그의 짙은 눈썹이 사납게 꿈틀대더니 입을 꾹 다물었다.

지우는 이런 자신이 마치 결혼을 구걸하는 사람처럼 느껴져 비참하기도 하고 마음이 복잡했다. 둘은 서로 다른 쪽 차창을 바라보며 그렇게 있었다.

차는 어느새 납골당을 다 와 가고 있었다.

구불거리는 좁은 길을 따라 차가 들어섰고, 조금 뒤 엄마가 계시는 곳에 도착했다.

"고마워요. 그럼 나중에 봐요."

지우는 혼자 차에서 내린 뒤 엄마가 있는 곳으로 걸어갔다.

아직은 오후 햇살이 따가웠다. 하지만 바람은 시원하고 좋았다.

등 뒤로 차가 떠나는 소리가 들려왔다. 걸음을 멈추고 뒤를 돌아보자, 저만치 멀어져 가는 그의 차만 보일 뿐이었다.

지우는 쓴웃음을 지으며 발걸음을 옮겼다.

납골당 건물 안은 서늘했다. 천천히 엄마의 위패가 놓인 곳으로 가서 들고 온 국화를 앞에 놓았다.

"엄마, 나 왔어."

엄마의 환하게 웃는 사진이 그녀를 반겼다.

'우리 딸 왔어? 고생 많았어.'

"고생은 무슨. 한지철, 한현우 끝까지 가는 거 볼 거야."

'지우야, 내 딸 이지우.'

다정하게 저를 부르는 엄마의 목소리에 지우는 눈물을 주르륵 흘렸다.

"응."

'언제까지 거기에 매여 있을 거니. 네 인생을 살아야지. 이제 그만하면 됐어.'

"아니야, 아직 멀었어. 나 잘해 낼게."

'잊어. 이젠 네가 아니라도 그 사람들은 충분히 고통을 맛볼 거야. 응? 온전히 너를 위해 살아도 부족한 시간이야.'

"사실, 이제 어떻게 해야 할지 모르겠어. 이젠 뭘 붙잡고 살지? 응? 엄마, 나 그냥 미국으로 갈까?"

'네 곁에 있는 사람을 봐. 그 사람은 어쩌고.'

"그 사람 믿어도 될까? 아니, 정말 믿고 싶은데 자신이 없어. 엄마, 흐흑, ……엄마, 보고 싶어. ……왜 나 버려두고 그렇게 갔어. 엄마."

지우는 바닥에 주저앉으며 오열했다. 그동안 제대로 울지도 못하고, 그저 속으로 삭여 둔 감정들이 앞다투어 튀어나왔다.

주체할 수 없는 눈물은 지우의 가슴속 깊은 곳에서 흐르고 흘러 강을 이루었다.

시간이 얼마나 흘렀는지 알지 못했다. 그렇게 울다가 다시 엄마를 보며 대화를 나누었다. 그러다가 서러움이 북받치면 또다시 눈물을 쏟아 냈다.

* * *

태혁은 지우를 내려 둔 뒤 곧장 김 실장에게 지시했다.

"반지 살 만한 곳으로 갑시다."

"아, 네."

차 안에서 그녀가 엄마처럼 살지 않겠다고 말하는 걸 듣고서야 아차 싶었다. 지우가 어떻게 살아왔는지, 어떤 마음을 품고 지금까지 버텨 왔는지 헤아리는 순간 태혁은 자신이 뱉은 말을 도로 주워 담고 싶었다.

이런 곳에 귀금속을 파는 곳이 있을지 의문이긴 했지만, 멀리 나가기에는 시간이 부족했다. 하지만 다행스럽게도 인근에 귀금속점이 있었다. 태혁은 곧바로 차에서 뛰어내려 가게 안으로 들어갔다.

"어서 오세요."

돋보기 안경을 쓴 나이 든 남자가 태혁을 유심히 바라보더니 진열대 앞에 섰다.

"뭘 찾으시나."

"반지 있습니까. 이 가게에서 가장 좋은 반지로 주십시오. 프러포즈할 반지입니다."

"있고말고."

남자는 진열대 아래 금고에서 상자를 꺼내 태혁 앞에 내밀었다. 세상에서 가장 좋은 것을 해 주고 싶은 그였지만, 지금은 어쩔 수 없었다. 그나마 괜찮아 보이는 반지를 빼서 새끼손가락에 끼워 보았다. 대충 사이즈가 맞을 듯했다.

"이걸로 주세요."

반지가 담긴 케이스를 안주머니에 넣고, 카드로 계산을 마쳤다.

"가격 흥정도 안 하고 계산하는 걸 보니 어지간히 급한가 보네요. 내 자신하지만 내가 만든 반지 끼고 헤어진 사람을 보질 못했어요. 앞으로 잘 살 겁니다."

주인의 덕담에 태혁은 고개를 숙인 뒤 가게를 나왔다. 태혁이 차에 오르자 김 실장은 다시 납골당으로 차를 몰았다.

그렇게 다급하게 반지를 사 가지고 온 태혁은 지우가 있는 납골당 안으로 걸음을 옮겼다.

순간 납골당 안에서 들려오는 울음소리에 태혁은 걸음을 멈추었다. 가슴이 찢어질 것 같은 저 울음이 누구에게서 나오는 소리인지 단번에 알아챘다.

저 자그마한 가슴에 저토록 큰 서러움이 묻혀 있었던 걸까.

어금니를 지그시 깨물며 지우의 울음이 잦아들 때까지 기다렸다.

어느 정도 진정이 된 모양인지 지우의 울음소리가 더 이상 들려오지 않았다. 태혁은 그제야 발걸음을 옮겨 지우가 있는 곳으로 다가갔다. 걸음 소리에 놀란 지우가 눈을 동그랗게 뜨고 그를 올려다보았다.

아직 그득 고여 있는 눈물이 뺨을 따라 흘러내렸다. 그 모습에 태혁의 두 눈이 흔들렸다. 저토록 아픈 눈으로 바라보는 지우의 모습에 숨을 쉴 수가 없었다. 그녀를 지켜보는 것만으로도 이렇게 아픈데, 도대체가.

가슴이 뻐개지는 통증에 입매를 굳혔다. 지금은 이럴 때가 아니었다. 태혁은 안주머니에 든 반지를 떠올리며 심호흡을 했다.

그리고 위패를 향해 돌아섰다. 지우와 자매처럼 닮은, 한 많은 여자의 사진이 눈에 들어왔다. 이지우를 낳아 주신 분이다.

처음 드리는 인사이니만큼 표정을 가다듬고 점잖게 인사를 올렸다.

'처음 뵙습니다, 기태혁이라고 합니다. 앞으로 자주 찾아뵙고 인사드리겠습니다. 다음엔 좋은 소식으로 찾아뵙겠습니다. 어머님.'

대답 없이 미소만 짓고 있는 사진 속 그녀는 태혁을 향해 좀 더 짙게 미소를 보내는 것만 같았다.

가슴에 묵직한 통증이 느껴졌다. 두 모녀가 살아온 세월이 순식간에 태혁의 가슴을 후려치고 지나갔다.

뜨거워진 눈시울이 식을 때까지 기다린 태혁은 돌아서서 지우를 일으켜 세웠다. 그러자 순순히 일어선 지우는 눈가의 눈물을 닦아 내며 그를 보았다.

아, 젠장.

왜 이리 떨리는 거야.

이젠 지우의 손에 반지를 끼워 줄 차례였다. 설마 싫다고 소리치진 않겠지. 가슴이 조마조마했다.

사실 그녀가 먼저 돌아가란 말만 하지 않았어도 그도 결혼식 운운하는 말은 하지 않았을 것이다.

프러포즈도 제대로 하지 않은 남자는 엄마를 만날 자격이 없다는 소리로 들려 그만 그렇게 내뱉고 말았는데, 이젠 그런 것 따위는 하나도 중요하지 않았다. 행여나 지우가 제 곁을 떠날까 봐 가슴이 졸였다.

지금 그가 내미는 반지만 받아 준다면 뭐라고 해도 괜찮을 것 같았다.

하아, 프러포즈를 어떻게 하더라.

영화나 드라마를 당최 보질 않으니 알 턱이 없었다. 고민 끝에 오래전에 본 어느 영화에서 남자가 여자에게 프러포즈하는 장면을 간신히 기억해 냈다. 그러니까 남자가 여자 앞에서 한쪽 무릎을 꿇고 반지 케이스를 열어 두 손으로 받쳤던 것 같았다.

그리고 뭐라고 했더라?

태혁은 미간을 좁히며 남자가 했던 말을 기억해 내려다 그만두었다.

그래, 나오는 대로 말하자. 내 진심을 담아.

태혁은 이마에 흐르는 식은땀을 닦아 낸 뒤 심호흡을 하며 자세를 잡았다. 바닥에 한쪽 무릎을 꿇고 재킷 안주머니에서 꺼낸 반지 케이스를 열어 지우에게 두 손으로 받쳐 올렸다.

놀란 지우의 두 눈이 더욱 커다래졌다. 맑은 눈동자에는 금방 눈물이 들어찼다.

동네 귀금속 방에서 가장 비싼 것이라고 해 봐야 얼마나 비쌀까. 그다지 좋지도 않은, 그의 성에 차지도 않는 반지였지만 지우는 그 반지를 보자마자 세상에서 가장 아름다운 것을 보는 것처럼 감동했다. 그 모습에 가슴이 뭉클했다.

"이지우 씨, 나와 결혼해 주십시오. 여기 계신 어머니 앞에서 당신께 청혼합니다."

"어, 어떻게, 흐흑."

지우는 손으로 입을 가린 채 울기만 했다. 태혁은 지우가 반지를 받지 않을까 초조해졌다. 다른 유족들이 그들을 보며 힐끔대는 것도 눈에 들어오지 않았다.

태혁의 새카만 눈동자는 오로지 지우에게만 집중한 채 그녀의 승낙을 기다렸다.

제발, 제발.

입이 바싹 마르고 심장은 미칠 듯이 뛰어 댔다.

"······이지우 씨, 나 같은 남자가 어디 있다고 이렇게 애를 먹이는 겁니까. 제발, 받아 줘요."

태혁은 저도 모르게 애원하고 있었다. 지우는 그제야 정신이 드는 모양인지 눈물을 닦아 내며 떨리는 손으로 반지를 받아 들었다.

"하아."

이제 숨이 쉬어졌다. 태혁은 숨을 내쉬며 한숨을 돌렸다.

반지를 가만히 보고만 있는 지우를 보자, 이건 아니다 싶은 마음에 그녀 손에 들린 케이스를 다시 뺏어서 반지를 꺼냈다.

"손."

그러자 지우가 손을 내밀었다.

태혁은 약지에 반지를 끼운 뒤 그 손등 위에 아주 정중한 키스를 했다.

짝, 짝, 짝짝짝.

어디선가 박수 소리가 들려왔다. 몇몇 사람이 프러포즈를 지켜보다 보내는 박수였다.

태혁은 순간 얼굴이 화끈 달아올랐다.

지금 자신이 뭘 했는지, 아찔했다.

지우는 태혁의 손을 잡고 일으켜 세운 뒤 그의 품에 꼭 안기었다.

"고마워요."

"휴우, 내가 고마워요."

이마에 비지땀을 흘리는 태혁은 그들 중 누군가가 사진을 찍는 것도 알아채지 못할 만큼 긴장해 있었다.

가슴 아프도록 처절하기도 했지만, 그만큼 간절하고 진실한 프러포즈였다. 태혁은 지우의 손을 꼭 잡고 다시 어머니께 인사를 드린 뒤, 그곳을 나섰다.

어느새 저녁노을이 곱게 깔린 저녁이었다.

"아름다워요."

"내 눈에는 이지우 씨가 제일 예쁩니다."

저만치 서 있던 김 실장이 두 사람 곁으로 다가왔다.

"부사장님, 축하드립니다. 이건 제 선물입니다."

태혁의 짙은 눈썹이 위로 치켜 올라갔다.

김 실장이 내미는 것은 다름 아닌 휴대전화였다. 뭔가 싶어 그것을 받아 든 태혁은 액정을 쳐다본 뒤 그지 헛웃음을 흘렸다.

궁금한 지우는 그의 손에 들린 휴대전화 액정을 같이 들여다보았다.

태혁이 무릎 꿇고 앉아서 반지를 내미는 장면이 찍혀 있었다.

지우는 그 사진을 보며 흐뭇한 미소를 지었고, 김 실장은 휴대전화를 받아 든 뒤 지우에게 사진을 전송했다. 태혁은 이 좋은 날, 김 실장의 오지랖도 그냥 넘기기로 했다.

한편 김 실장은 사진을 사내 홍보실에도 같이 전송했다. 물론 섣불리 사내 홍보실에서 그 사진을 홈피에 올리진 않겠지만, 어쨌든 요긴하게 써먹을 때가 있을 것이다.

이지우 씨가 저리도 좋아하는 모습을 보니 사내 홍보실이 아니라 인터넷 포털 사이트에 올리고 싶은 심정이었다.

그런데 기태혁 부사장의 행동은 아무리 생각해도 쇼킹했다. 그가 이지우 씨를 좋아한다는 것을 익히 알고 있었지만, 그렇다고 여기서 프러포즈를 할 줄은 생각지도 못했었다.

저렇게 사람들 보는 앞에서 천하의 기태혁이 무릎 꿇고 프러포즈를 할 줄 어찌 알았겠는가. 그래도 저한테 물어봤으면 프러포즈를 어떻게 하는지 정도는 알려 줬을 텐데. 쯧쯧.

그도 경험이 없긴 마찬가지였지만, 기태혁보다는 잘할 자신이 있었다.

문제는 여자가 없다는 것이지만.

* * *

근사한 레스토랑에서 지우와 식사를 하고 와인을 마신 후 태혁의 펜트하우스로 돌아왔다. 아직 완전히 낫지 않은 지우 때문에 태혁의 걱정은 점점 커져 갔다.

지우의 숨소리만 들어도 벌떡 서서 아우성을 치는 놈 때문에 여간 곤란한 게 아니었다. 오자마자 샤워를 하러 욕실로 들어간 지우는 또 얼마나 섹시한 모습으로 나타나 그를 괴롭힐지. 정욕감퇴제라도 먹어야 하는 거 아닌가 고민이 될 정도였다.

드디어 샤워를 마친 모양인지 욕실 문이 열리는 소리가 들리고 지우가 그의 곁으로 다가오는 것이 베란다 창으로 비쳤다.

고개를 돌리지도 못하고 창에 비친 그녀를 눈으로 좇던 태혁은 순간 눈이 휘둥그레졌다.

점점 다가오는 지우의 모습은 환상 그 자체였다. 실오라기 하나 걸치지 않은 모습은 믿기 어려울 정도였다.

이렇게 과감한 면이 있었다고?

하긴 백화점에서 야한 옷을 골라 입을 때부터 알아보긴 했었다만, 지금은 그것에 비할 바가 아니었다. 천천히 뒤돌아선 태혁의 눈에 이채가 서렸다.

"아무래도 내가 취해서 헛것이 보이는 모양입니다."

"아니에요. 제대로 보신 거 맞아요."

"정말 이지우 씨 맞습니까, 정녕 헛것이 아니란 말이죠?"

"네. 부끄럽게 계속 그렇게 보고만 있을 거예요?"

지우의 얼굴이 이젠 완전히 새빨개졌다.

"이지우 씨 뭐 하는 겁니까. 몸도 좋지 않으면서."

"안아 줘요."

하아, 제길.

태혁은 거칠게 머리를 쓸어 넘긴 뒤 불끈대는 아래로 시선을 내렸다.

"내가 고자도 아니고."

둘의 시선이 얽혔다.

이미 주저함이라고는 다 사라진 태혁의 얼굴을 보며 지우는 희미하게 웃었다. 그는 본래의 거침없는 모습으로 돌아와 있었다.

"내 몸이 그리웠던 겁니까. 이지우 씨."

"네."

"얼만큼인지 말해 봐요."

"여기만큼요."

지우가 그의 한 부분을 내려다보며 말했다.

음란한 눈빛으로 그런 지우를 바라보던 태혁은 넥타이를 흔들어 빼며 셔츠 단추를 풀기 시작했다.

"나 기다리는 거 못하고, 참는 건 더 못하고, 양보하는 건 더더욱 못하는 놈입니다."

"알고 있어요."

"이 여자가 진짜!"

"어서요."

"오늘 울어도 안 멈춥니다. 각오 단단히 해요."

"아앗!"

태혁은 지우를 달랑 어깨에 메고선 침실로 향했다.

찰싹.

"왜 때려요."

"맞을 짓 했습니다. 누가 이렇게 예쁜 엉덩이를 흔들라고 했습니까."

"그렇다고 때려요?"

"발정 난 남자가 얼마나 무서운지 모르는 모양인데, 혼 좀 나야겠네요"

태혁의 거친 숨소리와 지우의 신음이 밤새도록 이어졌다.

* * *

태혁은 조심스럽게 몸을 일으켰다. 아직은 이른 새벽이었다. 그는 침대 머리맡에 둔 휴대전화를 손에 쥐었다.

개과천선은 무슨.

한지철 회장이 한평생을 악하게 살아왔다면, 그에 합당한 죗값을 받는 게 맞았다. 한 회장이 불구속 기소된 상태로 조사를 받고 있지만, 그것으로 만족할 태혁이 아니었다.

무사히 주주총회도 치렀으니 이제 본격적으로 시작해야 하지 않겠나.

지우가 반쪽이 된 채 끙끙 앓았던 시간을 생각하면 속에 천불이 났다. 한 회장을 찾아가 당장 멱살이라도 잡고 바닥에 패대기치고 싶은 심정이었다.

사람의 탈을 썼으면 사람답게 살 순 없을까.

가슴속에 들끓는 화를 가라앉히며 앞으로 벌어질 일을 기대했다. 태혁은 주주총회 이후 잠깐 시간을 내어 강 의원을 만났었다.

태혁은 그날 강 의원과 나누었던 대화를 상기하며 비릿한 미소를 지었다.

솟을대문을 지나 안으로 들어가자 기와집에서 주인이 달려 나와 그를 맞이했다.

"어서 오세요, 부사장님."

"오셨습니까."

"아직이십니다. 이쪽으로 모시겠습니다."

태혁은 여자가 이끄는 대로 걸음을 옮겼다. 조용히 이야기할 수 있는 자리를 미리 부탁한 탓에 사람들 눈에 띄지 않는 다른 건물로 들어갔다. 본채와 별다를 게 없는 내부였지만 이곳은 아무나 출입할 수 있는 곳이 아니었다.

여자가 안내해 준 룸으로 들어간 태혁은 자리에 앉아 강 의원을 기다렸다. 그리고 얼마 뒤 강 의원이 정확하게 시간을 맞춰 룸으로 들어섰다.

자리에서 일어난 태혁은 강 의원과 인사를 나누었다.

"오셨습니까. 의원님."

"하하, 이거 내가 늦었네."

"아닙니다. 정확하게 오셨습니다. 앉으시지요."

태혁은 접대성 미소를 지으며 강 의원에게 자리를 권했다.

"주문은 이야기가 끝난 뒤 편하게 하시면 어떻겠습니까."

"그래, 자네 뜻대로 하게. 그런데 무슨 부탁을 하려고 그러는지 사실 좀 떨리네만."

능구렁이 같은 영감. 너스레를 떨어 대며 먼저 기선을 잡으려 했다.

"권력을 능숙하게 사용하시려면 뒤를 받쳐 주는 누군가가 있어야 하지 않겠습니까."

"당연한 것을. 그래서 자네가 내 뒤를 받쳐 주고 있지 않나."

앞에 놓인 잔을 들어 올린 태혁은 한 모금 삼킨 뒤 내려놓았다.

"차 맛이 엉망입니다. 무슨 쓰레기처리장에서 나는 냄새가 나는군요."

무심한 표정으로 강 의원을 바라보자, 강 의원의 얼굴에 미세한 균열이 가기 시작했다.

"허허, 그런가? 내가 다시 차를 내 오라고 해야겠네."

"괜찮습니다. 그렇게까지 마시고 싶지가 않네요."

그 말은 쓰레기 같은 당신과는 더는 거래를 하고 싶지 않다는 뜻이었다. 강 의원이 기저에 깔린 뜻을 모를 리가 없었고, 그는 잠시 허공의 한 지점을 응시하며 한숨을 내쉬더니 태혁의 눈을 똑바로 마주했다.

"내가 어떻게 하면 되겠나."

"뭘 말씀입니까."

"대권을 쥐려면 어찌하면 좋은지 물었네."

태혁의 눈동자가 서늘하게 빛났다. 그는 아주 천천히 입을 열었다.

"SJ 자동차 전 회장 한지철 씨를 구속 수사할 수 있도록 하시면 됩니다."

태혁의 말에 강 의원은 조금 곤란하다는 표정을 지어 보였다.

"아, 그런가. 불구속 기소는 아니란 말이지."

"처음부터 말씀드렸습니다. 손에 인정을 두지 마시라고. 죄질이 무거운 사람입니다."

"윗선에도 워낙 뿌린 돈이 많아서 쉽게 움직이지 않을 걸세."

"제가 의원님을 잘못 본 게 아니길 바랍니다."

사람을 조련하는 기술이야말로 태혁에겐 아주 능숙했다. 살아온 연륜으로 따지자면 강 의원이 한참 위였지만, 태혁에겐 그런 것은 문제가 되지 않았다.

"끄응."

강 의원은 여전히 못마땅하다는 듯 앓는 소리를 냈다.

"의원님은 겉으로 나서도 됩니다. 사회정의에 앞장서는 정치의원으로 보일 테니까요. 좋은 기회가 아닙니까."

"그렇단 말이지. 알겠네."

태혁은 다시 잔을 들어 올려 입가로 옮겼다. 천천히 마신 뒤 잔을 내려놓았다. 잔은 다 비어 있었다.

그것을 본 강 의원이 태혁을 향해 물었다.

"그래, 쓰레기처리장 냄새나는 것을 왜 다 마셨는가."

"일체유심조입니다."

"뭐? 하, 하하하. 자네 엉뚱한 구석도 있고, 여간 재밌는 사람이 아니네."

"제가 의원님 웃으시라고 한 말이 아닙니다. 의원님 대답이 적절했기 때문입니다."

"크흠, 그런가."

"최대한 빨리하셔야 할 겁니다. 제가 기다리는 걸 잘 못해서 말입니다."

"알겠네. 내 약속하지."

사람에게 권력이란 것은 상대방을 조종할 수 있는 강력한 힘이 된다. 하지만 만용을 부리게 되면 언젠가는 그 권력의 칼날 끝이 자신을 향하게 될 것이다.

이제는 그가 굽혀야 할 차례였다.

"감사합니다. 의원님."

태혁의 깍듯한 인사에 강 의원의 표정이 서서히 풀려 갔다.

"이제 우리 밥이나 먹으면서 이야기를 나누세."

"네."

태혁은 조용히 테이블 위의 벨을 눌렀고, 조금 뒤 음식들이 들어왔다.

"자네에게 물어볼 게 있네만."

"네, 말씀하십시오."

"우리 희선이는 도저히 아니던가?"

2년도 더 지난 이야기를 꺼내는 강 의원을 보며 뭐라 대답해야 할지 난감했다.

"자리 잡기에도 버거운 때였습니다. 결혼해서 제 뒤를 봐줄 뒷배를 만드는 것도 중요하지만, 저는 저 스스로 해내고 싶었습니다."

강 의원은 말없이 그저 고개를 끄덕였다.

"지금 만나는 여자는 있고?"

"네. 있습니다."

"그 말은 이제 안정됐단 말인가."

"자만하지 않으려 애는 쓰고 있습니다."

"허허, 어느 여식인지 복을 타고났네그려."

아쉬움이 잔뜩 묻어나는 얼굴로 그를 바라보는 강 의원에게 태혁은 나직한 소리로 말했다.

"강 의원님 따님도 보통 복을 타고난 건 아닌 듯합니다."

"그걸 알면."

"의원님 때문이 아닙니다."

"나 때문이 아니라니. 그럼 뭐가 있단 말인가."

"좋은 사람 만나고 있지 않습니까. 강희선 씨."

"혼삿길 막는 소리 그만하게."

강 의원은 아직도 제임스 리가 탐탁지 않은 모양이었다. 태혁은 지우를 도와준 제임스를 위해 한 가지 정도는 해 주자 싶었다.

"시간이 좀 지나면 아시게 될 겁니다."

"쓸데없는 소리 말고 어서 들게나."

앞으로 제임스가 헤쳐 나가야 할 고생길이 눈에 선했다.

잘 알아서 하겠지.

태혁은 저를 기다리고 있을 지우를 떠올리며 이만 돌아가야겠다고 생각했다.

드디어 상을 물리고 자리에서 일어난 태혁은 마지막으로 쐐기를 박았다.

"뉴스에서 조만간 볼 수 있겠습니다."

"하하, 사람 급하긴. 알겠네."

강 의원은 고개를 끄덕이며 그와 헤어졌다.

태혁은 어둠 속에서 푸른빛을 내는 액정을 들여다보았다. 매일 눈을 뜨면 확인하는 것이긴 했지만, 오늘은 기분이 색달랐다.

직접 두 눈으로 강 의원이 벌인 결과물을 확인했다.

포털 사이트마다 한 회장에 관한 이야기로 기사가 넘쳐났다.

[전 SJ 자동차사 한지철 회장 구속영장 청구]

강 의원이 제대로 한 모양이었다. 한 회장의 구속수사에 관한 내용이 도배하고 있었다. 강 의원의 강력한 요구가 있었다는 것도 기사 내용에 짤막하게 나와 있었다.

이로써 한 인간은 처리되겠지만, 한현우는 좀 더 생각해 볼 문제였다.

이지우와 직접 관련된 일이라면 결코 그대로 넘어갈 순 없었다.

태혁은 조심스럽게 기지개를 켜며 자리에서 일어났다.

오늘 뭘 먹이나.

아침마다 지우를 위해 요리를 하는 태혁은 간단한 샌드위치를 만들자 싶어 주방으로 향했다.

* * *

지우는 태혁이 만든 샌드위치를 그와 같이 먹고 있었다. 이미 출근 준비를 마친 지우는 곱고 화사하게 화장을 한 상태였다.

지우의 얼굴을 쳐다보던 태혁은 슬쩍 미간을 찌푸리다 이내 표정을 바로 했다.

괜히 이런 거로 시비를 걸었다간 결국 뒤로 가서 비는 건 그의 몫이었다. 차츰 이런 것도 내성이 생기는 듯했다.

"요리도 잘하고, 정말 일등 신랑감이네요. 울 태혁 씨는."

사실 이 맛에 아침을 차렸다. 태혁은 싱긋 웃으며 샌드위치를 한 입 베어 물었다.

"지우 씨는 뭘 잘합니까."

그가 물었다.

음, 고민하던 지우는 이야기를 시작했다.

"어릴 때부터 그림 그리는 것을 좋아했어요. 엄마 말로는 제가 늘 자동차, 비행기, 기차, 배, 자전거 같은 것을 그리면서 놀았다더라고요."

지우는 여상한 얼굴로 태혁을 보며 말했다.

"그걸 타고 어딜 가려고 그랬어요?"

그는 테이블 위에 팔을 올리고 한 손으로 턱을 받친 채 물었다. 예리한 두 눈동자는 지우의 표정 하나하나를 낱낱이 파헤칠 것처럼 파고들었다.

"딱히 어딜 가고 싶단 생각을 해서 그랬던 건 아닌 거 같아요. 그냥 차가 좋았어요. 인형보다는."

"차를 사 주면 차 타고 도망간다는 말이 있는데."

"그런 말도 있어요? 신발 사 주면 신고 도망간다는 소리는 들어 봤어도 그건 처음 듣는 소리네요."

"내가 지어낸 말입니다."

지우는 어이가 없기도 하고, 너무나도 그답다는 생각에 피식 웃다가 문득 스치고 가는 의문에 표정을 굳히며 그를 빤히 바라보았다.

그러자 태혁의 짙은 눈썹 한쪽이 위로 치켜 올라갔다.

"왜 그래요."

"흐음, 좀 그러네요."

"그렇다니요. 말을 했으면 끝까지 해야지, 그런 버르장머리는 나쁜데."

"지금 내 버르장머리를 따질 게 아니라, 부사장님부터 따져 봐야겠는데요."

눈을 가느스름하게 뜬 지우는 태혁에게 한 치의 양보도 없다는 듯 팽팽하게 맞섰다.

"날 따져 봐야 한다고? 뭘 말입니까."

손에 들고 있던 커피 잔을 내려놓고선 좀 더 가까이 다가앉은 그는 전혀 거리낄 게 없다는 표정이었다. 지우는 고개를 끄덕인 뒤 차분한 목소리로 그에게 질문했다.

"지금 차를 사 주면 도망간다고 하셨잖아요. 그 말은 그렇게 일반화시킬 만큼 그런 상대가 많았단 뜻 아닌가요?"

그가 팔짱을 낀 채 지우를 빤히 내려다보았다. 입가에 미소가 떠오른 채 바라보는 눈동자는 부드럽게 휘어졌다.

"그런 웃음으로 그냥 넘어갈 생각이라면 저도 앞으로 절대로 부사장님한테는 어떤 말도 하지 않을 거예요."

"계속해요."

그는 재미있다는 듯 눈초리를 휘었다. 그걸 보고 있자니 꼭 놀림을 당하는 기분이었다.

"부사장님, 저 놀리시는 거면 여기서 멈추세요. 저 좀 심각하거든요."

"내 과거의 여자가 궁금한 거 아닙니까."

지우는 도도하게 턱을 치켜들며 살짝 고개만 끄덕였다.

"지금 후회되는 게 있다면 딱 두 가지뿐인데, 그게 뭔지 압니까."

그는 어느새 진지한 표정으로 그녀를 보고 있었다.

"하나는 5년 전 이지우란 여자를 봤을 때, 그냥 보내 버렸다는 거."

"5년 전 서울 모터쇼에서 말인가요?"

그는 말을 끊고 지우의 눈을 주시했다. 떨리는 눈동자를 감추려 시선을 내려뜨렸지만, 그의 달콤한 말에 가슴이 미칠 듯이 뛰어 댔다.

그러니까 그는 차를 사 준 여성이 없단 소릴 하려고 저렇게 돌려 말하는 것이 분명했다.

지우는 그의 말을 끝까지 경청하기로 하고 다시 시선을 들어 올렸다.

"⋯⋯그리고 다른 하나는 2년 전, 이지우 씨가 안아 달라고 할 때, 왜 그렇게 매몰차게 내쳤는지. 이렇게 튕길 줄 알았으면, 스스로 안겨 올 때, 안았으면 됐을 것을. 난 지금 그게 후회돼서 환장하겠는데, ⋯⋯그깟 다른 여자한테 차 한 대 준 게 뭐가 대수라고 그렇게 흥분하는 겁니까."

지우는 홍조를 띤 얼굴이 빠르게 식어 내리는 것을 체감하며 그냥 입을 다물었다.

"그래서 난 뭘 사 줘야 할지 고민이 됩니다."

이따위 말을 해 놓고 뭘 사 준들 기쁘다고.

지우는 팩 토라진 표정으로 그를 외면했다.

그 모습을 본 태혁인 싱긋 웃음을 지었다.

질투도 아주 귀엽게 한다, 종종 놀려 먹고 싶을 만큼. 태혁의 눈에는 지우가 마냥 귀여웠다. 저 사랑스러운 뺨을 콱 깨물어 주고 싶었다. 그랬다간 뼈도 못 추리겠지만, 시간이 갈수록 사랑스럽고 예뻐 보이는 건 어쩔 수 없는 모양이었다.

"말해 봐요. 뭘 갖고 싶은지."

지우의 눈동자가 사뭇 위험하게 반짝였다.

뭘 갖고 싶은지 말해 보라고? 흥!

지우는 갖고 싶은 것보다 하고 싶은 게 많았다. 어제 희선과 통화를 하면서 서로 뜻이 맞아 이달 말에 뉴욕에 가기로 했었다.

말일이 되려면 멀었지만, 이번 기회에 선수를 쳐서 말해 놓는 것도 좋을 것 같았다.

태혁은 마침 뭐든 다 들어줄 것 같은 얼굴을 하고 있었다.

"이달 말일쯤 뉴욕에 다녀올까 해요. 그렇게 되면 또 회사를 빠지게 되는데, 남은 연차를 써서 다녀와야 할 것 같아요."

순간 그의 짙은 눈썹이 꿈틀거렸다. 그의 입에서 무슨 말이 나올지 조마조마했지만, 제 뜻을 명확하게 하려고 쐐기를 박았다.

"설마 부사장님 허락을 받아야 하는 건 아니죠?"

어느새 무표정한 얼굴로 돌아온 그는 팔짱을 낀 채 매끈한 턱을 매만졌다. 그리고 한참 만에 천천히 입을 열었다.

"내가, 월말에 시간이 될지 모르겠습니다."

놀란 지우는 눈을 동그랗게 뜨고 그를 쳐다보았다. 그건 아니지. 같이 간다는 말이 아니었는데.

"다음 달 초에는 행사가 많이 잡혀 있습니다. 월말에 다 준비해서 무리 없이 진행될 수 있도록 점검해야 하는데, 중요한 시기에 자리를 비울 수도 없고."

"아, 부사장님께서 굳이 가실 필요는 없으세요. 저는 희선이와 같이 가기로 했어요."

"벌써 결정한 겁니까."

"확정은 아니지만, 굳이 못 갈 이유도 없잖아요."

잔을 만지작거리는 지우의 손에 머물던 그의 눈길이 천천히 지우의 눈동자로 향했다.

무슨 말을 하려던 것처럼 입술을 달싹이던 그는 입을 꾹 다물며 자리에서 일어났다. 그리고 식탁을 벗어나 휴대전화를 챙겨 들며 베란다로 향했다.

그의 반응이 저럴 거라곤 생각지도 못했다. 지우는 당혹감에 머리카락을 쓸어 넘기며 그를 물끄러미 쳐다보았다.

베란다로 나온 태혁은 휴대전화번호에서 제임스의 번호를 찾아내어 통화 버튼을 눌렀다. 신호가 가고 난 뒤 한참 만에 제임스의 목소리가 들려왔다.

-여보세요?

"나야."

-태혁? 내가 다시 걸게. 지금 바빠서 말이야.

"바쁜 거 아니까 지금 똑똑히 들어. 너, 애인 단속 제대로 안 해? 보고 싶으면 조용히 다녀올 일이지 누굴 끌어들여."

-무슨 말이야, 갑자기.

"네 여자한테 물어봐. 가만히 있는 지우 들쑤시면 재미없을 줄 알아."

-제기랄, 너 때문에 지금 계산이 다 틀어졌잖아.

제임스가 날카롭게 소리쳤다. 뭔가 연구를 하고 있던 모양인지 어지간히 화를 냈다.

태혁은 확답을 들을 때까지 전화를 붙들고 있었다.

-친구, 그러니까 지금 네 얘긴 희선이가 뉴욕에 오는 것 때문에 문제가 생겼단 말인데, 맞아?

"그래."

-그런데 너랑 무슨 상관이야.

"내 말을 엉덩이로 들었어?"

-제길, 지우 씨가 같이 뉴욕에 온다고 했어? 그래서 이 미친 발광을 떠는 거야?

"막아. 아님 네가 한국에 오든지."

-허, 허허허. 너 아주 단단히 미쳤네.

"진짜 도는 꼴 보고 싶지 않으면 제대로 해. 끊어."

태혁은 통화를 마친 뒤 허리에 한 손을 올린 채 거친 숨을 내쉬며 호흡을 가다듬었다.

자신을 혼자 두고 어딜 간다고?

감히 상상도 할 수 없는 짓을 하려는 지우를 생각하자 열이 뻗쳤다.

뉴욕이 어디 이웃 동네라도 되는 줄 아는 모양이지.

어깻숨을 내쉬며 호흡을 가다듬던 태혁은 지금 이 여자는 뭘 하고 있나 싶어 얼른 뒤를 돌아보았다.

설마?

태혁은 제 눈을 의심하며 재빨리 거실로 들어섰다. 식당에 있어야 할 지우가 보이질 않았다.

태혁은 방문을 차례대로 열어 보고, 마지막으로 욕실까지 열어 본 뒤 허탈한 표정으로 확인차 현관으로 향했다.

거기 있어야 할 지우의 구두가 보이질 않았다.

어이가 없어진 태혁은 망연자실한 표정으로 혼자 현관 앞에 서서 웃음을 터트렸다.

* * *

그가 베란다로 나가서 통화하는 모습을 바라보던 지우는 화가 나서 먼저 오피스텔을 나와 버렸다.

그는 성격을 고칠 필요가 있었다. 많이 나아졌다고는 해도 아직까지는 독단적인 면이 많았다. 게다가 저를 너무 싸고돌아서 여간 곤란한 게 아니었다.

희선의 말대로 초반에 기선을 잡는 것이 중요한 것 같았다. 과연 잡히기나 할지 의문스러웠지만, 해보는 데까지는 해볼 생각이었다.

어느덧 연구소가 저만치 보였다.

위장막을 씌운 차들과 아닌 차들이 쭉 늘어선 연구소단지를 보자 사귀는 여자마다 차를 선물했다던 그의 말이 문득 스쳐 갔다. 기분이 상당히 묘했다. 상상하면 할수록 기분이 저조해지는 건 당연했고, 이상한 오기가 치밀었다.

주차장에 차를 세운 뒤 A동 건물로 들어섰다. 보안 게이트를 지나 사무실로 향했다.

일찍 출근한 탓에 사무실에는 사람이 몇 없었다. 그들 중 문철이 먼저 지우를 보고선 자리에서 일어나 다가왔다.

"안녕하셨어요, 팀장님?"

"몸은 괜찮아?"

"네."

"아무튼, 디자인 연구소가 들썩일 정도로 일이 많긴 했는데, 다 무마되어 가는 중이니까 너무 신경 쓰지 마."

"고맙습니다."

문철은 아직도 할 말이 많은 듯한 눈으로 지우를 바라보다, 이내 표정을 부드럽게 하며 싱긋 웃어 보였다.

"그거 알아?"

"네?"

"연구소 소장님 새로 오셨어."

"그래요?"

"응, 나중에 직원들 다 모이면 인사하러 갈 거야. 그때 보자고."

"네."

이후 직원들이 지우를 보며 인사를 해 왔고, 지우도 이들과 반갑게 인사를 나누었다. 다들 궁금한 게 많은 듯 호기심 어린 눈빛으로 지우를 바라봤지만 그녀는 속없이 웃기만 했다.

지금 기태혁은 문자도 없고, 물론 문자는 아주 특별한 경우가 아니면 보내지 않으니 내버려 두고서라도, 어떻게 된 것이 전화조차도 한 통 없었다.

역시 기태혁답다는 생각을 하며 일에 몰두하기 시작했다.

* * *

기태혁의 분위기가 며칠은 아주 화창한 봄날 같더니, 지금은 칼바람이 불고 있었다. 비서실 직원들 모두 기태혁의 눈치를 살피며 숨죽인 채 지켜보고 있었다.

가장 먼저 칼바람을 맞은 것은 김 실장이었고, 두 번째는 성 대리였다.

둘 다 크게 한 방씩 맞고서는 바짝 긴장해 있었다.

"그나저나 김 실장님, 부사장님 왜 저러시는 거예요? 이유나 알고 당해야죠."

"그 이유, 나도 잘 몰라. 그냥 일이나 해."

"휴가 다녀온 첫날부터 이러시니 새가슴인 저는 완전 죽을 맛이라고요."

"휴가도 못 간 나도 있으니까 그만하고 일해."

"휴우, 네네."

김 실장은 자리에서 일어나 1층으로 향했다. 조용히 가서 이지우가 뭘 하고 있는지 보고 오라는 지시가 떨어졌다.

사무실 문을 열고 들어가자 디자이너 한 명만 있을 뿐 다들 어딜 갔는지 자리가 비어 있었다.

"다들 어디 갔습니까."

"안녕하세요. 지금 다들 연구소장님 방으로 갔습니다. 인사드린다고요."

"아, 그래요?"

"네."

"그럼 수고해요."

디자인 연구소 박 소장이 회사를 그만둔 뒤 새로 부임한 소장은 이전과 달리 젊고 유능한 슈퍼스타 디자이너였다.

B사의 연구소장으로 있던 그를 영입하는 데 힘쓴 사람은 다름 아닌 부사장 기태혁이었다.

김 실장은 저를 기다리고 있을 부사장 때문에 걸음을 빨리했다.

* * *

톡톡.

기태혁은 책상 위에 올려진 손을 두드리며 김 실장이 오기를 기다리고 있었다.

사람 속 타는 줄도 모르고 이렇게 늦장을 부리다니.

인내심이 바닥을 치려 할 때, 노크 소리가 들렸다.

똑똑.

새삼스럽게 노크는.

이윽고 김 실장이 모습을 드러냈다. 그가 가까이 다가올 때까지 태혁은 김 실장의 얼굴을 빤히 들여다보고 있었다.

김 실장은 태혁과 시선이 마주치자 움찔하더니 목을 가다듬었다. 눈썹을 추켜세운 태혁은 김 실장을 쳐다보며 다리를 바꿔 겹쳤다.

"지금 다들 새로 온 연구소장과 면담 중이라고 했습니다. 다들 자리를 비우고 없었습니다."

"오전부터 면담이라. 이지우 씨도 같이 간 모양입니다."

"네, 그렇다고 들었습니다."

"그런데 김 실장님, 잠시 이리 좀 앉아 보세요."

태혁은 넥타이를 좌우로 가볍게 흔들며 소파로 가서 상석에 앉았다. 바짝 얼어붙은 김 실장은 조심스럽게 기다란 소파에 앉으며 그의 눈치를 살폈다.

"내가 전에 만났던 여자들한테 차 사 준 적 있습니까."

"그게 무슨 말씀이신지."

"두 번 묻게 하지 말라고 했을 텐데요."

"차를 두어 번 줘서 보낸 적이 있습니다."

"왜 쓸데없는 짓을 해서는!"

태혁이 소릴 버럭 지르자 김 실장이 변명을 늘어놓았다.

"그건 부사장님께서 여자분들이 원하는 것이 있으면 어지간한 건 들어줘서라도 떼어 내라고 하셔서 그렇게 한 것입니다."

별로 대수롭지 않게 여겼었는데, 오늘 아무래도 실수한 것 같았다. 마음이 착잡했다. 아무래도 이지우가 그것 때문에 화가 난 것 같은데, 어떻게 풀어야 할지 난감했다. 결국 뉴욕을 보내 줘야 한단 말인가.

태혁은 고개를 저으며 자리에서 일어났다. 일단 얼굴을 보고 대화를 나누자 싶었다.

"연구소장실에 있습니까."

"네, 그렇다고 들었습니다."

"가 봐야겠습니다."

"제가 모시겠습니다."

태혁은 재킷을 걸친 뒤 넥타이를 조여 맸다. 새카만 눈동자와 잘 어울리는 검은색 슈트는 그의 인상을 더욱더 강렬하게 보이도록 했다. 단단히 각오한 표정으로 나서는 부사장을 보자 김 실장은 영 불길한 예감이 들었다.

* * *

지우는 새로 부임한 연구소장의 얼굴을 보는 순간 눈이 휘둥그레졌다. 그도 멈칫하며 한동안 지우를 주시했다.

그녀가 포드 사에 처음 들어갔을 때, 책임연구원으로 있던 김선우 팀장이었다. 다른 팀원들 때문에 알은척을 하지 못했지만, 그도 그녀를 바로 알아본 듯했다.

김선우는 자신을 소개한 뒤 앞으로의 포부와 계획을 말했다. 그리고 직원들 한 명 한 명 인사를 나누었다. 근무 중이라 간단하게 인사를 나눈 뒤 다들 자리에서 일어났다.

그때 그가 문철과 지우를 불렀다.

"두 분은 잠시 남아서 설명을 좀 더 해 주시겠습니까."

"네."

문철은 흔쾌히 대답했다. 지우는 문철을 쳐다본 뒤 다시 자리에 앉았다.

연구소장실에 세 명만 남게 되자 김선우는 지우를 향해 몸을 틀며 정면으로 바라보았다.

"이지우 디자이너, 나 모르겠습니까?"

"김선우 팀장님 맞으시죠?"

"하하, 역시 눈썰미가 좋으십니다."

김선우가 환하게 웃으며 반가운 티를 과하게 냈다.

"이지우 씨랑 같이 근무하셨었나 봅니다."

문철이 중간에 끼어들었다.

"네, 제가 잠시 포드 사에 머물 때, 이지우 씨는 OPT 프로그램 참가 중이었죠. 한 1년 정도 같이 있다가 저는 B사로 옮겼고, 이후 이지우 씨는 정직원이 됐다는 소릴 들었습니다."

김선우는 제법 정확하게 기억하고 있었다.

"이번에 출시될 XC-70Ⅳ 중형 세단도 이지우 씨가 디자인한 겁니다."

"역시 그럴 줄 알았습니다."

김선우는 흡족한 미소를 지으며 지우를 바라보았다.

눈치가 빠른 문철은 지우를 향해 눈짓을 하고선 자리에서 몸을 일으켰다.

"저, 그럼 소장님, 저는 눈치껏 빠지겠습니다. 두 분이 얘길 나누시죠."

"그래 주시겠습니까."

"지우 씨, 나 먼저 갈게."

"저도 이만 일어나겠습니다."

단둘이 남게 되는 상황이 싫어 지우도 몸을 일으켰다. 그러자 김선우가 지우를 다시 불러 세웠다.

"10분이면 됩니다. 잠시만 시간을 내주시죠."

"그래, 뭘 그렇게 야박하게 굴어. 소장님께서 저렇게까지 말씀하시는데."

문철을 향해 눈을 슬쩍 흘긴 지우는 마지못해 자리에 앉았다.

문철이 나가고 난 뒤 김선우는 옅은 미소를 지으며 지우를 빤히 쳐다보았다.

"그때도 예쁘다고 생각했었는데, 지금은 더 예뻐지셨습니다."

"별말씀을요."

"하하, 이지우 씨 그때도 엄청 찬바람 불더니, 지금도 마찬가지네요. 그때 내가 어지간히도 잘 보이려고 노력했었는데, 단 한 번도 제대로 안 봐 주더라고요."

"전 기억이 안 나네요."

"나 아직 혼자입니다. 한국에 들어오면 그때, 마음에 드는 여자 만나서 결혼하자 생각하고 지금까지 혼자 지냈습니다."

"그런 이야기를 왜 제게 하시는지."

"남자는 대놓고 피하면 도전의식이 생겨서 더 타오르는데."

"저런, 우리 김 소장님이 이지우 씨가 어지간히 마음에 든 모양입니다."

갑자기 등 뒤에서 들려온 소리에 지우는 벌떡 자리에서 일어났다. 아니나 다를까, 소장실 문이 열리며 기태혁이 모습을 드러냈다.

"아, 부사장님 오셨습니까. 하하, 제가 하는 말 다 들으셨나 보네요."

김선우는 아주 당당하게 말하며 기태혁을 향해 친근감을 표했다.

"문이 열려 있더군요. 일부러 지나다니는 사람 다 들으라고 그래 놓은 거 아닙니까."

"우선 이리 앉으시죠."

태혁은 지우를 향해 시선을 떼지 않으며 그가 권하는 자리에 앉았다.

"이지우 씨, 앉아요."

김선우가 지우를 보며 다정하게 말했다. 그러자 기태혁의 짙은 눈썹 한쪽이 위로 치켜 올라갔다.

"두 분이 말씀 나누시죠. 저는 이만 가 보겠습니다."

"이지우 디자이너, 윗사람 대우를 그렇게 합니까. 앉으라면 앉아요."

태혁이 싸늘하게 지우를 노려보며 명령했다. 그 기가 막힌 태도에 지우는 입술을 짓씹으며 자리에 앉았다.

"김선우 소장님은 어떻게 이지우 씨를 아는 겁니까."

"하하, 제가 포드 사에 잠시 근무했을 때, 이지우 씨도 같이 근무했었습니다."

"아, 그래요? 보통 인연이 아닌가 보네요."

"부사장님께서 저를 이곳에 불러 주셔서 이렇게 만나게 되었으니 제겐 은인이나 다름없으십니다. 하하하."

태혁의 얼굴에 돌던 냉기가 점점 더해 갔다.

지우는 그걸 보고 가만있을 수가 없었다. 저 사람이 화가 나면 어떻게 되는지 누구보다 잘 아는데, 이대로 있다간 도리어 상황이 역전될 수도 있었다.

그녀가 차분하게 마음을 가다듬고 입을 열었다.

"소장님, 저 결혼할 사람 있습니다. 제 배우자 될 분이 들으면 상당히 언짢아하실 것 같네요."

"아, 그래요? 정말 미안해요. 난 여전히 혼자인 줄 알고. 정말 미안합니다."

당황한 김선우는 재빨리 감정을 수습하며 아주 정중하게 사과를 해 왔다. 그런 둘을 말없이 바라보던 태혁은 과장된 표정을 지으며 감탄사를 터트렸다.

"저런, 안타까워서 어쩝니까. 김 소장님."

"하, 제가 실수했네요. 그나저나 이지우 씨 남편 될 분이 정말 부럽네요. 안 그렇습니까, 부사장님. 이렇게 아름답고 현명한 아내를 얻는 거야말로 남자들의 꿈 아닙니까."

다시 싸늘하게 표정을 굳힌 태혁은 위협하듯 낮은 목소리로 내뱉었다.

"그러게 왜 자꾸 내 마누라 될 사람 보고 침 흘리는 겁니까, 김선우 소장."

"에, ……예? 정말이십니까."

놀란 김선우가 둘을 번갈아 가며 쳐다보았다.

"쯧, 김칫국을 한 사발로 들이켜더니. 오늘 현명한 내 여자가 당신 살린 줄이나 알아요."

"하하. 네, 죄송합니다. 다시 사과드립니다, 부사장님."

"뭐, 모르면 그럴 수도 있죠. 그런데 김 소장님도 사람 보는 눈이 제법입니다. 단번에 보석을 알아보는 거 보면."

"이젠 부사장님 화법에 넘어가면 안 될 것 같습니다."

이마에 흐르는 식은땀을 손등으로 훔쳐 낸 김선우는 어색한 미소를 지었다.

지우는 딱딱하게 굳은 얼굴로 그들을 바라보다 자리에서 일어났다.

"그럼, 저는 먼저 나가 보겠습니다."

가볍게 고개를 숙인 뒤 그녀가 소장실을 나왔다. 긴장된 순간이 지나고 나자 온몸에 힘이 빠져나갔다.

그렇게 복도를 털레털레 걷는데, 그녀를 부르는 소리가 들려왔다.

"이지우 씨."

어느새 뒤를 따라 나온 태혁이 팔을 붙들었다.

"놔요."

지우는 그의 손을 뿌리쳤다. 그러자 이번에는 아주 쉽게 그녀를 복도 벽 쪽으로 끌어당겼다.

탁!

그가 팔을 올려 벽을 짚으며 그녀를 가두었다.

"내가 이렇게 인내심이 많은 인간인 줄 오늘 처음 알았습니다."

"······."

태혁은 입꼬리를 말아 올리며 씩 웃었다.

새카만 눈동자가 부드럽게 일렁이며 그녀를 애무하듯 더듬고 있었다.

"내가 잘못했습니다. 화 풀어요."

이 사람이 누군가에게 이런 식의 사과를 해 본 적이 있을까. 과거를 묻고 따지는 것만큼 이상한 것도 없을 텐데, 왜 사과를 하는 걸까.

"부사장님 잘못하신 거 없으세요. 사과 안 하셔도 돼요. 아침에는 순간 질투가 났었어요. 사실 지나간 일을 가지고 그러는 건 정말 어리석잖아요."

말을 마친 지우는 시선을 내려뜨렸다.

"날 봐요."

지우의 턱을 붙잡고 그를 보도록 했다. 보는 것만으로도 숨이 막힐 정도로 뜨거운 시선이 쏟아졌다.

"그러니까 김선우 소장과의 일은 과거 일이니까 묻지 말라는 뜻, 맞습니까."

태혁은 지우의 코를 살짝 쥐고 흔들었다.

"앗!"

"이렇게 여우같이 굴면 헤어 나올 수가 없잖습니까."

부드럽게 속을 휘젓는 말투에 지우는 속절없이 무너졌다. 그는 천천히 상체를 기울이며 지우의 어깨에 턱을 얹고서는 긴 한숨을 내쉬었다.

"큰일 났습니다. 잠시도 떨어져 있기 싫으니."

태혁은 지우의 입술에 그의 입술을 살짝 갖다 대며 웅얼거렸다.

"나 사장 취임식 때, 결혼발표도 같이할 겁니다."

"자, 잠시만요. 승진하셨어요? 언제요?"

"이사회 통과했다는 말 들었습니다."

덤덤한 표정으로 말하고 있지만, 그가 얼마나 기뻐하는지 느낄 수 있었다. 지금 지우도 그 못지않게 기뻤다. 제대로 인정받고 안정을 찾아가는 그를 지켜보는 것 또한 지우에게도 큰 기쁨이었다. 이 좋은 날 괜스레 울컥 눈시울이 뜨거워졌다.

"아, 정말 축하해요."

목이 메어 오는 것을 참으며 환하게 웃어 보였다. 그러자 그가 지우의 뺨을 쓰다듬으며 다정한 목소리로 속삭였다.

"말로만 그럴 겁니까."

"그동안 고생하셨어요."

"그러니까 뉴욕, 나랑 같이 갑시다."

아침까지만 해도 일정 때문에 갈 수 없다더니, 무리해서라도 같이 가고 싶은 모양이었다. 그 정도야 얼마든지 양보할 수 있었다.

"네, 그럴게요."

"고마워요. 내가 워낙 무뚝뚝하고 애정표현이 없는 놈이라서 그렇지, 마음은 그게 아닙니다. 그러니까 괜히 오해하고 속상해하는 일 없었으면 좋겠어요."

"어, 그럴게요."

"못 미더운 모양인데, 좋습니다. 내가 잘하죠."

태혁은 부드럽게 웃으며 이마를 콩 하고 찍었다.

처음 본 순간부터 매료된 남자였기에 그의 표정 하나하나가 새롭고 감격스러웠다. 눈부시도록 아름답게 빛나는 그와 이렇게 있을 수 있다는 사실이 너무 행복했다.

그녀는 이곳이 회사 복도란 사실을 잘 알면서도 용기를 내어 그의 입술에 키스했다. 살짝 닿기만 할 생각이었는데 입술이 떨어지기가 무섭게 그의 입술이 지우 입술을 따라와 덥석 삼키며 부드럽게 빨아들였다.

바로 그때 지우의 눈이 휘둥그레졌다. 언제 나타났는지 김 실장이 고개를 살짝 돌리며 두 사람에게 다가오고 있었다. 놀란 지우가 태혁을 밀어냈다.

"크흠, 부사장님. 정말 방해할 생각은 아니었는데, 죄송합니다."

태혁은 얼른 지우를 품 안으로 끌어당기며 자신의 가슴팍에 얼굴을 묻게 했다.

"뭡니까."

지우의 귀에는 태혁의 빠르게 뛰는 심장 소리가 고스란히 들려왔다.

쿵쾅, 쿵쾅.

이렇게 격렬하게 뛰고 있는데 그의 목소리는 차분하다 못해 서늘했다. 포커페이스를 한 그의 표정과 말은 겉으로 보이는 게 다가 아니란 생각이 들었다.

"회장님께서 당장 사상 취임식 서행하라고 하십니다."

"당장요."

"아, 그 당장이 지금 당장은 아니고 최대한 빨리 서두르라고 하십니다."

"지금 그것 때문에 여기까지 쫓아와서 날 방해한 겁니까."

"사실, 직원들이 이 복도를 지나다니지를 못하고 있습니다. 두 분 때문에 민원 들어왔습니다."

김 실장의 말을 듣는 순간 지우는 정말 쥐구멍에라도 들어가고 싶어졌다. 그런 지우와 달리 태혁은 아주 덤덤했다.

"김 실장님, 내가 모를 줄 압니까. 프러포즈 사진 홍보실에 보낸 거 다 압니다. 올리라고 하세요."

"네?"

"뭘 두 번씩 말하게 합니까. 사진 올려요."

"아, 그럼 알겠습니다."

김 실장은 속으로 쾌재를 부르며 복도를 달려갔다. 그 모습을 넋을 놓고 바라보던 지우는 태혁을 올려다보았다.

"그렇게 하면 저 회사 그만 다닐 거예요."

"그 재능을 썩힌다는 건 국가적으로도 큰 낭비입니다. 그냥 재택 근무 할까요?"

그는 의미심장한 미소를 지으며 지우를 내려다보았다. 말 속에 내포된 뜻을 파악한 지우는 고개를 저었다.

"그냥 다닐게요. 시간 지나면 나아지겠죠."

"하하하, 눈치가 너무 빨라서 어떻게 놀려 먹질 못 하겠네."

이번에는 뺨을 잡고서는 흔들더니 입에 쪽 소리 나게 키스했다. 그런 그를 흘깃 째려보는데 바로 옆에서 문이 슬그머니 열렸다.

그 사이로 빼꼼히 고개를 내민 김선우 소장이 둘을 보며 고개를 저었다. 이제 더 이상 놀랄 일도 없는 지우는 그를 향해 미안한 미소를 지어 보였다.

"죄송해요. 시끄러웠죠?"

"제가 아예 방을 빌려 드릴까요?"

"진작 그러시지, 실컷 구경 다 하고 이러는 건 무슨 심보입니까."

태혁이 타박하자 김선우 소장은 머리를 긁적이며 말했다.

"보셨습니까."

"봤다 뿐이겠습니까. 이상한 버릇이 있는 모양입니다."

쯧, 태혁은 혀를 차며 지우 손을 잡고 복도를 벗어났다.

그날 사내 게시판에 올라온 프러포즈 장면은 역대 최다 조회 수 기록을 남겼다.

외전 1

　지우는 강남 삼성동에 위치한 K 호텔로 향하고 있었다. 그녀는
아침 일찍부터 성 대리와 함께 움직였다. 기태혁의 지시에 따라 성
대리는 지우를 모시고 다니며 오늘 행사에 어울리는 격식을 갖춘
복장과 헤어, 메이크업을 완성할 수 있도록 했다.

　"디자이너로 소개하는 자리에 너무 과한 복장 같아요."

　지우는 자신의 모습에 부담감을 느끼고 성 대리에게 물었다. 성
대리는 지우를 향해 부드러운 미소를 지으며 고개를 저었다.

　"아닙니다, 사모님. 지금 딱 적당하십니다."

　"저, 그런데 그 사모님 소리는 그만하셨으면 해요."

　"앞으로 익숙해지셔야 합니다. 조만간 사모님 전용 비서가 붙겠
지만, 오늘은 제가 사모님을 전담하게 됐으니 부족하더라도 성심
성의껏 모시겠습니다."

"성 대리님, 제 얼굴 보시고 그런 소리 하세요. 저 지금 온몸에 닭살이며 소름 돋은 거 안 보이세요?"

"쿡, 사모님, 익숙해지셔야 해요."

"정말 끝까지 그러시네요."

지우는 잔뜩 공을 들인 제 모습을 모며 한숨을 내쉬었다. 디자인 팀 직원뿐만 아니라 연구소 내 직원들이 다 쳐다볼 텐데, 큰일이었다.

어느새 차는 K 호텔에 도착했고, 1층 로비 앞에 차를 세우자 호텔 직원이 차 문을 열어 주었다. 재빨리 운전석에서 내린 성 대리는 지우를 행사장으로 안내했다.

호텔 앞에는 기자들과 초대받은 사람들이 북적대고 있었다.

오늘 이들이 모인 이유는 XC-70Ⅳ 중형 세단의 론칭 행사가 K 호텔 10층 그랜드볼룸에서 열리기 때문이었다. 아직 시작하려면 시간이 멀었는데도 호텔 입구는 발 디딜 틈 없이 붐볐다.

세계 자동차 시장의 2위에 있는 K 자동차사이니만큼 매스컴의 관심이 집중되고 있었다. 론칭 행사 시작 전 관계자들만 모인 자리에서 태혁의 사장 취임에 관한 내용도 발표할 예정이라고 했었다.

행사는 오전 오후로 나뉘어서 진행되는데, 지우는 오전에 있을 미디어 발표회에 기자와 함께 참석해야 했다.

XC-70Ⅳ를 디자인한 디자이너 이지우로 직접 차를 소개하고 간략하게 인사를 할 예성이었다. 이후 자세한 소개는 김선우 연구소장이 맡아서 하기로 되어 있었다.

지우는 성 대리가 이끄는 행사장으로 가서 리허설을 해야 했다. 행사장에는 관계자들이 모여 한창 준비 중이었다.

양복을 입은 사람들 무리 속에서 지우는 어렵지 않게 태혁을 찾을 수 있었다. 단정하게 넘긴 머리와 짙은 블랙 슈트를 입은 모습은 완벽 그 자체였다. 그녀가 바라보는 시선을 느낀 것인지 태혁은 지시를 내리던 중 고개를 돌려 지우를 바라보았다.

멈칫하며 입을 다문 그는 눈을 빛내며 천천히 그녀의 머리부터 발끝까지를 훑어 내렸다. 이채가 도는 눈빛에는 흥분이 완연했다. 이렇게 떨어진 거리에서도 그것이 느껴질 만큼 노골적인 시선에 지우는 얼굴이 화끈 달아올랐다.

지우는 가까스로 상기된 얼굴을 돌려 성 대리가 가리키는 곳으로 발걸음을 옮겼다.

등 뒤로 진득하게 달라붙는 시선이 느껴졌다.

그랜드볼룸에는 베일에 가려진 XC-70IV 차량이 전시되어 있었고 음향과 프로젝터 등 모든 장비는 행사가 시작되기 전 시연을 거듭하며 바쁘게 움직이고 있었다.

"사모님, 이리로 오시면 됩니다."

성 대리는 홀 바로 옆에 따로 마련된 룸으로 안내했다. 그곳은 행사가 시작되기 전 잠시 쉬는 곳으로 이용되는 모양인지, 테이블 위에 간단히 마실 수 있는 음료와 다과가 준비되어 있었다.

"조금 뒤 사장님께서 오실 겁니다. 저는 행사 시작되기 5분 전에 다시 오겠습니다. 그동안 쉬고 계시면 됩니다."

"네."

시계를 보니 행사 시작 전까지 30분 남짓 남아 있었다. 지우는 화장대 거울 앞에 비친 제 모습을 보며 숨을 삼켰다.

호텔 룸은 조명이 어둡게 맞춰져 있는지 바깥보다 어두웠다. 그래서인지 거울 속에 비친 모습은 다소 도발적이었다.

레드와인의 드레스는 차분한 느낌도 있지만, 대체로 야한 분위기를 풍겼다. 분명 그가 한 소리를 할 것 같은 기분에 조바심이 일었다.

이제야 여분으로 입을 정장을 챙겨 왔어야 한다는 생각에 후회가 치밀었다.

지우는 초조하게 그를 기다리는데, 룸 안으로 들어서는 묵직한 발소리에 고개를 돌려 입구 쪽을 쳐다보았다.

태혁은 등 뒤로 문을 닫은 뒤 그녀 쪽으로 천천히 다가왔다. 지그시 바라보는 눈빛이 의미심장하게 빛나고 있었다. 화장대를 등지고 선 지우 앞으로 바짝 다가온 그는 팔짱을 낀 채 턱을 쓰다듬었다.

블랙 슈트를 입은 그는 영화 시상식에 가는 배우처럼 근사했다. 보는 것만으로도 가슴이 떨리고 호흡이 가빠 왔다.

그녀를 더듬어 내리는 그의 눈빛은 타오르는 것처럼 뜨거웠다.

"이지우 씨, 이래서 어디 사람들 앞에 내놓겠습니까."

조금 전까지 차갑고 이지적인 모습으로 직원들을 통솔하던 그는 흔적도 없이 사라졌다.

집어삼킬 것처럼 격렬한 눈빛으로 그녀를 헤집고 있었다.

뜨겁게 달아오른 시선, 숨 막히는 긴장감 속에 지우는 마른침을 삼켰다. 서서히 다가온 그는 양팔을 뻗어 화장대 모서리를 짚고 그 사이에 그녀를 가두었다.

"너무 예쁘잖습니까."

귓가에 휘감기듯 낮게 가라앉은 목소리가 지우의 심장을 가볍게 두드리며 충동질하기 시작했다.

더는 뒤로 물러날 수도, 앞으로 나갈 수도 없는 상황인데, 그는 자꾸만 더 몸을 가까이 붙여 왔다.

"하아, 너무 가까워요."

지우는 허리를 비틀며 그를 밀쳐 내려 했다. 온몸이 욱신거려 이대로 있으면 정말 안기고 싶어질 것 같았다.

"날 봐요."

더없이 부드러운 손길로 지우의 뺨을 감싸며 이마 위에 입술을 눌렀다.

"정말 이대로 지우 씨 꼭 안고 있으면 좋겠습니다."

낮은 신음을 내뱉은 그는 지우에게서 한 걸음 뒤로 떨어졌다. 그리고 손을 뻗어 지우의 뺨을 부드럽게 쓰다듬고 귓불을 만졌다.

그의 손길은 진득한 욕망이 느껴질 만큼 농밀했다. 귓불을 만지작거리던 손은 아래로 미끄러지듯 내려오며 눈부시도록 하얀 쇄골과 그 아래 가슴골을 스쳤다.

"어쩔까. 삼키고 싶은데."

봉긋하게 솟은 가슴에 시선을 둔 그가 거친 숨을 내쉬며 눈을 짙게 빛냈다.

"아흑!"

그는 방심한 순간 가슴을 부드럽게 움켜쥐었다. 점점 농밀해지는 손길에 지우의 입술이 저절로 벌어졌다.

지우는 발끝에 힘을 바짝 준 채 몸을 지탱하고 있지만 더는 버틸 수가 없을 것 같았다. 손길이 닿는 것만으로도 호흡은 급속도로 가빠왔다.

지우가 신음을 흘리자 그의 눈빛이 더욱 짙어졌다.

"후우, 이건 완전 고문입니다."

지우에게서 손을 떼어 낸 그는 손목시계를 들여다본 뒤 원피스 지퍼를 내렸다. 스르륵 내려가는 원피스를 챙겨 든 그는 주름이 가지 않도록 조심스럽게 옆자리에 올려 두었다.

"도저히 못 참겠어."

태혁은 지우를 안아 화장대 위에 앉혔다. 그는 낮게 숨을 몰아쉬며 지우의 허벅지를 붙잡았다. 손등 위로 올라온 힘줄을 쓰다듬자 그의 눈빛이 순간 위험하게 일렁였다.

"아!"

놀란 지우는 손으로 입을 막았고, 태혁은 지우의 표정을 살피며 다리 사이로 머리를 숙였다.

두툼한 혀가 클리토리스를 비벼 대며 쳐 대다가 입술로 흡입하듯 빨아들였다. 길게 혀를 내밀어 젖은 속살을 찔러 대고 비벼 댔다.

질척한 소리가 더욱 흥분을 부추겼다.

사실 그가 이런 식으로 하면 5분도 안 돼서 가 버릴지도 모른다.

"흐으……."

지우는 신음을 삼키며 그의 어깨를 붙들었다.

노골적인 눈빛으로 그녀를 살피던 그는 기어이 그녀가 쏟아 낼 때까지 흠뻑 들이켰다.

"내 걸 박고 싶지만, 그건 조금 뒤에."

입가에 묻은 애액을 손등으로 훔친 그는 흥분이 완연한 눈빛으로 지우를 보았다. 지우는 손을 뻗어 그를 더듬고 싶었지만, 그랬다가는 행사도 다 집어치울 것 같아 한껏 자제해야만 했다.

가볍게 절정에 도달한 지우는 얕은 숨을 내쉬며 마음을 다독였다.

그는 뒤처리까지 깔끔하게 한 뒤 지우를 따뜻하게 적신 타월로 닦아준 뒤 구김 하나 없는 드레스를 다시 입혔다. 가쁜 숨을 내쉰 지우는 그의 차림새를 훑으며 이상이 없는지를 확인했다.

"내 눈에서 벗어나지 말고 가까이 있어요. 꼭."

그가 눈을 맞추며 다정하게 미소를 지었다.

"네."

태혁은 지우의 손을 단단히 붙들고 룸을 나섰다.

손가락 사이사이로 단단하게 옭아매듯 파고드는 손은 빈틈없이 맞물렸다.

* * *

무대 위에는 베일에 가려진 자동차가 등장했고, 다들 박수를 쏟아 냈다. 어두운 조명에 가려진 무대 위에선 자동차의 LED 헤드라이트가 전망을 비추며 서서히 형체를 드러내기 시작했다.

사회를 맡은 유명 아나운서의 목소리가 장내를 쩌렁쩌렁 울렸다.

"자, 여러분 드디어 K 자동차 사에서 야심 차게 준비한 미래형 고급 중형세단 XC-70Ⅳ를 공개하도록 하겠습니다. 베일을 걷어 주세요."

무대 조명이 팍, 하고 밝아지는 순간 베일에 싸여 있던 XC-70Ⅳ의 모습이 완전히 드러났다.

카메라 조명이 터지고 환호성이 홀을 가득 메웠다.

"연이어 XC-70Ⅳ 신형의 퍼포먼스를 보도록 하겠습니다."

세 대의 차가 무대 위에서 퍼포먼스를 보여 준 뒤 무대 중앙에 기태혁이 올라갔다.

사회자가 그를 사장이라고 소개하자 잠시 장내가 술렁이더니 카메라가 플래시가 연이어 터졌다. 태혁은 무대 위에 서서 강력한 존재감으로 좌중을 휘어잡았다.

그가 듣기 좋은 중저음의 목소리로 인사를 시작했다.

"안녕하십니까, K 자동차 사장 기태혁입니다. 신차 발표회에 이렇게 와 주셔서 감사합니다."

인사를 하자 박수갈채가 이어졌다. 미디어 기자들은 신차보다도 기태혁 부사장이 사장으로 승진한 것에 더 관심이 많은 듯 질문을 하기 위해 자리에서 들썩였다.

그 모습을 조용히 보고 있던 지우는 미소를 한껏 지으며 기태혁을 응원했다. 그는 무대 위에 서 있어도 지우를 정확하게 찾아냈다.

"사모님, 무대 뒤로 가서 준비하시지요."

"네."

지우는 떨리는 발걸음을 옮기며 기태혁을 향해 손을 살짝 흔들어 보였다. 그러자 그의 입꼬리가 위로 올라갔다.

한편 사회자는 기자들이 궁금해하는 기태혁의 사장 취임과 관련된 것을 간략하게 브리핑했다.

"공식적인 보도 자료는 그룹에서 각 언론사에 배포할 것입니다.

저는 개인적으로 사장님 승진 소식보다 더 궁금한 게 있습니다. 항간에 떠도는 소문에 의하면 기태혁 사장님께서 목하 열애 중이시라고 하는데, 맞습니까."

사회자가 능청을 떨며 묻자, 아예 기자석에서는 아예 자리를 들고 일어나 무대 가까이 몰려왔다.

사내 홈피에 올려진 사진을 이미 기자들도 본 상태여서 기태혁의 말이 떨어지기만을 기다렸다.

태혁은 마이크를 잡고 기자들을 향해 입을 열었다.

"사랑하는 여자가 있습니다. 최대한 아껴 주고 싶고, 지켜 주고 싶은 여자입니다. 둘 다 서로 사랑하고 있으며, 평생의 반려가 되기로 약속한 사이입니다. 이제 임자 있는 몸이니만큼 근거 없는 스캔들 자제해 주십사 부탁드립니다. 특히 S 일보 주 기자님 오셨습니까."

태혁이 주 기자를 찾자 기자들 사이에서 웃음소리가 커졌다.

"여기 주 기자 있습니다."

기자석에서 누군가가 소리쳤다.

"하하, 네. 오늘 오신 기자님들은 결혼식 때 꼭 다시 모시도록 하겠습니다. 그러니 잘 부탁합니다."

결혼식 할 때까지 어떤 스캔들이나 추측성 보도로 불화를 일으키지 말라는 협박이나 다름없었다. 그 뜻을 알아챈 기자들은 모두 수긍하며 자리로 돌아가 앉았다. 이후 각자 회사에 기사 내용과 사진을 전송하느라 소리 없이 바쁘게 움직였다.

태혁은 K 자동차사의 앞으로의 계획에 대해 간략하게 발표한 뒤 무대에서 내려갔다.

지우는 태혁의 갑작스러운 결혼발표 때문에 정신이 하나도 없었다. 그가 얼마나 자신을 사랑하는지, 새삼 깨달은 지우는 촉촉이 젖어드는 눈시울을 티슈로 닦아 냈다. 옆에 있던 성 대리는 지우의 화장을 고쳐 준 뒤 차례가 다 됐음을 알려 주었다.

지우는 마음을 차분히 가라앉히며 사회자의 호명을 기다렸다.

"자, 오늘의 주인공인 XC-70Ⅳ를 디자인한 디자이너 이지우 씨를 모시겠습니다."

지우는 당당하고 자신감 넘치는 걸음으로 무대를 향했다.

총괄 디자인 팀장쯤으로 생각하던 기자들은 의외의 미녀가 모습을 드러내자 다들 환호성을 질렀고, 태혁 못지않은 카메라 세례를 받았다.

지우는 화사한 미소를 지어 보이며 그들이 잠잠해질 때까지 기다렸고, 등 뒤의 거대한 스크린에는 그녀가 소개할 화면이 띄워졌다.

지우는 차분하게 차량의 외관에 대한 소개를 하기 시작했다.

"XC-70Ⅳ의 외관 디자인은 기존의 XC-70 시리즈와 유사하면서도 차별화된 디자인으로 다양한 층을 아우르는 것이 특징입니다. 미려한 사이드미러와 물이 흐르는 듯한 LED 테일램프는 국내 최고의 디자인이라 자부할 수 있을 만큼 아름답고 세련된 디자인으로 제작되었습니다."

이후 지우의 설명이 좀 더 이어졌다. 그녀는 주력했던 부분에 대한 소개를 마치고 김선우 소장에게 마이크를 넘겨주었다.

무대에서 내려오던 지우는 조용히 저를 쳐다보며 웃고 있는 태혁과 시선이 마주했다. 그를 보자 가슴이 터질 듯 두근거리며 떨려

왔다. 그를 향한 사랑이 가슴 가득 차올랐다. 사람들만 없다면 당장 달려가서 격렬하게 입을 맞추고 싶을 만큼 감정이 고조되었다.

그런 그녀를 짙은 시선으로 바라보던 태혁은 휴대전화를 들어 보였다.

지우는 성 대리가 기다리는 곳으로 가서 휴대전화를 건네받았다.

"성 대리님, 이후 일정은 어떻게 되나요?"

"오후 행사는 저녁 7시에 시작됩니다. 여기 호텔 카드 받으세요. 이곳으로 가서 쉬시면 됩니다. 식사도 준비되어 있습니다. 이후 7시 저녁 행사에는 사장님만 참석하셔도 무방하고요."

"그래요? 그럼 저는 옷도 갈아입고 쉬어야겠는데, 그래도 괜찮겠죠?"

"네. 옷은 룸에 따로 준비해 뒀습니다. 그 옷으로 갈아입으시면 됩니다."

"네, 오늘 정말 수고 많으셨어요."

지우는 그랜드볼룸 행사장에서 나와 엘리베이터로 향했다. 그녀를 알아본 보안요원이 안전하게 엘리베이터까지 동행했고, 지우는 성 대리가 알려 준 룸으로 향했다.

* * *

그곳은 스위트룸으로 전면이 유리로 탁 트인 곳이었다.

지우는 낮인 탓에 너무 환한 실내가 부담스러워 블라인드를 내렸다. 옷장을 열어 보니 성 대리가 말한 대로 입기 편한 무난한 옷들이 걸려 있었다.

이대로 샤워를 하고 옷을 벗자니 조금 아쉽다는 생각이 들어 망설이는데, 태혁에게서 휴대전화가 걸려 왔다.

Rrrrr.

지우는 얼른 전화를 받았다.

"여보세요."

-룸입니까.

"네. 저는 여기서 기다리면 되겠죠?"

-그 옷차림으로 행사장을 다니면 내가 아무것도 못 할 것 같아서 먼저 보냈습니다.

"아니거든요. 사장님만 그렇게 생각하시는 거예요."

-지금 자꾸 날 도발하는 겁니까.

"그게 아니라……."

-점심은 먼저 먹어요. 식탁 위에 차려져 있을 겁니다. 난 이곳에서 손님들과 같이해야 할 것 같습니다.

"네, 그럴게요."

-대답도 잘하고. 오늘따라 왜 이리 이쁜 짓만 하는 겁니까. 설레게.

"어, 음……. 조신하게 기다리고 있을게요."

-조신하게, 라고 했습니까.

"네? 제가 뭘요?"

-사람을 잠시도 가만 놔두질 않네요. 이지우 씨는.

"그, 얌전히 기다린다고 했는데, 그 말이 그렇게 들렸나요?"

-이지우 씨는 날 너무 빠져들게 합니다. 이렇게 사랑하다간 심

장이 남아나질 않을 것 같네요. 그럼 나중에 봐요.

지우는 끊긴 휴대전화를 내려놓은 뒤 한껏 달아오른 뺨을 양손으로 두드렸다. 정신을 차릴 수 없을 만큼 쏟아지는 달콤한 말에 심장이 녹아내릴 것만 같았다.

'……이렇게 사랑하다간 심장이 남아나질 않을 것 같네요.'

그는 사랑한다는 말을 저런 식으로 자연스럽게 하곤 했다. 그럴 때마다 지우의 심장은 기쁨의 비명을 질러 댔다.

나, 정말 이렇게 행복해도 되는 걸까.

오늘같이 기쁜 날 자꾸만 눈시울이 뜨거워졌다. 한동안 먹먹한 가슴을 두드리며 흥분을 가라앉혔다.

이럴 게 아니라 정말 조신하게 그를 기다려야겠다는 생각을 하며 욕실로 향했다

* * *

태혁은 피식 미소를 지으며 전화를 끊었다. 마음 같아선 당장 달려가고 싶지만, 오늘 행사에 참석한 내빈 중 그가 특별히 신경 써야 할 사람들이 제법 되었다.

강 의원뿐만 아니라 정·재계 유명한 사람들은 대부분 참석했다.

"자네, 오늘 결혼발표도 하고, 겸사겸사 뜻깊은 날일세."

"아, 의원님. 오셨습니까."

"축하하네."

"감사합니다."

강 의원은 보통 이런 자리에 직접 모습을 드러내진 않는데, 차

보좌관을 데리고 직접 참석한 것을 보니 그의 뒷배에 기태혁이 있음을 은연중에 드러내려는 속셈 같았다.

태혁은 강 의원이 뭘 하건 기꺼이 동참할 생각이었다. 또 응당 그렇게 하기로 약속이 되어 있어서 그런 행동이 눈에 거슬리지 않았다.

다만, 지금 그는 오늘 행사에 참석한 인원이 예상외로 너무 많다는 것이 문제였다. 이들과 일일이 인사를 하기에는 시간이 너무 아까웠다.

스위트룸에서 저를 기다릴 지우를 생각하면 몸이 바짝 달아올랐다.

"기태혁 사장님 축하합니다."

태혁의 뒤에서 인사를 건네는 사람은 다름 아닌 그의 친구들이었다.

"자식들, 정색하긴."

태혁은 대성과 예성을 보며 어깨를 툭, 쳤다.

"너희들뿐이야?"

"지금 딴 녀석들은 예쁜 디자이너 찾으러 다니고 있어."

"뭐? 예쁜 디자이너?"

"XC-70IV 디자인한 직원 있잖아. 정열의 레드 원피스를 입고 도도하게 발표하던 모습에 몸이 완전 달아올라서는, 미친놈들."

대성이 별 대수롭지 않게 내뱉었다. 거기에 덩달아 예성까지 입을 나불대기 시작했다.

"디자이너를 미모순으로 뽑는 것도 아니고."

"새끼들, 지랄들을 해라."

태혁이 거칠게 욕설을 내뱉자 다들 의아한 눈으로 그를 쳐다보았다.

"하긴 태혁이가 디자이너를 좀 아끼냐?"

"그래도 쌍욕이 나올 정도는 아니잖아."

"그나저나 결혼발표는 너답지 않게 도대체 무슨 스토리를 짜고 있는 거야."

"세기의 로맨티시스트라고 떠들겠네. 하여튼 난놈이라니까."

태혁은 빙긋 웃었다.

"난놈씩이나."

"우리한테 소개 안 해 줄 거야?"

"때가 되면 하겠지. 지금은 아니야."

"기대된다. 아무튼 축하해, 기 사장."

"고맙다."

모처럼 태혁은 가벼운 마음으로 마음껏 웃을 수 있었다.

친구들과 짧은 인사를 나눈 후 태혁은 저를 기다리는 다른 무리를 향해 발걸음을 옮겼다. 그런데 저만치서 바쁘게 걸어오는 김 실장이 보였다.

태혁은 눈썹을 추켜세우며 김 실장이 가까이 오기를 기다렸다. 표정만 봐도 어떤 생각을 하는지 알 수 있을 만큼 오래 봐 왔다. 무슨 다급한 문제가 생긴 것이 분명했다.

"사장님."

"네, 말하세요."

태혁의 주위에 있던 사람들에게 들리지 않을 만큼 아주 작은 소리로 말했다.

미간을 좁히며 유심히 김 실장의 말을 듣던 태혁은 서늘한 눈빛으로 한곳을 주시했다.

송장도 발 뻗을 자리를 살핀다는데, 죽으려고 환장했네.

태혁에겐 익숙한 분노의 감정이 스멀거리며 피어올랐다.

"혹시 모르니 언론에 퍼지지 않도록 하고, 그 물건은 어디 조용한 곳에 처박아 둬요. 곧 만나 볼 테니."

"알겠습니다."

날카로운 눈매에 형형하게 어린 살기가 옆에 있는 김 실장에게도 확연하게 느껴진 모양인지 바짝 얼어붙어 있었다.

현재 시각은 오후 1시.

태혁은 1부 행사가 끝날 때까지 차분히 기다렸다.

식사를 마치고 다들 행사장을 나가는 모습까지 지켜보며 얼굴에 미소를 잃지 않았다.

2부 행사를 위해 그랜드볼룸은 잠시 문을 닫고 준비에 들어갈 것이고 지금부터 저녁 6시까지는 비교적 한산할 것이다. 1부 행사가 끝나는 대로 지우에게 달려가려 했던 계획이 조금 틀어지긴 했지만, 어차피 한 번은 밟아 줬어야 했다. 길게 시간을 끌 필요도 없이 30분이면 충분할 것이다.

그는 김 실장으로부터 받은 문자를 재차 확인하고 슬슬 걸음을 떼어 놓았다.

이제 만나러 가 볼까.

태혁의 뒤를 따라 몇 명의 남자들이 소리 없이 움직였다.

특급 경호원인 이들은 기태혁의 안전을 위해 고용된 자들이었다.

엘리베이터가 10층에서 서고 문이 열리자 김 실장이 앞에서 대기하고 있었다.

"이쪽입니다."

"얌전하게 있던 모양입니다."

"아닙니다. 명치 한 대를 맞고서야 순순히 따랐습니다."

쯧, 정신 못 차리고.

미친놈한테는 매가 약이었다.

"오기로 한 사람은 어떻게 됐습니다. 내가 말한 대로 전달했습니까."

"네, 곧 도착하실 겁니다."

"증거확보 제대로 하세요. 단번에 틀어쥘 수 있도록."

"알겠습니다."

태혁의 계획대로 한현우도 결국은 그렇게 될 모양이었다. 제 발로 걸어 들어왔으니 군이 내보낼 이유는 없는 것 아니겠는가.

룸의 문을 열고 들어가자 한현우가 현관 쪽을 노려보며 앉아 있었다. 제법 몸싸움이 치열했던 모양인지 옷차림이 잔뜩 헝클어져 있었다.

"다들 나가 있어요. 내가 부르면 들어와요."

"알겠습니다."

한현우를 감시하던 보안요원 두 명은 밖으로 나갔다. 룸에 둘만 남게 되자 한현우는 태혁을 향해 비릿한 미소를 지으며 비아냥댔다.

"이제 사장님이라고 불러야 하나?"

"무슨 일로 여기까지 왔는지 물어봐도 되겠습니까."

태혁은 맞은편으로 가서 앉으며 우아하게 다리를 겹쳤다. 평범한 동작이었지만 그가 뿜어 대는 분위기는 절대 만만치가 않았다.

잔뜩 위축된 한현우는 함부로 덤비지는 못하고 태혁을 노려보기만 했다.

"오늘 같은 날 초대를 안 해서 이러는 겁니까."

"다 되돌려 놔. 한 회장 구속시킨 거 네 작품인지 모를 줄 알아?"

"누가 그러던가요. 내 작품이라고. 듣자 하니 주변에 적이 상당하던데, 날 의심하기 전에 가까운 사람부터 찾아봐요."

"누가 모를 줄 알아!"

희미하게 웃고 있던 태혁의 얼굴이 급격히 식어 갔다.

"죄를 지었으면 죗값을 받아야지, 그냥 피해 가려는 건 도둑놈 심보인데. 안 그렇습니까."

"이지우 그년 맛을 보니까 너도 정신 못 차리나 본데, 순전히 그년 말만 듣고 이러면 너도 똑같은 병신이야. 알아?"

순간 태혁은 눈을 번뜩이며 몸을 일으켰다. 천천히 한현우 곁으로 다가가서 멱살을 틀어잡고 몸을 일으켜 세웠다.

"놔! 개새끼야!"

"일단 몇 대 맞고 시작할까요. 대화의 기본 자세가 글렀네요. 분명 경고했을 텐데, 대가리가 나쁜 모양입니다. 이지우 씨, 함부로 입에 담지 말라고 했잖습니까, 더러운 입으로 부르지 말라고."

얼굴에 벌겋게 피가 몰린 한현우는 태혁의 손을 떼어 놓으려고

발버둥 쳤지만 태혁은 꿈쩍도 하지 않았다.

태혁은 한현우의 목을 꽉 틀어쥐고서는 그대로 뒤로 밀쳐 버렸다.

우당탕, 쿵!

1인용 의자와 함께 뒤로 넘어간 한현우는 머리를 바닥에 부딪혔다.

"윽!"

"난 말로 안 되면 손이 먼저 나가는 스타일인데, 마음에 듭니까."

"으윽, ……미, ……미친놈!"

자리에서 상체를 일으킨 한현우는 바닥을 짚고 비틀거리며 일어섰다. 헉헉거리는 와중에도 태혁을 노려보며 소릴 질러 댔다.

퍽!

단단히 움켜쥔 주먹으로 한현우의 턱을 날렸다.

"크윽!"

한현우는 단말마 소리를 지르며 바닥으로 나뒹굴었다. 그런 그를 내려다보는 태혁의 눈에는 진득한 살기가 흘렀다.

"왜 왔는지 말해. 한 회장 구속 때문이라는 개소린 집어치우고."

"헉, 헉, 마, 말로 해! 미친놈아! 컥!"

태혁은 다시 다가가서 한현우의 목을 움켜잡았다.

"내가 널 얼마나 죽이고 싶어 하는지 알면 이렇게 함부로 나다니지 못할 건데, 이제라도 확실히 알려 줘야겠네."

잡고 있던 손을 거칠게 떼어 내며 손을 털고 자리에서 일어난 태혁은 손에 차고 있던 시계를 풀고 재킷을 벗었다. 그러자 한현우의 눈동자에 짙은 공포가 떠올랐다.

"그래야 함부로 내 앞에 얼굴을 못 디밀지. 겁대가리 없이 여기가 어디라고 와. 오길. 네가 이지우를 상대로 음탕하게 설쳤다 생각하면 당장 여길 발로 뭉개 버리고 싶어. 알아?"

약자한테 강하고 강자한테 한없이 약한 인간. 죽을 때까지 맞다 보면 느끼는 게 있겠지.

다시는 얼씬거리지 못하게 할 참이었다. 이런 놈 때문에 지우의 인생이 얼마나 불행했는지를 생각하면 머리꼭지가 돌 것 같았다. 법의 심판을 맡기기 전에 뭘 잘못했는지를 느끼게 해 줄 필요가 있었다.

"이지우가 너 같은 새끼 때문에 칼을 지니고 다닌 걸 떠올리면 그 칼로 네 멱을 따 버리고 싶다고."

넥타이를 흔들어 빼는 태혁의 두 눈은 끓고 있었다.

"한 회장 하나로 끝내려고 했는데, 이렇게 직접 찾아와서 애원하니 나란히 부자가 들어가는 것도 좋겠네."

"그 씨발년 걸리면 내 손으로 죽여 버릴 거야."

현우는 마지막 발악을 하듯 소릴 지르며 욕을 해 댔다.

"공갈, 협박에 약물복용, 부녀자 폭행, 살인미수. 또 말해 봐. 여기에 뭘 더 얹어 주면 좋을지. 교도소에 가면 경제 사범들만 모인 곳은 지루할 테니까 너 같은 놈들 모인 곳에 보내 줄게."

그가 발악을 떠는 한현우를 가소롭다는 듯이 내려다보았다.

"네가 할 수 있는 모든 걸 동원해서 빠져나가 봐. 할 수 있으면 말이야."

태혁이 한현우의 멱살을 거머쥔 채 주먹을 휘두르려는데, 벨 소리가 울렸다.

"……후우, 오늘 운 좋은 줄 알아."

태혁은 손을 털어 낸 뒤 현관으로 가서 문을 열었다. 그러자 룸 안으로 우르르 시커먼 남자들이 밀어닥쳤다.

그들 중 한 명이 태혁을 향해 짧게 고개를 숙인 뒤, 한현우에게 다가갔다.

"수갑 채워."

옆에 있는 다른 남자에게 지시한 그는 한현우를 보며 미란다 원칙을 줄줄이 내뱉었다.

"놔! 나는 아무 잘못이 없다고! 오히려 내가 맞았어. 놔!"

"경찰서로 데려가."

"네."

"다 죽여 버릴 거야. 이거 놔! 놓으라고!"

질질 끌려가면서도 소릴 지르는 한현우를 냉정하게 바라보던 태혁은 남자를 향해 고개를 숙였다.

"잘 부탁합니다."

"하하, 물론입니다. 저런 놈들은 제 전담 아닙니까. 그럼 이만 가 보겠습니다."

그들이 다 나가고 난 뒤 김 실장이 곁으로 다가왔다.

"수고했습니다. 김 실장님."

"아닙니다."

"이지우 씨는 지금 룸에 있습니까."

"네, 혹시나 몰라 룸 앞에 사람을 세워 뒀습니다."

"구속되기 전까지는 잘 경호해야 합니다."

"네, 명심하겠습니다."

"그럼 6시에 봅시다."

"네."

태혁은 넥타이를 다시 고쳐 매고 재킷을 걸쳤다. 지우가 놀라면 안 되니 아무 일 없었던 것처럼 표정을 가다듬고 살기를 억눌렀다.

태혁은 곧장 지우에게로 향했다.

* * *

막 샤워를 마치고 나온 지우는 젖은 머리카락을 감싼 타월을 풀며 헤어드라이어로 머리카락을 말렸다. 그다음 하얀 목욕가운을 입은 채로 허기부터 달래기 위해 식당으로 향했다.

식탁 위에는 음식이 준비되어 있었다. 디시 커버를 열자 안에는 아직 따뜻한 수프와 갓 구운 빵이 담겨 있었다. 차례대로 옆에 놓인 디시 커버를 열었다. 저절로 입안에 군침이 돌았다.

딩동.

자리에 앉으려는 순간 초인종이 울렸다.

벌써 온 거야?

지우는 쪼르르 달려가서 문을 열었다.

"벌써 왔어요?"

그를 보자마자 너무 멋있었다는 말을 해 줄 생각이었는데, 눈 깜짝할 사이에 그의 품 안에 안겨 있었다. 숨이 막힐 정도로 그녀를 꽉 끌어안은 그는 뜨거운 숨을 길게 내쉬었다.

그래도 지우는 할 말은 해야 했기에 그의 품에서 얼굴만 간신히 떼어 낸 채 그의 얼굴을 마주 보았다.

"오늘 정말 멋있었어요."

"정말입니까."

"네."

새카맣게 일렁이는 눈동자가 반으로 접혔다. 양손으로 지우의 발그스레한 뺨을 감쌌다.

"사람을 들었다 놨다, 장난 아닙니다."

"농담 아니에요. 진심이에요."

"하하, 사람 환장하게 하네요. 이지우 씨."

둘 사이에 아슬아슬하고도 야릇한 분위기가 피어오르자 지우는 한 발짝 물러서며 그를 안으로 이끌었다.

"배고파요. 막 점심 먹으려던 찰나였는데, 같이 식사해요."

"지금 난 다른 게 먹고 싶은데, 안 되겠습니까."

그가 무슨 말을 하는지 모를 리가 없었다. 낯 뜨거운 말에 지우의 얼굴이 발갛게 달아올랐다.

"이지우 씨, 누구 겁니까."

깊숙이 눈을 맞춘 그가 나직한 음성으로 물었다.

"하아, 이런 대화는 익숙지가 않아서 조금 닭살스러운데요."

"그래서 말 안 할 겁니까."

"왜 그러세요, 사장님. 저 배고파요."

헛웃음을 흘린 태혁은 고개를 끄덕였다.

"그래요, 그 대답은 나중에 듣기로 하죠."

"보니까 사장님도 식사 전인 거죠? 같이 식사해요."

전혀 상황 판단이 안 되는 이 여자를 어쩔까.

지우가 그의 손을 자그마한 손으로 잡고서는 식탁 쪽으로 이끌었다.

서로의 손이 맞닿자 바짝 날이 서 있던 긴장감이 스르르 녹아내렸다. 아마 지우가 그에게 무사히 안착할 수 있었던 것은 지우가 가진 이런 천진난만함과 낙천적인 힘 때문이 아닐까 하는 생각이 들었다.

그녀는 누구보다 힘든 생활 속에서도 지우는 꿋꿋이 이겨 냈고, 잘 견뎌 왔었다. 어쩌면 저보다 훨씬 더 용감한 여자일지도 모른다.

태혁은 식탁에 앉아서도 지우를 한없이 바라보았다. 턱을 괸 채 잠시도 시선을 떼지 않았다.

"왜 그렇게 봐요? 배고프잖아요."

"먹는 거만 봐도 배부르네요."

"칫, 거짓말."

지우는 수프에 빵을 적셔 입에 쏙 넣었다. 혼자 먹기 민망했던지 제 입에 넣던 빵 크기보다 조금 더 크게 해서 수프에 적신 뒤 그의 입 쪽으로 내밀었다.

"아, 하세요."

태혁은 입을 벌리고 그녀가 넣어 주기를 기다렸다. 자그마한 손이 입으로 다가왔다. 덥석 손까지 베어 물자 흠칫 놀라며 얼른 손을 빼냈다.

"설마, 씹어 먹을까 봐요."

"그냥 느낌이 이상해서요."

피식 웃으며 앞에 놓인 커피를 한 모금 삼켰다.

"이걸로는 점심이 안 될 거 같은데……. 기다려 봐요."

그는 잠깐 고민하더니 인터폰을 들어 룸서비스를 주문했다. 이른 아침부터 지금까지 제대로 된 식사는 하지도 못했을 것이다.

제대로 먹여야 죄책감이 덜하겠지.

"전 이걸로 충분해요. 샐러드도 있고, 빵도 있는데."

"내가 안 괜찮습니다. 따끈한 제대로 된 음식을 먹어야죠."

"저, 그러면 옷 좀 갈아입고 올게요."

"지금 불편해요?"

그가 눈을 가늘게 뜨고 지우의 표정을 유심히 살폈다.

"조금요. 식사할 때, 이렇게 입고 있으면 음식이 어디로 넘어가는지 모르겠어요."

"편하게 있어요. 아니면 음식 올 동안 나도 씻고 나오겠습니다."

"저 그냥 있을게요. 그냥 같이 있어요."

"그럼, 이리 와요."

그가 손을 내밀며 지우를 기다렸다. 하얀 가운을 입은 지우는 자리에서 일어나 그가 앉은 곳까지 다가왔다.

"앗!"

태혁은 제 무릎 위에 지우를 앉힌 뒤 벌어진 가운 틈으로 손을 밀어 넣었다.

"음식이 오기 전까지 당신을 먹어야겠네요. 갑자기 허기가 밀려와서 안 되겠습니다."

"아……. 아, 태혁 씨."

"이름 부르면 더 흥분하는 거 모릅니까."

이글거리는 눈으로 지우를 바라보던 그는 그녀를 번쩍 들어 올려 식탁 위에 앉혔다.

이후 그의 농밀한 애무에 지우는 앓는 듯한 신음을 내며 흐느꼈다.

외전 2

    자전거를 타는 학생들도 보이고 잔디 위에 누워 음악을 듣는 학생들도 보였다. 뉴욕에 간 지우는 희선과 함께 자신들이 졸업한 대학의 캠퍼스를 거닐고 있었다. 맨해튼 브루클린에 있는 프랫 인스티튜트 대학은 지금의 지우를 있게 한 곳이기도 했다.

    절망보다는 그래도 희망을 품고 다녔던 곳이기에 이토록 아름다울 수 있는 걸까.

    지우는 불어오는 바람에 흩날리는 머리카락을 귀 뒤로 쓸어 넘기며 희선을 향해 미소를 지었다.

    여기서 희선과 만났고, 지우는 희선을 통해 좀 더 빨리 기태혁과 이어질 수 있었다.

    "희선아, 너 여기 기억나?"

    지우는 잠시 걸음을 멈추고 한 곳을 가리켰다. 아름드리나무가

우뚝 서 있는 이곳에는 벌써 누군가가 자리를 잡고 있었다.

"기억나지. 여기서 같이 그림 그렸었잖아."

"짧은 커트 머리에 핫팬츠를 입고 있어서 여기 다니는 학생 아닌 줄 알았어. 한참 어린 나이로 봤었거든."

"그래, 그럴 때가 있었네. 우리 왜 이렇게 늙었니. 다시 그때로 가고 싶다."

희선의 푸념 어린 투정에 지우는 별다른 대꾸를 하지 않았다.

지우에겐 그 시절로 다시 돌아가라고 하면 글쎄, 그다지 가고 싶지 않았다. 이렇게 추억을 회상하며 웃을 수 있는 지금이 더 좋았다.

지우는 손에 들린 커피를 한 모금 삼키며 유난히 푸른 하늘을 올려다보았다.

"세상 참 좁지?"

희선이 어깨를 툭 밀치며 말했다.

"응, 그런 거 같아."

이 먼 타국에서 만난 제임스가 기태혁의 사업 동료이자 친구란 사실이 희선에겐 많이 신기한 모양이었다.

"제임스가 기태혁 사장이랑 선봤었냐고 몰아붙이는데 나 죽을 뻔했어."

"그랬겠다. 그런데 제임스랑 그런 모습은 안 어울리는데. 엄청 자상하고 다정한 사람이잖아."

"나도 그런 줄 알았는데 아니야, 절대 아니야. 내가 꼼짝을 못 한다니까."

그건, ……아니지 않나?

희선의 얼굴을 빤히 바라보자 희선의 기다란 속눈썹이 파르르 떨렸다.

"거짓말도 못하면서."

"네가 그렇게 빤히 보니까 그렇지. 사실 제임스가 그렇게 봐도 거짓말을 못 하겠더라고."

센 척해도 저렇게 표정에서 다 드러나니, 지우는 그런 희선이 오히려 귀여웠다.

"사실 제임스가 나 도망가거나 다른 남자 만나면 우리나라 국가 정보망이든 뭐든 다 뚫고 들어가서 둘이 섹스하는 사진 뿌린다고 협박했어."

"뭐?"

그렇게 착해 보이는 제임스가 그런 소릴 했다는 게 믿기지가 않았다.

"그러고도 남을 남자잖아."

"역시 천재는 다른가 봐. 강희선 제대로 코가 꿰였네. 축하해."

지우가 웃음을 참으며 말하자 희선이 눈을 흘기며 뒤를 슬쩍 돌아보았다.

"지우야, 나한테 할 소린 아닌 거 같은데. 기태혁 사장같이 무서운 사람을 상대하는 네가 더 대단해."

"그 정도는 아니야. 알고 보면 그 사람도 좀 귀여워."

"콩깍지가 제대로 씌었네. 지금 우리 뒤를 졸졸 따라다니는 저 검정 양복들을 보고도 그런 소리가 나와?"

희선이 말한 검정 양복은 기태혁이 붙여 놓은 경호원이었다.

지우가 뉴욕에 가는 것을 못마땅해하던 태혁은 기어이 자신도 같이 가겠다고 지우의 허락을 받아 냈지만, K 자동차 사에 다급한 일이 생기면서 결국 그는 함께 올 수 없었다.

그 대신 저렇게 경호원 두 명을 딸려 보냈다. 말은 걱정되어서 그렇다고 했지만, 아무래도 다니엘 때문인 거 같았다. 아마 저 중 한 명은 지우의 일거수일투족을 보고하고 있을 것이다.

나중에 일이 끝나는 대로 그도 이곳으로 온다고 말은 했지만, 사장이 된 뒤로 더욱 바빠진 그는 시간 내기가 쉽지 않을 것 같았다.

"오늘 가기로 한 클럽은 예약했는데, 우리 준비 안 해도 될까?"

지우가 희선을 보며 묻자 희선이 의미심장한 미소를 지었다.

"걱정하지 말고, 넌 내가 시키는 대로 하면 돼. 다 준비해 뒀어."

"그런데 왜 난 무서운 거니?"

"무섭긴. 유부녀 되기 전에 실컷 놀다가 가는 거지."

"그러려면 체력 비축해야 하니까 들어가자."

왔던 길을 되돌아 그녀들이 묵고 있는 호텔로 향했다.

* * *

화려한 조명이 번쩍이고 빠른 비트의 음악이 흐르는 클럽은 밤이 깊어질수록 열기가 고조되어 갔다. 지우는 술잔을 기울이며 흥겹게 즐기는 사람들을 바라보고 있었다. 타원형의 소파가 놓인 룸 안은 투명유리로 되어 있어 안에서도 밖을 훤히 내다볼 수 있었다.

그런 지우를 말없이 바라보던 다니엘은 특유의 부드러운 미소를 지으며 지우에게 말을 건넸다.

「기억나? 너 처음 클럽 갔을 때, 꽤 잘나가는 애들처럼 화장하고 차려입고 와서는, 다가오는 남자들 계속 돌려보내고 혼자 술만 마시고 갔잖아.」

「응, 기억나. 희선이가 그때나 지금이나 인형 놀이를 좋아해서. 오늘도 여간 어색한 게 아니야.」

생기 없는 인형이면 차라리 낫게. 지우는 아무리 야하게 입어도 천박하게 보이거나 헤프게 보이지 않았다.

지금도 짧은 톱드레스를 입고 있지만 가까이 다가갈 수 없는 도도함과 기품이 느껴졌다. 부드러운 머리칼과 새하얀 피부는 조명을 받아 눈부시게 빛났고, 기다란 속눈썹에 가려진 눈동자는 빨려 들 것처럼 고혹적이었다.

「……아름다워.」

다니엘은 무언가에 홀린 것처럼 말했다.

「매번 그러지. 하긴 너의 한결같은 응원에 힘입어 내가 잘 버텼던 거 같아.」

씩 미소를 지으며 받아치자, 다니엘이 쓴웃음을 감추며 고개를 끄덕였다.

「지금은? 그 사람이 잘해 줘?」

「응.」

지우의 얼굴에 수줍은 홍조가 어렸다.

남부러울 것 없이 살아온 다니엘은 기태혁 존재 앞에서 처음으로 굴욕감을 맛봐야 했었다. 마치 제 여자를 뺏긴 것 같은 참담함에 미국으로 돌아온 뒤 술독에 빠져 지냈었다.

그가 유일하게 잘하는 것, 주식으로 K 자동차 사를 흔들어 볼까도 생각했었다. 하지만, 파고들면 들수록 쉽게 흔들릴 회사가 아니라는 것만 알게 되었다.

K 그룹은 K 자동차 사를 중심으로 수많은 계열사를 가지고 있지만, K 자동차 사의 사장인 기태혁이 가지는 물리적, 상징적인 의미는 아주 컸다.

최근 세력구도가 기태혁 중심으로 확실히 구축되면서 K 자동차 사는 더욱 진취적이고 공격적인 전략으로 세계 시장을 석권하고 있었다.

몇십 조에 달하는 돈을 들여 전체 계열사 중 비중 있는 계열사 하나를 흔드는 것 말고는 그다지 큰 타격을 줄 수도 없었다. 그리고 아직은 공과 사를 구분할 줄 아는 이성은 지니고 있었다.

「이제 바쁜 일은 대충 끝난 거야?」

지우가 걱정스럽게 바라보며 물었다.

증권 시황에 늘 촉을 세우고 있는 다니엘은 사실 안 바쁜 날이 없었다. 하지만 오늘만은 지우와 있는 이 시간을 마음껏 즐길 참이었다.

「괜찮아. 네가 뉴욕에 온다는 소리에 그동안 미친 듯이 일했어.」

「네가 아니었으면 아마 복수 따위는 꿈도 꾸지 못했을 거야. 고마워.」

지우의 인사에 다니엘은 고개를 저었다. 애초부터 지우가 어떤 마음으로 유학을 왔는지 다 알고 있었다.

스무 살의 지우가 품었을, 불가능했던 계획은 결국 지우의 노력으로 이뤄 낸 것이나 다름없었다. 기태혁이나 저는 그저 곁에서 도와줬을 뿐이다.

「네가 편해지고 행복하다면 된 거야. 나한테 고마워할 이유 없어.」

「다니엘.」

「지금 보기 좋아. 이제 온전히 네 모습을 찾은 거겠지. 지금처럼 늘 행복하게 살아.」

남자가 작정하고 제 여자로 만들려면 무슨 짓인들 못 할까. 하지만 지우가 그리 만만한 여자가 아니라는 것은 오래전부터 터득한 바.

다만 단단한 조개처럼 입을 꽉 다물고 있던 지우가 스스로 마음을 연 상대가 자신이 아니라는 사실이 가슴 아팠다.

하지만 어쩌겠는가. 내일은 내일의 태양이 다시 뜬다고 스칼릿 오하라가 말하지 않았던가. 통제 불가능한 것을 붙들고 애를 태울 만큼 감정적인 그가 아니었기에 괜찮다 자위하며 미소를 지었다.

「우리도 나가 볼까?」

이미 제임스와 희선은 음악에 몸을 맡긴 채 즐기고 있었다. 지우는 고개를 끄덕이며 자리에서 일어났다.

룸을 나서자 열기가 훅 끼쳐 왔다.

가느다란 목덜미를 따라 흐르는 땀을 손등으로 닦아 내며 모처럼 지우도 그들과 어울려 춤을 추었다.

「지우야, 너 이거 정말 사기 아니니?」

「무슨 소리야?」

제임스가 엄지를 위로 추켜세웠다.

「너, 춤 못 춘다며. 그런데 지금 이건 뭐야? 너 쳐다보는 남자들 안 보여?」

희선이야말로 눈에 띄었다. 화려한 외모는 말할 것도 없고, 세련된 춤과 옷차림은 여자들의 시샘 어린 시선을 받고 있었다.

「말도 안 돼.」

지우는 희선의 말을 한 귀로 듣고 흘리며 다니엘이 내미는 맥주로 목을 축였다.

「다니엘, 나도 줘야지. 왜 지우만 챙겨?」

희선이 다니엘을 보며 눈을 흘기자, 다니엘이 제임스를 가리켰다.

「제임스한테 맞기 싫은데.」

「달링, 다른 남자한테 눈 돌리면 내가 어떻게 한다고 했지?」

「다니엘이 남자야?」

요령껏 받아치는 희선을 보며 다니엘은 눈을 치켜떴다.

「제임스, 이런 소리까지 듣고 내가 참을 거라 생각하는 건 아니겠지.」

다니엘의 음산한 목소리 끝에 장난이 묻어났다. 황금색의 눈동자가 번뜩이더니 희선을 홱 낚아채며 양손을 붙잡고 그의 가슴팍에 올렸다.

「자, 또 어딜 확인시켜 줄까?」

「난 상관없는데, 제임스 표정 안 보이니?」

희선은 일부러 보란 듯이 다니엘의 가슴을 더듬으며 제임스를 향해 시선을 보냈다.

「희선. 자, 이리 와야지?」

눈을 가늘게 뜨고 웃는 제임스를 향해 희선은 몸을 날렸다. 그런 그녀를 품 안에 꼭 안아 든 제임스는 다니엘과 지우만 남겨 두고 어딘가로 향했다.

「저렇게 좋을까.」

「좋을 때잖아.」

「그럼 우리끼리라도 즐겁게 흔들어 볼까?」

몸의 선을 드러내는, 검은색 브이넥 티와 블랙 진을 입은 다니엘 주위로 여자들이 서서히 몰려왔다. 그런 다니엘을 보며 환하게 웃어 주자 다니엘은 여자들을 헤치며 지우에게로 다가왔다.

「이제 이렇게 놀기는 어렵겠지? 마지막인데 화끈하게 놀자.」

짓궂게 눈을 빛내던 다니엘은 지우의 팔을 당겨 몸을 밀착했다. 그리고 순식간에 지우를 안아 들고 허리 높이 정도 되는 무대 위로 던지다시피 올려놓았다.

「아, 다니엘! 뭐 하는 거야!」

놀란 지우는 얼른 몸을 일으켜 세웠지만, 10cm 힐을 신고서 아래를 내려다보니 어느새 몰려온 사람들이 휘파람을 불며 환호했다.

눈앞이 아찔했다. 쾅쾅 울려 대는 음악 소리와 함께 디제이의 목소리가 홀을 가득 메웠다.

이 무대는 보통 생일파티의 주인공이거나 끼를 주체 못 한 몇몇이 올라와서 춤을 추는 곳이었다.

당황한 지우는 곧장 내려가려 했지만, 몰려든 사람들이 지우를 가만 놔두질 않았다. 그리고 더욱 기가 막힌 건 대형 스크린에 비친 자신의 모습이었다. 현란한 네온사인과 사람들의 환호, 뇌 속까지 울리는 음악에 가슴이 터질 듯 두근거렸다.

귀에 익숙한 팝송에 천천히 몸을 맡긴 채 리듬을 타기 시작했다. 이 순간만큼은 이지우가 아니라 섹시한 댄스가수가 되어 보자고 마음먹었다.

* * *

클럽에 입장한 태혁은 지우를 찾기 위해 주위를 살폈다. 이곳 클럽은 그도 몇 번 와 본 적 있을 만큼 유명한 곳이었다. 태혁은 기억을 더듬으며 지우가 있을 만한 곳을 유추했다.

이지우라면 저 무리 속에서 춤을 추고 있기보다는 룸에서 조용히 술을 마시고 있을 확률이 높았다. 태혁은 2층 룸이 있는 쪽으로 걸음을 옮겼다.

"와아아!"

클럽 특유의 후끈 달아오른 열기와 환호성이 생생하게 와 닿았다. 이런 분위기 속에 지우가 있는 건 아무래도 위험했다. 수컷들은 짙은 페로몬을 흘리며 사냥감을 물색하듯 주위를 두리번거리고 있었다. 태혁은 어서 지우를 찾아 호텔로 가고 싶은 마음뿐이었다.

그런데 도대체 누가 왔기에 이리도 시끄러운 걸까.

2층으로 올라간 태혁은 아래를 내려다보았다. 웬 여자가 작은 스테이지에서 춤을 추고 있었다. 멀리서 봐도 끝내주게 섹시했다. 조명을 받은 하얀색의 톱드레스는 새카만 머리카락과 아주 잘 어울렸다.

쯧, 저렇게 입고 보란 듯이 흔들면 안 넘어갈 남자가 있을까.

아니나 다를까, 태혁의 뒤에 서 있던 김 실장은 입을 떡하니 벌린 채 대형 스크린을 보고 있었다.

"김 실장님, 입 다무세요. 보기 흉합니다."

"저, ……저!"

도대체 남자들은 왜 이러는 걸까.

한심하다는 듯 김 실장을 내려다보던 태혁은 대형 스크린으로 시선을 돌렸다.

뒤로 돌아선 채 도발하듯 허리를 숙이며 웨이브를 넣는 여자는 어딘가 모르게 춤이 어설펐지만, 그런 모습이 오히려 더욱 시선을 끌었다. 그런데 어딘가 모르게 익숙한 느낌 때문에 태혁은 팔짱을 낀 채 여자의 춤을 좀 더 지켜보았다.

여자의 뒤태는 말할 수 없을 만큼 관능적이었다. 간신히 팬티를 가린 길이의 원피스는 늘씬한 허벅지와 종아리를 아낌없이 보여주고 있었다. 살짝 허리를 숙일 때마다 태혁은 입안의 침이 말랐다.

저 여자는 도대체 무슨 생각인 걸까.

만약 지우가 저러고 있다면, 생각만으로 끔찍했다.

여기서 이러고 있을 때가 아니라 지우를 찾아야 했다. 스크린에서 시선을 떼고 돌아서려던 찰나 태혁의 시선은 스크린에 고정됐다. 서서히 그의 표정이 싸늘하게 변해갔다.

"김 실장님. 지금 제가 보고 있는 것이 맞습니까."

한 음절씩 끊어서 내뱉는 태혁의 목소리에는 이건 아닐 거라는 강한 부정이 담겨 있었다. 김 실장은 식은땀을 흘리며 침울한 목소리로 대답했다.

"네, 그런 것 같습니다."

얌전한 고양이 부뚜막에 먼저 오른다고, 이지우 씨가 저기서 저럴 줄 누가 알았겠는가. 괜한 불똥이 사방으로 튈 것만 같은 불길한 예감에 휩싸였다.

"경호원 어디 있습니까."

"아마 주변에 있을 것 같은데, 불러올릴까요?"

"내가 내려가죠. 차 대기하라고 하세요."

"알겠습니다."

태혁에게 지우는 철석같이 약속했었다. 조용히 잘 다녀오겠다고. 사람 간을 녹여 낼 것처럼 화사하게 웃어 놓고서는 여기서 지금 저 짓을 하고 있다니. 제정신이 아니었다.

그런 한편 태혁은 지우의 새로운 모습에 내심 흥분되기도 했다. 계단을 내려가면서도 지우에게서 시선을 떼지 않았다. 아니, 뗄 수가 없었다.

상기된 두 뺨과 가느다란 목을 타고 흐르는 땀방울, 새하얀 피부에 달라붙은 새카만 머리카락, 관능적인 몸짓.

제길, 신체 어느 한 부위가 불편해지기 시작했다. 몸에 붙는 진을 입은 탓에 더욱 불편하게 느껴졌다.

제길!

입속으로 욕설을 내뱉은 그는 더욱 빠른 걸음으로 지우에게 다가갔다. 붐벼 대는 사람들 틈을 빠져나가느라 잠깐 지체되었는데 그사이에 지우의 모습이 무대에서 사라졌다.

등골을 타고 흐르는 차가운 소름에 태혁은 주먹을 꽉 움켜쥐었다.

날카로운 눈으로 주위를 훑었다. 다니엘로 보이는 남자가 지우를 데리고 계단으로 향하고 있었다. 태혁은 허탈한 웃음을 터트리며 머리카락을 쓸어 넘겼다.

심호흡하며 마음을 가다듬은 그가 먹이를 노리는 맹수처럼 눈을 번뜩이며 2층으로 향했다.

분명 강희선과 제임스도 같이 있을 텐데, 둘은 어딜 갔는지 보이지도 않았다. 제임스와 통화할 때마다 다니엘과 둘이 두지 말라고 신신당부했었는데, 혼자 바보가 된 기분이었다.

* * *

「자, 마셔.」

지우는 대꾸 없이 다니엘이 내미는 물잔을 받아 들었다.

「날 골탕 먹이려고 작정했지.」

「무슨 소리야. 네가 지금 아니면 언제 거기서 춤을 춰 보겠어. 사람들 소리 지르는 거 못 들었어?」

「내 정신이 아닌 거 같아. 지금도.」

「떨려?」

「응. 흥분이 안 가시는 거 같아.」

지우가 파르르 떨리는 가느다란 손을 들어 보였다.

「정말 뭐가 씌었나 봐. ……너 다시는 그런 짓 하기만 해. 그냥 안 둘 거야.」

정신이 들자 다니엘에 대한 원망이 쏟아졌다.

「환상적인 그 춤 솜씨, 다시 볼 수 있다면 얼마든지 그럴 거야.」

「그건 좀 곤란하겠는데.」

룸의 입구에 비딱하게 기대선 태혁은 지우와 다니엘을 내려다 보며 낮게 읊조렸다.

이질적인 목소리에 놀란 지우는 태혁을 보자마자 자리에서 벌떡 일어섰고, 다니엘은 이미 알고 있었다는 듯 태혁을 향해 웃음을 지었다.

태혁은 팔짱을 풀며 천천히 지우에게로 다가갔다.

흑요석같이 어두운 눈동자가 지우의 시선을 잡아채며 찌를 듯이 파고들었다. 지우는 아랫입술을 깨물며 고개를 떨구었다. 도저히 그의 얼굴을 볼 수가 없었다.

분명 봤겠지? 어떡해.

창피한 것보다 그의 반응이 더 무서워 가슴 졸이고 있는데 그가 지우의 허리를 한쪽 팔로 감싸 안으며 몸을 밀착시켰다.

「아주 보기 좋았습니다. 이지우 씨. 일부러 나 도착하는 시간에 맞춰 춤까지 보여 주고.」

아, 봤구나.

지우의 목덜미에 입술을 갖다 대며 살짝 키스한 뒤, 훤히 드러난 어깨 위에 그가 걸치고 있던 검정 셔츠를 벗어 덮어 주었다.

「이런 건 좀 가려야죠. 나만 보는 건데.」

「크흠.」

다니엘은 듣기 민망하다는 듯 헛기침을 했다. 태혁은 지우와 나란히 소파에 앉은 뒤 다니엘을 쳐다보았다.

「반갑습니다. 다니엘 비어만 씨.」

「갑자기 존대하니까 좀 어색하네요.」

「지금은 그때와 상황이 조금 다르지 않습니까. 아내 친구분인데 당연히 존대해야죠.」

　아내란 말에 다니엘의 눈동자가 살짝 흔들렸다.

「아내라니요. 아직 결혼한 사이는 아니지 않습니까.」

　다니엘의 날 선 질문에 태혁은 삐딱하게 웃었다.

「안 했으면, 뭐가 달라집니까, 다니엘 씨.」

　둘 사이가 팽팽하게 당겨진 활시위처럼 아슬아슬했다.

「어, 친구, 언제 온 거야?」

「오셨어요, 기 사장님?」

　그때, 제임스와 희선이 손을 꼭 잡고 룸으로 들어섰다.

「방금 왔어.」

　태혁은 여상하게 인사한 뒤 다시 다니엘에게로 시선을 돌렸다.
단번에 분위기를 파악한 희선이 빈 잔에 술을 따랐다.

「이렇게 다 모였는데, 다 같이 건배하죠.」

「그래, 어차피 자주 볼 사이잖아. 건배나 하자.」

　제임스의 말에 다니엘은 잔을 들어 올렸다. 그러자 태혁도 잔을
들었다.

「영원한 우정과 새로운 우정을 위하여.」

　제임스의 구호 아래 건배를 했다. 다소 어색하긴 했지만 술이
들어가고 분위기 메이커인 희선이 떠들기 시작하자, 분위기는 점
점 나아지고 있었다.

　행여나 그가 뭐라고 할까 가슴 졸이고 있던 지우도 마음을 놓고
편하게 즐겼다.

　간간이 태혁은 지우를 보며 부드럽게 미소를 보냈다. 잠시 떨어
져 있었던 시간 때문인지 그녀를 바라보는 시선에는 애정이 듬뿍

묻어나고 있었다.

파파라치에게 사진이라도 찍히는 날에는 서로 좋을 게 없는 그들은 좀 더 조용하고 편안한 곳으로 옮기기로 했고, 태혁이 미리 준비해 둔 장소로 이동했다.

클럽을 나가는 동안 지우를 알아본 남자들이 휘파람을 불자 태혁이 사납게 눈초리를 걷어붙이며 노려보았고, 그들은 언제 그랬냐는 듯 흩어졌다.

"이지우 씨, 잘하는 짓입니다."

귓가에 대고 사랑의 밀어를 속삭이듯 협박을 해 댔다. 하긴 기태혁 성질이 어딜 가겠는가.

"저, 그런데 춤 어땠어요?"

지우는 뻔뻔함을 무릅쓰고 그에게 달라붙어 속삭이듯 물었다.

"날 놀리는 게 재밌나 봅니다."

서늘하게 가라앉은 눈동자에는 아무런 감정을 느낄 수가 없었다. 시큰둥해진 지우는 시선을 떼어 내며 정면을 주시했다.

저만치 희선과 제임스, 다니엘이 걸어가고 있었다. 태혁은 휴대 전화를 꺼내더니 제임스에게 전화를 걸었다.

"제임스, 나야. ……그래, 장소는 어딘지 알지? ……난 지우랑 잠시 얘기 좀 하고 갈게. ……어쩌면 못 갈 수도 있어. 그래."

전화를 끊자마자 다시 누군가와 짧게 통화를 한 그는 걸음을 멈추었다.

"같이 가는 거 아니었어요?"

"우리가 키스하는 거, 누구한테 보여 주고 싶나 보네요."

그가 은근한 눈빛으로 지우를 내려다보며 팔목을 잡았다.

"그보다 더한 것도 할 거고."

지우는 순식간에 심장 고동이 빨라졌다.

"일이 끝나자마자 미친 듯이 전용 비행기로 날아온 이유가 뭘지 곰곰이 생각해 봐요."

어느새 다가온 차가 바로 옆에 섰다. 태혁은 뒷좌석 문을 열며 지우를 태우고 자신도 올라탔다.

"호텔로 갑시다."

"네."

이젠 그녀의 심장이 어지럽게 두근댔다.

그가 빠르게 뒤통수를 손으로 감싸며 입술을 포갰다.

"흡……."

감미롭고 부드러운 입술은 지우의 입에서 흘린 신음 하나로 격렬하게 변해 버렸다. 깊게 파고들며 순식간에 입안을 점령해 버렸다. 알싸한 위스키 향과 그의 체향이 코끝으로 밀려들었다.

지우는 양팔을 들어 그의 목을 휘감았다. 아찔한 감각에 애가 타서 저도 모르게 애원하듯 그에게 매달렸다.

"하아, 하아……."

가볍게 어루만지며 더듬던 손길에 점점 힘이 들어갔다. 지우가 느끼는 부위를 손쉽게 찾아내서 어루만지며 질척한 키스를 이어 갔다.

차는 어느새 호텔 입구에 도착했고, 운전기사는 잠시 침묵하며 둘을 기다렸다.

태혁은 재빨리 셔츠로 지우를 감싸며 차에서 내렸다. 뒤를 돌아 지우에게 온 그는 그녀를 안아 들고 호텔 입구로 향했다.

어깨에 얼굴을 묻고 달아오른 숨결을 내쉬며 안겨 있는 그녀에게 그가 낮게 웃으며 속삭였다.

"엉덩이 맞을 각오 해야 할 겁니다."

"정말 때릴 거예요?"

목덜미에 얼굴을 비벼 대며 묻자 그가 또 웃었다.

"누가 이렇게 애교 부리라고 했습니까."

"나 기태혁 씨 거니까 예뻐해 줘요."

손발이 오그라들 만큼 유치한 멘트지만 그 효과는 상당했다. 그는 상당히 기분이 좋은 모양인지 연신 정수리에 입술을 찍으며 낮게 웃었다.

"이지우 씨, 보통이 아닙니다. 내 혼을 쏙 빼놓는 걸 보면."

이왕 간질거리는 멘트를 날린 마당에 좀 더 용기를 냈다.

이번에는 진심을 조심스럽게 쏟아 냈다.

"태혁 씨, 사랑해요. 아주 많이, 많이."

순간 그의 심장이 쿵 소리를 내며 떨어지는 것처럼 들썩였다.

그녀를 안은 팔에 더욱 힘을 준 그는 갈라진 목소리로 간신히 들리게 말했다.

"평생 사랑할 테니, 각오 단단히 해요."

띵-.

엘리베이터가 도착했고, 그는 재빨리 안으로 들어갔다.

* * *

뉴욕의 야경이 화려하게 펼쳐진 창가에 기대어 그를 유혹하듯 농염한 미소를 짓던 지우는 태혁의 허리에 팔을 휘감으며 몸을 밀착시켰다.

"날 죽일 작전인가 본데……."

"앗!"

단숨에 지우를 돌려세워 창을 짚도록 했다.

"여기서 엉덩이를 맞는 게 좋겠습니다."

"어, 그러기 있기예요?"

"약속은 약속이잖습니까."

스커트 안으로 손을 넣어 팬티 선을 따라 손가락을 움직였다. 간지럼을 태우듯 살살 움직이자 허리를 뒤틀며 앓는 소리를 낸다.

"으응, 간지러워요."

"말해 봐요. 내가 어떻게 해 줬으면 좋겠는지."

지금 제 욕심대로 하자면 지우는 두 다리로 걸어 다니기 힘들지도 모른다. 사납게 일렁이는 욕정이 그를 삼키기 전에 지우가 바라는 것을 들어 보기로 했다.

"응, 그럼 태혁 씨 얼굴 보고 싶어요. 키스해 줘요."

몸은 여전히 앞을 보고 있으면서 고개만 뒤로 젖힌 채 달콤한 목소리로 애원하듯 속삭였다. 태혁은 지우의 목덜미를 진득하게 핥으며 혀끝에 걸리는 도톰한 귓불을 입안으로 빨아들였다.

치아로 귓불을 씹어 대고 귓바퀴를 혀로 핥아 대자 격한 신음을 토해 냈다.

"아앗!"

온몸이 성감대인 듯 지우는 아주 예민했다. 그런 그녀를 애무할 때마다 태혁은 더할 수 없이 만족스러웠다. 그의 손에 허물어지는 모습은 그 어떤 각성제보다 자극적이었다. 여전히 귓바퀴를 지분 대던 태혁은 낮게 속삭였다.

"나랑 키스하고 싶어요?"

"흐읏, 네······."

"고개 돌려요."

태혁은 등 뒤에서 꽉 끌어안으며 지우의 턱을 젖혔다. 살짝 벌 어진 지우의 입술이 눈에 들어왔다. 선홍빛 붉은 속살처럼 입안도 야하기 짝이 없었다.

"야해 빠져서는······."

태혁은 쪼듯이 귓불이며 뺨에 입맞춤했다. 입술을 삼키고 나면 실낱같은 자제력이 끊어지고 말 것이다.

"여긴, 왜 말 안 해요?"

훅 파인 목선 안으로 손을 넣어 가슴을 움켜쥐었다. 탄력 넘치 는 가슴은 그의 손에 딱 맞았다. 손이 닿자 금방 기지개를 켜며 꼿 꼿하게 서는 유두를 손바닥으로 지그시 뭉개며 손바닥을 빙글빙 글 돌렸다.

"빨아 주는 거 좋아하잖습니까."

"하흑, 태혁 씨, 그만 자극해요. 오늘따라 왜 이렇게 짓궂게 굴어 요?"

"비행기를 타고 오는 내내 이 생각만 했다면 믿겠습니까."

"아!"

얼굴을 찌푸린 지우가 무너질 것 같은 얼굴을 하며 애원하는 눈 빛을 보냈다. 태혁은 흘러내린 지우의 머리카락을 쓸어넘기며 부 드럽게 미소를 지었다.

"힘들어요?"

"훗, 어서…… 어떻게든 해 줘요. 제발."

야하게 엉덩이를 흔들며 그를 자극하는 지우 때문에 태혁의 인내심도 점점 한계에 달하고 있었다.

"아흑!"

지우의 팬티 안에 손을 넣어 젖은 비부를 문지르며 중지를 세워 젖은 질구 속으로 손가락을 넣었다. 뜨거운 열기를 내뿜으며 흠뻑 젖은 그곳은 그의 손가락을 아주 맛있게 삼켰다.

발갛게 상기된 지우가 숨을 헐떡이며 손가락의 움직임에 맞춰 허리를 본능적으로 흔들었다.

"가기만 해요. 가만 안 둘 테니까."

지나치게 예민한 지우는 가쁜 숨을 내쉬며 헐떡였다.

"빌어먹을, 이러면 내가…… 하아."

온몸을 하나도 남김없이 다 발라 먹어도 시원찮을 것 같았다. 손을 꽉꽉 물어오는 곳에서 천천히 손을 빼낸 그는 지우를 품에 안아서 1인용 소파에 앉혔다.

반쯤 벗은 지우는 화려하고 고급스러운 앤티크 소파와 아주 잘 어울렸다. 퇴폐미의 극치를 보여 주고 있었다.

평소 단정하고 도도한 이미지의 그녀가 아니었다. 브래지어 위로 반쯤 삐져나온 가슴과 허리 위로 올라간 스커트 아래 흠뻑 젖어 검은 음모가 비치는 팬티를 입고 있는 모습은 절경이었다.

태혁은 티셔츠를 단숨에 벗어 던지고 청바지 벨트를 풀며 지우에게 다가갔다. 그녀의 시선이 허리쯤으로 내려오기 시작했다.

태혁은 웃으며 바지와 팬티를 한꺼번에 벗어 버렸다. 지우의 시선이 닿는 곳마다 전기가 통하는 것처럼 짜릿했다. 묵직하게 선 남성은 쿠퍼액을 흘리며 번들거리고 있었다. 이 녀석도 지우의 시선이 닿자 더욱 기승을 부리며 부피를 키워 갔다. 그렇다고 성급하게 하고 싶지 않았다. 둘만의 은밀한 행위를 좀 더 길고, 재미나게 보내고 싶었다.

"다리를 팔걸이에 올려 봐요. 내가 자세히 볼 수 있게."

잔뜩 상기된 얼굴로 고개를 젓던 지우는 그가 어떻게 해 주길 바라는 눈빛으로 말없이 애원하고 있었다. 분명 그가 한 말을 제대로 알아듣지도 못한 채 그저 습관처럼 고개를 젓는다. 저런 순진한 표정에 무너져 내리는지도 모르고.

지우는 자신이 어떤 표정을 짓고 있는지 모를 게 뻔했다. 태혁은 지우 앞에서 무릎을 꿇고 앉아 보기 좋은 새하얀 허벅지를 손바닥으로 쓸어내리며 안쪽 허벅지에 입을 맞추었다.

"아, 간지러워요."

시선을 올려 지우의 표정을 살피며 다리 하나를 팔걸이에 올리자 몸을 살짝 빼며 거부의 몸짓을 했다. 종아리를 쓰다듬고 발바닥을 입술로 누르자 소릴 지르며 그를 밀쳐 내려 했다.

"앗, 지금 뭐 하는 거예요."

"내 거 내 맘대로 하겠다는데, 무슨 문제 있습니까."

"거긴, 안 돼요."

"발가락도 예쁘네요."

"태혁 씨, 제발…… 흐읏!"

"그럼 이건 괜찮겠죠?"

태혁은 반대편 다리도 팔걸이에 올려 버렸다. 그의 눈앞에서 적

나라하게 벌어진 두 다리와 그 사이의 음습한 곳 때문에 지우는 제정신이 아닌 듯했다. 손으로 아래를 가리며 어떻게든 다리를 내리려 했다.

"쉿! 나한테 맡겨 둬요. 제발."

태혁은 이제 그가 애원할 판이었다.

아직도 둘 사이에 부끄러울 것이 남았을까.

"피가 솟구치는 것 같습니다. 그렇게 자극하면 어쩌자는 겁니까."

질척하게 젖은 팬티 위에 입술을 묻자 허리를 튕기며 고개를 젖혔다. 우아한 곡선을 그리며 휘어지는 모습을 눈에 담은 뒤 양팔로 지우의 허리를 앞으로 끌어당겼다.

더욱 그가 빨기 쉽게 당겨진 그곳에 고개를 파묻었다. 지우의 손이 더듬더듬 그의 머리카락 속으로 파고들더니 자극이 올 때마다 힘을 주어 잡아당겼다.

그의 귓가로 야한 신음이 흘러들었다. 질척한 소리와 함께 조화를 이루는 신음은 직접 삽입한 것 이상으로 그를 만족케 했다. 터질 것 같은 흥분이 이토록 오래 지속되긴 쉽지 않은데, 지우는 그걸 가능하게 했다.

알면 알수록 더욱 빠져드는 지우의 매력에 그는 헤어 나올 수가 없었다. 인연이 닿았을 때, 더 빨리 알아챘어야 했는데 그러지 못했다는 것이 억울하다 못해 분했다.

끊임없이 흘러나오는 애액을 삼키고 핥으며 기갈에 들린 사람처럼 굴었다. 그래야 온전히 이 여자를 가질 수 있을 것 같은 마음에 그는 더욱 정성껏 애무하며 지우를 절정으로 이끌었다.

"아, 아읏! 그, 그만! ⋯⋯흐흣!"

지우의 신음에 머리털이 쭈뼛 설 만큼 짜릿한 쾌감이 척추를 타고 뇌 끝까지 치달았다. 한쪽으로 젖히고 빨아 대던 팬티는 그의 타액과 애액에 젖어 제 기능을 상실해 버린 지 오래였다.

지우의 팬티를 벗겨 내고 온전히 모습을 드러낸 그곳을 바라보다 탐스러운 가슴으로 시선을 옮겼다.

"그곳도 마음껏 먹을 거니까 가길 생각은 하지도 말아요."

숨을 헐떡이는 지우에게 으르렁거리듯 내뱉은 태혁은 집요한 눈으로 가슴을 훑으며 브래지어를 벗겨 냈다.

"내 목에 팔을 감아요."

땀으로 끈적해진 두 육체가 닿는 느낌이 야릇했다. 마주 보고 안겨 온 그녀의 엉덩이를 단단히 받쳐 들고 침실로 향했다.

그들의 밤은 이제부터였다. 밤새도록 지우를 재우지 않을 생각이었다. 이미 휴대전화는 꺼 놓았고, 그들을 방해할 사람은 아무도 없을 테니까.

외전 3

6년 뒤.

"기하늘, 이리 와."

작업실에서 디자인하던 지우는 거실에서 들리는 태혁의 목소리에 하던 것을 멈추고 귀를 기울였다.

설마, 하늘이 또 혼나는 거야?

남편의 목소리가 심상찮았다. 힘이 빡 들어간 것이 화가 난 것 같은데, 하늘이 뭔가를 잘못한 모양이었다.

무슨 잘못을 했기에 또 저러는지. 엄격하게 훈육하는 태혁을 보면 그 부분이 조금 못마땅했다.

이제 겨우 다섯 살인데 그 어린 것이 뭘 안다고 저러는지. 당장 나가서 말려야 하나 어쩌나 고민되었다. 아직 우는 소리는 안 들리는 걸 보니 조용히 넘어갈 것 같긴 했다.

그래, 자기 자식인데 잘하겠지.

지금 그는 지우의 작업을 방해하지 않으려고 하늘을 전적으로 보고 있었다. 붕어빵처럼 똑같이 생긴 부자가 마주 보고 으르렁거리는 걸 상상하니 웃음이 나왔다.

남편은 예전의 그 무례하고 오만했던 남자가 아니었다. 세상에서 가장 멋진 남편, 가장 좋은 아빠가 되겠다던 다짐처럼 정말 그렇게 변해 가고 있었다. 시간이 갈수록 근사한 남자가 되어 가는 그는 지우의 심장을 여전히 움켜쥐고 있었다. 지우는 행복한 미소를 흘리며 다시 펜을 쥐고 스케치를 시작했다.

한편, 태혁은 거실 바닥에서 무언가를 열심히 그리고 있는 하늘을 보며, 뭘 저래 그리나 싶어 다가갔다.

그런데 아들이 가지고 노는 건 다름 아닌 지우의 드로잉 북이었다. 놀란 태혁은 드로잉 북을 뺏어 펼쳐 보았지만 성한 그림은 하나도 없었다. 지우가 그린 것 위에 덧칠하거나 스케치 선을 따라서 삐뚤빼뚤하게 덧그려져 있었다.

매년 뽑는 자동차 디자인상을 노리고 야심 차게 그려낸 지우의 스케치가 아주 못쓰게 되어 버렸다.

단단히 화가 난 태혁은 하늘을 꿇어앉혔다.

잘잘못을 가릴 수 있도록 엄격하게 대하는 것은 아이의 앞날을 위해서도 꼭 필요한 훈육이라 여겼다. 다섯 살인 하늘을 오냐오냐 하며 키울 마음은 추호도 없었다.

"엄마 작품에 손대면 혼난다고 했을 텐데. 기하늘."

"……."

고집 하고는. 하늘은 자신이 잘못한 게 없다고 무언으로 항의하고 있었다.

"대답도 안 하고. 기하늘."

낮게 목소리를 깔고 말하자 하늘이 눈을 동그랗게 뜨고 그를 올려다보았다. 눈치를 보니 아빠가 얼마나 화가 났는지를 가늠하는 중인 것 같았다.

하늘은 눈만 깜빡이며 쳐다볼 뿐, 이렇다 할 말이 없었다.

"손 들어. 어서!"

하늘은 자그마한 팔을 들어 귀에 딱 붙였다. 1분이 지나도 팔을 내리라는 말이 없자 하늘의 커다란 눈에 눈물이 대롱대롱 매달렸다. 뽀얀 뺨으로 눈물이 톡 떨어지자 태혁이 쓱, 하며 눈을 부릅떴다.

하늘은 눈물을 삼키며 울음을 억지로 참았다. 어린것이 강단이 제법이었다.

"팔 내려."

아이가 눈을 치켜뜨고 태혁을 째려보면서 천천히 팔을 내렸다.

"기하늘 네 스케치북 가져와. 당장."

"……네에."

목소리를 1데시벨 낮추자 그제야 대답을 하며 몸을 움직였다. 쪼르르 제 방으로 들어가더니 스케치북을 금방 찾아 들고 나왔다.

"여기 있어요."

태혁 앞에 내밀었다. 그것을 받아 든 태혁은 스케치북을 한 장씩 넘겨 보았다. 어릴 적 지우가 탈것들만 그렸다더니 하늘의 스케치북에도 온통 탈것들만 그려져 있었다.

세상에, 하늘의 그림 실력은 상당했다. 자동차, 헬리콥터, 비행기, 오토바이, 우주선 등등 다양한 그림들은 도저히 다섯 살이 그린 거라고 믿기 어려울 만큼 훌륭했다.

아내의 재능을 물려받은 하늘을 애정이 잔뜩 묻어나는 눈빛으로 바라보았다. 보드라운 머리를 쓰다듬고 잘 그렸다고 칭찬하고 싶지만, 지금은 그럴 상황이 아니었다.

태혁은 바닥에 놓인 크레파스를 하나 손에 쥐고 하늘이 지우의 그림에 해 놓은 것처럼 덧칠하기 시작했다.

"내, 내 거예요. 아빠."

하늘이 발을 동동 굴리며 울기 시작했다.

"으앙, 내 그림인데. 으아앙."

하늘의 울음소리는 걷잡을 수 없이 커졌고, 결국은 지우가 작업실에서 모습을 드러냈다.

태혁은 지우를 향해 쉿, 하며 검지를 입가로 갖다 댔다. 순순히 고개를 끄덕인 그녀는 말없이 둘을 지켜보았다.

하늘은 지우가 나온 줄 모르고 제 스케치북을 끌어안고 대성통곡을 해 댔다. 그렇게 몇 분을 울어 대다가 순간 울음을 뚝 그치며 태혁을 올려다보았다.

팔짱을 낀 채 묵묵히 하늘을 내려다보던 태혁은 입술을 달싹이는 아들에게 말할 기회를 주었다.

"기하늘, 할 말 있으면 해 봐."

"잘못했어요."

떨리는 목소리로 제 잘못을 시인했다. 태혁은 그런 하늘이 기특해 슬그머니 미소를 머금었다.

"뭘 잘못했지?"

"엄마 그림에 낙서한 거요. 엄마가 울면 내가 다시 그려 줄 거예요."

역지사지를 벌써 깨달은 건가.

천잰데?

아들 머리는 엄마를 닮는다더니.

태혁은 속으로 흐뭇한 웃음을 삼켰다.

"내 물건이 소중하면 다른 사람 것도 소중한 거야. 그 사실을 잊지 마, 기하늘."

"네."

웃음을 꾹 참은 태혁은 이제 그가 사과했다.

"아빠도 미안해. 하늘이 그림에 낙서해서. 아빠가 새로 그려 줄까?"

하늘은 고개를 저으며 제 스케치북을 등 뒤로 숨겼다.

"아빠는 그림 못 그리잖아요."

제 할 말을 끝까지 다 하는 것도 제 엄마를 쏙 빼닮은 모양이네.

"그럼 엄마한테 가서 잘못했다고 말씀드리고 용서할 때까지 곁에 있어."

"네."

시무룩한 표정으로 드로잉 북을 손에 쥔 하늘은 고사리 같은 손으로 눈가를 훔쳤다.

부자가 대화를 나누는 모습을 고스란히 지켜본 지우는 터지려는 웃음을 참고 재빨리 자신의 작업실로 들어갔다.

하늘이 작업실 문 앞에 서서 지우를 불렀다.

"엄마, 하늘이에요."

"들어와."

지우가 문 앞으로 와서 문을 열어 주며 하늘을 데리고 들어갔다. 태혁이 그런 지우를 보며 환하게 미소를 짓자 지우는 윙크를 한 뒤 문을 닫았다.

그리고 얼마 있지 않아 하늘의 울음소리가 문틈을 비집고 새어 나왔다. 지우의 다독거리는 소리도 같이 들려왔다.

사내자식이 뭐가 그리 서럽다고 어리광을 부려.

정작 억울한 건 그였다. 하늘이 망친 드로잉 북은 태혁이 일주일 가까이 독수공방하며 저를 희생했기에 나올 수 있었다. 아니고서야 지우가 어찌 그것들을 다 그릴 수 있었겠는가.

태혁은 오늘 밤 지우에게 단단히 위로받을 각오를 하며 서재로 들어갔다.

* * *

똑똑.

노크 소리에 태혁은 하던 일을 멈추며 문을 쳐다보았다.

지우가 고개를 빼꼼히 내밀며 싱긋 웃었다.

"들어와요."

"안 바쁘세요?"

"바빠도 당신이 왔는데, 이깟 일이 무슨 대수라고."

태혁의 두 눈에 이채가 돌았다. 그 눈빛을 모를 리 없는 지우는 선뜻 들어가기가 망설여졌다. 그런 지우의 모습에 태혁은 상체를 앞으로 기울이며 깍지를 꼈다.

말없이 지우를 바라보자 살그머니 문을 닫고 안으로 들어섰다.

그 시간이 태혁에겐 너무나도 길게 느껴져 조바심이 나고 안달이 났다. 벌떡 자리에서 일어난 그는 단 몇 걸음 만에 입구로 다가가서 문을 걸어 잠근 뒤 지우를 안아 들었다.

"하늘이 잠시 잠들었는데, 깰지도 몰라요."

"그래서 나더러 더 참으라는 겁니까."

"그 말은 아니지만 빨리 끝내는 게 좋을 거 같아서요. 한 번만에, 아시죠?"

"시작도 하기 전에 초 치는 소리 할 겁니까."

그는 대리석으로 된 책상 위에 지우를 앉힌 뒤 널려 있던 서류를 전부 한쪽으로 밀쳤다. 퉁탕거리며 무언가가 바닥으로 떨어졌다.

"중요한 서류 같은데 괜찮아요?"

"한가하게 그런 소릴 잘도."

지우의 등을 쓰다듬고 허리를 쓸며 벌려진 다리 사이로 몸을 붙였다. 지우가 즐겨 입는 짧은 트레이닝 반바지는 끝이 말려 올라가 허벅지가 훤히 드러났다. 녹아내릴 듯 부드러운 살결을 어루만지며 좀 더 안으로 파고들었다.

"아, 간지러워요."

"오랜만이라서 그런지 더 민감하네."

고개를 숙여 지우의 입술을 삼켰다. 촉촉하고 부드러운 감촉을 만끽하며 몸을 좀 더 밀착했다.

지우의 고개가 뒤로 젖혀지며 새하얀 목덜미가 드러났다. 그곳을 입술로 빨아들이자 지우의 긴 속눈썹이 파르르 떨렸다.

가녀린 지우의 몸은 유연하고 부드러웠다. 여전히 그를 안달하게 했다. 도저히 참을 수 없는 격정에 지우를 책상 위에 눕힌 뒤 구석구석을 탐하며 뜨거운 환희에 신음했다.

절정에 오른 두 사람은 완전한 하나가 되어 서로의 심장으로 흘러들었다.

똑똑.

노크 소리가 울리더니 문밖에서 하늘이 칭얼대는 소리가 들렸다.

"하늘이 깬 거 맞죠?"

지우가 눈을 동그랗게 뜨고 물었다.

"다시 가서 잘 겁니다. 내버려 둬요."

"어떻게 그래요."

조금 전까지 흐느적대며 애원하던 그녀는 언제 그랬냐는 듯 돌변해서는 그를 발로 밀쳐 내고 빛의 속도로 옷을 입었다.

그가 붙잡기 전에 쏜살같이 서재를 빠져나갔다.

"하늘이 깼어?"

"네. 아빠가 엄마 괴롭혔어요? 엄마 울었어요?"

하늘이 제 엄마를 지키는 정의의 사도처럼 묻는 말에 태혁은 헛웃음을 쳤다.

허리에 한 손을 올린 채 무언가를 생각하던 태혁은 눈을 빛내며 휴대전화를 들었다.

신호음이 가고 한참 뒤에 은찬의 목소리가 들려왔다.

-네, 삼촌, 별일 없으시죠?

"은찬아, 형 노릇은 언제 할 생각이야?"

-네?

"우리 하늘이한테 넌 형이잖아. 그런데 1년에 한두 번 봐서 어디 형 소리 듣겠어?"

-듣고 보니 그러네요. 오늘이라도 형 노릇 하러 갈까요?

"기다릴게."

-바로 가겠습니다.

전화를 끊은 태혁은 회심의 미소를 지었다.

5년 전 은찬은 김미현을 강간한 강간범으로 몰려 곤욕을 치렀었다. 당시 필름이 끊긴 은찬은 실제로 김미현과 밤을 보내긴 했지만 강간은 아니었다.

이후 태혁은 김미현에게서 자백을 받아 냈고, 은찬의 무죄를 밝히는 데 결정적인 도움을 주었었다.

그때는 기 회장과 형수 최하란 때문에 은찬을 나 몰라라 하고 싶기도 했었지만, 은찬이 그동안 삼촌인 저를 믿고 의지해 왔던 것을 알기에 그 믿음을 저버릴 수가 없었다.

은찬은 다시 미국으로 유학을 가서 4년 가까이 공부를 했고, 지금은 이름만 대면 알 정도로 유명한 디자이너가 되어 돌아왔다.

모든 것이 순조롭고 평안했다. 이것은 다른 누구도 아닌 지우가 가져온 행운이었다.

태혁은 하늘을 은찬에게 맡긴 뒤 K 호텔 스위트룸으로 직행할 생각에 한껏 꿈에 부풀어 있었다.

* * *

미뤄 둔 서류를 검토하고 결재까지 다 마친 그는 홀가분한 마음으로 자리에서 일어났다.

기지개를 켜며 서재를 나서려는데 노크 소리가 울렸다.

똑똑.

지우가 문을 열고 당황스러운 표정으로 허둥댔다.

"태혁 씨, 빨리 나와 봐요. 아버님 오셨어요. 은찬 씨랑 같이."

이 무슨 청천벽력 같은 소리지?

태혁은 지우의 손을 꽉 잡고 거실로 나왔다.

백발이 성성한 기 회장이 하늘을 끌어안고 뺨을 비벼 대며 웃고 있었다. 그 옆에는 은찬이 서 있었다.

태혁은 기 회장에게 먼저 인사를 건넸다. 옆에 선 지우도 같이 인사를 했다.

"오셨습니까."

"안녕하셨어요, 아버님."

"그래, 며늘아기는 잘 있었고?"

"네, 아버님."

"그래, 그래. 그런데 저 녀석은 표정이 왜 저래? 누가 너 보고 싶어서 온 줄 알아? 우리 귀한 손주님 보고 싶어서 왔지."

태혁의 미간이 서서히 구겨졌다. 그의 계획이 아주 무참히 어그러지고 있었다.

"오랜만에 뵙습니다. 두 분 다 건강하시죠?"

은찬이 인사를 했다.

"네, 어서 오세요."

"지금 나 한 방 먹은 거 같은데, 기은찬."

은찬은 대꾸 없이 그저 실실 웃기만 했다. 꿀밤이라도 한 대 놔야지 속이 풀릴 것 같아 은찬의 이마 위로 손을 올리는데, 기 회장이 입을 열었다.

"아가, 하늘이 데리고 일본 온천에 다녀올까 하는데, 그래도 되겠니?"

"저도 같이 갈 겁니다. 제가 하늘이 잘 보겠습니다."

지우는 태혁을 올려다보며 안 된다는 눈짓을 했다. 하지만 태혁은 이 기회를 놓치고 싶은 생각은 추호도 없었다.

"대신 제가 다 알아봐 드리겠습니다. 회장님."

"당연한 걸 입 아프게 왜 말해."

"아, 할아버지 얼굴 따가워요. 그만 비벼요. 자꾸 이러면 저 안갈 거예요."

"허허, 우리 손자가 누굴 닮아 이렇게 협상에 능한지."

"협상씩이나."

태혁은 혼잣말을 내뱉으며 피식 웃었다. 그러자 지우가 태혁의 옆구리를 쿡 찔렀다.

태혁은 옆에 서 있는 아름다운 제 아내를 그윽한 눈길로 바라보며 부드럽게 입꼬리를 올렸다.

-마침-